HONFLEUR, 1942: Die Journalistin Valentine kommt in die Normandie. Dort begegnet sie Yves, der dem Widerstand gegen die deutschen Besatzer angehört. Ein riskanter Auftrag führt sie gemeinsam nach Paris. Inmitten der Gefahr finden sie eine kurze Zeit des unbeschwerten Glücks.
Als die Nazis auf Yves aufmerksam werden, muss er fliehen. Tage später wird sein gekentertes Boot am Strand gefunden. Von Yves' Tod überzeugt, verlässt Valentine die Normandie. Jahre später begegnen sie sich wieder – denn Yves hat überlebt. Ihre Gefühle sind so stark wie damals. Doch Yves ist verheiratet. Jetzt muss er eine schreckliche Entscheidung treffen …

*Amélie Breton* hat bereits viele erfolgreiche Romane geschrieben. Viele Jahre arbeitete sie als selbständige Modeagentin, bevor sie sich ganz dem Schreiben widmete. Sie verbrachte einige Zeit in verschiedenen europäischen Ländern, doch ihr Herz schlug von jeher für Frankreich. »Die Liebenden von Cabourg« war ihr erster Normandie-Roman (Band 03029).

AMÉLIE BRETON

# Ein Lied für Valentine

ROMAN

FISCHER Taschenbuch

MIX
Papier aus verantwortungsvollen Quellen
FSC® C083411

Originalausgabe

Erschienen bei FISCHER Taschenbuch
Frankfurt am Main, Januar 2017



Satz: Pinkuin Satz und Datentechnik, Berlin
Druck und Bindung: CPI books GmbH, Leck
Printed in Germany
ISBN 978-3-596-03030-9

# Prolog

Der Wind trug eine unsichtbare Melodie mit sich. Zarte Töne drangen aus dem alten Strandhaus. Weich wie der Atem einer Sommernacht fuhr er in die Vorhänge der geöffneten Terrassentüren, spielte mit ihnen, bewegte sie zum Klang des Klaviers.

Sonnenstrahlen fielen flach und blutrot über den Atlantik, der so ruhig war, als würde auch er diesem Konzert lauschen, dem Konzert, das nur Valentine galt. Der Raum war erfüllt von Licht und dem Auf- und Abschwellen der Töne, dieser Melodie, die mit Harmonien und Gefühlen spielte, als sei sie nur für diesen Moment geschaffen worden.

Valentine drückte ihr Knie gegen seins, berührte zärtlich seinen Arm, strich darüber wie über einen kostbaren Schatz. Dann erhob sie sich, ging zur Terrassentür und blickte hinaus.

Plötzlich verstummte das Lied.

»Was würdest du machen, wenn ich eines Tages einfach weg wäre?«, fragte er leise.

Sanft spülten die Wellen gegen den Strand.

»Ich würde mich ins Meer stürzen«, gab Valentine zurück.

Sie sah hinaus auf das Wasser, wo letzte Sonnenstrahlen in tausend Funken tanzten. Dumpf schloss sich der Deckel des Klaviers, dann knarrten seine Schritte auf dem Parkett. Sie spürte seine Nähe schon, noch bevor sein Atem über ihren Nacken strich, seine Lippen die feinen Härchen ihres Halses berührten. Fest schlang er beide Arme um ihre Taille und zog sie an sich.

Wenn es einen Moment geben sollte, die Zeit anzuhalten und für ewig zu verharren, dann wäre er jetzt, und Valentine war, als sei dieser Gedanke lauter als die Stille, die über allem lag.

»Yves, ich möchte nicht mehr ohne dich sein.«

Er sagte nichts, drückte sich nur fester an sie.

Erst Stunden später erkannte Valentine, dass sein Schweigen ein stummes Wissen gewesen war.

# 1. Teil

*Si un jour, la vie t' arrache à moi,*
*Si tu meurs, que tu sois loin de moi,*
*Peu m' importe si tu m' aimes,*
*Car moi je mourrais aussi.*

* * *

Wenn das Leben dich mir eines Tages entreißt,
Wenn du stirbst, dass du weit von mir weg bist,
Das interessiert mich wenig, wenn du mich liebst,
Da ich auch sterben werde.

*Auszug aus »Hymne à l'amour« von Edith Piaf (1949)*

# 1

3. November, 23.58 Uhr
**Betreff:** Übermorgen

Hallo, Sophie,
ja, natürlich werde ich übermorgen da sein, auch wenn mir überhaupt nicht danach ist. Aber ich halte mich für einen wohlerzogenen Menschen. Warum also sollte ich Ihnen Ihre Bitte abschlagen?
Sie können ja nichts dafür, dass alles so gekommen ist.
Viele Grüße,
Nicolas

4. November, 6.20 Uhr
**Betreff:** Re: Übermorgen

Lieber Nicolas,
was meinen Sie damit: *Sie können ja nichts dafür, dass alles so gekommen ist?*
Es klingt irgendwie verurteilend. Wissen Sie denn, was damals wirklich geschah?
Ich freue mich, dass Sie trotzdem teilnehmen. Sie sind der Einzige aus Ihrer Familie, der zugesagt hat.
Herzliche Grüße,
Sophie

Es dürften kaum mehr als zwei Dutzend Menschen sein, die zur Totenmesse gekommen sind, zwei Dutzend Köpfe, die sich im

Halbdunkel der *Église Sainte-Catherine* dichtgedrängt auf den ersten Holzbänken vor dem zurückhaltend geschmückten Altar aufreihten wie Perlen auf einem Rosenkranz. Wer einen Kragen hatte, schlug ihn hoch, andere rieben sich die Finger, manche hatten nicht einmal ihre Handschuhe ausgezogen, obwohl es sich eigentlich nicht gehörte, doch wer wollte an einem solchen Tag schon etwas dagegen sagen?

Selbst der *Pasteur* schien Mühe zu haben, die Heilige Schrift in den Händen zu halten, während er las. Seine Stimme hallte zitternd durchs Kirchenschiff, ein ums andere Mal stockte er, bevor er weitersprach. Die vielen Kerzen mühten sich vergeblich, Licht zu spenden, was auch den Fenstern an diesem Novembermorgen nicht gelingen wollte.

»Zu kalt für diese Jahreszeit, Mademoiselle«, hatte der Kellner vorhin missmutig beschlossen, als er Sophie den Café au lait an den Tisch gebracht hatte, und mit zusammengezogenen Brauen hinzugefügt: »Für Honfleur sowieso.«

Der Schneeregen war schon den ganzen Morgen fast geräuschlos vom Himmel herabgefallen; nur ein kaltes Wispern auf dem Weg hierher, wenn gerade kein Auto die Straße entlanggefahren kam.

Doch nun war es still.

Sophie saß rechts, ganz außen, und blickte neben sich. Hinten am Gang hatten die Nonnen Platz genommen, denen Valentine ihr überschaubares Hab und Gut vermacht hatte. Daneben einige bekannte Gesichter, nur wenige, die dem Wunsch der Verstorbenen gefolgt waren und die lange Reise auf sich genommen hatten. Cousins, Cousinen, Onkel und Großtanten, Unbekannte. Ein Spalier aus Nasen und ab und zu ein markantes Kinn.

Saß *er* zwischen den Trauernden?

Er hatte nicht gesagt, was er anhatte, nicht, woran sie ihn erkennen könnte, keine Nelke im Knopfloch, obwohl Ort und Anlass der Begegnung das durchaus gerechtfertigt hätten. Am liebsten wäre sie aufgestanden und die erste Reihe entlanggeschlendert, hätte wildfremden Herren ins Gesicht geschaut, darum gebeten, aus den Krägen aufzutauchen. Aber das ging natürlich nicht.

Sie ärgerte sich darüber, dass sie zu spät gekommen war, dass sie auf dem Weg vom Hotel zur Kirche getrödelt hatte. Wäre sie pünktlich gewesen, hätte sie vielleicht im Halbschatten neben dem Eingang bis kurz vor Beginn der Messe warten können. Von dort wäre es ein Leichtes gewesen, jeden Ankömmling, der auf verhaltenen Sohlen das Kirchenschiff betrat, zu mustern – ganz unauffällig versteht sich. Sie hätte gesehen, wer der Verstorbenen die letzte Ehre erwies, hätte nach und nach jedes Gesicht geprüft und ihn vielleicht sofort erkannt. An seiner Haltung, seinem Gang. Doch wie ging jemand, dessen Stimme man noch nie gehört, von dem man lediglich ein paar Zeilen gelesen hatte? Ging er gebückt, weil das Leben ihn drückte? Oder ging er aufrecht, weil er ein Mann war, der seinen Alltag mit geradem Rücken meisterte?

Und dann erklang dieses Lied, ganz plötzlich, wie aus dem Nichts. Eine Melodie, die Sophie an weiches Wasser erinnerte. Wasser, das sich Ewigkeiten durch die Steine nach oben gekämpft hatte, um endlich wie befreit aus einer Quelle ans Frühlingslicht zu treten, wo es versuchte, nach Jahren der Dunkelheit nichts als Farben und Sonne in sich zu vereinen und dem Betrachter dieses Wunders aus purem Übermut ein diamantenes Glitzern zu schenken.

Die Anwesenden lauschten ergriffen. Von Zeit zu Zeit mischte sich ein unterdrücktes Schluchzen zwischen die Töne, wurde Teil des Liedes. Sophie beugte sich vor, sah zum Klavier, welches an der linken Seite weitab des Altars stand.

Mit einem Mal blickte der Pianist auf, lächelte; für ein paar Akkorde nur.

Sophie atmete tief durch.

Er sah ganz anders aus, als sie gedacht hatte. Dass er groß sein musste, hatte sie geahnt. Vielleicht allein deshalb, weil er genauso schrieb, wie sie sich einen großen Menschen vorstellte, vehement und mit fester Meinung. Aber in ihrer Phantasie war sein Gesicht voller Sommersprossen gewesen, das Haar blond und unbändig. So wie bei Yves, dessen Foto bis zuletzt auf dem Nachttisch ihrer Großtante gestanden hatte. Stattdessen war Nicolas' Haar dunkel, fiel ihm fast bis auf die Schultern und umrahmte ein ebenmäßiges Gesicht mit markanten Zügen.

Sie schloss die Augen und lauschte dem Lied, das noch lange in ihr nachhallte. Als sie sie wieder öffnete, war der Mann verschwunden.

Es war eine schöne Beisetzung gewesen, dachte Sophie, während sie mit den anderen Trauergästen zu Tisch saß und bei Seezunge und Wintergemüse über Vergangenes sprach – genauso, wie Valentine es sich gewünscht hätte. Mit einem Blumenmeer und dem weiten Atlantik im Hintergrund; ein Schleier von Asche, vom Wind hinausgetragen aufs Wasser.

Nur die engsten Verwandten und Freunde waren dabei gewesen – soweit nicht das Alter oder eine Krankheit sie davon abgehalten hatte, wie es bei Sophies Eltern der Fall war – und eine der Nonnen, Schwester Geneviève. Die wichtigsten Personen aus dem gelebten Leben eines Menschen. Sie hatten den Worten des *Pasteurs* gelauscht, und der Wind hatte ihnen die Blüten aus den Händen geweht und mit sich genommen. Und als Schwester Geneviève eine berührende Rede über die Kraft der Sehnsucht gehalten hatte, hatten viele ihre Taschentücher hervorgeholt und ein paar Tränen vergossen.

Dann war es vorbei gewesen. Nichts blieb zurück. Keine sterblichen Überreste und auch kein Ort, den man später besuchen konnte. Was im Herzen weiterlebte, waren Erinnerungen.

Als das Essen beendet war, wurden Kaffee und Petit Fours aufgetragen, doch Sophie war nicht danach. Wie gerne hätte sie auch Oliver bei sich gehabt, sich an seine Schulter gelehnt und aus seiner unerschütterlichen Stärke Kraft gezogen. Oliver, ihr Fels in der Brandung, der Anker, der sie am Boden hielt. Doch er hatte arbeiten müssen, wie so oft.

»Es tut mir leid, Sophie«, hatte er gesagt und sie mit ehrlich zerknirschtem Ausdruck angesehen. »Ich weiß, ich sollte dich damit nicht alleinlassen. Aber wenn ich mir jetzt freinehme, dann kann ich meine Beförderung vergessen.«

Natürlich hatte Sophie die Verantwortung dafür nicht übernehmen wollen, auch wenn es sie wirklich enttäuschte. Oliver war sehr fleißig, arbeitete viel, um ihr ein Leben zu bieten, das sie sich mit dem schmalen Gehalt als Graphikerin niemals hätte leisten können.

»Das verstehe ich«, hatte sie gesagt und es zugelassen, dass er sie erleichtert in die Arme schloss. »Hab keine Sorge, ich schaff das auch alleine.«

Langsam schob sie nun den schweren, mit Samt bezogenen Stuhl nach hinten, erhob sich, nickte ihren Sitznachbarn verhalten zu und ging durch den Speisesaal zur Garderobe – wo sie ihren Mantel griff – und weiter zur Terrassentür des *Le Bellevue*.

Der Himmel zog in grauen Fetzen vorüber. Es hatte aufgehört, nassen Schnee zu regnen.

Überrascht von der stürmischen Kälte, schloss sie den Mantel und trat hinaus. Auch in Hamburg war es eisig gewesen, aber weitaus berechenbarer; die Welt hier schien eine andere. Wild, rau und lebendig.

Über die Balustrade konnte sie den Atlantik sehen. Er hatte die gleiche Farbe wie die Wolken und warf seine Wellen mit Wucht an den Strand von Honfleur, als habe er vor, sich dessen ganzen Sand einzuverleiben. Sophie verstand, warum ihre Großtante an diesen Ort zurückgekehrt war. Hier meinte man, den Gezeiten und der Erde nahe zu sein. Ein Ort der Gegensätze, unfassbar schön und farbenfroh, und dann wieder unbezwingbar und gewaltig.

Und natürlich wegen Yves. Jeder, der damals von ihm wusste, hatte Valentine dringend davon abgeraten. Doch sie hatte nicht gehört.

»Hat es Ihnen gefallen?«

Sophie wandte sich überrascht um. Er stand nur wenige Meter neben ihr an die Fassade des Hotels gelehnt, einen Fuß hinter den anderen gestellt, den Schuh auf der Spitze. Der Rauch seiner Zigarette löste sich im Atlantikwind auf, er lächelte.

»Meinen Sie die Trauerfeier oder das Lied?«

»Das Lied natürlich«, sagte er, dann kam er zu ihr und reichte die Hand. Ich bin Nicolas.«

»Sophie«, gab sie zurück. »Es war ergreifend, Sie spielen sehr gut.«

Nicolas nickte und steckte die Zigarette in einen mit Sand gefüllten Aschenbecher.

»Danke. Gehen wir ein paar Schritte?«

Es war nicht leicht, mit Nicolas mitzuhalten, der schweigend und so zielstrebig voranlief, als habe er eine Verabredung, zu der er unter keinen Umständen zu spät kommen durfte. Er war mehr als einen Kopf größer als Sophie, schritt entsprechend länger aus und schien auch wenig daran interessiert zu sein, auf diesen Umstand Rücksicht zu nehmen, und auch nicht darauf, dass ihre Füße in Schuhen mit hohen Absätzen steckten, auf denen man weder auf den Kieswegen vom *Le Bellevue* zum Strand noch im tiefen Sand gut vorankam. Doch Sophie schwieg und mühte sich, nicht allzu weit zurückzufallen.

»Ich finde es schön, dass Sie gekommen sind«, rief sie gegen Brandung und stürmische Böen an. »Valentine hätte sich bestimmt sehr darüber gefreut.«

»Mag sein«, glaubte Sophie verstanden zu haben, aber sicher war sie sich nicht, denn Nicolas hatte sich nicht einmal umgedreht, als er ihr antwortete. Er ging weiter, die Hände in den Manteltaschen, die Strickmütze bis über die Ohren gezogen.

»Warum sind Sie eigentlich so plötzlich verschwunden? Sie sind als Einziger von Yves' Familie erschienen und waren dann weder bei der Bestattung noch beim Essen.« Sophie blieb stehen, sah ihm nach, blickte dann aufs Meer. Einige Möwen wurden vom Wind in Richtung Festland getrieben; es schmeckte nach feuchtem Salz.

»Ist das nicht ein wenig zu viel verlangt?« Endlich wandte er sich um. »Ich bin nur gekommen, weil ich etwas gefunden habe, das ich Ihnen geben wollte«, rief er gegen das Brausen des Windes an. »Das Lied aus der Kirche. Mein Großvater hat es für Valentine geschrieben. Ich habe die Noten entdeckt, als ich nach Ihrer Mail in seinem Nachlass nachgesehen habe.«

Lächelte er wieder?

»Er hat es für meine Großtante geschrieben?« Sophie stakste ihm auf wackeligen Absätzen entgegen. »Er muss sie sehr geliebt haben. Hat sie es jemals gehört? Es ist wunderschön.«

Nicolas zuckte mit den Achseln. »Die Harmonien sind stimmig, sehr stimmig sogar, zugegeben. Aber mich interessiert bei Musik die Wirkung, nicht die Ursache.«

»Du liebe Güte, ich kann förmlich sehen, wie sich Ihr Großvater im Grab herumdreht!«, platzte es aus Sophie heraus, doch als sie sah, dass Nicolas seinen Mund verzog, setzte sie in freundlicherem Tonfall nach: »Ich finde sehr wohl, dass die Geschichte dahinter eine Bedeutung hat. Das macht ein Musikstück doch erst aus! Wissen Sie, ob er es vor 1950 komponiert hat?«

»Warum ist das wichtig?«

»Es ist ein romantischer Gedanke, dass er das Lied nur für sie schrieb.« Sie hob gestikulierend die Hände. »Ich meine, bevor sie sich wiedertrafen.«

»Und genau an diesem Punkt hört meine Phantasie auf. Ich finde es, ehrlich gesagt, erbärmlich, was damals passiert ist.« Er schüttelte den Kopf. »Nun ja, es ist nicht zu ändern. Warten Sie …« Mit diesen Worten knöpfte er seinen Mantel auf und zog einige der Länge nach gefaltete Bögen aus der Innentasche hervor. »Ich habe Ihnen eine Kopie des Liedes mitgebracht.«

Sophie nahm die Blätter entgegen, hielt sie fest, sah kurz darauf. *Pour Valentine* stand auf der ersten Seite ganz oben. Handgeschrieben, genau wie die gesamte Partitur.

Sie schluckte heftig, dann sah sie ihn an. »Werden Sie versuchen, das Datum herauszufinden? Bitte!«

»Haben Sie das eigentlich irgendwo gelernt?« Er schmunzelte, und erst jetzt bemerkte sie, dass seine Augen tiefblau waren. »Sie haben große Übung im Flehen, oder?«

»Überhaupt nicht. Bitte! Tun Sie mir den Gefallen!«

»In Ordnung, ich werde mir das Original mal ansehen. Vielleicht hat er es auf der Rückseite notiert«, sagte Nicolas, dann wurde er plötzlich wieder ernst. »Aber ich muss jetzt gehen.«

»Wirklich? Wollen Sie nicht mit ins Restaurant kommen? Wir könnten einen Kaffee trinken. Oder einen Wein.«

»Nein danke. Ich fühle mich nicht wohl dabei.«

»Das kann ich verstehen«, sagte Sophie, obwohl sie sich gerne weiter mit ihm unterhalten hätte. »Machen Sie es gut!«

Er lächelte nur kurz, dann wandte er sich wieder um und ging den Weg hinauf, der zur Terrasse des Restaurants führte. Die Hände vergrub er in den Taschen.

»Sie auch«, glaubte Sophie verstanden zu haben. Aber vielleicht war es auch nur der Wind gewesen.

## 2

27. November, 22.03 Uhr
**Betreff:** Lied

Hallo, Nicolas,
Wie geht es Ihnen?
Bei unserer Begegnung vor drei Wochen haben Sie mir versprochen herauszufinden, wann Ihr Großvater das Lied für Valentine geschrieben hat. Es geht mir nicht aus dem Kopf. Und ich möchte dringend wissen, ob es vor 1950 gewesen war oder danach.
Viele Grüße,
Ihre Sophie

3. Dezember, 19.11 Uhr
**Betreff:** Re: Lied

Hallo, Sophie,
es tut mir leid, ich bin bis jetzt nicht dazu gekommen, die alten Unterlagen meines Großvaters noch einmal durchzusehen. Ich bin gerade ziemlich im Stress, aber vielleicht schaffe ich es am Wochenende. Ich melde mich.
Gute Nacht & Grüße
N.

Es hatte eine Zeit gegeben, in der Sophie derartige Mails höflich abgenickt und anschließend vergessen hätte. Was sollte man sich jemandem aufdrängen, der ganz offensichtlich nicht kommunizieren wollte und jetzt so tat, als sei das nur dem stressigen Alltag geschuldet, der es unmöglich mache, auch nur einmal kurz in einen Karton oder einen Ordner zu sehen, statt die Wahrheit zu sagen, nämlich dass er gar nicht nachsehen wollte. So zumindest kam es ihr vor.

In diesem Fall aber würde sie geduldig bleiben, warten und ihn beizeiten, sollte er sich in wenigen Tagen nicht gemeldet haben, an sein Versprechen erinnern. Denn auch wenn Nicolas es vielleicht als unwichtig erachtete, wann das Lied komponiert worden war, so war es für sie ein Puzzleteil, das sie ihrer Großtante wieder ein Stückchen näherbrächte – und vielleicht sogar eine Lücke in ihrer Geschichte endgültig schließen könnte.

Noch einmal las Sophie Nicolas' Mail und fuhr dann den Computer mit einem Seufzen herunter.

Könnte es sein, dass sie sich zu sehr in die Sache hineinsteigerte?, fragte sie sich, während sie vom Schreibtisch aufstand, das Fenster öffnete und ihr Gesicht in die kühle Hamburger Nachtluft hielt. Die Geschichte ihrer Großtante hatte mit deren Tod ein Ende gefunden. Warum um Himmels willen war sie so sehr davon besessen, auch die letzten offenen Fragen zu klären? Was hätte sie schon davon, wenn sie wüsste, wann Yves das Lied geschrieben hatte? Es änderte nichts. Weder an den Ereignissen noch an deren dramatischen Verlauf.

Weil es dich berührt, flüsterte eine innere Stimme. Irgendetwas an der Geschichte ließ einen Ton in ihrem Herzen klingen, den sie nicht kannte, dem sie nachspüren wollte.

Von der Straße her hallte das Klackern von Absätzen hinauf, und aus dem Restaurant auf der gegenüberliegenden Seite, durch dessen Scheiben man Gesichter im flackernden Kerzenschein erkennen konnte, drang Gelächter.

Vorsichtig beugte Sophie sich vor, sog die kühle Luft in

ihre Lungen und sah über gelb und weiß gestrichene Fassaden, Stuckfresken und schmiedeeiserne Balkone.

Sie mochte das Viertel, in dem sie wohnte. Es bestand vorwiegend aus Häusern, die Anfang des 19. Jahrhunderts erbaut worden waren, und hatte dennoch studentisches Flair. Kleine Buchläden, Gemüsehändler, hübsche Geschäfte und vor allem die vielen Cafés und Restaurants verschiedenster Nationalitäten. Ein Stück weiter gab es einen Park, in dem sie oft spazieren ging oder sich auf eine Bank setzte, um Vögel zu beobachten. Und auch die Außenalster war nicht weit, mit unzähligen Joggern, die den See täglich umrundeten, Anglern und Ausflugsbooten.

Sophie lehnte sich hinaus, immer weiter, bis der Wind nicht mehr nur sanft über ihre Wangen strich, sondern scharf und bissig an den Haaren riss. Ein feiner Regenschleier benetzte ihre Haut. Und plötzlich spürte sie wieder dieses namenlose Gefühl, das sie nicht greifen konnte. Dumpf und ziehend. Haltlos.

Zuerst hatte sie gedacht, es läge daran, dass sie mit Valentine einen geliebten Menschen verloren hatte, aber mit der Zeit erkannte sie, dass sie dieses Gefühl schon länger in sich getragen hatte. Doch sosehr sie auch darüber nachsann, was es denn war, das sie immer wieder sehnsüchtig hinausblicken ließ – sie konnte es nicht sagen.

Sophie schloss das Fenster. Vielleicht war es Ausdruck der mangelnden Zeit für ihr geliebtes Hobby, der Malerei. Eigentlich hatte es gar kein Hobby werden sollen, sie war davon überzeugt gewesen, dass sie irgendwann einmal tatsächlich damit ihr Geld verdienen würde. Damals, als sie sich voller Enthusiasmus in die *École nationale supérieure des beaux-arts de Paris* einschrieb, träumte sie davon, eines Tages vielbeachtete Gemälde zu erschaffen oder die Bühnenbilder der großen Theaterhäuser zu gestalten. Aber es war anders gekommen, und nun arbeitete sie als Graphikdesignerin in einer kleinen Werbeagentur.

»Immerhin ein künstlerischer Beruf«, hatte Oliver gesagt, der die Dinge immer auf eine pragmatische Art betrachtete. »Und dazu gar nicht mal so schlecht bezahlt.«

Für Sophie hingegen war die Gestaltung mehrseitiger Anzeigen alles anderes als künstlerisch, aber sie hatte ihm nicht widersprechen wollen. ›Jammern auf hohem Niveau‹ nannte er es immer, wenn sie sich über die Eintönigkeit ihrer Arbeit beschwerte. Und so hatte sie es dabei belassen.

In diesem Moment erklang das Signal, dass eine SMS angekommen war. Eine Nachricht ihrer Freundin Verena.

Bist du auf dem Weg? Sitze schon im Restaurant.

Schlagartig bekam Sophie ein schlechtes Gewissen. Ein Blick auf ihre Armbanduhr zeigte, dass es schon nach acht war. Wenn sie nicht wollte, dass Verena ihr den Kopf abriss, musste sie sich jetzt beeilen.

Warme Luft schlug ihr entgegen, als sie den Vorhang, der Tür und Gastraum voneinander trennte, beiseiteschob und das Restaurant betrat. Lautes Stimmengewirr füllte das Lokal, untermalt von sanfter Jazzmusik. Der halbe Stadtteil schien hier versammelt; selbst der Barbereich, an dem Gäste bei einem Aperitif auf ihren Tisch warteten, war voll besetzt. Ein Kellner eilte ihr entgegen und fragte mit verzweifelt wirkendem Gesichtsausdruck, ob sie reserviert habe.

Sophie nickte und reckte den Kopf. Sah über minimalistisch gedeckte Tische, an denen gegessen, gelacht und geredet wurde, bis sie Verena entdeckte, die auf einer Bank am Fenster saß und nun ihre Hand hob, um Sophie zuzuwinken.

»Die Bedienung hat schon zweimal gefragt, ob dein Platz nicht doch frei sei«, tadelte sie zur Begrüßung und strich sich über das dunkle, schulterlange Haar, das sie seitlich mit einer glitzernden Schmetterlingsspange gebändigt hatte. Dann sprang sie auf und drückte Sophie ein Küsschen auf die Wange.

Kaum dass Sophie sich auf ihren Platz gesetzt hatte, kam auch schon der Kellner, brachte ihnen eine Speisekarte und nahm die Getränkebestellung auf.

»Geht es dir gut?«, fragte Verena schließlich, nachdem sie das Essen gewählt und mit einem Glas Weißwein angestoßen hatten. »Wie war Honfleur?«

Mit leiser Wehmut fasste Sophie die Tage zusammen und endete mit dem Spaziergang am Strand, bei dem Nicolas ihr die Liednoten überreicht hatte. »Honfleur ist wundervoll«, schloss sie, »selbst im November. Ich hätte gerne mehr Zeit dort verbracht.«

»Sag mir Bescheid, wenn du wieder hinfährst. Den Pianisten möchte ich gerne kennenlernen. Sieht er gut aus?«

»Ja.« Sophie dachte an den Moment, als sie auf der Terrasse des *Bellevue* gestanden und aufs bewegte Meer gesehen hatten. An sein verschmitztes Lächeln. Die Lässigkeit, mit der er an die Fassade des Hotels gelehnt stand, einen Fuß hinter den anderen gestellt, und eine Zigarette rauchte. »Ein wenig wie Orlando Bloom.«

»Oh«, sagte Verena. »Und von ihm hast du eine Partitur seines Großvaters bekommen? War Oliver da nicht eifersüchtig?«

»Er ist gar nicht mitgekommen.«

Verena verzog unmerklich den Mund.

»Oliver hat viel zu tun«, beeilte sich Sophie zu sagen. »Und er wollte ja seine Beförderung nicht riskieren.«

Diese hatte Oliver auch tatsächlich bekommen. Vergangene Woche war er zum Leiter des Fondsmanagements einer Privatbank ernannt worden, weil sein vorsichtiges und vorausschauendes Agieren viele Stiftungsverwalter anzog, die sich keine wirtschaftlichen Kapriolen leisten konnten.

»Ja, der zuverlässige Manager«, meinte Verena und rollte die Augen. »Orlando Bloom wäre sicher trotzdem mit dir nach Honfleur gefahren, um ein leidenschaftliches Wochenende an der stürmischen Atlantikküste zu verbringen.«

»Verena, es war eine Beerdigung!«

»Und? Alles eine Frage der Priorität. Die Dame war alt und ist friedlich entschlafen. Wer denkt denn da an tiefschwarze Trauer.«

»Ich!«, rief Sophie aus und war froh, als der Kellner in diesem Moment das Essen brachte.

Als sie kurz nach Mitternacht die Wohnungstür aufschloss, fiel ihr erster Blick auf Olivers Aktentasche, die auf dem Boden neben der Kommode lehnte. Der Mantel an der Garderobe war noch feucht vom Regen, er konnte noch nicht lange zu Hause sein.

»Oliver?«

Keine Antwort.

Sophie ging durch die Räume und fand ihn schließlich im Schlafzimmer. Er lag bereits im Bett, hatte seine Lesebrille aufgesetzt und las in einem amerikanischen Thriller.

Oliver sah auf und lächelte sie an. »Na, mein Schatz, wie war dein Abend?«

»Unterhaltsam«, antwortete Sophie und lehnte sich an den Türrahmen. »Und deiner?«

»Ach, etwas lang. Ich möchte die Abteilung erst einmal neu

organisieren, und das dauert. In den nächsten Wochen wird es sicher öfter spät werden.«

Sophie nickte, wollte sich gerade umdrehen, hielt dann aber inne. »Würdest du dann, wenn alles so geordnet ist, wie du es dir vorstellst, mit mir in die Normandie fahren, um ein leidenschaftliches Wochenende zu verbringen?«

Sie hatte es wohl zu leise gesagt, denn Oliver hatte das Buch bereits wieder vor sein Gesicht gehoben.

Nachdenklich ging sie ins Bad und zog sich aus. Mit kritischem Blick betrachtete Sophie sich im Spiegel, den etwas rundlichen Körper, dann ihre Augen, und befand, dass sie müde aussah. Mit energischen Strichen bürstete sie das dunkelblonde Haar, bis es ihr glänzend auf die Schultern fiel.

Als sie wenig später im Nachthemd die Schlafzimmertür öffnete, hatte Oliver bereits das Licht ausgeschaltet. Leise schlüpfte Sophie unter ihre Decke und starrte in die Dunkelheit, lauschte auf seinen Atem, der noch unregelmäßig ging. »Oliver?«

»Hm …«

»Kann ich dich etwas fragen?«

Er bewegte sich, wandte sich in ihre Richtung.

»Oliver, was ist das, was du dir im Leben am allermeisten wünschst?«

Erst Stille, dann ein Seufzen. »Warum fragst du?«

»Es interessiert mich.«

»Dass wir bis ans Ende unserer Tage glücklich sind. Und dass wir Kinder bekommen, möglichst vier. Und einen Hund. Und wenn wir unseren fünfzigsten Hochzeitstag feiern, dann bin ich der zufriedenste Mann der Welt.«

Er gähnte laut und drehte sich wieder auf die andere Seite.

»Das klingt so … so vorhersehbar.«

Jetzt machte er seine Nachttischlampe wieder an und setzte

sich auf. Fast schon etwas empört fragte er: »Ist etwas falsch daran?«

»Nein, aber es klingt irgendwie unspannend.«

Er lachte. »Sophie, manchmal ist das Leben eben so. Das nennt man Alltagsglück!«

Sophie dachte an Verenas Bemerkung und daran, dass sich Leidenschaft anders anfühlte. »Fünfzig Jahre sind eine lange Zeit.«

»Ja, und das ist doch schön, oder nicht?«

»Schon.« Sie rutschte tiefer in ihre Kissen und spürte wieder dieses seltsame Ziehen im Bauch. Vielleicht hatte sie nur Angst, dass der nächste Schritt – Kinder zu bekommen – sie unweigerlich in einen Alltag führte, in dem für nichts anderes mehr Platz war. Aber schon jetzt vermisste sie den Gedanken an spontane Reisen oder ungeplanten Sex. Nichts, was sie Oliver jetzt sagen wollte. Dinge, die man nicht vorhersehen konnte, waren ihm ein Gräuel.

»Sophie, ich liebe dich«, sagte er mit bleierner Stimme und machte das Licht wieder aus.

»Ich dich auch.«

Vielleicht würde alles so kommen, wie es sollte. Sicher würde sie glücklich sein mit dem Leben, das so geradlinig verlief und um das andere sie sicher beneideten.

Sophie rückte näher an Oliver heran und schmiegte sich an seine Brust. Atmete seinen Geruch ein, der ihr so vertraut war.

»Schlaf gut«, flüsterte sie. Und als sie dann endlich die Augen schloss, schämte sie sich für ihre Gedanken und dachte, wie viel Glück sie doch hatte, ihn an der Seite zu haben und so ein Leben führen zu können.

Ein Leben ohne Angst und voller Zuneigung.

# 3

10. Dezember, 6.09 Uhr
**Betreff:** Re: Lied

Hallo, Nicolas,
meine Frage mag Ihnen aufdringlich erscheinen, aber haben Sie am Wochenende nachschauen können? Sie wissen schon, Sie wollten einen Blick in die Unterlagen Ihres Großvaters werfen.
Viele Grüße,
Sophie

*Fünfzehn Stunden später*
**Betreff:** Re: Lied

Hallo, Sophie,
stehen Sie eigentlich immer so früh auf? Ich meine, 6.09 ist doch keine Zeit, an der man sich freiwillig weiter als bis zur Bettkante bewegt.
Viele Grüße, N.

*Zehn Minuten später*
**Betreff:** Re: Lied

Soll das jetzt eine Antwort sein? Und wenn ich um vier Uhr aufgestanden wäre, wen kümmert das? Die Frage wird sich nicht ändern: Haben Sie schon nachgesehen?

*Zwei Minuten später*
**Betreff:** Re: Lied

Nein, habe ich nicht.

*Eine Stunde später*
**Betreff:** Dachboden

Liebe Sophie,
meine letzte Antwort war wohl ein wenig unhöflich. Immerhin warten Sie ja bereits seit mehr als einem Monat auf die Antwort. Eigentlich ist es gar nicht meine Art, jemanden derart hinzuhalten. Lassen Sie es gelten, wenn ich Ihnen sage, dass ich in der letzten Zeit viel um die Ohren hatte und dass die vergangene Woche ziemlich übel war?
Ich war eben auf dem Dachboden und habe die Kiste mit den Kompositionen heruntergeholt. Aber zum Durchsehen bin ich jetzt zu müde.
Ich melde mich!
Gute Nacht!
N.

*Am nächsten Morgen*
11. Dezember, 5.09 Uhr
**Betreff:** Re: Dachboden

Lieber Nicolas,
bevor Sie jetzt fragen, wie ich dazu komme, mich sogar schon vor sechs Uhr weit über die Bettkante hinaus zu bewegen: Es ist die einzige Zeit, in der ich ein wenig Ruhe habe. Zum Lesen, Nachdenken oder zum E-Mail-Beantworten beispielsweise. Als Studentin bin ich nicht vor acht aufgestanden, in den Semesterferien sogar weit nach elf. Die Zeiten haben sich geändert. Was das ›um die Ohren haben‹ angeht, sind wir also schon zu zweit.

Ich freue mich, dass Sie die Kiste gefunden haben. Ehrlich gesagt, kann ich es kaum erwarten, endlich mehr über deren Inhalt zu erfahren. Bitte! Lassen Sie mich dieses Mal nicht so lange warten! (Sehen Sie? Ich flehe schon wieder …)
Viele Grüße,
Sophie

*Vierzehn Stunden später*
**Betreff:** Re: Dachboden

Liebe Sophie,
das Flehen steht Ihnen gut! Nicht, dass Sie glauben, ich würde absichtlich Dinge verzögern, nur damit Sie flehen, aber es steht Ihnen trotzdem. ☺
Dass es wieder später geworden ist, liegt an zwei Dingen. Erstens: Mein Alltag nimmt keinerlei Rücksicht auf alte Kisten, und zweitens: Die alte Kiste mit den Kompositionen nimmt keine Rücksicht auf mich, denn sie ist proppenvoll. Es hat einige Zeit gedauert, bis ich die Antwort auf Ihre Frage gefunden habe.
Sie haben ja lange darauf gewartet, deshalb schreibe ich die Jahreszahl besonders groß:
**1945**
Er hat Valentines Lied also tatsächlich geschrieben, bevor er meine Großmutter geheiratet hat. Erstaunlich!
Ich hoffe, Sie können nun noch besser schlafen, als ich es Ihnen ohnehin wünsche.
Grüße, Nicolas.

*Sechs Minuten später*
**Betreff:** Re: Dachboden

Danke, lieber Nicolas!
Ich muss gestehen, dass ich im Laufe des Tages um den Computer geschlichen bin und mir allen Ernstes überlegt hatte, das Flehen ein wenig

zu verstärken. Nun bin ich froh, dass Sie es nicht so weit haben kommen lassen. Auch wenn Sie mir mit Ihrer charmanten Rückmeldung Mut gemacht haben: Ich finde Flehen unglaublich peinlich. Es zeigt, dass man an einen Punkt angekommen ist, an dem die eigene Autorität nicht mehr ausreicht und man seine Bitte in Betteln ändern muss, damit man Gehör findet.
Und nun zum Datum: 1945 … Das erklärt die Intensität des Liedes. Man kann die Sehnsucht, das Leid, die Verzweiflung im Ton jeder einzelnen Note spüren.
Aber ich will Sie mit meinen Gedanken nicht langweilen. Zuerst Flehen und nun Emotionalität! Entschuldigen Sie bitte, Sie hatten mir Ihre Meinung zu der Verbindung von Valentine und Yves ja schon gesagt. Ich werde Sie damit auch nicht weiter behelligen.
Gute Nacht wünscht Ihnen,
Ihre Sophie

PS: Darf ich Ihnen noch ein entspanntes Leben wünschen? Sie klingen wirklich so, als könnten Sie ein wenig Entschleunigung gebrauchen.
PPS: Ich weiß es wirklich zu schätzen, dass Sie Ihre Nachtruhe nach hinten verschoben haben, um sich trotz Ihres ohnehin proppenvollen Alltags obendrein noch mit einer proppenvollen Kiste zu beschäftigen.
PPPS: Ja, jetzt werde ich wirklich besser schlafen können! ☺

*Am nächsten Morgen*
12. Dezember, 6.53 Uhr
**Betreff:** Re: Dachboden

Liebe Sophie,
Sie fanden meine letzte Mail charmant? Dann habe ich ja alles richtig gemacht. Ich war schon in großer Sorge, dass Sie das nur als Erweiterung der schlecht verfassten Ausrede eines überarbeiteten Architekten einstufen würden. Ich bin erleichtert.
Sie haben mit Ihrem gutgemeinten Wunsch (er war doch gutgemeint,

oder?) übrigens vollkommen recht. Tatsächlich werde ich ab kommendem Montag meinen lang ersehnten Urlaub antreten und eine Woche in Nizza »entschleunigen«. Keine Bauherren, keine Pläne, keine Ämter, nur das Meer, der Wein, keine Touristen und ich. Wann waren Sie das letzte Mal am Meer (Beerdigungen und Trauerfeiern zählen nicht mit)?
Ich habe mich übrigens gefragt, warum Sie so viel in dieses Lied hineinlegen. Es kann doch auch sein, dass er es 1945 geschrieben, aber erst nachträglich *Pour Valentine* genannt hat.
Viele Grüße, Nicolas.

*Dreißig Minuten später*
**Betreff:** Re: Dachboden

Lieber Nicolas,
stehen Sie immer so früh auf? ☺
Aha, Sie sind also Architekt. Und anscheinend ein gut gebuchter, ansonsten würden Sie nun im kleinen Kämmerlein sitzen und sich die Zeit mit Visionen von monumentalen Baudenkmälern vertreiben, die Sie irgendwann einmal verwirklichen wollen.
Nizza ist zur Erholung bestimmt das Richtige – es klingt unglaublich schön, wenngleich es bei mir sofort Bilder von Trubel und vollen Kiesstränden hervorruft, an denen man für eine Liege samt Sonnenschirm hundert Euro täglich zahlt. Aber es ist ja Dezember. Also werden Sie im milden Klima an einsamen Küsten entlangwandern und sich abends etwas Leckeres zu essen gönnen.
Darum beneide ich Sie, da wäre ich jetzt auch gerne. Das Wetter hier ist grauenhaft, es schlägt aufs Gemüt.
Die Frage, wann ich das letzte Mal am Meer gewesen bin, ist schnell beantwortet: im vergangenen Herbst, wie jedes Jahr für mindestens eine Woche. Hamburg liegt ja nur eine Autostunde von der Ostsee entfernt. Man weiß, was einen erwartet, wenn man dort hinfährt. Für jemanden, der verlässliche Dinge braucht, um sich wohl zu fühlen, also genau das

Richtige. Natürlich nicht zu vergleichen mit Honfleur! Oder etwa mit Nizza.
Ihre Frage über Valentine und Yves hat mich erstaunt. Warum nachträglich? Hat man Ihnen die Geschichte nicht erzählt? Es klingt so, als habe man Sie im Glauben gelassen, die beiden seien lediglich blinder Leidenschaft gefolgt, als er für Valentine seine Frau verließ. Wussten Sie nicht, dass sie sich schon vorher begegnet waren?
Herzlich,
Sophie

PS: Ich hatte gedacht, Sie seien Pianist!
PPS: So, nun muss ich aber los. Ein wichtiger Kunde wartet auf erste Entwürfe. Einen angenehmen Tag noch!

*Zehn Stunden später*
**Betreff:** Re: Dachboden

Liebe Sophie,
als ich Ihnen geschrieben habe, war ich schon eine Stunde wach und habe bereits den zweiten oder dritten Kaffee getrunken. Das ist momentan leider eher Regel als Ausnahme, was mir zwar nicht gefällt, aber zum Ende des Jahres sollte es ruhiger werden. Bis dahin tanke ich noch einmal Kraft im Süden.
Als ich Meer sagte, meinte ich doch nicht diese kalte, eingedeichte Pfütze in Norddeutschland. Ich meinte *das* Meer. Ich brauche es warm und etwas wilder, und nach Nizza fahre ich jetzt nur, weil dort, wie Sie schon richtig anmerkten, um diese Zeit nichts los ist.
Morgen ist es so weit, und ich freue mich schon darauf, wieder einmal ein paar Tage ausschlafen zu können.
Viele Grüße und vielleicht bis bald,
Nicolas

PS: Ja, ich bin manchmal auch Pianist, aber das ist eher Ausdruck einer unerfüllten Sehnsucht. Ich verrate Ihnen ein Geheimnis. Ich wäre gerne Kapitän geworden. Auf einem großen Segelschiff, das seinen Passagieren die schönsten Plätze der Erde zeigt. Aber mein Vater befand, ich müsse etwas ›Ordentliches‹ lernen. Ich war zu jung und vielleicht auch ein wenig zu orientierungslos, um mich dagegen zu wehren. Das Klavierspiel war eine probate Methode, die Sehnsucht in Klänge zu verwandeln. Das funktioniert ganz gut, zumindest meistens.
PPS: Ich weiß so gut wie nichts über Yves und Valentine, nur das, was ich von meiner Familie erzählt bekommen habe. Und das war weder sonderlich viel noch besonders schön, wie Sie sich unschwer vorstellen können.
PPPS: Das mit den PS, PPS und dem PPPS ist irgendwie albern, hat aber seinen Reiz, wie ich zugeben muss.
PPPPS: Schlafen Sie gut.

*Eine Stunde später*
**Betreff:** Re: Dachboden

Lieber Nicolas, ich verrate Ihnen etwas. In meiner letzten Mail an Sie hatte ich bereits eine ganze Reihe PPS und PPPS geschrieben, aber ich habe sie gelöscht, weil ich dachte, Sie fänden es sicher albern. Nun aber kann ich es ja zugeben: Ich habe eine gewisse Leidenschaft für nachgetragene Sätze. Es ist, als stehe man eigentlich schon an der Tür – und plötzlich fällt einem noch etwas ein. Man dreht sich um und hakt nach. Manchmal sagt man Dinge, die man sich nur im Weggehen zu äußern traut. Wie oft erfährt man erst dann die wirklich interessanten Details.
Zum Beispiel das mit Ihrem eigentlichen Berufswunsch. Das kenne ich, ich wäre auch lieber Kunstmalerin geworden als Werbegraphikerin. Obwohl das wenigstens nicht so weit voneinander entfernt liegt wie der Pianist vom Architekten.

Ein interessantes Detail haben Sie allerdings bereits im Haupttext verraten: Sie stehen früh auf! Mein lieber Nicolas, Sie haben mich ganz schön auf den Arm genommen, als Sie mich im Glauben ließen, eine gewisse Bettkante würde Sie daran hindern.
Schlafen Sie auch gut. Und ab morgen vor allem viel!
Sophie

PS: Pfütze? Frechheit! Außerdem ist die Ostsee nicht eingedeicht, nur die Nordsee. Was zeigt, dass Sie geurteilt haben, ohne den Sachverhalt zu kennen. Machen Sie das immer so?
PPS: Wenn Sie wollen, erzähle ich Ihnen von Valentine. Sie werden sehen, sie war kein männerverschlingendes Monster, das sich so einfach einen verheirateten Mann gekrallt hat. Nein, sie war eine unglaublich tapfere und liebenswerte Frau. Ich frage mich, ob ich an ihrer Stelle nicht ebenso gehandelt hätte.
PPPS: Melden Sie sich, wenn Sie aus Nizza zurück sind? So langsam beginnt es mir Freude zu machen, von Ihnen zu lesen. Ich glaube, ich werde Ihre Mails vermissen, wenn Sie morgen zum Entschleunigen untertauchen.

*8 Tage später*
20. Dezember, 12.31 Uhr
**Betreff:** Bin zurück

Hallo, Sophie,
gestern bin ich zurückgekommen und habe tatsächlich viel geschlafen. Ich fühle mich so fit wie lange nicht mehr. Sicher eine Folge der absoluten Funkstille – ich hatte mein Smartphone zu Hause liegenlassen, sonst hätte ich sicher von Nizza aus weitergearbeitet. So kam es, dass ich Ihre Mail erst jetzt gelesen habe. Das ist natürlich eine schöne Begrüßung, auch wenn sie als Abschied gemeint war.
Irgendwann – einige Mails zuvor – haben Sie mir ein »entspanntes Leben« gewünscht. Das klingt also nun wirklich nach Abschied, sogar nach der

endgültigst möglichen Form eines Abschieds. Da Sie aber nicht aufhören, mir zu mailen, mutmaße ich, dass Sie tatsächlich Freude daran haben, mir zu schreiben, was mich wiederum freut. Es geht mir nämlich ganz genauso!
Viele Grüße, Nicolas

PS: Das mit dem frühen Aufstehen ist ungewollt. Im Allgemeinen bevorzuge ich die Bettkante.
PPS: Familiär begehe ich zwar einen Tabubruch, aber was soll's? Ja, erzählen Sie mir ruhig ein wenig von Yves und Valentine. Es beginnt mich zu interessieren, auch wenn ich fast befürchte, Sie enttäuschen zu müssen. In meinen Augen gibt es nichts, was es rechtfertigen könnte, eine komplette Familie zu zerstören.

*Fünf Stunden später*
**Betreff:** Re: Bin zurück

Lieber Nicolas,
schön, dass Sie wieder da sind!
Ich habe Sie ein wenig vermisst. Sie und Ihre ewige Skepsis gegenüber der größten Liebe des Jahrhunderts. ☺
Wer kann schon sagen, was richtig ist und was falsch? Das liegt doch im Auge des jeweiligen Betrachters.
Ich habe meine Großtante im vergangenen Jahr in Honfleur besucht, und sie hat mir die ganze Geschichte erzählt. Eine wundervolle und gleichzeitig tieftraurige Geschichte. Wenn Sie wüssten, was ich weiß, dann würden Sie verstehen, warum ich in diesem Fall sage: Es war das Schicksal, das Valentine und Yves erst auseinanderriss, und es war das Schicksal, das sie wieder zusammenbrachte. Und dagegen ist man doch machtlos, oder?

Gruß,
Ihre Sophie

*Vierzig Minuten später*
**Betreff:** Re: Bin zurück

Liebe Sophie,
was »die größte Liebe des Jahrhunderts« angeht, bin ich tatsächlich skep-tisch. Und auch wenn ich Ihnen recht geben muss, dass oft Dinge im Auge des Betrachters liegen, meine ich, dass es unverrückbare moralische Werte gibt, die betrachten kann, wer will, die sich aber dadurch nicht verändern. Unrecht bleibt Unrecht, egal, wie man es dreht und wendet.
Ich bin jedenfalls gespannt, was Sie mir zu erzählen haben, aber ich warne Sie vor: Ich bin nicht romantisch! Ich möchte eigentlich nur miterleben, wie Sie daran scheitern, mir diese Geschichte als akzeptabel zu verkaufen.
Wollen wir telefonieren? Was meinen Sie?
Herzliche Grüße und frohe Weihnachten,
Ihr Nicolas

*Eine Minute später*
**Betreff:** Re: Bin zurück

Telefonieren? Sind Sie sicher?

*Zwei Minuten später*
**Betreff:** Re: Bin zurück

Natürlich! Oder wie hatten Sie sich das »Erzählen« vorgestellt? Etwa schriftlich?

*Acht Minuten später*
**Betreff:** Re: Bin zurück

Ja. Ehrlich gesagt, hatte ich gedacht, ich schreibe Ihnen ein paar Zeilen über meine Großtante per Mail. Aber Sie haben natürlich recht, das würde wohl ein ganzes Buch füllen …

Ich gebe zu, Ihr Vorschlag ist reizvoll. Auch wenn mich Ihr Ziel, lediglich mein Scheitern miterleben zu wollen, gleichermaßen ärgert wie anspornt. Darf ich ein wenig darüber nachdenken?
Ich melde mich bei Ihnen. Machen Sie es gut und genießen Sie die besinnliche Zeit!
Alles Liebe,
Sophie

PS: Wetten, Sie haben doch eine romantische Ader?

# 4

Im Kaispeicher herrschte ausgelassene Stimmung. Violettes Licht zuckte im Rhythmus der Dance-Classics, die von den Tanzenden lauthals mitgesungen wurden. Die festlich eingedeckten Tische waren abgeräumt worden, am Dessertbüfett standen letzte Weckgläser mit Panna Cotta und eine Käseplatte, auf der Reben mit Weintrauben thronten. Kellner trugen Tabletts mit Getränken durch die wogende Gästeschar. Sophie griff nach einem Glas Prosecco und ließ sich in den Loungesessel neben ihre Freundin Verena fallen.

»Ich habe seit Jahren nicht mehr so viel getanzt!«, rief sie.

»Dann wurde es aber höchste Zeit.« Verena richtete ihre zerzauste Frisur mit beiden Händen. Sie sah hinreißend aus in ihrem silbernen Paillettenkleid und dem dunkelglänzenden Haar, das sie im Stil der sechziger Jahre aufgesteckt hatte. Aus den Lautsprechern erklang Chaka Kahns *Ain't nobody* als Dancefloorversion. Verena wippte mit dem rechten Fuß im Takt und sprang dann auf. »Komm, das Lied ist großartig!«

»Wir haben uns doch gerade erst hingesetzt.«

Aber Verena lachte nur und verschwand in der Menge.

Erschöpft lehnte sich Sophie in die Polster und sah hinüber zu Oliver, der mit den anderen Männern beisammensaß, dabei aber auf sein Handy starrte und schließlich etwas hineintippte. Er wirkte irgendwie einsam zwischen den Feiernden, in sich zurückgezogen auf einer eigenen Insel. Alleine mit sich und dem Smartphone.

Sophie nippte an ihrem Prosecco, und als Oliver auch nach mehreren Minuten noch nicht aufsah, erhob sie sich und ging zu ihm hinüber.

»Alles in Ordnung?«, fragte sie und setzte sich neben ihn.

Er zuckte zusammen und ließ das Telefon sinken. »Ja, alles gut«, behauptete er freundlich. »Ich beobachte nur die Börsenkurse.«

»An Silvester?«

Nun lächelte er und ließ das Smartphone in seine Jackettasche gleiten. »Du hast recht«, sagte er, »ich sollte langsam mal loslassen. Es war ein anstrengendes Jahr. Und dann diese Party … Das ist nichts für mich.«

»Ich weiß.«

Sofort bekam Sophie ein schlechtes Gewissen. Sie hatten Silvester bisher immer in kleinerem Rahmen gefeiert, zu Hause oder bei Freunden. Menschenmengen waren nichts für Oliver, er liebte die Ruhe und Sicherheit der eigenen vier Wände. Das war in Ordnung so, Sophie verstand das gut. Früher fand sie es sogar aufregend, dass ein so attraktiver und gleichzeitig verschlossener Mann sie in sein Leben ließ. So nahe, dass sie ihres manchmal darüber vergaß und damit auch die Tatsache, dass sie es liebte, ausgelassen zu feiern.

Wie oft hatte sie in den vergangenen zehn Jahren ihrer Beziehung Einladungen ausgeschlagen oder es sich zu zweit gemütlich gemacht, statt hinauszugehen in die Welt, andere Menschen kennenzulernen und mit ihnen neue Lebensgeschichten. Eine Sache, der Oliver, der ausschließlich seine engsten Freunde um sich scharte, zutiefst misstraute.

In diesem Jahr aber hatte sie ihre Sehnsucht nach Ausgelassenheit nicht unterdrücken wollen. Bei aller Kompromissbereitschaft – jetzt wollte sie einmal dran sein, und so hatte sie ihn gebeten, dieses Mal feiern zu gehen. Richtig groß. Mit Essen und Tanz. Und sie hatte sich gefreut, als er zugestimmt hatte.

»Ich bin dir sehr dankbar, dass du trotzdem mitgekommen bist«, sagte sie. »Sieh nur, wie schön es ist.« Sie zeigte aus den hohen, von schwarzen Streben geteilten Glasfenstern auf die vielen Lichter des Hafens, die sich im dunklen Wasser der Elbe spiegelten. Eine einsame Rakete stieg in die Luft und verteilte ihren farbigen Funkenregen über den Himmel.

Oliver folgte ihrem Blick und lächelte. Im Hintergrund stimmte das Tanzvolk *I will survive* an. »Ja, schön ist es. Aber auch laut.«

Er sah irgendwie tapfer aus, als er das sagte. Und Sophie kam es so vor, als säße vor ihr ein kleiner Junge, der sich aus Angst vor dem Leben in seinem Baumhaus verbirgt. Ein eigenartiges Bild, wie sie fand, denn normalerweise war *er* es, der in ihrer Beziehung der Starke war. Er gab Halt, war Planer und Fels.

Sophie schüttelte das eigenartige Gefühl, das dieses Bild mit sich brachte, ab.

»Wir könnten nach draußen auf die Terrasse gehen, dort ist es bestimmt ruhiger«, schlug sie vor. »Wollen wir uns Wünsche fürs neue Jahr erzählen? Wir könnten dabei auf die Elbe sehen und ein wenig träumen.«

»Lieber nicht. Sieh mal, wie kalt es ist, die Leute dort frieren richtig.« Er sah auf die Uhr. »Noch dreißig Minuten …«

»Es tut mir leid, dass du dich nicht wohl fühlst.«

»Ist schon in Ordnung.«

Eine SMS flammte auf, er drückte sie weg. Sah Sophie fragend an, als warte er auf eine Fortsetzung des Gesprächs.

»Mach ruhig«, meinte Sophie seufzend und stand auf.

Mit erhobenem Kopf schritt sie in Richtung der Tanzfläche, wo Verena gerade die nach oben geworfenen Arme zum Takt der Musik schwang. Sophie mischte sich unter die Tanzenden. Als sie sich noch einmal zu Oliver umdrehte, starrte der wieder auf sein Smartphone.

»Der liest doch sicher nicht die Börsenkurse«, rief ihr Verena zu und schüttelte den Kopf. »Wenn Männer sich so sehr in das Display vertiefen, dann lesen sie entweder anzügliche Witze oder simsen mit einer Frau.«

»Oliver würde nie mit einer anderen Frau chatten«, antwortete Sophie schulterzuckend. »Und wenn, dann nur rein freundschaftlich.« Damit überließ sie sich der Musik.

Die Bässe wummerten, fuhren durch ihren Körper, der sich mit der Musik verband und eins mit ihr wurde. Auf einmal spürte sie, dass sie wütend war, ohne zu verstehen, warum. Weil Oliver ihr das Gefühl gab, ihretwegen zu leiden?

Sie musste sich eingestehen, dass ihr Mann in den vergangenen Jahren Eigenarten entwickelt hatte, die ihren Lebensraum eng begrenzten. Er war noch unflexibler geworden, ein Gewohnheitsmensch. Sophie hatte ja Verständnis, wenn man einem bestimmten Ablauf folgte, wenn man sonntags stets dasselbe Brötchen aß und Weihnachten immer die Gans mit Maronen und Rotkohl. Aber es waren ausschließlich *seine* Gewohnheiten, denen sie folgten, so lange, bis sie schließlich auch zu ihren geworden waren. Jedes Jahr in die Toskana, immer dasselbe Hotel. Derselbe Blick auf dem Selfie, das sie mit wechselndem Hintergrund an die Daheimgebliebenen schickten, derselbe Spruch auf der Karte.

Und nun taten sie endlich einmal, was *sie* wollte, und übrig blieb ein schlechtes Gewissen – wie so oft.

*»I will surviiiiiive!«*, brüllte sie.

Ihre plötzliche Wut wandelte sich in Energie, dann in pure Lebenslust. Mit geschlossenen Augen tanzte sie, hüpfte, schwang die Arme. Ein Lied ums andere. Wie lange hatte sie sich nicht mehr so bewegt? Und plötzlich wusste sie, dass es noch mehr Wünsche gab, die sie immer wieder unterdrückt hatte.

Honfleur, Valentines Tod, das Lied – ja, vor allem das Lied hatte sie nachhaltig berührt, etwas in ihr ausgelöst, dem sie nachspüren wollte. Das sie nicht länger beiseiteschieben würde, aus Rücksicht auf andere oder aus Mangel an Mut.

Als sie die Augen wieder öffnete, stand Oliver vor ihr, in den Händen zwei Champagnergläser. Er musste sie bereits einige Zeit beobachtet haben, lächelte ihr zu.

»Es ist gleich Mitternacht.«

Sophie nahm ihr Glas entgegen. Die Musik wurde leiser gedreht, irgendjemand kündigte mit fröhlicher Stimme das nahende Neujahr an.

»Ich habe einen Silvesterwunsch«, sagte sie. »Möchtest du ihn hören?«

»Natürlich.«

»Ich möchte mit dir in diesem Sommer nach Honfleur fahren.«

Überrascht sah er sie an. »Wir haben bereits in der Toskana gebucht.«

»Dann fahren wir eben vorher. Ein verlängertes Wochenende. Bitte, Oliver, es ist mir wichtig.«

Der Mann am Mikrophon begann, von zehn herunterzuzählen. Begeistert stimmten die Umstehenden ein.

»Warum ausgerechnet Honfleur? Die Ostsee liegt näher und ist ebenso schön.«

»Bitte!«

Das Zählen wurde lauter. Sieben, sechs.

»Vielleicht im März?«, überlegte er. »Da kann ich mir sicher einen Tag freinehmen.«

Im März begannen in der Normandie immerhin schon die Mimosen zu blühen, wenn das Wetter mild war. »Zwei freie Tage, dann haben wir ein verlängertes Wochenende. Versprochen?«

Vier, drei … »Versprochen.«

Sophie hob das Glas und ließ es gegen seins klirren. »Auf die Erfüllung unserer verborgenen Wünsche.«

»Ein frohes Neues, Sophie!«

Sie küssten sich, als vor den Fenstern Dutzende Raketen krachend in der Luft zerbarsten und sich plötzlich alle in den Armen lagen. Farbiger Glitter regnete von der Saaldecke auf sie herab. Lachend holten sie ihre Mäntel, folgten den anderen ins Freie und sahen in den Nachthimmel. Bunte Sterne funkelten auf, sprühten ins samtene Schwarz.

Im Schein des Goldregens presste Sophie ihre Hand aufs Herz und dachte an all das Ungesagte, all die Dinge, die sie in den vergangenen Jahren vermisst hatte. Und an solche, die noch vor ihr lagen. Und als sie eine Wunderkerze entzündete und einen Gruß an Valentine in das Firmament schickte, war es, als stehe ihre Großtante ganz dicht bei ihr.

Valentine …

Mit Tränen in den Augen wandte Sophie sich um und sah sich alleine. Oliver stand abseits, klopfte hektisch über sein Jackett, fuhr mit den Händen in die Manteltasche.

»Mein Handy«, stammelte er. »Ich habe es auf dem Tisch liegenlassen.«

Mit großen Schritten eilte er wieder hinein in den Saal. Auf Höhe der Bar kam ihnen Verena entgegen und streckte den Arm aus. »Das ist doch deins, oder?«

Mit einem Stoßseufzer nahm Oliver das Telefon entgegen und schaltete es an.

»Frohes neues Jahr, Verena«, rief Sophie und nahm ihre Freundin in den Arm.

»Dir auch, Schätzchen, das kannst du gebrauchen.«

»Wie meinst du das?«

Verena senkte die Stimme. »Ich habe mir erlaubt, eine aufblinkende Nachricht zu lesen. Sie heißt Julia, und ihre von Herzchen umrahmten Worte waren, wenn ich mich recht entsinne: ›Wie gerne wäre ich jetzt bei dir!‹«

# 5

1. Januar, 00.27 Uhr
**Betreff:** Frohes neues Jahr

Frohes neues Jahr, mein lieber Nicolas!
Ich bin vielleicht gerade ein wenig beschwipst und weiß nicht, ob ich morgen mit einem Kater erwache und meine Worte bereuen werde, aber ich habe soeben mit Blick auf den bunt erleuchteten Himmel beschlossen, Ihnen die Geschichte am Telefon zu erzählen.
Sagen Sie, wann ich Sie erreichen kann, und ich melde mich dann.
Neujahrsküsschen,
Sophie

Schnee stob auf, als Sophie das Fenster öffnete, fiel im Schein der Laterne wie ein glitzernder Schleier hinab auf den Bürgersteig. Alles war ruhig. Passanten schritten geräuschlos durch die Nacht, kaum ein Auto wagte sich auf die eisglatten Straßen. Es war so still, als sei alles in Watte gepackt. Und darüber lag der Geruch kühler, reingewaschener Luft.

Die Welt hält den Atem an, dachte Sophie, ein paar Stunden nur. Als warte sie ebenso angespannt auf das, was nun kommen würde.

Nicolas hatte vorgeschlagen, sich bei einem Glas Wein zu unterhalten, das mache die Sache gemütlicher. Um acht wollte er sie anrufen.

»*Ich* melde mich bei Ihnen«, hatte sie geschrieben. Nun war es sechs Minuten vor, und Sophie sog noch einmal die frische Nachtluft in ihre Lungen, als gäbe ihr das die notwendige Kraft für das kommende Gespräch.

Wovor hatte sie eigentlich Angst? Vor einer unschönen Diskussion? Oder vor der Nähe, die seine Stimme unweigerlich herstellen würde? Es war, abgesehen von ihrer flüchtigen Begegnung, doch nur eine E-Mail-Bekanntschaft. Mehr nicht. Vielleicht eine ganz besonders anregende, vielleicht sogar eine, die ihren Alltag ein wenig erhellte. Aber nichts, was ihn gefährden könnte.

Vehement schloss Sophie das Fenster. Von der Heizungsluft getaute Flocken fielen als Tropfen auf den Boden.

Es kann nur etwas entfacht werden, wo etwas fehlt. Und obwohl sie spürte, dass irgendetwas in ihrer Beziehung zu Oliver in Unordnung geraten war, liebte sie ihn. Auf eine leichte, unaufgeregte Art.

Und auch ihre Empörung, mit der sie ihn auf die SMS angesprochen hatte, war rasch ins Wanken geraten, als er sie mit einem entwaffnenden Lächeln angesehen hatte.

»Das war eine vollkommen harmlose Nachricht!«, hatte er beteuert. Dann hatte er auf Verena geschimpft, die sich so schamlos in seine Privatsphäre gedrängt hatte. »Julia ist nur eine Arbeitskollegin. Ja, sie mag mich, aber das ist rein freundschaftlich.«

»Rein freundschaftlich? Eine Botschaft mit Herzen umrandet ist niemals nur rein freundschaftlich.«

»Und wenn schon. Es sind ihre Gefühle, nicht meine.« Er hatte sie an sich gezogen und einen Kuss auf die Stirn gedrückt. »Du weißt, dass ich dich liebe. Mit dir möchte ich mein Leben verbringen bis ans Ende unserer Tage. Mit niemand anderem.«

Und dann hatte er sie vorwurfsvoll angesehen. »Ich bin doch kein Mann, der seine Ehefrau betrügt!«

»Ich weiß«, hatte sie gesagt und sich entschuldigt, dass sie ihm misstraut hatte. Dabei hatte sie sich plötzlich ganz furchtbar für die Mail geschämt, die sie Nicolas geschrieben hatte.

Mit Küsschen!

Noch immer wurde ihr warm, wenn sie daran dachte. Ob er wohl etwas hineinlegte, dass sie den Entschluss, mit ihm zu telefonieren, ausgerechnet während des Silvesterfeuerwerks gefällt hatte? Was ja nicht so stimmte. Daran gedacht hatte sie erst, als sie wie betäubt zurück auf die Terrasse des Kaispeichers geeilt war, in die nach Schwarzpulverdampf riechende Nacht.

Im Schein des Mondes hatte das Wasser der Elbe verheißungsvoll geglitzert. Ganz plötzlich hatte sie den Impuls verspürt, etwas Unvernünftiges zu machen. Auf dem Smartphone hatte sie die Mail an Nicolas geschrieben, einfach so, aus einem Gefühl der Rebellion heraus.

Neujahrsküsschen! Du liebe Güte, hoffentlich nahm er das nicht allzu wörtlich.

Sophie ging in die Küche, zog die Tür hinter sich zu, obwohl sie heute Abend alleine sein würde, da Oliver auf eine Tagung gefahren war, und setzte sich an den Tisch, auf dem bereits ein Glas mit Rotwein stand. Daneben eine Kerze, deren Licht im Raum tanzte.

Und das Telefon.

»Nicolas Rumot.«

Seine Stimme war voll und wohlklingend.

»Hallo, Nicolas, hier ist Sophie«, sagte sie so ruhig, wie es ihr nur möglich war.

»*Salut* Sophie. Ich freue mich. Es ist eigenartig …« Er hielt inne. »Sie klingen so fremd. Die Mails waren bereits vertrauter.«

Sie lächelte. »Ich weiß, es geht mir genauso.«

»Obwohl Ihre Stimme natürlich sehr angenehm ist. In meiner Phantasie war sie nur ein paar Töne heller.«

»Wir können gerne auflegen. Dann schreibe ich Ihnen die Geschichte in hundertachtundfünfzig Mails.«

»So viele? Und ich dachte, drei seien vollkommen ausreichend. So viel kann es da wohl nicht zu erzählen geben.«

Sie konnte förmlich sehen, wie er dabei schmunzelte. Unwillkürlich stieg ein Bild des Mannes auf, der sich ebenso gegen den tosenden Wind gestemmt hatte wie gegen ihre Versuche, sich mit ihm zu unterhalten.

»Doch, jede Menge.« Sophie schüttelte langsam den Kopf. »Ehrlich gesagt, fühle ich mich nicht wohl dabei. Sie haben geschrieben, ich solle Ihnen die Geschichte gut verkaufen, als sei es eine Art Ware, die man kritisch prüft, bevor man sie bezahlt. Aber warum sollte ich das? Sie dürfen Ihre Meinung gerne behalten. Ich hatte nur gedacht, ein Perspektivwechsel könnte Sie interessieren. Einmal die andere Seite der Medaille betrachten. Und sei es auch nur für wenige Augenblicke.«

»Und jetzt denken Sie, es sei vergebliche Mühe?«

»Vielleicht. Wissen Sie, es hat etwas mit Romantik zu tun, damit, ob man der Liebe einen derart bedeutenden Platz im Leben einräumt oder ob man sich dem von vornherein versperrt.«

»Hatten Sie nicht geschrieben, Sie glauben, in mir stecke ein verborgener Romantiker?«

Sophie schwieg.

»Wollen Sie es nicht zumindest versuchen?«, fuhr er fort. »Nicht, weil Sie mir die Geschichte verkaufen wollen, sondern aus Lust am Erzählen. Im Übrigen finde ich es äußerst reizvoll, mit Ihnen zu telefonieren. Ich mag es, wie Sie reden, Ihre Aussprache. Woher können Sie so gut Französisch?«

»Ich bin im Elsass aufgewachsen, ganz in der Nähe des Ortes, an dem meine Großtante gelebt hat. Zu Hause brachte man uns beide Sprachen bei. Und ich habe in Frankreich studiert. An der *École nationale supérieure des beaux-arts* in Paris.«

»Eine Künstlerin, ja, das hatten Sie geschrieben.« Ein glockenheller Ton klang durchs Telefon. »Darauf sollten wir trinken. Ich habe einen Bordeaux im Glas, einen *Chateau Farizeau*. Und Sie?«

»Einen *Martinelle Beaumes de Venise* aus der Provence. *Santé!*«

Sophie trank einen Schluck, dann noch einen. Ihre Nervosität war einem wohligen Grundton gewichen. Von der Fremdheit, die zu Beginn des Gespräches zu spüren gewesen war, war nichts mehr geblieben.

»Erzählen Sie mir jetzt von Valentine und Yves. Ich verspreche auch, zuzuhören und Sie nicht mit unpassenden Bemerkungen zu unterbrechen.«

»Also gut.« Sophie führte noch einmal das Glas zum Mund und sah dann aus dem Fenster, vor dem weiße Flocken tanzten. »Ihr Großvater muss ein wunderbarer Mann gewesen sein. Jedenfalls hat sie ihn so beschrieben. Er hatte immer ein Ziel vor Augen, aber das wissen Sie ja selbst besser als ich. Meine Großtante war da ähnlich, sie hatte ihren eigenen Kopf, so wie alle in unserer Familie, was übrigens nicht immer von Vorteil ist. Bei meiner Tante June beispielsweise hat es dazu geführt, dass sie nie geheiratet hat, obwohl ihr die Männer zu Füßen lagen. Aber niemand konnte ihren Ansprüchen genügen.«

»Sie haben ja auch einen eigenen Kopf, wie ich feststellen durfte.«

»Ich? Das sehe ich anders. Manchmal wünschte ich, ich wäre wie Valentine. Mutig, keck, aufmüpfig. Äußerlich war es ihr nicht anzusehen. Sie war schmal gebaut und nicht besonders hoch gewachsen, die Augen mädchenhaft groß, so, als könne sie kein Wässerchen trüben. Auf einem alten Foto trug sie blonde geflochtene Zöpfe, ein geblümtes Kleid mit Glockenrock und Schürze, weiße Kniestrümpfe und schwarze Lackschuhe. Damals, glaube ich, hat sie noch gedacht, die Welt höre hinter den Vogesen auf. So wie eigentlich alle, die dort gewohnt haben, dachten, das Elsass würde für immer ihre Heimat bleiben. Bis, ja, bis sie entdeckte, dass nur wenige hundert Kilometer weiter eine neue und aufregendere Welt auf sie wartete …«

# 6

*Elsass, 1941*

In dem Jahr, als Valentine Steinbach zweiundzwanzig Jahre alt wurde, begann sie, von anderen Dingen zu träumen als von einem Leben inmitten der Wälder und den saftig-grünen Hügeln ihrer Heimat. Angefangen hatte das mit den Postkarten einer Freundin, die aus dem Einerlei des Landlebens ausgebrochen war, indem sie einen Handelsvertreter für Damenhüte geheiratet hatte, und die ihr fortan Grüße aus allen Teilen des Landes schickte. Aus Paris oder Bordeaux und von der Küste der Normandie.

Besonders angetan hatte es ihr eine Fotografie von Villerville-sur-Mer, das einige Badegäste zeigte und türkisblaues Wasser vor einem Himmel aus Rosa. Und obwohl die Nachkolorierung nicht mehr als drei Farben hergab, genügte es, um in Valentine den Gedanken zu wecken, dass ein Leben am Meer sie aus der Beengtheit dieser Tage würde retten können. Und vor den Plänen ihrer Eltern. Denn dass plötzlich regelmäßig junge Burschen zu Kaffee und Kuchen eingeladen wurden, konnte kein Zufall sein, das war ihr schnell klargeworden.

Da war Roland, der hagere Zimmermann, dessen Gebiss schon jetzt große Lücken aufzeigte, weil er sich so gerne mit anderen prügelte. Oder Jean aus dem Nachbarhaus, den man in Folge des Regermanisierungsprogramms der Besatzer nun Hans zu nennen hatte.

Nein, sie hatte nicht vor, sich dem Leben zu fügen, das sich ihre Eltern für sie ausgedacht hatten. Sie hatte nicht vor, zwischen schreienden Bälgern und Wäschebergen zu enden. Sie wollte die Welt sehen, die ihr aus den Postkarten entgegensprang.

Es war ein sonniger Tag im Jahre 1941, zwei Tage nach ihrem dreiundzwanzigsten Geburtstag, als man ihr mitteilte, dass die Schule, in der sie als Lehrerin arbeitete, nur noch Schüler unterrichten würde, die Mitglieder im *Jungvolk* oder in der *Hitlerjugend* waren. Und als sie die nun vier verbliebenen Kinder nicht einmal mehr mit *Bonjour* begrüßen durfte, dachte sie immer öfter an die Postkarte aus der Normandie, wo man, wie sie gehört hatte, zumindest noch Franzose bleiben durfte. Ein Landstrich, dessen Besuch ihr nun nicht mehr als Flucht aus der elsässischen Alltagstristesse vorkam, sondern vielmehr als Notwendigkeit, sich der Vereinnahmung durch Eltern und vor allem Besatzer zu entziehen.

Ein Brief ihres Onkels, der vor zwölf Jahren nach Honfleur gezogen war, erschien ihr da wie ein Rettungsanker. Victor Beyer, Verleger des *Le Miroir Honfleurais*, klagte über den Mangel an Fachpersonal. Seine Journalisten hätten sich, bis auf wenige treue Seelen, direkt nach dem Einmarsch der Deutschen in den freien Süden abgesetzt, den Petain von Vichy aus regierte. Nicht einmal eine gute Sekretärin ließe sich finden, und seit seine eigene einfach in die Militärverwaltung nach Trouville-sur-Mer abberufen worden sei, überlege er sogar, seine Frau Nanette einzusetzen. Dabei habe diese keinerlei Kenntnisse der höheren Grammatik und sei zudem, wie man ja wisse, nur bedingt belastbar.

Valentine musste bei dieser zurückhaltenden Formulierung schmunzeln. Sie kannte Tante Nanette von ihren Besuchen im Elsass nur zu gut.

Jede seiner Zeilen, welche die Mutter am Küchentisch sitzend vorlas, fachte das Feuer in Valentines Herzen weiter an. Honfleur lag ebenso wie die Postkartenidylle Villerville-sur-Mer an der Küste der Normandie, wo das Meer türkis war und der Himmel rosa. Und da sie als Lehrerin für Grammatik und Zeichensetzung den im Brief ersehnten Anforderungen entsprach, konnte sie sich nichts Schöneres vorstellen, als ihrem Onkel aus dieser prekären Lage zu helfen. Ein Gedanke, den Valentines Vater sofort vehement ablehnte. Sie werde hier gebraucht, bei der Gartenarbeit und in der Schule, hier sei ihre Heimat, hier ihre Zukunft.

»Was für eine Zukunft? Die wenigen Kinder sollen ohnehin in eine Klasse zusammengelegt werden«, widersprach Valentine. »Und um den Garten kümmert sich Sébastien, nicht wahr?«

Der Angesprochene nickte heftig. Auch wenn ihm anzusehen war, dass er seine Schwester schmerzlich vermissen würde, stimmte er augenblicklich und mit entschlossener Miene zu.

»Ich kann mich um die Gemüsefelder und Obstbäume kümmern, Papa, und Zeit habe ich ja jetzt genug.« Der Uhrmacher, bei dem er als Lehrling arbeitete, bekam kaum noch Aufträge, weil den Leuten das Geld fehlte. Und vielleicht, schlug Sébastien vor, vielleicht könne man ja irgendwann sogar einen Sommer gemeinsam am Meer verbringen, dort, in Honfleur.

Mit einer Handbewegung wischte Monsieur Steinbach das Gesagte beiseite. Er bestand darauf, dass Valentine die Familie nicht einfach so verlassen könne – und überhaupt sei das besetzte Frankreich trotz des Waffenstillstandes und der Kollaboration der französischen Regierung unter Pétain kein Ort, in dem junge Damen einfach so herumreisen sollten.

Abgesehen davon wisse man nicht, ob die Behörden der Besatzer sie überhaupt ausreisen ließen, gab die Mutter überdies zu bedenken. Und Honfleur sei nur schwer zu erreichen, seitdem man die Atlantikufer des Calvados zur *Zone côtière interdite*, zur verbotenen Küstenzone, erklärt habe.

Aber nachdem Valentines Onkel in einem weiteren Brief den Ernst und die Aussichtslosigkeit der Lage seiner Redaktion in allen Facetten geschildert (Tante Nanette hatte nach einem unerfreulichen Versuch, den er hier nicht weiter erörtern wolle, wieder aufgehört, bei ihm zu arbeiten) und von wirklich ernsten wirtschaftlichen Problemen, ja sogar von einer drohenden Übereignung seiner Zeitung gesprochen hatte, gaben Valentines Eltern auf. Sie konnten nicht anders, als sich mit dem Klagen des Onkels und dem jugendlichen Drängen am heimischen Küchentisch zu beschäftigen und darüber zu beraten, ob man Victor nicht doch familiäre Unterstützung in Form der eigenen Tochter anbieten müsse.

Als Erstes hatte sich Madame Steinbach erweichen lassen. Ihr war beim Bettenmachen ein Buch über die Normandie in die Hände gefallen, das Valentine vor der Regermanisierung aus der Bibliothek ihrer Schule hatte retten können. Als sie darin blätterte und die Bilder des Hafens von Honfleur mit seinen Fischerbooten und Karavellen sah, mit hübschen Gässchen und einsamen Küstenstreifen, stieß sie einen tiefen Seufzer aus. In diesem Moment hatte sie selbst den Duft dieses Ortes wiedergeschmeckt, in dem sie als Kind einen ganzen Sommer verbracht hatte – der einzige Urlaub in ihrem langen, entbehrungsreichen Leben.

Schlussendlich hatte sie Valentine ihre Zustimmung gegeben, dabei ein Kreuz über der Brust geschlagen und danach ihren Gatten in einer feurigen Rede überzeugt, bei der sie mehrfach betonte, dass es schließlich nicht nur *ihre* Tochter sei, um die es hier ging, sondern auch *ihr* Bruder. Am Ende hatte

Monsieur Steinbach aufgegeben, zu widersprechen, resigniert genickt und sich fortan mit betont gleichgültigem Ausdruck von jeglichen Familiendebatten ferngehalten, die diesen Punkt betrafen.

So wurde Valentine regelmäßiger Gast auf der Präfektur, bis sie mit viel Zureden, einigen Präsenten und ihrem guten Kontakt zur Frau des Bürgermeisters endlich den ersehnten roten Passierschein in den Händen hielt, der es ihr erlaubte, die *Zone réservée* zu durchqueren und nach Honfleur zu reisen.

Als Vesper hatte ihr die Mutter zwei selbstgebackene Brezeln und zwei frische Paar Knack von Metzger Reinel mitgegeben, die gekochten Würstchen mit der orangen Haut und dem einzigartigen Geschmack, den Valentine so sehr liebte. Für Onkel Victor hatte sie eine Flasche Elsässer Riesling und für Tante Nanette Mamans berühmten Gugelhupf im Gepäck. Und nicht zu vergessen: das Buch über die Normandie.

An einem frühen Sonntagmorgen im Jahr 1942 machte sie sich auf, ihre Träume zu verwirklichen.

Valentine presste sich mit geradem Rücken in den Sitz und versuchte, ihrem Gesicht einen Ausdruck von Selbstbewusstsein zu verleihen, während ihr Herz heftig pochte.

Als sie an diesem Morgen nach einem herzzerreißenden Abschied aus Sankt Petersholz aufgebrochen war, hatte sie Sorge gehabt, dass ihr Vater es sich im letzten Moment doch noch anders überlegen und sich ihr in den Weg stellen würde. Oder dass jemand sie aufhielt, um ihr den mit durch Wohlwollen, vier Flaschen Birnenbrand und einem ganzen Stück Pökelfleisch erkauften Passierschein wieder abzunehmen. Doch auch am Bahnhof von Sélestat, das man nun wieder Schlettstadt zu nennen hatte, schien sich niemand zu wundern, warum eine junge Dorfschullehrerin an einem gewöhnlichen Sonntag in aller Herrgottsfrühe unterwegs war – oder was sich denn in ihrer Umhängetasche und dem überladenen und abgenutzten Pappkoffer befand, den sie in den Händen trug.

Dann, endlich, fuhr der Zug langsam an. Die Bahnhofsuhr zog vorbei. Halb neun. Der Schienenverkehr funktionierte pünktlich trotz oder vielleicht sogar gerade wegen der Deutschen.

Das Schnaufen der Dampflok klang wie das Ausatmen der Anspannung, die sie die letzten Wochen und Tagen gefangengenommen hatte.

Ein deutscher Soldat mit seiner grauen Uniform und der typischen Landserkappe aus Filz kam vorüber, betrachtete zuerst eingehend den geforderten Passierschein, dann ihr Gesicht. Er war nicht viel älter als sie, vielleicht gerade einmal Mitte zwanzig, und wirkte müde wie ein Bauer, der abends von der Feldarbeit heimkam. Einen Augenblick lang lächelte er Valentine verhalten an, fast schüchtern, bevor er ihr das Dokument zurückgab und weiterging.

Ein netter und höflicher junger Mann, dachte Valentine, aber so waren beileibe nicht alle Deutschen.

Seit gut zwei Jahren waren die Besatzer im Land und ließen keine Gelegenheit aus, die Elsässer an ihre historische Zugehörigkeit zum Stamm der Alemannen zu erinnern. Man gewöhne sich an alles, meinten Valentines Eltern, und sie hätten ja in der Tat deutsche Wurzeln. So lange sei es nicht her, dass Saint-Pierre-Bois noch Sankt Petersholz geheißen habe. Damals hatte der Vater im deutschen Heer dienen müssen, bevor die Elsässer 1918 erneut zu Franzosen wurden. Nun seien sie also wieder deutsch, und es müsse ja langsam wohl genug sein mit dem Hin und Her, damit man endlich einmal in Ruhe leben könne.

Maman hatte ihr Elsässer Trachtenkleid, in dem sie als junges Mädchen den französischen Befreiern zugejubelt hatte, samt Haube und Trikolore in der alten Holztruhe auf dem Dachboden versteckt und die Schultern gezuckt.

Ja, man gewöhne sich an alles. Zudem habe man vergleichsweise Glück gehabt, zumindest hier, wo sie wohnten. Weitab von Nachrichten über Zwangsarbeit, Plünderungen und Deportierungen, die immer wieder zu ihnen durchsickerten, wenn es denn überhaupt alles wahr sei, was man so höre. Hier gab es Wälder, Felder und Wiesen, deren Halme sich längst diskret über Bombenkrater und Brandnarben gebreitet hatten, und in der Nähe des südwestlichen Horizonts konnte man bei guter Sicht die Berge der Vogesen klar und deutlich sehen, als könne man sich bereits im Herbst, wenn es im Tal noch warm war, eine Handvoll Schnee von ihren Gipfeln borgen.

Aber Valentine dachte anders. Sie empfand dieses Glück nicht, von dem die Eltern sprachen. Was sollte an dem Umstand Glück bedeuten, dass eine fremde Nation das heimatliche Land gewaltsam okkupiert hatte, sogenannte nichtarische Elsässer ins restliche Frankreich abgeschoben und sogar Wasserhähne, auf denen *froid* und *chaud* zu lesen war, gegen unbeschriftete ausgewechselt hatte? Nein, Valentine fiel es schwer, sich so ohne weiteres zu fügen, sich nach jedem Wind zu drehen, der gerade durch ihre Heimat wehte. Und sie war ihrer Mutter dankbar, dass sie sich gegen den Willen des Vaters durchgesetzt hatte.

Valentine atmete tief ein und aus und dachte an die schönen Bilder von Honfleur, die sie in ihrem Vorhaben bestärkt hatten, an die Küste der Normandie zu reisen.

Die Landschaft flog maigrün vorüber. Eine gute halbe Stunde Fahrt war vergangen. Valentine konnte die Eltern heute nicht zur Messe begleiten, und ihr wurde in diesem Moment schmerzlich bewusst, dass sie am vergangenen Sonntag vielleicht das letzte Mal in der grauen Steinkirche auf einer der knarzenden Holzbänke gesessen hatte.

Ein wenig plagte sie nun schon ihr schlechtes Gewissen.

Sicher würde man sich das Maul über die Familie zerreißen, wenn man tratschend bei Metzger Ferdinand Reinel in der ehemaligen *Rue des Alouettes* stand, die nun Lerchenstraße hieß, um sich mit Wurst und Pökelfleisch zu versorgen. Valentine konnte Marie Reinel förmlich sehen, wie sie hinter theatralisch vorgehaltener Hand, deren Finger selbst aussahen wie kleine Schweinswürstchen, ungeniert darüber Vermutungen anstellte, was denn Gérards Kleine sich dabei gedacht hatte, in Zeiten wie diesen, die nun wirklich für alle schwer genug waren, einfach so fortzugehen. Dann würde sie unter leichtem, unentwegten Kopfschütteln die mit Fettstückchen durchsetzte Presskopfscheibe in braunes Packpapier einschlagen, das daraufhin sofort ölige Flecken bekämme.

Der Kundin – die Männer von Sankt Petersholz kauften nicht bei Reinel, sie aßen nur, was ihnen ihre Frauen heimbrachten – würde sie beim Herausgeben des Wechselgeldes noch zuraunen, dass sie schon immer gewusst habe, dass bei den Steinbachs nicht alles in Ordnung sei, bevor sie die nächste Dame mit Fleisch und Gerüchten versorgte.

Vielleicht würde auch Pfarrer Stoeffler, dessen Gesicht bereits nach dem Genuss von zwei Gläsern Riesling die Farbe eines reifen Kürbisses annahm, die Steinbachs diskret zu Hause aufsuchen, um zu reden. Zuerst über die Ernte, das Wetter, dann leiser – und vorsichtiger – über die Besatzer, dann über Gott und ganz zum Schluss, nach weiteren zwei Riesling, über das, was auch ihm nach einigen Tagen zu Ohren gekommen wäre: über die verlorene Tochter.

Die Bewohner von Sankt Petersholz waren einfach gestrickt und gewiss keine schlechten Menschen, doch wenn Valentine überhaupt etwas außer ihrem Bruder und ihren Eltern vermissen würde, dann höchstens die Wurst von Reinel.

Ja, Valentine hatte ein schlechtes Gewissen. Aber außer der Liebe zu ihrer Familie gab es keinen Grund, tatenlos in diesem Dorf zu bleiben, schon gar nicht für den Rest eines Lebens, das gerade erst begonnen hatte.

Valentine zog ihre Schuhe aus, schob sie unter den Sitz und setzte sich mit angezogenen Beinen so hin, dass sie bequem hinausschauen konnte. Der Zug pfiff schrill und laut, bald würden sie Straßburg erreichen.

Wie gebannt sah sie aus dem Fenster, auf Kühe, Obstwiesen und Kohlfelder.

Dann fielen ihr die Augen zu.

# 7

»Mademoiselle?«

Valentine fuhr hoch und blickte in das zerfurchte Gesicht eines etwa sechzigjährigen Mannes.

»Oh, bitte, ich wollte Sie nicht wecken«, sagte der Herr und lupfte seinen Hut. »Nur dachte ich mir, ich sollte mich besser bemerkbar machen, bevor Sie sich vielleicht zu Tode erschrecken, nur weil Sie plötzlich nicht mehr allein im Abteil sind. Ich befürchte, ich habe wohl das Gegenteil erreicht. Darf ich mich setzen?« Noch einmal hob er seinen Hut, lächelte und ließ sich unter einem wohligen Geräusch in den Sitz fallen.

Valentine war noch immer so überrascht und dermaßen damit befasst, sich die müden Augen zu reiben, dass sie beinahe vergessen hätte, wie unzüchtig und unangebracht sie dem fremden Mann gegenübersitzen musste. Hastig richtete sie sich auf, strich ihren Rock glatt und tastete nach der Spange, mit der ihr dickes, seit vergangener Woche schulterlang geschnittenes Haar einigermaßen zu bändigen war.

»Ich bin Valentine Steinbach«, stellte sie sich schließlich vor und lächelte verlegen, während sie sich mühte, ihre Schuhe unter dem Sitz zu ertasten und anzuziehen.

»Angenehm«, erwiderte der Herr, der wohlerzogen so tat, als würde er Valentines Verrenkungen nicht bemerken. Er hatte seinen Hut mittlerweile abgenommen und sorgsam auf dem kleinen ledernen Täschchen neben sich platziert. »Gestatten, mein Name ist François Fagot. Sie kommen aus dem Elsass?«

Valentine nickte. »Hört man mir das so sehr an?«

»Vielleicht ein klein wenig?« Monsieur Fagot lächelte.

»Wo sind wir jetzt?«

»Kurz vor Reims. Ich bin in Verdun zugestiegen.«

»Ich muss über zwei Stunden geschlafen haben.« Valentine schüttelte ungläubig den Kopf.

»Wohin fahren Sie?«

»An die Küste der Normandie.«

»Ach, dann hat man den Zugverkehr dorthin wiederaufgenommen?« Monsieur Fagot sah aus dem Fenster, wo die Landschaft mittlerweile flacher geworden war und weniger saftig wirkte. Telegrafenmasten flogen vorbei. Ein staubiger Weg. Ein Motorrad. Wolken. »Es ist nicht leicht, dieser Tage einen Passierschein zu erhalten, nicht wahr, Mademoiselle? Ich hoffe, es ist nichts Ernstes mit der Familie?«

Valentine schüttelte den Kopf. Der Zug pfiff ein Signal und verlangsamte fast unmerklich seine Fahrt.

»Die Normandie ist schön«, fuhr Monsieur Fagot fort, als habe er ohnehin keine Antwort auf seine beiläufige Frage erwartet, »wunderschön.« Er klopfte versonnen mit zwei Fingerknöcheln einige Male leise und rhythmisch an die Scheibe. »Ich muss leider in Reims aussteigen«, erklärte er und wandte sich wieder Valentine zu, »was ich wirklich bedauere bei einer so angenehmen Reisebegleitung.«

Sie kamen an den ersten Häusern vorüber, passierten einen Bahnübergang, vor dessen geschlossenen Schranken sie einen deutschen Militärtransporter und einen Pferdewagen mit Heu wahrnahm. Dichtbelaubte Bäume spielten mit dem Licht der Sonne; der Zug verringerte seine Geschwindigkeit noch weiter, fuhr in eine langgezogene Kurve, an dessen Ende Valentine bereits den Bahnhof vom Reims ausmachen konnte.

Monsieur Fagot erhob sich und griff nach Tasche und Hut. Valentine erschrak. Jetzt erst sah sie, dass er nur ein Bein hatte und sich auf einer Krücke abstützte, die er unter dem Sitz verstaut haben musste.

»Der Krieg ist wie eine grausige Laune des Schicksals, finden Sie nicht, Mademoiselle?«, sagte er, als er ihren Blick bemerkte. »Aber warum belästige ich eine hübsche junge Frau mit den trüben Gedanken eines Krüppels? François, du bist ein Tölpel«, schalt er sich und lachte freundlich dabei. Dann aber wurde er plötzlich ernst und flüsterte Valentine zu: »Ein Andenken der Deutschen aus dem Ersten Weltkrieg. Und nun bin ich zum Zuschauen verurteilt. Ich kann nichts mehr ausrichten. Aber ihr seid jung und müsst euch wehren. Lasst nicht zu, dass sie uns unser Land wegnehmen!« Er richtete sich auf. »*Au revoir*, Mademoiselle. Passen Sie auf sich auf und vertrauen Sie niemandem, *d'accord*?« Augenzwinkernd fügte er hinzu: »Verraten Sie stets nur so viel, wie unbedingt notwendig ist. Selbst wenn er noch so nett mit Ihnen plaudert.«

Mit diesen Worten, zeitgleich zum Quietschen der Bremsen, schob er die Tür des Abteils auf, lächelte Valentine zum Abschied noch einmal zu und verschwand hinkend im Gang. Sie sah ihm nach, verschränkte ihre Arme, dann wandte sie sich um und schaute hinaus, wachsam und mit geradem Rücken.

Nach kurzem Halt nahm der Zug wieder Fahrt auf, passierte ein verkohltes Gehöft, in dessen Mitte ein Traktor mit gebrochener Achse lag. Entwurzelte und abgebrannte Bäume, schwarz wie mahnende Finger, versetzten Valentine einen Stich ins Herz. Noch immer hallten Monsieur Fagots Worte in ihr nach. Ja, sie würde fortan vorsichtiger sein, viel vorsichtiger.

Erst als sie in Rouen in den kleinen Nahverkehrszug umgestiegen war, der nur aus zwei Waggons bestand, und dieser immer üppigere Wiesen und Wälder durchschnitt, an Steinhäusern und Gärten voller Hortensien und Lilien vorbeifuhr, gewann ihre Zuversicht wieder die Oberhand. Sie griff nach ihrer Handtasche, holte eine der Brezeln sowie eine Knack daraus hervor und biss wenig damenhaft hinein. Seit dem Frühstück hatte sie nichts mehr gegessen, und der kleine Imbiss duftete nach dem elterlichen Zuhause, erinnerte sie kurz an das, was sie heute Morgen zurückgelassen hatte, aber vor allem tat er ihr gut und schmeckte hervorragend. Und kaum, dass die Dampflok wenig später mit einem Schnaufen im Bahnhof von Honfleur schließlich zum Stehen gekommen war, sprang sie auf, voller Ungeduld und Vorfreude, neugierig auf das, was sie hier erwartete.

Den Koffer in der Hand, stieg sie aus dem Waggon über die stählernen Tritte auf den Bahnsteig hinab.

Eine Weile blieb sie stehen und beobachtete die vielen Menschen, die lachend und schwatzend vorbeieilten. Frauen in weiten Hosen und hellen Blusen, Burschen mit Baskenmützen. Dazwischen traurige Kleckse aus tiefem Schwarz, die sich wie Schatten unter die unschuldigen Farben der anderen Passanten und Reisenden mischten.

Mit festen Schritten ging sie auf den Ausgang des Bahnhofsgebäudes zu, wo das Frühlingslicht durch die Glastüren fiel. Beim Laufen zog sie den Zettel aus der Manteltasche, auf dem sie die Adresse von Victor und Nanette Beyer notiert hatte. In den vergangenen Tagen hatte sie ihn derart oft aus der Schublade ihres Nachttisches geholt, auseinandergefaltet, gelesen, geträumt, zusammengefaltet und wieder hineingelegt, dass er die Farbe von verschmutztem Leinen angenommen hatte.

Valentine konnte die Adresse bereits auswendig: *24, Rue Cachin, Honfleur.* Sie hätte sie im Schlaf herunterbeten können wie das Vaterunser, und dennoch umklammere sie dieses Stück Papier einen Moment lang wie einen Talisman, der der Beschützer eines Traumes war.

Gerade hatte sie die schwere Tür aufgedrückt und die ersten Sonnenstrahlen auf ihrer Haut gespürt, da stellte sich ihr jemand in den Weg.

»*Un moment, s'il vous plaît*«, kam es energisch und mit grauenhaftem deutschen Akzent.

Überrascht blickte Valentine in ein konturloses, glattrasiertes Gesicht. Der Mann war ungefähr im Alter ihres Vaters. Er trug keine Uniform, nur einen langen dunklen Ledermantel und einen Hut. Aber die beiden deutschen Soldaten, die mit Maschinenpistolen bewaffnet hinter ihm standen, ließen keinen Zweifel über seine Befugnisse.

»Den Ausweis bitte!« Der Mann deutete zu einem kleinen Tisch, und als er sprach, war seine Stimme von ausgesuchter Freundlichkeit. »Den Koffer und Ihre Tasche auch, Mademoiselle.«

Hilflos musste Valentine dabei zusehen, wie die beiden Soldaten begannen, in ihren persönlichen Sachen herumzuwühlen, kaum dass sie die Gepäckstücke auf dem Tisch geöffnet hatten. Sie rochen am gut verpackten Gugelhupf von Maman und stellten ihn auf den Tisch, gleich neben Papas Rieslingflasche für Onkel Victor. Und als sie einen der beiden Büstenhalter hervorholten und sich vielsagend ansahen, da schoss Valentine die Röte ins Gesicht.

Wütend und verschämt wandte sie sich ab. Passanten eilten hastig vorbei, mit gesenktem Kopf und verstohlenem Seitenblick; niemand wollte hier kontrolliert werden. Es schien, als habe jeder etwas zu verbergen, von dem er vielleicht nicht einmal selbst etwas ahnte.

Der Mann im Ledermantel verglich Valentines Papiere mit den Angaben auf dem Passierschein und sah sie dabei schweigend an, verglich jeden Quadratzentimeter ihres Gesichts mit dem Foto ihres Ausweises. Im Hintergrund schlossen die Soldaten schließlich Koffer und Handtasche und schüttelten den Kopf, als der Mann fragend zu ihnen hinübersah.

»Sie kommen aus dem Elsass«, bemerkte er und gab ihr die Papiere zurück.

»Ja.«

»Nun gut, Sie können gehen. Den Kuchen und den Wein behalten wir hier.« Er schüttelte leise den Kopf und lächelte dabei. »Sie wissen doch, dass das nicht geht, nicht wahr? So ungern ich einem hübschen Fräulein Dinge beschlagnahme, es ist gegen die Bestimmungen. Oder haben Sie eine Berechtigungskarte?« Er legte den Kopf schief und sah sie an.

»Nein«, antwortete Valentine und sah zu Boden.

»Sehen Sie. Und seien Sie froh, dass *ich* sie kontrolliere. Ich gehe zwar davon aus, dass diese Waren nicht für den Schwarzmarkt bestimmt sind, aber manche meiner Kollegen machen da nicht so viel Federlesens und hätten Sie wegen der paar Fressalien gleich mit auf die Wache zum Verhör genommen. Und das wollen wir doch nicht, oder täusche ich mich da?«

»Nein«, flüsterte Valentine, dabei ballte sie die linke Hand unmerklich zur Faust.

»Na also, Mademoiselle. *Pas de problème*, wie Sie hier sagen. Wir sind doch keine Unmenschen, nicht wahr?«, lachte er freundlich und mit funkelnden Augen. Dann wies er einen der beiden Soldaten an: »Ludwig? Seien Sie doch so gut und bringen Mademoiselle mal rasch ihre Sachen, ja?«

»Zu Befehl!«, kam es zackig zurück, und sofort brachte der

Angesprochene beide Gepäckstücke herüber, stellte den Koffer vor Valentines Füßen ab und hielt ihr die Handtasche hin, die sie zögerlich entgegennahm.

Valentine schwieg, griff sich den Koffer und wollte schon losgehen, da hielt sie der Mann im Ledermantel sanft, aber bestimmt am Arm fest.

»Eines noch. Für wen sagten Sie, seien der Kuchen und der Wein bestimmt gewesen?«

»Ich habe gar nichts gesagt, Monsieur. Aber es waren Geschenke für meinen Onkel und meine Tante. Sie ist krank …«

»Ihre Tante ist krank? So, so. Das tut mir natürlich leid. Dann richten Sie ihr mal gute Besserung aus und *au revoir, Mademoiselle*«, verabschiedete sich der Mann und hob in formvollendeter Höflichkeit den Hut, als seien sie sich gerade bei einem friedlichen Sommerspaziergang im Park begegnet. »Mein Name ist übrigens SS-Obersturmbannführer Hermann Schmidt, und wenn ich Ihnen einmal behilflich sein kann, fragen Sie getrost nach mir. Man kennt mich, Honfleur ist ein kleiner Ort.«

Mit diesen Worten ließ der Mann sie los und wandte sich seinem nächsten Opfer zu, einem älteren Herrn mit Nickelbrille und Vollbart, der mit zwei prall gefüllten Kisten, die er an ihren Paketschnüren schleppte, soeben aus dem Bahnhof ins Freie getreten war.

Am liebsten wäre Valentine gerannt. Ihr Herz schlug so schnell, als hätte sie das bereits Hunderte von Metern getan, doch sie zwang sich, einen Fuß ruhig vor den anderen zu setzen. Immer einen Fuß vor den anderen, und nur nicht umdrehen. Erst nachdem sie um die nächste Ecke gebogen und in eine Seitenstraße getaucht war, traute sie sich, den Koffer abzustellen und nach Luft zu schnappen.

Hatte sie wirklich gedacht, an der Küste sei alles anders? Valentine kämpfte mit den Tränen. Wie naiv sie doch gewesen war!

Plötzlich bemerkte sie, dass ihre linke Hand schmerzte. Sie hatte sie die ganze Zeit über zusammengeballt, und als sie sie langsam öffnete, waren die Finger grau vom Graphit und die Adresse auf dem Zettel kaum noch zu lesen. Behutsam strich sie über das zerknüllte Stück Papier und legte es in ihr Portemonnaie. Nein, sie würde sich nicht von den Besatzern verbiegen lassen, niemals. Und dieses kleine weiße Papier sollte sie immer daran erinnern.

Endlich konnte sie das Meer riechen. Den Koffer in der Hand, die Tasche geschultert, trieb es sie durch die Gassen von Honfleur in Richtung Wasser. Im Bildband, den sie aus der Schulbibliothek gerettet hatte, waren zwei Schwarzweißaufnahmen gewesen. Der Anblick des *Vieux Bassin*, des alten Hafenbeckens, und der malerischen Fassaden der Häuser, die es umsäumten, hatte eine nie gekannte Vorfreude in ihr ausgelöst. Oft hatte sie das Buch hervorgeholt, um es bei Kerzenschein heimlich auf der Bettdecke auszubreiten und Seite für Seite zu studieren. Wie sehr hatte sie sich danach gesehnt, vor dieser herrlichen Kulisse zu flanieren. Dicht am Kai und zu Füßen der alten, eng aneinandergeschmiegten Fachwerkhäuser entlangzugehen.

Und nun war sie nur noch wenige Meter davon entfernt!

Valentine beschleunigte ihre Schritte, ließ die Enge der *Rue de la Chaussée* hinter sich und trat hinaus auf den Platz vor dem Hafen. Fast hätte sie laut losgelacht, so sehr ergriff sie der Anblick. Es war nicht so schön wie in dem Buch, nein – es war noch viel schöner! Sie hob ihr Gesicht in die sanfte Brise, die vom nahen Atlantik herüberstrich, und atmete die salzhaltige

Luft ein. Am liebsten hätte sie sich gekniffen, nur um sich zu vergewissern, dass sie nicht noch immer träumte und zu Hause auf ihrem Bett saß.

Plötzlich war es nicht mehr so wichtig, sofort zu ihrem Onkel zu gehen. Zuerst wollte sie die Stadt erkunden. Sie lief hinüber zum *Quai Sainte-Catherine* mit seinen schieferverkleideten Häusern. Dort setzte sie sich an einen freien Platz vor einem Bistro, von dem sie gelesen hatte, dass bereits Renoir und Cézanne hier gespeist hatten, und blickte übers Wasser. Sah den Jollen und Fischerbooten dabei zu, wie sie in den Bugwellen eines auslaufenden Kutters behäbig tanzten. Ein Mann mit Baskenmütze saß auf der Reling und flickte ein rissiges Netz mit einem Weberschiffchen.

Valentine bestellte eine Limonade, lehnte sich im Stuhl zurück und ließ sich von der bezaubernden Atmosphäre gefangennehmen.

Auf der Hafenmauer saßen Verliebte und hielten Händchen. Deutsche Soldaten neben jungen Burschen, alleine oder in Grüppchen, ganz so, als sei nichts geschehen, als habe man vor Monaten nicht erbitterte Gefechte gegeneinander geführt, aufeinander geschossen, um sich zu töten. Es war mehr als nur eine Waffenruhe, aber viel weniger als Frieden. Kinder warfen Steinchen ins Wasser, die sie auf dem Boden vor der Mauer gefunden hatten, nur um von ihren Eltern im gleichen Augenblick gerügt zu werden. Ein schlaksiger Mann steckte sich eine Zigarette ins sommersprossige Gesicht und zwinkerte ihr zu. Valentine blickte auf das Wasser, in dem sich die Fassaden der Häuser spiegelten, und tat so, als habe sie es nicht bemerkt.

Eine gute Stunde verbrachte sie im Café, trank noch eine weitere Limonade, bevor sie den Kellner um die Rechnung bat und sich den Weg erklären ließ. Als Valentine das Wechselgeld ins Portemonnaie stecken wollte, bemerkte sie, dass der Zettel mit der Adresse nicht mehr an seinem Platz lag. Er musste herausgerutscht sein. Auch wenn sie ihn eigentlich nicht mehr brauchte, so hatte sie doch das Gefühl, nun einen Talisman verloren zu haben, der ihr in der unangenehmen Situation bei der Ankunft zur Seite gestanden hatte. Valentine ging in die Hocke, suchte unter dem Tisch, und als sie ihn dort nicht fand, sah sie über das Kopfsteinpflaster bis hin zum Kai.

Der Wind wird ihn fortgetragen haben, dachte sie betrübt. Dann machte sie sich auf den Weg zur *Rue Cachin*, die zwei Querstraßen unterhalb des *Vieux Bassins* lag. Zum Glück war sie nicht abergläubisch. Höchstens ein wenig.

Schon bald stand sie vor einem schmalen Haus mit schiefergrauer Fassade und schmiedeeisernen Geländern an den Fenstern. Statt einer Klingel gab es einen gewaltigen Türklopfer, den sie erst vorsichtig, dann noch einmal kräftiger betätigte.

»Du bist ja eine richtige junge Dame geworden!«, freute sich Onkel Victor, kaum dass er die Tür geöffnet hatte, und schloss Valentine in die Arme. Dann zog er sie beinahe überschwänglich in den Flur und rief in die Küche: »Nanette! Nanette! Komm her! Valentine ist da!«

Während Victor Beyer seiner Nichte aus dem Mantel half, hörte Valentine Klappern und Küchengeräusche vom anderen Ende des beengten Flures. »Ja, ja, ich komme sofort. Der Kuchen ist gleich fertig. Er wird doch schwarz. Und dann muss ich wieder alles putzen.«

Valentine sah sich um. Maritime Bilder im Flur, Flickenteppiche über dunklen Dielen. Von der niedrigen Decke hing eine mehrarmige Lampe, der ein Schirmchen fehlte.

»Ich hatte einen Gugelhupf für euch dabei und einen Riesling«, sagte Valentine, die sich ihrer leeren Hände schämte, »aber am Bahnhof waren Deutsche, die mich kontrolliert haben …«

Onkel Victor lächelte. Er war schmal geworden seit seinem letzten Besuch im Elsass. »Das tut mir leid. Wir haben hier ein paar ganz eifrige Exemplare abbekommen. Na ja, hoffen wir, dass der Wein Kork hat und ihnen der Gugelhupf im Halse stecken bleibt.« Jetzt grinste er.

»Kindchen!«, nun kam auch die Tante aus der Küche. Sie trug eine Schürze um die runden Hüften und unordentlich hochtoupiertes Haar. Valentine hielt unwillkürlich die Luft an, als Nanettes Arme sich ihr entgegenstreckten. »Lass dich ansehen«, sagte sie, trat einen Schritt zurück, legte Valentine die Hände auf die Schultern und musterte sie von Kopf bis Fuß. »Du bist so hübsch, Kindchen, nur etwas mager. Aber ich habe ja Kuchen gebacken. Magst du Kuchen?«

»Ja, natürlich«, antwortete Valentine sofort.

»*Bon, bon, bon!* Dann gibt es jetzt Kuchen, aber ich muss rasch noch putzen.«

»Putzen? Es sieht doch alles ganz sauber aus.« Valentine sah sich um.

»Findest du?« Nanette fuhr sich mit einer fahrigen Geste über das Haar. Dann befeuchtete sie ihren Zeigefinger und strich über das Holz des Türrahmens zu ihrer Linken. Nachdenklich betrachtete sie die saubere Haut, schüttelte dann unwillig den Kopf. »Aber wenn jemand das Haus durchsucht oder ein Nachbar kommt oder der Pfarrer oder vielleicht sogar meine Eltern. Was sollen die alle denken, was? Kindchen? Setzt euch ins Wohnzimmer. *Allez!*« Mit diesen Worten lief sie zurück in die Küche, und wieder vernahm Valentine das Klappern von Geschirr.

Waren Tante Nanettes Eltern nicht längst verstorben? Ratlos und verunsichert sah sie Onkel Victor an.

»Du kannst hier nicht wohnen, Valentine. Für heute und morgen ist das kein Problem, aber auf Dauer ist es nicht möglich. Eine meiner Redaktionsangestellten, Madame Chevallier, hat eine Schwester, gleich hier um die Ecke. Ich habe schon mit ihr gesprochen. Sie wird dir das Zimmer ihres Sohnes herrichten. Er ist mit all den anderen in den Süden gegangen, und bis er zurückkommt, kannst du dort bleiben.« Victor schüttelte den Kopf. »Es ist nicht leicht mit Nanette. Sie ist so gütig, so … so … Aber du siehst ja selbst …« Er stockte. »Ich freue mich wirklich, dass du gekommen bist. Ich kann jede Hilfe gut gebrauchen!«

Valentine nickte. »Das Ganze tut mir sehr leid«, sagte sie. Nanette war schon immer ein wenig wunderlich gewesen, bei den Gesprächen abschweifend, im Tun unstet und wirr. Nun aber schien sie in einer Welt zu leben, die für andere nur schwer zugänglich war. Die Aussicht auf ein eigenes Zimmer erleichterte Valentine. Doch bevor sie ihrem Onkel dafür danken konnte, stürmte Nanette schon mit einem Tablett in der Hand über den Flur.

»Soso, der Kuchen und der Tee. Brennesseltee. Ich habe mehr gemacht, falls Gäste kommen. Aber ihr steht ja immer noch hier herum. Los, los, los, es wird doch kalt.« Sie verschwand in der Tür gegenüber der Küche.

Onkel Victor nickte und rang sich ein Lächeln ab, dann legte er den Arm um Valentine und führte sie ins Wohnzimmer, wo Tante Nanette bereits eifrig damit beschäftigt war, Kuchenstücke auf Teller zu verteilen und die Tassen mit Tee zu füllen.

Alles wirkte, als wäre die Welt in Ordnung, bis auf die Tatsache, dass der Tisch für acht Personen gedeckt war. Doch Valentine schwieg dazu und schob sich kleine Häppchen des ein wenig nach Sägemehl schmeckenden Kuchens mit der Gabel in den Mund.

Der Abend wurde dennoch vergnüglich. Während Tante Nanette bereits wieder abräumte, die Tischdecke mit einer kleinen Bürste von jeglichen Krümeln befreite und zurück in die Küche eilte, um das Abendbrot vorzubereiten, erzählte Valentine von zu Hause und lauschte Onkel Victors Geschichten aus dem Verlag.

Nach dem Essen – Nanette hatte aus Kartoffeln, Eiern, wilden Zwiebeln und einem winzigen Stück Speck wunderbar luftiges und wohlschmeckendes *Omelette* zubereitet, das Valentine mit großem Appetit aß – war die Tante von all dem Kochen, Putzen und Räumen müde geworden und unter einer Decke in ihrem Sessel eingeschlafen, während Onkel Victor bei einem Glas Cidre weiter von seinem Leben erzählte und dabei das Thema Nanette und ihr Leiden tunlichst vermied.

Es kam Valentine fast so vor, als habe er einen ähnlichen Weg eingeschlagen, das Leben zu ertragen. Beide verdrängten die Realitäten auf ihre eigene Weise, nur dass Onkel Victor im Gegensatz zu seiner Frau noch seine Sinne beisammen zu haben schien.

Nanette begann, leise zu schnarchen, als Onkel Victor unter einem verschmitzten Lächeln einen guten Rotwein aus seinem *Caveau des bouteilles*, der ›Flaschengruft‹, befreit hatte, wie er den hinter einer doppelten Rückwand verborgenen Stauraum des Buffets aus Grenobler Walnusswurzelholz nannte, in dem Geschirr, Gläser und Besteck untergebracht waren.

»*Santé!*«, rief er aus und trank einen derart großen Schluck, dass das Glas bereits halb geleert war, als er es wieder auf dem

Tisch abstellte. Dabei betupfte er mit einem Taschentuch zuerst die Stirn, dann den Mund, nur um erneut einen etwas kleineren Schluck des guten Bordeaux zu nehmen, von dem er noch – wie er sagte – ein halbes Dutzend Flaschen vorrätig hielte, für besondere Anlässe, so wie heute einer war, der Tag, an dem seine liebe Nichte nach Honfleur gekommen war.

Valentine nippte nur verhalten an ihrem Wein. Zeitweise vergaß sie sogar, dass sie ein Glas in den Händen hielt, so gebannt lauschte sie den Schilderungen ihres Onkels, der nun von der Faszination der zwanziger Jahre erzählte, als er nach Honfleur gekommen war, von all den hochgestellten Persönlichkeiten und Künstlern, die es ebenso hierher verschlagen hatte und von denen jeder ein Stück seiner Persönlichkeit in Form von musikalischen und literarischen Werken hiergelassen hatte.

»Und jetzt das! *Les boches* – diese Deutschen! Aber was soll's, solange sie unser schönes Honfleur nicht zerstören, müssen wir lernen, uns mit ihnen zu arrangieren, nicht wahr?«

Die Kerzenflammen zuckten im Takt seiner Worte. Wieder betupfte Onkel Victor seine Stirn, trank und schenkte sich nach.

Man werde es auch dieses Mal überstehen, den *Fritz* und seine Weltherrschaftsphantasien, meinte er, und erzählte weiter. Über die Pressearbeit, die sich verändert habe – es sei eine Schande, dass man nur noch existieren könne, wenn man sich anpasse und den Besatzern nach dem Munde schriebe. Aber was solle man anderes tun, fügte er seufzend hinzu, wenn man überhaupt existieren wolle, gäbe es keine andere Möglichkeit.

»Aber du kannst mir glauben«, schloss er seinen Monolog mit hörbar schwerer Zunge, »wenn ich könnte, wie ich wollte, würde ich einen Teufel tun, all die Kommuniques der Deutschen und Italiener abzudrucken. Ich würde den siegreichen

Okkupationen, den Abermillionen russischen Kriegsgefangenen, dem stets und ständig erfolgreichen Bodengewinn im Osten, den immer schweren Verlusten der Briten angesichts der glorreichen Deutschen nicht eine einzige Zeile widmen. Diese allumfassende und ständig erfolgreich agierende Übermacht ist mir ein Gräuel! Und weißt du, was? Ich glaube dem ganzen Getöse kein Wort.« Seine Hand fuhr auf den Tisch. Tante Nanette schnaufte kurz, murmelte etwas, drehte sich ein wenig, dann schlief sie weiter, eingehüllt in ihrem Deckenkokon.

Onkel Victor beugte sich vor und senkte die Stimme. »Kannst du dir vorstellen, wie furchtbar es für einen echten Journalisten ist, die Wahrheit mit keinem Wort erwähnen zu dürfen?«

»Und wenn man es doch tut?«, fragte Valentine, nun trank sie doch einen großen Schluck vom Wein. »Ich meine, wenn man die Berichte, die man wirklich schreiben möchte, heimlich druckt und im Verborgenen unters Volk bringt?«

»Und was willst du damit erreichen?« Onkel Victor sah ehrlich entsetzt aus. »Nein, nein, komm bloß nicht auf dumme Gedanken! Damit bringst du nur dich selbst und Unschuldige in Gefahr. Du hast sie doch gesehen, diese Leute von der Geheimpolizei. Die kommen unangekündigt und prüfen, ob man nicht mehr Druckerschwärze verbraucht als zugeteilt oder ob man irgendwo ein heimliches Papierlager hat. Untersteh dich, auch nur einen Gedanken in diese Richtung zu verschwenden. Es gibt genügend Untergrundzeitungen und Verfasser von Flugblättern, die sich für die Sache Frankreichs einsetzen, und sie alle spielen mit ihrem Leben und mit dem von anderen.« Er schnaubte. »Hinter den meisten stecken ohnehin irgendwelche Extremisten, vor allem Kommunisten, die es mit ihren Gegnern auch nicht anders halten würden als die Deutschen, wären sie erst einmal an der Macht.«

Seine Gesichtsfarbe hatte inzwischen ins Puterrote gewechselt. Dann seufzte er, schüttelte den Kopf, als wolle er ungebetene Überlegungen abschütteln und damit etwas scheinbar Unausweichliches akzeptieren. Dabei sah er auf die Uhr, stockte, sprang plötzlich auf.

»Nanette!«, rief er und rüttelte am Arm seiner Frau, die schlaftrunken hochfuhr. »Du musst das Sofa beziehen, gleich ist Verdunkelung!«

Innerhalb kürzester Zeit hatte man Kissen und Decken beisammen, dann wurde das Licht gelöscht und man sagte sich gute Nacht. Und als Valentine sich auf den muffig riechenden Polstern zusammenrollte, dauerte es nur wenige Sekunden, bis ihr die Augen zufielen und sie in einen tiefen Schlaf sank.

In der Nacht träumte sie, sie sei unsichtbar und stehe mitten in einem großen Raum. Junge Burschen rannten an ihr vorüber, bepackt mit Bündeln druckfrischer Zeitungen oder mit leeren Händen, um Nachschub zu holen. Ein Mann in dunklem Anzug – ein Politiker oder hoher Beamter vielleicht? – trat aus einer Bürotür. Ein Angestellter mit Ärmelschonern sah ihm nach und hob die Hand zum Abschied. Gleichzeitig hastete ein Fotoreporter vorbei, so schnell, dass sein Assistent mit Schiebermütze und der Ausrüstung kaum hinterherkam; sicher hatte der Journalist Unerhörtes, Gewaltiges oder Wundersames zu berichten und konnte es kaum abwarten, seine Fotografien zu sehen, noch feucht vom Fixierbad der Dunkelkammer, und seine Eindrücke in treffenden Formulierungen zu tippen. In diesem Moment hörte Valentine ganz deutlich das Rattern der Druckstraße, die sich irgendwo im Gebäude verbergen musste. Sie hörte das Klingeln der Telefone und das Klappern unzähliger Schreibmaschinen herausdringen, wie ein Strom der

Produktivität, ein plätschernder Fluss von Neuigkeiten und Meinungen, der alles, was geschah, zu Papier brachte und den Menschen darbot.

Und als sie am nächsten Morgen erwachte und sich verwundert umsah, wusste sie es mit unumstößlicher Klarheit: Sie würde ihren Onkel nicht nur als Schreibkraft unterstützen wollen, nein, sie wollte mehr tun, als den Besatzern nach dem Munde zu reden. Und wenn sich eine Gelegenheit ergeben würde, über die Wirklichkeit zu berichten, dann würde sie es tun.

Ohne Onkel Victor und Tante Nanette dabei in Schwierigkeiten zu bringen.

# *8*

Am Montagmorgen, dem 26. Mai 1941, um Viertel vor acht fand sich Valentine zusammen mit ihrem Onkel vor dem Verlagshaus des *Le Miroir Honfleurais* in der *Rue de la République* ein. Es bestand aus zwei miteinander verbundenen zweigeschossigen Backsteinbauten, die gar nicht typisch waren für die sonstigen Häuser hier in Honfleur, deren historische Fassaden ein malerisches Stadtbild abgaben und sich mit dem Licht der Frühlingssonne wesentlich besser vertrugen als dieses Gebäude.

Valentine blickte in plötzlicher Ehrfurcht zum Eingang. Eine Holztür mit in Messingrähmchen gefassten Glasscheiben, die einen schemenhaften Blick ins Innere des Empfangsbereiches gewährten – genug Raum für Worte, Texte, Gedanken.

In einer energischen Geste strich sich Valentine das Kleid glatt und folgte Onkel Victor hinein, lauschte dabei seinen Erläuterungen zur Aufteilung der Verlagsräume. Er zeigte ihr das Papierlager im Erdgeschoss, wo riesige grauweiße Rollen in stählernen Regalen gelagert waren. Dahinter die Setzerei, die in einer lichtdurchfluteten Kammer untergebracht war und von einem jungen Mann mit dem eigenartigen Namen Archibald geleitet wurde, der kurz von seinen Matrizen aufsah und Valentine freundlich zunickte.

»Wir haben alle Schriftarten, die man sich nur wünschen kann, dazu Messinglinien in sämtlichen Stärken, Bilder und Vignetten«, sagte Victor.

»Da sind ja sogar drei Arbeitsplätze«, sagte Valentine staunend und wies auf zwei verwaiste Tische, deren Setzkästen bis an den Rand mit Schrifttypen gefüllt waren.

»Ja«, kam es knapp. »Aber momentan findet sich kein Personal und wir könnten es uns auch nicht leisten. Und bislang war das dank unseres kerngesunden und wieselflinken Archibald ja nicht notwendig, nicht wahr?« Er klopfte dreimal auf den Türrahmen und lächelte, als der Setzer etwas brummte, das wie eine Zustimmung klang.

Dann drehte er sich um und fuhr mit der Führung durch das Verlagsgebäude fort.

Im letzten und größten Raum des Erdgeschosses stand eine Rotationsdruckmaschine, die im Licht der schräg einfallenden Sonnenstrahlen glänzte und offenbar vorbildlich gewartet wurde. »Die schafft bis zu zwanzigtausend Exemplare pro Stunde«, erklärte Victor und fuhr mit erkennbarem Stolz über eines der schwarzen Kurbelräder. »Leider können wir diese Kapazitäten momentan nicht ausschöpfen, obwohl unsere Zeitung weit über das Departement Calvados hinaus gelesen wird. Aber gut, das kommt sicher einmal wieder. Irgendwann ...«

Weiter ging es in den ersten Stock. In einem Flur, von dem mehrere Räume abgingen, blieb Victor stehen.

»Nun, meine liebe Nichte, sind wir im Herz des Verlages. Hier arbeiten der Redaktionsleiter, zwei Assistentinnen und meine Wenigkeit, um die Bürger von Honfleur und Umgebung jeden Mittwoch und Samstag aufs beste zu informieren.« Er machte eine ausladende Bewegung mit der rechten Hand. »Das hier wird ab heute dein zweites Zuhause sein.«

Als Erstes stellte Onkel Victor ihr Albert Petit vor und ließ Valentine dann mit ihm alleine. Der Redaktionsleiter sah aus wie sein Name klang, schoss es ihr durch den Kopf, während sie auf dem leise knarzenden Lederstuhl vor dessen Schreibtisch Platz nahm. Er war zwar tatsächlich eine Handbreit kleiner als sie, wog aber bestimmt doppelt so viel. Von Zeit zu Zeit schnaufte er deutlich hörbar und kräuselte dabei die Nase, als müsse er niesen, was er aber dann wider Erwarten doch nicht tat. Allem Anschein nach eine Marotte, die sich der verantwortliche Leiter der Redaktion des *Le Miroir Honfleurais* über die geschätzten fünfundfünfzig Jahre seines Lebens angeeignet hatte.

Albert Petit kräuselte sogar die Nase, wenn er sich die letzten dünnen Haarsträhnen, die ihm verblieben waren, über die glänzende Glatze strich, und er kräuselte sie, wenn er seine Nickelbrille mit aneinandergepressten Zeige- und Mittelfinger wieder in Richtung Nasenwurzel beförderte, von wo aus sie Stück um Stück wieder unmerklich nach unten kletterte, so dass man den Eindruck gewann, sic hätte beschlossen, dieses rundliche Gesicht mit den kleinen, aufmerksamen und freundlich leuchtenden Augen klammheimlich zu verlassen.

»Mademoiselle Steinbach, es freut mich sehr, dass Sie sich bereit erklärt haben, unsere Zeitung zu unterstützen. Ihr Onkel hat Sie sicherlich bereits hinreichend darüber aufgeklärt, in welcher misslichen personellen Lage wir uns zurzeit befinden. Und dass Sie trotz der«, Monsieur Petit räusperte sich, suchte sichtlich beherrscht nach den passenden Worten, »trotz der besonderen historischen Situation in Frankreich Ihren Weg zu uns gefunden haben, hat mich zugegebenermaßen beeindruckt. Sie sind zwar jung und haben noch keine Erfahrung in Zeitungsdingen, aber ich bin zuversichtlich, dass Ihr bislang ausgeübter Beruf als Lehrerin eine gute Grundlage ist. Wenn ich es mir recht überlege, befähigt er Sie geradewegs dazu, auch Artikel zu schreiben.« Er kräuselte die Nase und schob die Brille in die

Höhe. »Ja, das sollten wir versuchen«, setzte er nach, und damit erhob er sich, kam um den Schreibtisch herum und reichte ihr die Hand. »Ich freue mich sehr, Sie hiermit als offizielles Mitglied unserer Redaktion begrüßen zu dürfen.«

Valentine spürte, wie ihr die Röte ins Gesicht schoss. Das war weit mehr, als sie erhofft hatte. Am liebsten wäre sie aufgesprungen und hätte den kleinen, dicken Petit umarmt. Stattdessen beließ sie es bei einem strahlenden »Danke Monsieur, die Freude ist ganz meinerseits!« und erwiderte den Händedruck, als habe sie nichts anderes erwartet.

Seitdem Valentine ihr Vorhaben in die Tat umgesetzt hatte, Saint-Pierre-Bois zu verlassen, schien ihr alles zu gelingen. Ja, es war nicht einmal nur ihr eigenes Tun, das diese Glückssträhne ermöglichte, es musste Schicksal sein, eine andere Erklärung gab es dafür nicht.

So hatte sie nicht nur eine Anstellung gefunden, deren Bezahlung sich nicht allzu sehr von der einer Lehrerin unterschied, sondern auch nette Kollegen. Neben dem Setzer Archibald, der dienstag- und freitagabends gemeinsam mit einem Jungen namens Guy auch die Druckmaschinen bediente und fertige Zeitungen bündelte, gab es zwei Damen, mit denen Valentine sich ihr Büro teilte. Madame Chevallier, bei deren Schwester Valentine künftig wohnen würde, war eine etwa fünfundvierzig Jahre alte, alleinstehende Frau mit dem Gesicht einer kränklichen, aber freundlichen Feldmaus. Sie kümmerte sich um den Kulturteil, fasste Informationen über das Gemeindeleben zusammen und gab allwöchentliche Buchtipps, die Valentine schon beim ersten Blick als Abschriften aus der Zensur- und Propagandaabteilung erkannte.

Die zweite Kollegin war Arianne Leloup, die nur wenig älter

war als Valentine selbst. Sie unterstützte Monsieur Petit bei den täglichen Meldungen aus Frankreich und der Region, von der Landwirtschaft und den Märkten, obwohl sie vor allem für die Anzeigenkunden eingestellt worden war. Arianne Leloup war optisch das genaue Gegenteil von Madame Chevallier, stämmig, rotbäckig und impulsiv. War diese schon seit Jahr und Tag im *Miroir* tätig gewesen, so erfuhr Valentine von Monsieur Petit, dass Mademoiselle Leloup eigentlich im Kolonialwarenladen ihres Vaters gearbeitet hatte. Wie und warum sie zur Zeitung gekommen war, darüber schwieg sich Monsieur Petit aus, und Valentine traute sich nicht, nachzuhaken; sie würde es schon noch erfahren.

Monsieur Petit war ein wunderbarer Vorgesetzter, der die Redaktion zwar äußerst straff führte, es aber dabei nicht an Gerechtigkeit und Mitgefühl mangeln ließ. Onkel Victor hingegen hielt sich im direkten Kontakt mit den Mitarbeitern zurück, griff nur ein, wenn es wirklich notwendig war. Ansonsten kümmerte er sich vor allem um die großen Verantwortlichkeiten, die dem *Miroir* halfen, zu überleben. Verfasste er keine Artikel zur politischen Lage, so traf er sich mit den Herren von der Kulturbehörde, oder er fuhr in die zuständige Dienststelle der deutschen Propagandastaffel, um dort Rede und Antwort zu stehen, wenn ein Text nicht den geforderten Ton getroffen hatte. Angelegenheiten, über die niemand im Verlag auch nur ein Wort verlor. Zumindest kein lautes.

Lieber wurde mit großer Begeisterung über die anstehende *Fête des Mères* gesprochen, dem Fest zum Muttertag, das am vierzehnten Juni stattfinden sollte, zwei Wochen nach dem eigentlichen Feiertag. Ganz Honfleur freute sich auf ein kunterbuntes Feuerwerk aus musikalischen Darbietungen, Artisten und dem alljährlichen Theaterstück der Kinder des *Pensionnat*

*Notre-Dame*. Sogar das traditionelle Fahrradrennen sollte wie gewohnt stattfinden.

»Bei all den Vergnügungen erträgt man es leichter, dass auch ein Militärmarsch vorgesehen ist«, kicherte Madame Chevallier, und dabei sah ihr Gesicht mit einmal ganz rosig aus, »oder die Gesangseinlage von Madame Quenardel von der Liga katholischer Frauen.«

»Es ist ein Spektakel, das Sie sich nicht entgehen lassen dürfen«, sagte auch Monsieur Petit, »denn es zeigt den Geist der Einheit und der gegenseitigen Unterstützung aller Franzosen! Sie sollten sich während Ihres Festbesuches fleißig Notizen machen, ich möchte sehen, ob Sie einen Blick für das Wesentliche haben.« Und vielleicht, so stellte er in Aussicht, dürfe sie dann den vielbeachteten Artikel über die Feierlichkeiten schreiben, der für eine Ausgabe Mitte Juni geplant war.

Valentine ließ sich von der allgemeinen Fröhlichkeit anstecken. Und sie verstand, dass sie es gut getroffen hatte mit ihrer neuen Arbeitsstelle und dass es vielleicht nur eine Frage der Zeit war, bis sie sich im Geflecht zwischen Propaganda und Wirklichkeit zurechtfand.

Und noch etwas erwies sich als Glücksgriff: die Unterkunft, die Madame Chevalliers Schwester zur Verfügung stellte und die mehr als kleine Wohnung denn nur als einfaches Zimmer zu bezeichnen war.

An einem sonnigen Samstag, dem zweiten seit ihrer Ankunft in Honfleur, stieg Valentine die steilen Treppen ins Dachgeschoss eines Fachwerkhauses in der *Rue Bosquet* hinauf und wartete gespannt, bis die Vermieterin, die mit ihren dürren Ärmchen und Beinchen an ein fragiles Insekt erinnerte, die Tür zu Valentines neuem Zuhause aufschloss.

Neugierig trat Valentine ein. Ihre neue Bleibe bestand aus einem Zimmer mit einer kleinen Gaube, einer noch kleineren Kochecke, einem Besenschrank sowie einem winzigen, fensterlosen Bad, aus dem man nur herauskam, wenn man es rückwärts wieder verließ. Aber wenn man sich aus dem Gaubenfenster lehnte und über Hausdächer, Hinterhöfe und mit Clematis bewachsene Mauern blickte, konnte man ahnen, dass dort, wo die Möwen ihre Kreise zogen, der alte Hafen lag. Und wenn man den Kopf ein kleines Stück weiter westlich drehte, sah man vereinzelte Giebel der *Rue de la République*, in der auch das Verlagshaus lag. Orte, die für Valentine mehr bedeuteten als bloße Orientierungspunkte. Sie waren Ausdruck ihrer neuen Freiheit.

Noch am Abend schrieb sie vier Seiten an ihre Familie, füllte sie mit Details zu ihrer Anstellung und hoffte, es würde ihre Eltern trösten, wenn sie lasen, dass es ihr gutging und was sie alles zu tun hatte in der kleinen Redaktion des *Le Miroir Honfleurais*. Es gelang ihr, das in den schillerndsten Farben auszumalen, und sie wünschte sich, dass Papa vor Stolz auf seine Tochter platzte und Maman genug zu erzählen hatte, wenn sie wieder einmal ein paar Knack bei der geschwätzigen Madame Reinel kaufen würde.

Dabei dachte sie auch an den Bruder, der ihr bereits jetzt schon sehr fehlte. Sébastian würde wahrscheinlich genauso oft an sie denken, wie es umgekehrt der Fall war. So beendete Valentine den Brief mit den allerherzlichsten Grüßen an alle und versprach Maman, sie wolle anrufen, sobald es ihre Zeit zuließe.

An einem grauen Dienstagabend – es war schwülwarm, und der Dunst feuchter Luft, den es vom Meer bis weit in den Ort hineingetragen hatte, hing wie eine Wolke zwischen den

Gassen – bat Valentine darum, etwas früher aus der Redaktion gehen zu dürfen. Monsieur Petit kräuselte die Nase und blinzelte ihr unter einem Nicken zu, woraufhin sie sich auf den etwa zehnminütigen Fußweg zum Hauptpostamt am *Quai des passagers* machte, das direkt am Hafen an der Ausfallstraße in Richtung Küste lag.

Ihre Hände waren klamm und zitterten ein wenig, als sie nach der Gesprächsanmeldung die Kabine betrat, den schweren Telefonhörer von der Gabel nahm und den knackenden Geräuschen lauschte, die aus der Muschel in ihr Ohr drangen. Es klingelte dreimal, dann nahm ihre Mutter ab.

Es war ein trauriges Gespräch, was nicht an Valentines Fortgang lag, sondern an Mamans Tränen, weil man munkelte, dass nun auch die jungen Männer aus dem Elsass eingezogen werden sollten, um für die Deutschen zu kämpfen. Wenn nötig zwangsweise. Was nach all den Dingen, die die Besatzer ihnen angetan hatten, das Allerschlimmste wäre. Das müsse man sich einmal vorstellen – Gewehrfeuer gegen die eigene Nation! Aber vielleicht seien es ja nur Gerüchte, ja, es gäbe vieles, was man erzähle, und davon stimme nicht einmal die Hälfte. Dann weinte auch Valentine (obwohl sie sich fest vorgenommen hatte, das nicht zu tun). Sie bat Maman, den anderen herzliche Grüße auszurichten, vor allem ihrem Bruder, und legte schweren Herzens auf.

Die Arbeit in der Redaktion ließ nicht zu, dass sie allzu lange über die besorgniserregenden Entwicklungen in der Heimat nachgrübeln konnte. Hier, im *Miroir Honfleuraise*, war Valentines Aufmerksamkeit gefordert. Oft kam sie schon morgens um sieben Uhr und verließ das Gebäude erst kurz vor der Sperrstunde, und wenn Tante Nanette nicht ab und zu einen Kuchen vorbeigebracht hätte, hätte Valentine es womöglich versäumt, überhaupt etwas zu essen. Auf ihrem Schreibtisch türmten sich Notizen und Akten, deren Stapel zum Abend hin fast noch wuchsen, als wollten sie sie verhöhnen. Und es brauchte einige Tage, bis sie allmählich begann, eine zügige Routine zu entwickeln, so dass sie ihre Aufgaben bald innerhalb der normalen Geschäftszeiten erledigen konnte.

Die Zusammenarbeit mit Albert Petit erwies sich dabei als besonders lehrreich. Er verfügte über einen bisweilen recht derben, aber immer pointierten Humor und verhielt sich stets souverän; war selten aufbrausend und immer direkt.

Als sie am Morgen ihres achtzehnten Arbeitstages ins Büro kam, eilte Albert Petit ihr bereits auf dem Gang entgegen. »Heute begleiten Sie mich zu einer Reportage, und ich wünsche, dass Sie danach versuchen, den Artikel dazu zu schreiben. Haben Sie Lust? Hatten Sie schon einen Kaffee?«

Ihr erster eigener Artikel! Valentine hätte sich beinahe verschluckt und schüttelte wortlos den Kopf.

»Ich denke, Sie sollten sich vorher ein wenig stärken«, lachte er und schob sich in gewohnter Manier die Nickelbrille in Richtung Stirn. Dann lotste er Valentine in sein Büro, um sie kurz alleine zu lassen und wenige Minuten später mit zwei Tassen und einer Aufsatzkanne zurückzukommen, aus der ein herrlicher Mokkaduft stieg.

»Setzen Sie sich doch«, forderte sie Monsieur Petit auf, nachdem er die beiden Tassen gefüllt und hinter seinem Schreibtisch Platz genommen hatte. »Sie scheinen mir ein wenig aufgeregt, habe ich recht?«

»Ein bisschen«, antwortete sie wahrheitsgemäß, nachdem sie auf dem Besucherstuhl Platz genommen hatte. Sie trank einen Schluck und stellte fest, dass der Mokka sogar ein wenig gesüßt war.

»Schmeckt er Ihnen? Ich habe ihn gegen einen selbstgebrannten Calvados getauscht. Die Deutschen sind ganz verrückt danach.«

Valentin lächelte. »Es muss eine Ewigkeit her sein, dass ich so etwas getrunken habe.« Noch einmal nippte sie an dem heißen Getränk. »Haben Sie auch Zucker eingetauscht?«

»Das ist Zuckerrübensirup. Das Rezept stammt von meiner Mutter. Wir haben es in der vorletzten Samstagsausgabe abgedruckt und so viele begeisterte Leserbriefe bekommen wie nie zuvor.«

Petit strahlte, und Valentine konnte nicht anders, als es zu erwidern. Ihr gefiel seine unkomplizierte Art. »Worum geht es denn in dieser Reportage?«

Petit kräuselte die Nase und strich sich durch das, was von seinem Haar noch übrig war. Dann lehnte er sich verschwörerisch nach vorne. »Uns wurde zugetragen, dass eine Villa von deutschen Soldaten bezogen werden soll.«

»Aha.« Valentine war schlagartig enttäuscht. Sie hätte sich etwas Spannenderes gewünscht. Dass deutsche Soldaten in Sommerhäusern untergebracht wurden, war nichts Neues; so verfuhr man mit allen Villen, die nicht dauerhaft bewohnt waren. »Eines dieser Pariser Ferienhäuser?«

»Nein, es ist das einer Familie aus dem Ort. Corinne und Philippe Rouvière mit drei Kindern. Sie sind verhaftet und in ein Lager deportiert worden.«

»O mein Gott! Was ist passiert?«

»Sie haben eine jüdische Familie bei sich aufgenommen. Es gibt viele, die man hier in der Normandie vor den Besatzern versteckt, in Kellern, auf Dachböden. Juden, Widerstandskämpfer, britische Soldaten. Einige von ihnen werden mit falschen Papieren aus dem Land geschleust. Und nun will man ein Exempel statuieren. Unsere Zeitung soll groß darüber berichten. Als Warnung an alle, die auch nur daran denken, es ihnen gleichzutun.«

»Ich soll einen Artikel schreiben, der den Menschen in Honfleur Angst macht oder der sie daran hindert, sich für das Leben anderer einzusetzen?« Valentine stellte ihre Tasse ab. Sie musste an Onkel Victor denken und an dessen propagandistische Artikel. Das ganze Land schien sich vor den Besatzern zu ducken, und das gefiel ihr überhaupt nicht.

»Ich glaube, ich kann das nicht …« Sie stockte und sah den Redaktionsleiter mit zusammengezogenen Brauen an.

Monsieur Petit blickte verstohlen in Richtung des Ganges, beugte sich noch weiter vor und senkte seine Stimme. »Ich kann ihre Sorge gut verstehen. Aber es ist nun mal so, dass man sich gut überlegen sollte, ob man sich gegen die Deutschen stellt. Das alles wird irgendwann vorbei sein, aber um das zu *er*leben, muss man es auch *über*leben. Daher dürfen wir bis dahin auch nicht alles schreiben, was man schreiben könnte, auch wenn es gegen die Berufsehre und den Patriotismus geht.«

Seufzend verschränkte Valentine die Arme. Ihr war von Anfang an klar gewesen, dass der *Miroir Honfleurais* sicher nicht zu den kritischsten Zeitungen gehörte, dass er regimetreu berichten musste, um weiterexistieren zu können. Aber sie hatte es nicht genauer hinterfragt. Erst jetzt, als man von ihr erwartete, aktiv an der gezielten Propaganda mitzuwirken, wurde ihr bewusst, was das bedeutete. Sie schwieg und sah zu Boden.

»Wissen Sie«, fuhr Monsieur Petit leise fort, dabei schob er seine Brille zurecht, »diese Zeitung besteht schon seit mehr als vierzig Jahren. Als Ihr Onkel sie gekauft hatte, war der Erste Weltkrieg gerade vorüber. Der *Miroir* war der Spiegel eines patriotischen Honfleurs, das sich mitsamt dem restlichen Frankreich über den Versailler Vertrag freute und über die den Deutschen auferlegten Reparationen. Aber vor allem freuten sich die Bewohner über das Ende des Krieges. So etwas wollten sie nie wieder, all die Grausamkeiten, die man der Zivilbevölkerung angetan hatte. Dem Kampf um Freiheit, Recht und Zivilisation war eine unglaubliche Zerstörung gefolgt, die man hier in Honfleur, jenseits der Westfront, zwar nicht am eigenen Leib erfahren hatte, aber dennoch war das Grauen für jeden greifbar gewesen.«

Petit kräuselte die Nase, und als Valentine noch immer schwieg, zuckte er die Schultern.

»Ihr Onkel mag kein Kämpfer sein. Aber er ist der Ansicht, dass man mit offenem Widerstand nur das Gegenteil erreicht. Sein Ziel ist es, die Besatzungszeit so gut wie möglich zu überstehen. Nicht nur wegen seiner persönlichen Sicherheit oder der seiner Frau, sondern vor allem deshalb, weil er Angst um die Bewohner von Honfleur hat, die eine mögliche Eskalation nicht überleben würden.«

Valentine nickte, schwieg aber immer noch.

»Es gibt natürlich andere Möglichkeiten.« Monsieur Petit senkte die Stimme, bis sie nur noch ein Wispern war. »Man muss sich nur gut überlegen, wie weit man zu gehen bereit ist.«

Nun horchte Valentine auf. »Wie meinen Sie das?«

Petit ließ ihre Frage im Raum stehen. Er erhob sich, zog seine Jacke über und griff nach dem Fotoapparat. »Gehen wir?«

Sie fuhren mit dem Fahrrad in Richtung der Küstenstraße nach Pennedepie. Valentine saß auf einem rostigen Ding mit klapperndem Schutzblech, das ihr Tante Nanette überlassen hatte. Doch es tat seinen Dienst und war schnell genug, um Monsieur Petit zu folgen.

Als sie sich dem Stadtpark näherten, bremste er ab und zeigte auf ein Schild im Rasen. »Dieses Areal dürfen Sie niemals überqueren!«, warnte er.

»*Achtung, vermint!*«, las Valentine vor.

»Stimmt, ich vergaß, Sie verstehen ja auch Deutsch. Im Gegensatz zu den meisten anderen.« Petit schob die Brille ein Stück höher und schaute sie an. »Vor wenigen Wochen hat es einen Vater von drei Kindern das Leben gekostet, dass er den auf Deutsch geschriebenen Hinweis nicht verstanden hatte. Hätte man stattdessen wenigstens einen Totenschädel als Symbol angebracht, wäre das nicht passiert …«

Valentine schwieg und blickte über den Park. Nun entdeckte sie auch einen Krater inmitten des Grüns. Als sie sich zu Petit umdrehte, um ihrem Entsetzen Luft zu machen, trat dieser bereits wieder in die Pedale. Sie beeilte sich, ihm zu folgen. In seinem Blick hatte etwas gelegen, das nicht zu der stoischen Art passte, mit der er dem Treiben der Besatzer begegnete. Vielleicht mochte es Wut gewesen sein oder Aufbegehren. Es machte sie neugierig, herauszufinden, was wirklich in ihm vorging.

Während sie einer schnurgeraden Straße folgten, die den Strand säumte, schien sich Petit wieder gefangen zu haben. Nun war er wieder ganz der Lehrmeister, erzählte von dem vielen Schlamm, der von der Seinemündung herangespült werde, und dass selbst das große Rückhaltebecken nicht verhindern könne, dass der Strand von Honfleur von gelblich-grünem Matsch gesäumt würde. »Aber vielleicht haben die Deutschen ja wirkungsvollere Methoden, daraus einen Badestrand zu machen. Mit Säuberungen scheinen sie sich ja bestens auszukennen.«

Er hatte es vermeintlich emotionslos gesagt und dann wieder geschwiegen, bis sie nach wenigen Minuten auf einen Feldweg bogen, der ins Landesinnere führte.

Das Anwesen der Rouvières lag weit vor der Stadt, ein großes Fachwerkhaus inmitten gelber Weizenfelder. Während Monsieur Petit einige Eindrücke mit seinem Fotoapparat festhielt, ging Valentine über das verlassene Gelände, um sich einen Eindruck zu verschaffen. Es war eine Schande, dass man es den Besitzern einfach so entrissen hatte. Aber noch viel schlimmer war der Gedanke an das, was mit ihnen geschehen würde.

Valentine schluckte die aufsteigende Wut hinunter und versuchte, sich auf ihre Aufgabe zu konzentrieren.

Langsam ging sie näher. Das Haus sah aus, als sei es noch bewohnt. Es hätte sie nicht gewundert, wenn noch ein dampfender Topf auf dem Herd stehen würde, sobald sie den Kopf zum offenen Küchenfenster hineinsteckte.

Petit hatte ihr erzählt, wie sie den Artikel gestalten könne, ohne die Behörden allzu sehr gegen sich aufzubringen: Sie könne sich beispielsweise auf die Geschichte des Gebäudes konzentrieren und eine Art kulturellen Nachruf verfassen, der den eigentlichen Grund der Enteignung nur am Rande erwähnte. Nicht mehr. Keine namentliche Nennung der versteckten Juden, keine Mahnung, wie es die Deutschen sicher gerne gesehen hätten, groß und plakativ. Und als Valentine wieder im Büro saß und mit der eigentlichen Arbeit begann, unterdrückte sie das starke Verlangen, das Geschriebene mit ihrer Meinung zu untermalen.

Dabei bemerkte sie wieder die hilflose Wut, die ihren Hals immer stärker zuschnürte. Was zum Kuckuck hatte Petit damit gemeint, dass es eine Frage dessen war, wie weit sie zu gehen bereit war? Stellte es für ihn bereits den Höhepunkt zivilen Ungehorsams dar, ein klein wenig von dem wegzulassen, was die Deutschen gerne geschrieben sähen?

Schweren Herzens brachte sie schließlich ihre Eindrücke zu

Papier, die nicht mehr als acht Zeilen umfassten und zu den Fotos passten, die Monsieur Petit ihr später aus dem Labor brachte.

Gegen halb acht räumte Valentine ihren Schreibtisch auf, schaltete das Licht aus und machte sich durch den Gang auf den Weg in Richtung Treppenhaus. Aus dem Büro von Monsieur Petit fiel ein Lichtstrahl, und Valentine konnte die angeregte Diskussion zweier Männer vernehmen; den Stimmen nach waren es Petit und Onkel Victor, den sie an diesem Tag noch gar nicht zu Gesicht bekommen hatte.

Leise zog sie die Tür hinter sich ins Schloss und ging müde und von der getanen Arbeit ermattet die Treppe hinunter. Dann trat sie hinaus auf die Straße.

»Arbeiten Sie immer so lange, Mademoiselle?«

Valentine fuhr herum.

Ein junger Mann stand auf der gegenüberliegenden Straßenseite, neben ihm ein Fahrrad. Als Erstes fielen ihr die Sommersprossen auf, die sich zu Dutzenden über sein Gesicht verteilten. Er hatte einen Fuß gegen die Hauswand gestellt und rauchte eine Zigarette. Eine seiner blonden Locken fiel ihm auf die Stirn, rasch wischte er sie weg. Dann griff er in die Innentasche seiner Jacke und kam zu ihr herüber. »Ich habe etwas für Sie.«

Bevor Valentine noch darüber nachdenken konnte, ob sie sich wortlos abwenden und schnurstracks davoneilen sollte, hielt er ihr ein Päckchen von der Größe einer Streichholzschachtel hin. Es war in schlichtes Packpapier gewickelt und mit einer kleinen roten Schleife verziert. »Das haben Sie vor ein paar Tagen verloren«, sagte er. »Ich hatte den Eindruck, es sei Ihnen wichtig gewesen.« Er lächelte, schwang sich auf sein Fahrrad, trat in Pedale und fuhr davon.

Valentine stand überrascht am Straßenrand und sah ihm hinterher, bis er aus ihrem Blickfeld verschwunden war. Dann strich sie über das Päckchen, zog an den losen Enden der Schleife und entfaltete das Packpapier. Hervor trat tatsächlich eine Streichholzschachtel mit einem Motiv der Côte Fleurie, das einen Blick über das Meer bis nach Le Havre zeigte. Valentine schob das kleine Schächtelchen auf und musste unwillkürlich auflachen.

Der verlorene Zettel! Was war das nur für ein Spinner! Aber wenigstens ein freundlicher, wie es schien.

Das war Valentines und Yves erste Begegnung gewesen. Und während sie sich noch eine Lachträne aus dem Augenwinkel wischte und das kleine Geschenk in ihre Handtasche steckte, stand dieser nur eine Straßenecke weiter und freute sich, dass seine Überraschung gelungen war.

# 9

»Sie hat ihn kennengelernt, als er noch in Honfleur gearbeitet hatte?« Nicolas Stimme schwankte zwischen Überraschung und Ungläubigkeit.

»Ja!«, sagte Sophie fest. »Genau so war es. Meine Großtante hat diese erste Begegnung niemals vergessen können. Seit jenem Tag hatte sie sich immer verstohlen umgesehen, wenn sie morgens das Redaktionshaus betrat und es abends wieder verließ. Jedes Mal, wenn sie das Geräusch eines Fahrrades hörte, drehte sie sich nach ihm um, jeder blondgelockte Mann fand ihre Aufmerksamkeit. Und immer, wenn sie merkte, dass es nicht Yves war, der durch die Straßen fuhr oder sich mit frechem Grinsen auf die Kaimauer setzte, stellte sich eine Enttäuschung ein, die sie in Erstaunen versetzte.«

Valentine musste sich eingestehen, dass dieser junge Mann sie nachhaltig beeindruckt hatte. Obwohl er nichts anderes getan hatte, als einen alten, verknüllten Zettel aufzuheben und ihn seiner Besitzerin in einer hübsch verpackten Streichholzschachtel zu überreichen. Vielleicht, so dachte sie, lag es daran, dass sie niemanden kannte, der so etwas je tun würde. Nur dieser Zigaretten rauchende junge Mann mit dem sommersprossigen Gesicht.

Doch als er auch am fünften Tag nicht wieder auftauchte, dachte Valentine, dass es wohl noch mehr Frauen geben musste, die er mit ungewöhnlichen Aufmerksamkeiten beeindrucken wollte, und beschloss deswegen, sich wieder auf die wichtigen Dinge in ihrem Leben zu konzentrieren und ihn einfach zu vergessen.

Yves hingegen wäre diesem hübschen jungen Mädchen mit dem bezaubernden Elsässer Dialekt gerne öfter begegnet. Wenn es nach ihm gegangen wäre, hätte er ihr die Schachtel schon viel früher überreicht. Aber die Ereignisse in Honfleur hatten andere Dinge in den Vordergrund gerückt, die auf persönliche Wünsche keinerlei Rücksicht nahmen. Dinge, die ihn auch nun wieder aus Honfleur wegzogen. Denn was Valentine nicht wissen konnte: Es gab noch eine weitere jüdische Familie, die in einem Bauernhaus unweit von Pennedepie versteckt wurde und die nun in einem Kriechkeller darauf wartete, mit neuem Namen die Flucht nach Lyon anzutreten.

Und so passierte Yves wenige Tage nach der Begegnung mit Valentine ohne Zwischenfall den Posten bei Saint-André-d'Hébertot. Auf einem geliehenen Motorrad und mit falschen Papieren, die ihn als Sanitäter im Einsatz auswiesen, fuhr er über Straßen mit gesprungenem Asphalt und an leerstehenden Höfen vorbei nach Paris.

Er bog direkt auf einen Hinterhof in der *Rue Bonaparte*, wo er das Motorrad abstellte, den Bezug vom Sattel löste und aus dem Inneren einen Umschlag mit Passfotos und den dazugehörigen Daten hervorholte, der von einem Mann im Dunkel eines Hausflures sofort entgegengenommen wurde.

»Wann soll ich wiederkommen?«, erkundigte sich Yves flüsternd.

»Morgen.«

»Morgen erst? Ist etwas passiert?«

»Die Stempelwerkstatt ist hochgegangen. Aber wir haben schon eine neue.«

Yves musste sehr erschrocken ausgesehen haben, denn der Mann setzte eilig hinzu: »Keine Sorge. Niemand kennt alle Strukturen. Zwischen der Werkstatt und diesem Ort gibt es keine Verbindungen. Komm gleich morgen früh direkt zur Wohnung, dann ist alles fertig.«

»Welches Stichwort?«

»Das vom Januar.« Er nickte bekräftigend und drehte sich wieder der Treppe zu, wurde vom dunklen Schlund des Aufgangs verschluckt, während Yves klopfenden Herzens, aber mit stoischem Gesichtsausdruck sein Motorrad auf die Straße schob und in die schmalen Gassen von Saint-Germain-des-Près lenkte.

Wenn er nicht so angespannt gewesen wäre, hätte er sich darüber gefreut, wieder hier zu sein. Seit Yves an der Sorbonne Literaturwissenschaften studiert hatte, war ihm dieses Viertel ein Stück Heimat geworden. Es lag in unmittelbarer Nähe zur Universität, war Zentrum von Verlegern und Literaten, Intellektuellen und Philosophen, Buchhändlern und Bouquinisten. Nur einen kurzen Fußmarsch vom Quartier Latin entfernt, wo das Leben pulsierte – auch heute noch, wenngleich um einiges gemäßigter.

Das alte Haus in der *Rue Saint-Sulpice*, gegenüber dem großen Hof der gleichnamigen Kirche, hatte sich in den Jahren nicht verändert. Nur das verbeulte und angerostete Emailleschild – *Chambres à louer* –, Zimmer zu vermieten, hing nicht mehr neben der Tür, seit Madame Jourdan sich der geheimen Wohnungsvermittlung der Schwestern Giradoux angeschlossen hatte. Die alte Witwe hatte früher wochenweise an Studenten und Handlungsreisende vermietet. Yves selbst hatte während seiner Ausbildung mehrere Monate in ihrem Haus verbracht.

Madame Jourdan hatte das Herz am rechten Fleck, auch wenn sie es hinter einem schroffen Auftreten verbarg.

»Wer nicht zahlt, wird ohne Rücksicht vor die Tür gesetzt«, hatte sie ihm gleich erläutert, als er sich damals das Zimmer angeschaut hatte. Dennoch hatte es Yves während der ganzen Studienzeit nicht ein einziges Mal erlebt, dass sie einen Mieter hinausgeworfen hätte, auch wenn sie jedem, der einzog, den gleichen Spruch in drohender Nüchternheit aufsagte. Vielmehr konnten sich diejenigen, die etwas klamm waren, die Miete erarbeiten, indem sie für Madame den Hof oder die Straße fegten oder für sie Besorgungen erledigten. Und nach getaner Arbeit konnten sich die säumigen Schuldner sogar oft noch einen Teller Suppe abholen.

Doch nun waren diese Zeiten vorbei. Die Mieter von Madame Jourdan waren jetzt andere – Illegale, die man vor den deutschen Augen und Ohren der Behörden und der Gestapo verbergen musste. Es hieß, dass selbst Jean de Vogüé, der Leiter von *Ceux de la Résistance*, schon einmal hier genächtigt hatte. Manche Zimmer aber vermietete die Witwe an Menschen, die noch nicht auf den Fahndungslisten standen und einen Anschein von Normalität wahren wollten. Menschen wie Yves Rumot.

Yves stellte das Motorrad in einen entfernten Hauseingang und schulterte seine Tasche. Dann ging er die Straße in Richtung des Hauses und warf einen unauffälligen Blick auf Passanten und parkende Autos. Er war vorsichtig geworden. Einen *Boche* erkannte er mittlerweile sofort, und selbst bei Kollaborateuren und Denunzianten konnte er sich auf sein Bauchgefühl verlassen. Yves hatte gelernt, seinem inneren Warnsignal zu vertrauen, so abwegig es in manchen Momenten auch schien, aber es hatte ihm bisher jedes Mal recht gegeben.

Betont beiläufig warf er einen Blick in einen Citroën, der direkt vor dem Haus stand, dann drückte er den Klingelknopf und erschrak. Dieses unüberhörbare und markerschütternde Rasseln hatte er beinahe vergessen.

Die Tür öffnete sich vorsichtig, dann lugte Madame Jourdans Kopf hervor.

»Nun komm schon rein«, sagte sie statt einer Begrüßung und trat mit einem Schlurfen zurück. Kaum dass Yves den Hausflur betreten hatte, schloss sie die Tür und drehte den Schlüssel zweimal herum.

»Gestern waren sie wieder hier und haben nach einer Madame Sullerot gefragt«, murrte sie kopfschüttelnd. »Sie halten mich für eine Concierge, glücklicherweise. Aber ich weiß nicht, wie lange das noch gutgeht.«

»Schön, Sie zu sehen«, entgegnete Yves und nahm sie kurz in den Arm. »Alles wird gut.«

»Ja, ja, schon recht!« Die Vermieterin drückte ihm einen Schlüsselbund in die Hand. »Es ist das alte Zimmer. Frisches Wasser steht auf der Kommode.« Damit drehte sie sich um und verschwand hinter der Tür ihrer Loge.

Yves stieg die knarrende Holztreppe in den zweiten Stock hinauf. Das Zimmer lag in einer weitläufigen Wohnung, eine ehemalige Mädchenkammer mit Blick zur Straße. Er hatte ganz vergessen, wie winzig es war. Das Bett nahm beinahe den gesamten Raum ein, daneben eine Kommode, auf dem ein voller Wasserkrug und eine Schüssel standen, kein Schrank.

Kaum dass er die Tür geschlossen hatte, hörte er das gedämpfte Gespräch zweier Männer von nebenan, die heftig diskutierten. Die Wände waren dünn und es roch nach abgestandener Luft. Yves warf seine Tasche aufs Bett und öffnete einen der Fensterflügel, durch den sofort die Hitze dieses Pariser

Sommertages eindrang, als hätte sie in der aufgeheizten Häuserschlucht nur darauf gewartet. Von der *Église Saint-Sulpice* erklangen drei Glockenschläge. Viertel vor vier. Er hatte noch etwas Zeit vor dem nächsten Treffen, aber er würde es nicht eine Minute länger in diesem beengten Raum aushalten.

Yves zog sich das Hemd aus, goss etwas Wasser in die Waschschüssel und schlug es sich ins Gesicht. Es erfrischte ihn, und er verharrte einige Augenblicke länger als nötig, ließ das Wasser von Haut und Haaren tropfen. Mit seinem alten Hemd trocknete er sich ab, zog ein neues aus seiner Tasche über und stieg die Treppe hinunter, hinaus in die flirrende Hitze.

Unschlüssig, wohin er gehen sollte, folgte er der Straße in Richtung *Rue de Vaugirard* und bog auf Höhe des alten Kunstmuseums in den *Jardin du Luxembourg*. Einem prächtigen Park mitten in der Stadt, den man für die Pariser Bevölkerung geöffnet hatte.

Während seines Studiums an der Sorbonne war der ehemals königliche Park für Yves stets ein Symbol der Freiheit gewesen, weil hier einst Denis Diderot, Jean-Jacques Rousseau und andere Literaten flaniert waren, Vordenker der Aufklärung, die über die Notwendigkeit einer Pressefreiheit diskutierten.

Von dieser Symbolkraft war nichts mehr zu spüren. Ganz im Gegenteil. Rousseaus Überlegungen hatten vor wenigen Tagen in Form einer in Kraft tretenden Verordnung, die es Juden vorschrieb, sich mit auf Jacken und Mänteln genähten Sternen kenntlich zu machen, eine absurde Spitze erhalten.

»Der Mensch ist frei geboren und überall liegt er in Ketten«, hatte der Philosoph einst gesagt. Doch auf seine Freiheit verzichten hieße, auf seine Eigenschaft als Mensch, sogar auf seine Pflichten zu verzichten. Denn ein solcher Verzicht sei unvereinbar mit der Natur des Menschen.

Der Park kam Yves leerer vor als sonst. Bereits bei seinem letzten Besuch war ihm aufgefallen, wie ruhig Paris geworden war. Viele Großbürger, Industrielle, Intellektuelle, Kommunisten und Journalisten waren vor den deutschen Truppen mitsamt ihren Familien in den Süden geflohen, ebenso Tellerwäscher und Hausmeister, Kartenabreißer und Arbeiter. Jene, die ihre geliebte Stadt nicht verlassen wollten oder konnten und sich beharrlich an die Hoffnung geklammert hatten, dass man die anrollende Wehrmacht schon aufhalten könne, waren eines Besseren belehrt worden. Deutsche Panzer hatten Paris erreicht und die Hauptstadt innerhalb kürzester Zeit nahezu widerstandslos, ja fast schon beiläufig eingenommen.

Ein gekünsteltes Lachen drang zu ihm hinüber. Yves drehte den Kopf. Zwei grell blondierte Damen stöckelten vorüber, in zur Schau gestellter Fröhlichkeit.

Oberflächlich betrachtet, hatte sich seit jenem Tag vor zwei Jahren, als sich die deutschen Soldaten hier breitmachten, nicht viel verändert. Man schien sich mit den Besatzern arrangiert zu haben, die Lebensmittel zuteilten und die Leute am Abend der Straße verwiesen. Deutsche Busse entluden Horden kichernder junger Sekretärinnen in grauen Kostümen und mit streng gescheiteltem Haar, die inzwischen ebenso zum Straßenbild gehörten wie die Schlangen vor den Geschäften und die vielen Fahrräder und Kutschen, die sich aufgemacht hatten, die beschlagnahmten Automobile zu ersetzen.

Oberflächlich betrachtet schien alles in Ordnung.

Studenten saßen auf den Bänken, ihre Nase in Bücher gesteckt, mit hochgekrempelten Hosen. Am künstlich angelegten See gegenüber dem Palais, in dem sich jetzt das Hauptquartier der deutschen Luftwaffe befand, ließen Buben ihre Papierschiffe aufs Wasser und versuchten, sie mit hektischen Handbewegungen oder dem Fächeln ihrer Mützen in Bewegung zu setzen. Ja, alles war wie bei seinem letzten Besuch vor wenigen Wochen. Aber diejenigen, die nur so taten, als mache ihnen die fremde Bevormundung nichts aus, mehrten sich. Die Menschen schienen bangen Herzens bloß auf eine Gelegenheit zu warten, sich den *Boches* zu widersetzen – zuerst im Stillen durch zivilen Ungehorsam, um sie schließlich aus ihrer Stadt, aus ihrem Land zu vertreiben.

Mit den Händen in den Taschen, schlenderte Yves den Sandweg entlang, setzte sich an den steinernen Rand des Beckens und ließ seine Rechte ins Wasser gleiten. Kühl war es, erfrischend. Er schluckte, bemerkte, dass er seit Stunden nichts getrunken hatte. Sein Blick fiel auf die verwelkten Blüten der Kastanienbäume, die im Trüben schwammen, und er musste unwillkürlich seufzen.

Er solle morgen wiederkommen, hatte der Mann gesagt. Yves zwang sich, weder daran zu denken, was für Konsequenzen es mit sich brachte, wenn wieder einmal eine Stempelwerkstatt oder eine Druckerei hochging, noch was mit den Männern geschah, die dort arbeiteten. Morgen würde er wieder in die *Rue Bonaparte* fahren und sich mit seiner Lieferung auf den Rückweg nach Honfleur machen.

Yves öffnete den obersten Hemdknopf und wischte sich mit dem Ärmel Schweißtropfen von der Stirn. Er sehnte sich nach der frischen Brise der Küste und musste plötzlich an das junge Mädchen denken, dem er den zerknüllten Zettel gegeben hatte, eingepackt wie ein Geburtstagspräsent. An ihr Lächeln, die kleinen Grübchen auf der Wange, das flachsblonde Haar, das im Schein der Abendsonne goldene Reflexe geworfen hatte. Er hatte sich nach ihr erkundigt und einiges über sie herausgebracht, was in einer Kleinstadt wie Honfleur, wo sich Geschichten quasi im Vorbeigehen weitertrugen, von Ohr zu Ohr, Mund zu Mund, nicht allzu schwer war. Valentine Steinbach, dreiundzwanzig Jahre, Lehrerin aus dem Elsass. Gekommen, um ihrem Onkel zu helfen, dem Verleger des *Miroir Honfleurais*, einer kollaborierenden Zeitung, die sich lieber anpasste, als aufzubegehren. Zumindest nach außen hin.

Ob Valentine von den verborgenen Aktivitäten wusste? Beim Gedanken an ihr stolz vorgerecktes Kinn musste er schmunzeln.

Sie war so anders als die koketten Pariserinnen, die sich aus Sägespänen edle Hüte bastelten und ihre Schuhsohlen mit den absurdesten Konstruktionen aus Holz oder Stahl beklebten, um wie Mannequins über das Trottoir zu stolzieren. Frauen, die ihre Gesichter in grotesk großen Sonnenbrillen gen Himmel reckten und sich überhaupt benahmen, als gelte es, jemanden zu beeindrucken, den sie eigentlich nicht beeindrucken durften. Nur weil die Soldaten sich bis vor wenigen Wochen immer galant und überaus höflich gezeigt hatten – und weil es den Damen erlaubt war, in Begleitung eines Soldaten auch nach der Sperrstunde auszugehen.

Yves schauderte. Die Deutschen hatten mit Beginn der ersten Widerstände ein anderes Gesicht gezeigt. Aus den sich vor den Sehenswürdigkeiten gegenseitig fotografierenden, das französische Leben genießenden, absurd höflichen und überkorrekten Herren waren Soldaten mit verkniffenem Mund und stechendem Blick geworden, die sich nur noch denen wohlgesonnen zeigten, die sich ihnen anbiederten. Während sich Attentate häuften und man im Gegenzug Gefangene erschoss, reihten sich zwischen all den braven Müttern und Frauen in wadenlangen Röcken und zu Boden gesenkten Blicken junge Damen ein, die ganz offen mit ihren Reizen kokettierten. Die ihr Land wegen einer Flasche Wein, einer Tafel Schokolade oder einer bevorzugten Behandlung verraten würden.

Valentine war anders, dessen war er sich sicher. Obwohl er sie nicht wirklich kannte, hatte er etwas in ihren Augen gesehen, das ihn beeindruckt hatte: eine Unbeugsamkeit, die man wohl nur dann besaß, wenn man aus einem Landstrich kam, dessen Leidensfähigkeit in den vergangenen Jahrzehnten immer wieder geprüft worden war und der um seine nationale Identität gerungen hatte wie kaum ein anderer in Frankreich.

Yves Kehle begann zu schmerzen. Er stand auf und ging weiter zur *Fontaine de l'Observatoire*, hielt seine zur Schale geformten Hände unter dem von einer steinernen Schildkröte ausgespienen Wasserstrahl und trank. Dann steckte er sich eine Zigarette an und blies den Rauch in den Himmel.

Valentine Steinbach, summte es in seinem Kopf.

Sobald er wieder in Honfleur war, würde er sie aufsuchen und auf eine Limonade einladen oder sogar auf ein Glas Wein.

Das Café, in dem sich Yves Rumot mit seinen alten Freunden traf, befand sich in der *Rue de l'Odéon*. Ein paar Häuser weiter lag die Buchhandlung *Shakespeare & Company*, seit 1919 Treffpunkt der amerikanischen und französischen Literaten. Er selbst hatte dort während seiner Studienzeit gerne aufstrebenden wie etablierten Autoren gelauscht. Diesem Ort hing eine Atmosphäre von Freiheit und Unkonventionalität an, die ihn immer fasziniert hatte. Ernest Hemingway war dort ebenso regelmäßiger Gast gewesen wie Gertrude Stein und F. Scott Fitzgerald, von dessen Besuch es an der dichtbehängten Bilderwand gleich mehrere Fotos gab. Und natürlich James Joyce, dessen Jahrhundertroman *Ulysses* die Besitzerin des *Shakespeare & Company*, Sylvia Beach, ins Französische übersetzt und selbst verlegt hatte.

Erst beim Näherkommen erkannte Yves, dass das Geschäft leer stand, und erschrak. Sylvia Beach war Amerikanerin – war die Schließung Folge der Kriegsbeteiligung der USA oder war das *Shakespeare & Company* nicht nur Zentrum des literarischen Austausches, sondern auch des geistigen Widerstandes geworden, wie so viele Buchhandlungen in diesen Tagen?

Er presste sein Gesicht an die staubige Fensterscheibe. Im Inneren lag ein Haufen zertrümmerter Regalbretter, daneben eine Kehrschaufel. Hastig wandte er sich ab und setzte seinen Weg fort, bis er die Tür des Cafés aufstieß und in der hinteren Ecke seine alten Studienfreunde erblickte.

Der hochgewachsene Didier, der ihn immer ein wenig an die Karikatur eines Reisigbesens erinnerte, winkte ihm zu. Daneben saßen Antoine, der sich einen dunklen Bart hatte wachsen lassen, und Gilbert mit seiner Schildpattbrille.

»Was ist mit dem Buchladen passiert?«, fragte Yves, nachdem sie sich ausgiebig begrüßt hatten, und deutete mit dem Daumen hinter sich.

»Was soll schon passiert sein? Das Übliche«, Didier runzelte die Stirn und setzte mit einem Zwinkern hinzu: »Aber dieses Mal waren wir schneller.«

Er erzählte, ein deutscher Offizier habe die Beschlagnahmung des gesamten Bestandes angekündigt, weil ihm die Besitzerin, Mademoiselle Beach, ihr einziges Exemplar von James Joyce's *Finnegans Wake* nicht hatte verkaufen wollen. Doch bevor dieser seine Drohung in die Tat umsetzen konnte, ließ sie das gesamte Inventar samt allen Büchern in eine leerstehende Wohnung räumen und hinterließ den verdutzen Soldaten einen nackten Buchladen, den man wegen des übermalten Namenszugs nicht einmal mehr erkannte.

»Wir haben mitgeholfen, die Schätze in den vierten Stock zu

tragen, und im *Maison des amis des livres* von Adrienne Monnier gewartet, bis die Deutschen mit ihren grauen Militärautos vorfuhren. Es war gar nicht so einfach, sich unauffällig am Fenster herumzudrücken, um zu sehen, wie sie wohl reagieren würden. Wir haben uns köstlich amüsiert, als sie unverrichteter Dinge wieder abzogen, diese Idioten«, lachte Antoine und stieß Yves vor Schadenfreude an.

»Sie werden wiederkommen«, entgegnete Gilbert trocken und begann, seine Brille mit einem Taschentuch zu putzen. »So leicht lassen die sich nicht abwimmeln, und wenn die einen erst mal aufs Korn genommen haben, dann …«

»Sollen sie nur!«, unterbrach ihn Antoine. »Wir werden sie schon entsprechend empfangen.« Es klang kämpferisch. Er reckte seine Faust zur Decke, versäumte dabei aber nicht, hastig nach links und rechts zu blicken, ob sich nicht doch ein des Französischen mächtiger *Boche* oder ein Spitzel hierher verirrt hatten.

»Habt ihr das von der Stempelwerkstatt gehört? Da muss jemand gequatscht haben.« Gilbert hatte es leise gesagt, und sofort beugten die anderen sich vor. Dabei war es Yves nicht entgangen, dass Gilbert ihn mit seinem Blick streifte.

»Was meinst du damit?«

»Nichts, ich dachte …« Er hielt inne.

»Wir sind zu viele geworden, es schleichen sich Verräter ein«, flüsterte Didier. »Immer mehr Leute tun sich zusammen, um unser Paris zurückzuerobern. Aber woher soll man wissen, wer vielleicht doch zur anderen Seite gehört? Woran erkennt man, wem man trauen kann und wem nicht?«

Yves schwieg und beobachtete Gilbert, der noch einmal über seine Brille wischte und sie schließlich wieder aufsetzte. Es war gefährlich, sich zu äußern, selbst unter Freunden. Didier und Antoine kannte er seit der Studienzeit. Aber Gilbert? Nachdenklich betrachtete er dessen buschige Augenbrauen, den wachen Blick, mit dem er nun den Kellner heranrief und eine Runde Weißwein orderte.

Bald wurde die Stimmung ausgelassener, es war ein wenig wie früher, und Yves spürte, wie er für diesen kurzen Moment seine Anspannung verlor. Es war leicht. Freunde, Erzählungen, ein paar zotige Witze, lachendes Schulterklopfen und ein Glas verdünnter Chablis. Er begriff, dass viele der Menschen genauso empfinden mussten wie er, dass es nicht eine Lüge war, so zu fühlen, sondern nur die Sehnsucht nach Normalität.

Yves ließ sich nach dem zweiten Glas sogar von Didier und Antoine dazu überreden, ein wenig auf dem Klavier zu spielen. Und als er auf dem leicht verstimmten Piano eine Partitur von Erik Satie aus den *Gnossiennes* anstimmte, wurde es still im Café. Es schien fast so, als trüge die Melodie des Meisterkomponisten aus Honfleur längst vergessene Träume in die Herzen der Anwesenden. Den Klang von der Unbeschwertheit vergangener Tage, der Sehnsucht nach einem freien Leben. Und während Yves' Finger über die Klaviatur glitten und Ton um Ton erzeugten, erwuchs in ihm die tiefe Sehnsucht, diesen Moment mit einer Frau teilen zu können. Einer Frau wie Valentine.

Erste Sonnenstrahlen schoben sich über die Dächer der Stadt, als Yves vor dem Haus in der *Rue Bonaparte* vom Motorrad stieg. Er war müde, hatte schlecht geschlafen, sich immer wieder im Bett gewälzt.

Sie hatten sich bis zum Beginn der Sperrstunde unterhalten, einen letzten Wein getrunken und sich flüsternd darüber ausgetauscht, wie es weitergehen solle, weitergehen müsse. Genau deshalb war er hier. Weil es weitergehen musste.

Yves sah sich um. Weiter entfernt kläffte ein Hund, ein Auto fuhr an, wurde leiser. Auf dem Gehweg Spaziergänger, eine Mutter mit weinendem Kind auf dem Arm. Yves schob das Motorrad ins Dunkel des Durchganges und stellte es auf dem Innenhof ab. Dann ging er über den rückwärtigen Eingang ins Treppenhaus und über die Stufen in den ersten Stock, wo er an eine Wohnungstür klopfte, die kein Namensschild besaß. Zweimal lang, zweimal kurz, dreimal lang. Nichts geschah. Er wiederholte die sieben Klopfzeichen, dann drang plötzlich eine Stimme durchs Holz. »Wer ist da?«

Yves antwortet wie vereinbart: »Der heilige Petrus.«

Nur eine Sekunde später wurde die Tür einen Spaltbreit geöffnet. »In Ordnung, komm rein. Los, schnell!«

Es ging alles routiniert, unaufgeregt und zügig vonstatten. Yves musste in der spärlich eingerichteten Küche warten, hörte, wie der Mann Schubladen aufzog und wieder schloss. Kurz darauf betrat er die Küche und hielt Yves ein dickes Päckchen entgegen, darauf der Umschlag, den er gestern überreicht hatte. »Stempel habe ich heute leider keine.«

Yves prüfte den Inhalt des Umschlages und zeigte dann auf das dicke Paket. »Und was ist das?«

»Die neueste Ausgabe der *Défense de la France.*«

»Ich bin mit dem Motorrad da, wie stellst du dir das vor?«

Keine Antwort, nur ein flehender Blick.

»In Ordnung«, seufzte Yves, »gib schon her.«

Der Mann nickte erleichtert. *»Bonne chance, mon ami, et vive la France!«* Dann geleitete er ihn zur Tür, spähte hinaus, und als er sicher sein konnte, dass die Luft rein war, schob er ihn ins Dunkel des Treppenhauses.

Auf leisen Sohlen eilte Yves die Stufen hinunter und durch den hinteren Ausgang zurück in den Hof. Hastig nahm er den

Sitzbezug des Motorrades ab und verstaute den Umschlag mit den gefälschten Pässen zwischen dem Schaumstoff bei den Passierscheinen, die Didier ihm gestern Abend noch zugesteckt hatte. Das unerwartet dicke Paket aber würde sich nicht so leicht verbergen lassen. Dafür waren eigentlich Kuriere da, die bessere Transportmöglichkeiten besaßen. Es musste jemand ausgefallen sein, aber nun konnte er nicht mehr zurück. Eine Hand wusch die andere, und nur so würde er auch weiterhin Ausweise beziehen können.

Yves überlegte kurz. Dann schob er das Paket kurzerhand in seine Tasche. Wenn man ihn an einem der Posten bitten würde, abzusteigen und sein Gepäck zu öffnen, würde wohl nur die Flucht helfen. Aber vielleicht hatte er ja Glück.

Entschlossen schob er das Motorrad aus dem Hinterhof und machte sich auf den Weg nach Honfleur, wo man bereits sehnsüchtig auf seine Rückkehr wartete.

## 10

Jeden Abend saß Valentine im Licht der untergehenden Sonne mit einem Buch in der Hand vor ihrem Gaubenfenster und blickte sehnsuchtsvoll über die Hausdächer, Mauern und Hinterhöfe in Richtung Hafen. Von dort schallte des Nachts weit nach der Sperrstunde Musik herüber und das laute Lachen betrunkener Soldaten.

Irgendwo dort hinten war auch Arianne Leloup, die immer häufiger mit übernächtigtem Gesicht in der Redaktion erschien und kichernd von einem Erich erzählte, in dessen Begleitung es sich gut feiern ließ.

Auch wenn Valentine niemals mit ihr tauschen würde, so verspürte sie angesichts der strengen Auflage, die alle Bewohner um zehn Uhr von der Straße verbannte, einen immer stärker werdenden Wunsch nach einem Abendspaziergang am Strand oder einem Diner bei Kerzenschein. Doch da nichts dergleichen in Aussicht stand, wollte sie sich wenigstens neue Bücher besorgen, die es ihr erlaubten, davon zu träumen.

Es war ein Freitagnachmittag im Juni, ein für diese Jahreszeit ungewöhnlich windiger Tag, als Valentine beschloss, das Geld, das sie von den wöchentlichen Gehaltsschecks zusammengespart hatte, in einen Roman zu investieren oder in einen neuen Reiseband.

Obwohl Honfleur weniger als achttausend Einwohner zählte, gab es zwei Buchhandlungen. Eine lag ganz zentral, direkt neben der Boucherie am *Place Pierre Berthelot*, auf dem sich gerne die deutschen Soldaten zeigten, weshalb Valentine sich entschieden hatte, ihr Vorhaben in der etwas abgelegeneren *Librairie Rumot* umzusetzen. Diese lag in der *Rue des Capucins*, die sich auf der westlichen Seite des Ortes in Richtung Küste wand, nur wenige Gehminuten vom Gebäude des *Miroir Honfleurais* entfernt. Valentine hatte sie bereits in der ersten Woche nach ihrer Ankunft auf einem der vielen Streifzüge durch die Stadt entdeckt. Seitdem war sie oft hergekommen, hatte die Auslagen durch die rot eingefassten Schaufenster bestaunt und sich ausgemalt, wie es wäre, so viele Bücher kaufen zu können, wie man wollte. Vor allem die Reiseführer ließen Valentines Herz höher schlagen, die Fotografien und Illustrationen, die sie in andere Welten entführten, welche sie im wirklichen Leben niemals würde betreten können.

Nachdem sie einige Minuten versonnen auf den *Guide Guilmin* ›Paris in vier Tagen‹ gestarrt hatte, den die Buchhandlung neben dem französischen Original auch in deutscher Übersetzung anbot, beschloss sie, hineinzugehen und sich nach dem Preis zu erkundigen. Ein leises Klingeln tönte durch den Laden, als sie ihn betrat. Der stürmische Sommerwind verstummte schlagartig, doch auch, als das Schließen der Tür das kleine Messingglöckchen noch einmal zum Läuten brachte, kam niemand, um sie zu bedienen.

Valentine blickte sich um. Kugelförmige Deckenlampen verströmten ein mattes, warmes Licht, und sie sah Bücher über Bücher. Links neben dem Tresen mit der schwarzen Registrierkasse die Neuerscheinungen; diverse Romane, Novellen und Journale für die moderne Frau. Auf einem schmalen Tisch davor Kochbücher, die abwechslungsreiche Rezepte in Zeiten der Beschränkung anpriesen und sich – den Stapeln nach zu urteilen – wohl besonders gut verkauften. Rechts ein Bereich mit antiquarischen Büchern, an den sich der mit den Reiseführern anschloss.

Behutsam schritt Valentine durch den Raum und ließ von Zeit zu Zeit ihre Finger ehrfürchtig über die Buchrücken gleiten. Sie genoss die Kühle des Goldschnitts mancher Werke, die eindrucksvoll ihren Platz in einem der vielen Regale aus dunklem Holz behaupteten. Es war ihr, als befände sie sich in einer Bibliothek, in der man sich still verhalten musste. Unwillkürlich trat sie noch leiser auf.

Plötzlich hielt sie inne. An der Wand, in einer metallumfassten Vitrine, waren Notenblätter ausgestellt, daneben eine zusammengeschnürte Loseblattsammlung, deren Titel einen verschmitzt lachenden Mann mit Spitzbart zeigte. Valentine trat näher und erkannte, dass die ausgestellten Kompositionen handschriftlich verfasst waren, versehen mit Randnotizen und kleinen Zeichnungen – ein Stern, ein Kreuz, ein geschwungenes »ES«.

»Interessieren Sie sich für Erik Satie?«, fragte plötzlich eine Stimme hinter ihr. »Das sind unverkäufliche Originale, sie gehören meinem Sohn. Er sammelt alles, was er von ihm in die Hände bekommen kann.«

Valentine drehte sich um. Vor ihr stand ein Mann, vielleicht im Alter ihres Vaters, blass und von mittlerer Größe, eine schwarzgerahmte Brille auf der Nase. Trotz seines unscheinbaren Äußeren schien er von innen zu strahlen. Es war das Leuchten seiner meerblauen Augen, das ihn so lebendig machte, ein Leuchten, das Valentine schon einmal gesehen hatte vor gar nicht allzu langer Zeit, doch sie konnte sich partout nicht daran erinnern, wann und wo.

»Er hat sie aus ganz Frankreich zusammengetragen, das meiste aus Paris, um hier, in Saties Geburtsstadt, eine der größten Sammlungen zu begründen. Dabei ist mein Sohn selbst ein begnadeter Pianist. Ich weiß gar nicht, woher er das hat, ich bekomme nicht einmal die Marseillaise aus den Tasten heraus.« Er lächelte. »Doch Sie sind gewiss nicht gekommen, um sich Geschichten über meine Musikalität oder die Begabung meines Sohnes anzuhören, nicht wahr? Womit kann ich Ihnen dienen?«

»Ich bin auf der Suche nach einem Reiseführer.«

»Einen Reiseführer, in dieser Zeit?« Der Buchhändler schob sich die Brille hoch. »Was genau suchen Sie denn?«

Das Glöckchen der Ladentür ging von neuem, eine Böe fauchte und begleitete eine ältere Dame herein, die den Hut tief ins Gesicht gezogen und den Kragen ihres Sommermantels hochgeschlagen hatte. Aufmerksam sah sie sich im Laden um, bevor sie mit einem verhaltenen »Bonjour« grüßte und auf den Stapel mit den Kochbüchern zusteuerte. Zielsicher griff sie nach einem, auf dessen Titel ein mit dickem Stift durchgestrichener Hummer prangte, schlug es auf und blätterte konzentriert darin herum.

»Das Rezeptbuch der *Librairie Hachette* verkauft sich sogar besser als Simenons *Maigret*«, seufzte der Buchhändler, nachdem er den Gruß erwidert hatte. »Das beweist wieder einmal mehr, dass wir uns das Genießen nicht verbieten lassen.« Er drehte sich wieder Valentine zu »Verzeihen Sie bitte. Welche Art Reiseführer, sagten Sie?«

»Wie viel kostet dieser über Paris?« Damit zeigte sie zu dem Buch in der Auslage.

»Ah, Sie meinen den von *Leconte*, ja, das ist der aktuellste. Dort gibt es einen besonders hübsch illustrierten Stadtplan samt Umgebung. Mit allen Sehenswürdigkeiten und sogar Informationen über Versaille. Sehen Sie?«

Er griff in die Auslage und schlug das Buch auf. »Und hier,

gleich zu Beginn, finden Sie eine Karte der Metrostationen. Es kostet acht Francs.« Mit einem höflichen Lächeln hielt er Valentine das Buch hin.

Sie nahm es entgegen und betrachtete es eingehend. Illustrationen und seitenlange Texte, keine Fotografien.

»Es gibt auch eine detailliertere Ausgabe für diejenigen, die Paris zu Fuß erkunden und dabei auch die Nebenstraßen finden wollen«, fuhr der Buchhändler fort und reichte ein weiteres, das er aus dem Nichts hervorgezaubert zu haben schien. »Es enthält ausführliche Straßenpläne und ein Verzeichnis aller Arrondissements. Wollen Sie nach Paris? Eine wunderschöne Stadt. Ich bin früher oft dort gewesen.«

»Ich suche eher einen Bildband mit Fotografien«, sagte Valentine und gab dem Mann das Exemplar zurück. »Ich weiß nicht, ob ich jemals nach Paris komme. Aber so lange möchte ich davon träumen.«

»Träumen …« Nun nickte er und wandte sich einem Regal zu. »Ich verstehe, was Sie meinen.« Er griff hinein und holte einen schweren, großformatigen Bildband hervor. »Das ist ein ganz besonderes Stück«, sagte er, »mit einem guten Dutzend kolorierter Fotografien. Sehr aufwendig gemacht.«

Der Buchhändler trug den Band zu einem Tisch und schlug ihn in der Mitte auf. Ein Bild des Eiffelturms sprang Valentine entgegen, von einem Heißluftballon aus aufgenommen.

»Sie können gerne darin blättern, Mademoiselle, wenn Sie mich inzwischen entschuldigen …«

Kurz sah Valentine ihm nach, wie er in Richtung des Kassentresens davoneilte, wo bereits die Dame mit dem Kochbuch wartete. Dann vertiefte sie sich wieder in den Bildband, blätterte weiter und stellte sich vor, sie spaziere durch das elegante Paris, die Champs Elysées entlang bis zur Île de la Cité, um nach einem Café noir in der Brasserie de L'Isle Saint-Louis die ehrwürdige Kathedrale Notre Dame zu besichtigen.

Das Knattern eines Motorrads riss sie aus den Träumen. Valentine blickte auf und sah, wie eine Maschine direkt auf dem Trottoir vor den Schaufenstern parkte. Ein junger, schlaksiger Mann stieg ab, schulterte eine prall gefüllte Tasche und zog noch im Betreten des Ladens seine Motorradbrille vom Kopf. Sein Gesicht war gerötet.

»*Salut, Papa!*«, rief er, umrundete den Kassentresen und wuchtete die Tasche von den Schultern.

Es war derselbe junge Mann, der ihr vor einigen Tagen die kleine, hübsch verpackte Streichholzschachtel überreicht hatte!

Valentine lächelte ihn an, doch er bemerkte sie nicht. Mit einem herzlichen Schulterklopfen begrüßte er seinen Vater, nickte dann der anderen Kundin freundlich zu.

»Entschuldigen Sie, ich bin ein wenig spät …«

Der Buchhändler räusperte sich vernehmlich und zeigte mit dem Kopf in ihre Richtung. Mit unruhigem Blick folgte der junge Mann dem Hinweis und entdeckte Valentine, die den Bildband mittlerweile vor ihre Brust gepresst hielt.

»Sie?« Yves' Mund stand offen. Nur einen Augenblick später schien er seine Sprache wiedergefunden zu haben. Mit einem breiten Lächeln ging er auf sie zu. »Ich habe gerade gestern an Sie gedacht. Und nun sind Sie hier …«

»Ich bin … ich meine …« Valentine hätte sich beinahe verschluckt. Der unerwartete Anblick des jungen Mannes rief eine irritierende Mischung aus Freude und Verlegenheit in ihr hervor. Er strahlte sie an, seine Augen blitzten. Jetzt wusste sie auch, warum ihr dieses Leuchten so bekannt vorgekommen war.

Eine Weile standen sie sich gegenüber und musterten sich scheu, während der Buchhändler die Kundin zur Tür begleitete.

»*Au revoir, Madame!*«, sagte er zum Klang des Glöckchens. »Ich reserviere Ihnen das Buch gerne bis morgen.«

»Das ist sehr freundlich von Ihnen«, kam es zurück. »*Bonne soirée.*« Mit diesen Worten verließ die Dame das Geschäft. Valentine konnte durch das Schaufenster sehen, wie sie ihren Hut festhielt, den Kopf gegen den Wind geneigt, und mit raschem Schritt davoneilte.

Auch der Buchhändler entfernte sich. Er verschwand hinter dem Tresen in einem Durchgang, der mit schwerem Stoff verhängt war, und ließ die beiden alleine.

»Mein Name ist übrigens Yves«, sagte der junge Mann in die Stille hinein. »Yves Rumot.«

Eine Reihe gerader Zähne, auffallend schön geformte Lippen, ein kantiges Kinn.

»Angenehm. Valentine Steinbach.«

Sie reichten sich die Hände, und während sich die Finger berührten, glaubte sie, ein heftiges Kribbeln auf der Haut zu spüren. Errötend zuckte sie zurück.

»Sie interessieren sich für Paris?« Yves zeigte auf den Band, den sie noch immer mit einer Hand fest an sich presste.

Valentine nickte und legte das Buch zurück auf den Tisch. »Die Bilder sind wunderschön.«

Er lächelte. »Waren Sie schon einmal da, Valentine?«

Ihr Name klang aus seinem Mund irgendwie besonders, beinahe wie eine Melodie, deren Töne man dort verstärkte, wo sie die größte Wirkung entfalteten.

»Nein«, antwortete sie seltsam berührt, »aber ich möchte es unbedingt einmal sehen.« Yves lächelte, und bevor er etwas erwidern konnte, setzte sie hastig nach: »Ich danke Ihnen übrigens sehr.«

»Wofür?« Er hob eine Augenbraue.

»Mein Talisman. Sie haben ihn gefunden und mir zurückgebracht.«

»Dieser verknüllte Zettel ist Ihr Talisman?« Das Erstaunen stand ihm ins Gesicht geschrieben.

»Er hat mich bei der Erfüllung meines Traums von einem Leben an der Küste der Normandie begleitet. Darum habe ich ihn aufheben wollen.«

Yves nickte, legte dann lächelnd den Kopf schräg. »Sie müssen gedacht haben, ich sei einer, der fremden Mädchen nachstellt, nicht wahr?«

»Ja, tatsächlich, der Gedanke ist mir gekommen.«

»Es ist sonst nicht meine Art. Aber als ich sah, wie intensiv Sie gesucht haben, da dachte ich, dass der Zettel, den der Wind über den Kai getragen hatte, eine Bedeutung haben musste.«

»Warum haben Sie ihn mir nicht gleich zurückgegeben?«

»Sie waren plötzlich fort. Aber ich wusste ja, wo ich Sie finden konnte.« Er zeigte auf den Bildband. »Wenn es einer ist, der Träume erfüllt, sollten Sie sich vielleicht von ihm eine Reise nach Paris wünschen?«

»Eine schöne Idee. Kennen Sie Paris?«

»Sehr gut sogar. Wenn Sie wollen, zeige ich Ihnen im Buch die Dinge, die Sie unbedingt sehen müssen.«

Er schaltete eine Leselampe ein, zog einen Stuhl unter dem Tischchen hervor und schob ihn galant nach vorne, als sie Platz nahm.

Während er über einzelne Bilder strich und von der unterdrückten und zugleich unangepasst mondänen Stadt sprach, meinte sie beinahe, Lachen und Gespräche, Motorengeräusche und Hufgetrappel aus den Fotografien aufsteigen zu hören, das Plätschern der Seine, den Wind, der über die Pont Neuf strich und den Geruch der Stadt mit sich trug.

»Es ist so wunderschön, wirklich«, sagte sie endlich und schlug das Buch zu. Yves' Stimme war bereits seit einiger Zeit verstummt, und als sie aufsah, stellte sie fest, dass er nicht mehr neben ihr stand. Verwundert erhob sie sich.

»Hallo? Wo sind Sie?«, rief sie erst leise, dann etwas lauter.

Nach einem Moment bewegte sich der Vorhang, und Yves trat hervor, in der Hand einen zusammengefalteten Zettel, den er hastig auf den Kassentresen legte.

»Gefällt Ihnen das Buch? Wollen Sie es haben?«

»Oh, es gefällt mir, aber ich fürchte, ich werde es mir nicht leisten können.«

»Dann leihe ich es Ihnen.«

»Aber, das kann ich doch nicht annehmen …«

Yves lächelte. »Natürlich können Sie das. So kann ich mir sicher sein, dass wir uns bald wiedersehen.« Mit diesen Worten schlug er das Buch in Packpapier, band eine feste Schnur herum und reichte es ihr über den Tresen. »Bis bald, Valentine.«

»Ja, bis ganz bald.«

Nur wenige Minuten später stand sie vor der *Librairie Rumot* an der *Rue des Capucins* und sah in die untergehende Sonne, deren Strahlen die Dächer von Honfleur in orangerotes Licht tauchten.

Hinter ihr schloss Yves Rumot den Laden ab. Er lächelte, hob die Hand hinter dem Glas zum Abschied, dann verschluckten ihn die Schatten der Regale und die Lichtreflexionen des Schaufensters.

Valentine eilte durch die immer leerer werdenden Straßen nach Hause. An der Vermieterin vorbei, die gerade die Stufen vor dem Haus wischte und ihr freundlich zunickte, die schmale Treppe hinauf bis unters Dach. Dort öffnete sie das Fenster, ließ die aufgestaute Wärme vom stürmischen Sommerwind hinaustragen und setzte sich aufs Bett. Mit fliegenden Fingern löste sie die Schnur.

Ein gefalteter Zettel fiel heraus. Valentines Herz machte einen Sprung, als sie erkannte, dass es derjenige war, den Yves so hastig auf dem Kassentresen abgelegt hatte.

Neugierig faltete sie ihn auseinander und las.

Chère Mademoiselle Valentine!

Nicht nur Paris hat Plätze zum Träumen. Darf ich Ihnen Honfleur von seiner besten Seite zeigen? Haben Sie Lust? Sie müssen! Montag hole ich Sie von der Arbeit ab.

Amicalement,

Yves

PS: Ziehen Sie sich etwas Bequemes an, wir fahren mit dem Motorrad.

## 11

Der Montag zog sich unendlich lange hin – oder kam es Valentine nur so vor? Über einen Mangel an Arbeit konnte sich im *Miroir* ohnehin niemand beschweren, aber heute schien alles kein Ende nehmen zu wollen.

Anzeigenkunden mussten empfangen und Texte korrigiert werden. Valentine hatte tatsächlich die ehrenvolle Aufgabe erhalten, den Rückblick zur gestrigen *Fête des Mères* niederzuschreiben, ganz wie es ihr Monsieur Petit in Aussicht gestellt hatte. Das große Fest hatte mit einer Messe in der Église Saint-Catherine begonnen, in deren Verlauf Monsieur l' Abbé Guégan von der Liebe gesprochen hatte, die Kinder ihren Müttern entgegenbringen sollten, da diese ihren Geist formten, sie durchs Leben lenkten und zu einem guten Franzosen erzogen. Valentine hatte gehofft, Yves dort zu sehen, und nach seinem Gesicht gesucht, während sie sich durch die Menschenmengen schob, beim Startschuss des Fahrradrennens am *Boulevard Carnot*, beim Konzert der *Société Philharmonique* im Park.

Zudem kamen an diesem Tag die offiziellen Mitteilungen von der Propagandastelle ins Haus geflattert, ebenso wie die Beschlüsse der Vichy-Regierung, die über die neuen Erlasse informierte. Dass die *Caisse d'Allocations Familiales* gemeinsam mit der *Union Familiale du Calvados* beschlossen habe, Familien von Soldaten in Kriegsgefangenschaft mit einer Sondervergütung von fünfzig Francs je Kind unter sechzehn Jahren zu helfen, sollte ebenso auf den Titel wie die Meldung, dass man für fünfundfünfzig Gramm Fleisch nun zwei Lebensmittelmarken abgeben müsse.

Onkel Victor, der eine Meldung über einen erneuten Bodengewinn vor Sewastopol brachte, welcher aufgrund der äußersten Präzision italienischer und deutscher Geschosse möglich geworden war, hatte beschlossen, dass diese ganzen offiziellen Verkündungen ein angemessenes Gegengewicht bräuchten. So bekamen auch die Gewinnerlose der *Loterie Nationale* einen Platz auf der ersten Seite – angeblich gab es unglaubliche hunderttausend Francs zu verteilen – und die erfreuliche Nachricht von der Ecole des Garçons, dass drei weitere Schüler das *Certificat d'Etudies Primaires* erlangt haben.

Ja, der Montag war ein gänzlich ungeeigneter Tag für eine Verabredung, das hatte selbst Arianne Leloup befunden, die wieder einmal sehr müde ausgesehen hatte, bis Monsieur Petit ihr einen richtigen Mokka machte, den er, wie immer, auf dem Schwarzmarkt erstanden hatte.

Aber Valentine hatte Yves nicht absagen wollen, also huschten ihre Finger noch ein wenig flinker über die Tasten der Schreibmaschine, und sie rannte beinahe, wenn sie treppauf und treppab zwischen Redaktion und Setzerei wechselte, lud dabei immer größere Stapel auf ihren Arm, um jeden unnötigen Gang zu sparen.

Es war beinahe sieben Uhr, als Valentine endlich die letzten Dokumente auf ihrem Schreibtisch zu zwei Stapeln auftürmte, ihre Schreibmaschine ordentlich hinstellte und den Stuhl heranschob. Im Hinauslaufen verabschiedete sie sich von ihren Kolleginnen und eilte das Treppenhaus hinunter auf die Straße, die von der Wärme des wolkenlosen Sommertages glühte.

Sie entdeckte Yves auf der anderen Straßenseite. Er rauchte eine Zigarette, saß lässig auf seinem Motorrad, das rechte Bein auf einer Fußraste abgestützt. Eine Locke hing ihm wild ins Gesicht, ansonsten sah er in seinem blütenweißen Hemd aus, als habe er sich eigens für diesen Abend feingemacht. Als er Valentine sah, ließ er die Zigarette fallen, trat die Glut auf dem Pflaster aus und kam auf sie zu.

»Sie arbeiten länger als die Damen von der Kreiskommandantur«, scherzte er.

»Es tut mir leid. Heute war es besonders schlimm …«

»Das muss Ihnen nicht leidtun. Hübsch sehen Sie aus!«

Valentine errötete und strich sich über den weiten Glockenrock. »Wohin fahren wir?« Skeptisch betrachtete Valentine den Sattel, der nur wenig größer war als der eines Fahrrades.

»Das verrate ich nicht, ich möchte Sie überraschen. Sind Sie schon einmal Motorrad gefahren?«

»Ja, einer der Nachbarsjungen hatte eines, aber es war ein Doppelsitzer.«

»Haben Sie keine Angst«, sagte Yves augenzwinkernd, »wir passen schon beide darauf. Der Bekannte, dem das Motorrad gehört, transportiert damit ganze Familien!«

»Sie machen sich über mich lustig!«

Mit klopfendem Herzen band Valentine sich ein Kopftuch um. Dann setzte sie sich mit einer leidlich damenhaften Bewegung hinter ihn, zog ihren Rock zurecht und winkelte die Beine an.

Yves nahm ihre Hände und führte sie auf seinem Bauch zusammen. »Halten Sie sich gut fest und genießen Sie die Fahrt!«

Mit einem klackenden Geräusch legte er den Gang ein, gab Gas und schoss mit dem Motorrad die Straße entlang. Valentine entfuhr ein leiser Aufschrei, unwillkürlich klammerte sie sich fester. Doch je länger sie fuhren, desto mehr begann sie es zu genießen. Die leichte Vibration des Motors, der, je nachdem wie Yves ihn handhabte, entweder gemächlich blubberte oder aber beim Beschleunigen in ein kerniges Brüllen verfiel. Und immer dieser Wind und die berauschende Geschwindigkeit.

Sie passierten den alten Hafen, fuhren die *Rue du Dauphin* entlang. Die Sonnenstrahlen flackerten im gleichmäßigen Rhythmus zwischen den Lücken der Häuser und Bäume, als Yves das Motorrad weit in die Kurve hinablehnte und in die *Rue des Capucins* bog, an der *Librairie Rumot* vorbei, bergauf in Richtung Küste. Die Zeilen der dicht an dicht stehenden Häuser flogen an ihnen vorüber, lichteten sich allmählich, und bald schon wurde es grüner, die Grundstücke weitläufiger. Nun durchquerten sie ein Waldstück, und Valentine dachte, dass das Meer sicher bald vor ihnen auftauchen musste.

Vor einem Anwesen, das mit einer hohen Hecke umwachsen war, drosselte Yves die Geschwindigkeit und fuhr auf den bekiesten Hof einer großen Parkanlage, an deren Ende ein elegantes mehrstöckiges Haus mit schiefergrauer Fassade und hellblauen Fenstern stand.

»Wir sind da«, sagte Yves. Er lenkte das Fahrzeug in den Schatten einer riesigen Eiche und machte den Motor aus.

»Was ist das hier?« Langsam stieg Valentine ab und sah zum Parkplatz, auf dem sich Autos der Wehrmacht neben eleganten Karossen reihten – einem Opel Admiral, einem dunklen Renault und zwei Cabrios, deren Marke sie nicht kannte.

»Das Restaurant und Hotel *Ferme Saint-Siméon*. Sind Sie schon einmal hier gewesen?«

»Nein«, gestand Valentine. Sie nahm ihr Kopftuch ab und fuhr sich durchs Haar. »Es ist wunderschön. Gehört der Park dazu? Gehen wir spazieren?«

»Vielleicht.« Yves sah zweifelnd auf seine Armbanduhr.

»Wenn uns noch die Zeit bleibt. Auf uns wartet ein mehrgängiges Menü.«

Ungläubig stützte Valentine die Hände in die Hüften. »Ein mehrgängiges Menü? Hier?« Sie lachte. »Besitzen Sie einen Goldesel?« Leiser fuhr sie fort: »Es wäre ein Traum, aber das ist unbezahlbar, und selbst wenn Sie das Geld dazu hätten, die anderen Gäste würden sich darüber bestimmt nicht freuen.« Mit diesen Worten deutete sie auf den Parkplatz.

»Ach was, man muss nur wissen, wie.« Ein Lächeln der Vorfreude breitete sich über sein ganzes Gesicht. Yves ergriff ihre Hand und führte sie dicht am Schatten des Gebäudes entlang. Der Duft des Salzwassers und der Blüten vermischte sich mit dem Wohlgeruch zubereiteter Speisen, der von irgendwo heranzog.

»Schließen Sie die Augen.«

Sie tat, worum er sie gebeten hatte, und ließ sich die letzten Schritte führen. Als Valentine die Augen wieder öffnete, war sie nur noch wenige Meter von der Böschung entfernt. Vor ihr lagen das Meer und der weite Horizont.

Unwillkürlich hob sie eine Hand ans Herz, während die andere Yves fest umklammert hielt.

»Ist das schön!«

Valentine hatte es nur geflüstert. Warmer Wind strich über ihre Wangen. Sie schaute hinaus, wo die Sonne die heimkehrenden Fischerboote beleuchtete und goldglitzernde Schaumkronen auf den Wellen ein Gemälde zeichneten, das in keinem Bildband der Welt so hätte abgelichtet werden können.

»Habe ich Ihnen zu viel versprochen?«

Jetzt erst bemerkte Valentine, dass Yves sie die ganze Zeit beobachtet hatte. Er hielt seinen Kopf schräg und grinste wie ein Junge, der sich über einen gelungenen Streich freute.

Wie leuchtend seine Augen waren! Als hätten sie die Strahlkraft dieses Moments eingefangen. Valentine wünschte sich, dass dieser Abend nicht vergehen – und dass Yves ihre Hand nie mehr loslassen würde.

»Nein, Sie haben nicht zu viel versprochen«, sagte sie, »es ist sogar noch viel schöner.«

»Haben Sie Hunger?«

»Ja, schon, aber …«

Ohne ihren Einwand abzuwarten, ging er weiter und zog sie sanft mit sich zu einer Treppe, die einen kleinen Bogen beschrieb, so dass man auf die Grundmauern des Hotels zuging. Am Fuß der Treppe wandte Yves sich nach links; der Geruch von Essen verstärkte sich, gedämpfte Stimmen und entferntes Geschirrklappern waren zu vernehmen. Yves führte Valentine zu einem kleinen Tisch, der eingedeckt nur wenige Meter von einer Tür entfernt aufgebaut war. Darauf standen polierte Gläser, Teller aus weißem Porzellan, Stoffservietten, zusammengehalten von silbernen Ringen, und ein fünfarmiger Leuchter mit flackernden Kerzen.

Yves ließ Valentines Hand los und zog einen der beiden Stühle zurück.

»Setzen Sie sich schon einmal. Ich bin gleich zurück.«

Mit diesen Worten ging er zur Tür, steckte den Kopf hinein und wechselte ein paar Worte mit jemandem, den Valentine nicht sehen konnte. Nur schemenhaft nahm sie dessen Umrisse durch das ovale Fenster der Tür wahr, die scheinbar zur Hotelküche führte. Kurz darauf kam Yves zurück und nahm ebenfalls Platz.

»Wollen Sie mir nicht endlich verraten, was wir hier machen?«, wollte Valentine wissen.

»Der Oberkellner ist ein guter Freund von mir. Und er ist

der Ansicht, die Deutschen würden viel zu verschwenderisch leben und mehr bestellen, als sie jemals essen können. Und dass es nicht auffallen würde, wenn wir etwas davon abbekämen. Diese Einladung können wir doch unmöglich ablehnen, nicht wahr?«

»Er zweigt heimlich Essen ab?«

»Ja, und das tut er mit ausgesprochen großem Vergnügen.«

Valentine sah hinauf zum Hotel. Dorthin, wo die feinen Gäste hinter großen Panoramascheiben saßen. Zu ihrer Erleichterung stellte sie fest, dass der Bereich nahe der Küchentür nicht einsehbar war.

»Machen Sie sich keine Gedanken«, meinte Yves schmunzelnd, »die Herren Offiziere haben sich noch nie hierher verirrt. Und wenn doch, so würde man das Klacken ihrer Stiefelabsätze hören, sobald sie auch nur den ersten Fuß auf die Treppenstufen setzen.«

»Sie sind ein verrückter Kerl, Yves, wissen Sie das?«, sagte Valentine und erwiderte sein Lächeln. Ob er sah, wie ihre Wangen glühten, ob er ahnte, wie gerne sie aufspringen und ihm einen übermütigen Kuss geben wollte?

In diesem Moment öffnete sich die Hintertür zur Küche, und ein stämmiger Bursche von vielleicht Mitte dreißig kam heraus, marineblauer Frack, blütenweißes Hemd, Fliege. Er nickte Yves zu, begrüßte Valentine mit einer angedeuteten Verbeugung und einem flüchtigen Lächeln und stellte zwei Gläser mit goldperlendem Champagner auf den Tisch. »*Santé!*«, wünschte er und verschwand genauso unauffällig, wie er gekommen war.

»Ist das Ihr Freund?«, flüsterte sie.

»Ja.« Yves hob das Glas. »Auf diesen Moment, Valentine.«

»Auf diesen Moment.« Sie stieß ihr Glas sanft klirrend gegen Yves' und trank, während sie ihm in die Augen sah. Schmeckte die feine Säure und fruchtige Aromen, eine Ahnung von Leichtigkeit, die sie schmerzhaft vermisst hatte. Langsam stellte sie das Glas wieder ab.

»Ist es richtig, was wir hier tun?«

»Wie meinen Sie das?« Yves berührte ihre Hand auf dem Tisch, der Wind strich warm heran, spielte mit seinen Locken.

»Es ist nur, dass ich mich fast ein wenig schäme, weil ich all das hier so genieße. Und weil ich glücklich bin.«

Erstaunt zog er die Brauen zusammen.

»Ich meine«, fuhr sie zögernd fort«, darf man denn auch nur für einen einzigen Augenblick vergessen, wie vielen anderen Menschen es im Moment schlechtgeht?«

Nun zog Yves seine Hand zurück und holte eine Zigarette hervor. »Ja, man muss sogar manchmal glücklich sein, um nicht zu vergessen, wie es sich anfühlt, und um einen Augenblick lang glücklich sein zu können, muss man wiederum für die Dauer dieses Moments vieles vergessen. Sonst klappt es nicht. Ich habe es versucht. Glauben Sie, es ändert sich etwas, wenn man sich sogar das nehmen lässt, was man noch mehr braucht als Butter und Brot, um nicht zu sterben? Die Hoffnung auf ein besseres Leben? Dass alles wieder gut wird?«

»Nein. Aber …« Valentine zuckte mit den Schultern.

»Ich weiß genau, was Sie meinen. Doch es sind andere Dinge, in denen wir die Liebe zu Frankreich und unser Mitgefühl für die Leidenden beweisen können. Dies hier …« Er zündete sich die Zigarette an und blies den Rauch in den Abendhimmel, »dies ist lediglich ein Akt der Rebellion. Wenn auch ein sehr persönlicher.«

Sie nickte schweigend und sah hinaus auf das Meer. Ein Akt der Rebellion also. Unwillkürlich musste sie lächeln. Aus diesem Blickwinkel würde ihr das Essen noch einmal so gut schmecken.

Die Gerichte, die ihnen der Oberkellner mit dem immer gleichen, geübt unverbindlichen, aber durchweg freundlichen Gesicht auftischte, waren köstlich. Warme Crevetten, Hummer à l'Armoricaine und sogar Huhn mit frischem Gemüse, obwohl laut Restriktionskalender am Montag sowohl der Verkauf als auch der Verzehr von Fleisch verboten war.

»Sie glauben doch nicht etwa, dass sich die Herren Wehrmachtsoffiziere an ihre eigenen Beschränkungen halten, die sie uns auferlegen?«, hatte Yves gesagt und über ihr Erstaunen gelacht.

Sie hatte in sein Lachen eingestimmt und das zarte Fleisch dann mit besonderem Genuss gegessen. Als der Kellner dann noch mit großer Geste ein Schokoladen-Nuss-Dessert servierte, dachte Valentine, dass sie wohl mehr verspeist hatte als im gesamten letzten Monat.

Nicht nur einmal fragte sie sich, was Yves mit dem Kellner verband, dass er sie dermaßen fürstlich bewirtete. Doch irgendwann begann sie, Zeit und Ort zu vergessen, war ganz bei Yves, seinem augenzwinkernden Charme und dem Zauber des Abends. Immer ungezwungener wurde ihre Unterhaltung, immer übermütiger das Lachen. Ganz so, als sei dieser kleine Flecken Erde nur für sie beide bestimmt, ganz alleine.

Als der Sonnenball sich dem Horizont näherte und die Schaumkronen in ein zartes Violett tauchte, stand mit einem Mal der Oberkellner vor ihnen, tippte auf seine Armbanduhr und machte Yves durch ein Kopfnicken verständlich, dass es Zeit war, zu gehen. Es war bereits halb zehn, das letzte Meeresleuchten gemahnte zur Eile. In etwa dreißig Minuten würde die Sperrstunde beginnen.

»Danke für diesen wundervollen Abend«, sagte Valentine ihm zu Abschied.

Das geübt unverbindliche Lächeln des Oberkellners verschwand. Wurde zum herzlichen Grinsen des Freundes. »Es war mir ein großes Vergnügen, Mademoiselle«, sagte er augenzwinkernd. »Mein Name ist Jacques.«

»Einer meiner besten Freunde und der fleißigste Mann, den ich kenne«, erklärte Yves. »In seiner freien Zeit arbeitet er auch als Sanitäter. Ihm gehört übrigens das Motorrad.«

»Dann habe ich diese wundervolle Fahrt Ihnen zu verdanken?«

»Stets zu Diensten, Mademoiselle!«, sagte er mit angedeuteter Verbeugung. »Yves' Freunde sind auch meine Freunde.«

»Morgen bringe ich es dir zurück«, lachte Yves, dann klopfte er ihm zum Abschied auf die Schulter. »*Au revoir, mon ami!* Die nächste Runde geht auf mich.«

Als sich Valentine Minuten später an Yves' Rücken schmiegte und mit geschlossenen Augen die abgekühlte Luft der heraufziehenden Nacht spürte, das Rauschen des Fahrtwindes in den Ohren hatte, da begriff sie, dass mit Yves etwas Besonderes in ihr Leben getreten war, das sie nicht wieder loslassen mochte. Und während er die Kurve zur *Rue de Puits* nahm, schlang sie ihre Arme enger um ihn und betete zu Gott, dass alles gut werden möge.

## 12

Die Luft wurde wärmer, erste Äpfel begannen aus ihrem Blütenkranz emporzuwachsen, die Kleider wurden luftiger und – obwohl es kaum noch Stoffe gab – sogar farbenfroher. Wann immer Yves und Valentine sich freimachen konnten, fuhren sie mit den Fahrrädern an der *Côte de Grace* entlang oder tranken in Honfleur eine Limonade oder einen kühlen Rosé. Sie besuchten das Museum, das Bilder heimischer Künstler wie Eugène Boudin ausstellte und auch unbekannten Malern der Region eine Plattform bot, was für eine enorme Fülle an ländlichen Motiven sorgte, allen voran saftige Weiden mit fetten Kühen.

Einmal fuhren sie sogar ins benachbarte Ablon, wo man im *Salle Champlain* einen Projektor aufgestellt hatte und Filme zeigte, die sich in ihrer Authentizität und Aussage von denen der komfortablen Honfleurer Kinos deutlich unterschieden. Im *Petit Casino* und dem *l'Excelsior-Cinéma* hingegen hatte man Zarah Leander und Marika Rökk in ›Es war eine rauschende Ballnacht‹ oder eine turbulente Verwechslungskomödie mit Elvira Popesco und Henri Garat ins Programm nehmen müssen, um dem vom Krieg gebeutelten Volk zumindest für kurze Zeit eine Ahnung von deutsch-französischer Leichtigkeit vorzuspiegeln.

Wann immer Valentines und Yves' Blicke sich kreuzten und für einen scheuen Moment ineinander verhakten, begann sich ihr Herz zu weiten. Und sie fieberte dem Moment entgegen, wenn er mit seinem Fahrrad um die Ecke in die *Rue de la Répu-*

*blique* gebogen kam, um sie von der Arbeit abzuholen. Seitdem Valentine aus dem Elsass fortgegangen war, hatte sich viel verändert. Doch nachdem Yves in ihr Leben getreten war, hatte das Wort ›Glück‹ eine ganz neue Bedeutung erhalten. Nicht einmal zwei Wochen waren seit ihrem Essen am Küchenausgang der *Ferme Saint-Siméon* vergangen, und doch kam es Valentine so vor, als seien sie bereits seit Ewigkeiten verbunden. Ja, es war, als hätten ihre Herzen nur darauf gewartet, einander zu begegnen.

Ihre Gespräche drehten sich um Belangloses und Ernsthaftes, sie sprachen über die Sehnsucht nach uneingeschränkter Freiheit und über Literatur und Musik. Yves erzählte von einem Haus, das er manchmal besuchte, und von einem Klavier, das dort stand und darauf wartete, von ihm gespielt zu werden. Aber weder verriet er ihr, wo dieses Haus lag, noch ließ er es zu, dass sie nachfragte. Obwohl das Thema ihn sichtlich berührte, verschloss sich sein Gesicht, sobald Valentine es wieder anschnitt.

An diesem Tag aber, als sie mit den Fahrrädern hinauf zum Mont Joli gefahren waren, ließ Yves einen Blick in seine Seele zu, und bis die Sterne den ersten Strahlen der Morgensonne wichen, sollte Valentine mehr von ihm erfahren, als sie es sich jemals hätte vorstellen können.

Sie hatten sich einen Platz abseits der Chapelle de Notre-Dame gesucht, von dem aus man einen wunderbaren Blick über die Seinemündung bis nach Le Havre hatte. Ein Blick, den der Zeichner des Motivs auf der Streichholzschachtel vor Augen gehabt haben musste, die Yves ihr geschenkt hatte.

Ein abschüssiger Hang bot ihnen das Gefühl von Zurückgezogenheit, und kaum dass sie sich auf das Gras gesetzt hatten, verfielen sie in staunendes Schweigen. Von hier oben wirkte Honfleur, als sei es Teil einer Spielzeugkulisse. Die Altstadt schmiegte sich mit ihren Becken an das kleine Flüsschen

Morelle, dahinter Wald, Weiden und die viel breitere Seine, die zwischen Honfleur und Le Havre ins Meer strömte.

»Ich habe mir ein Spiel ausgedacht«, sagte Yves in die Stille hinein. »Die Regel geht so: Ich beginne einen Satz und du beendest ihn. Dabei darfst du dir die allergrößten Verrücktheiten ausdenken, sogar Dinge, die so unwahrscheinlich sind, wie dass der Krieg morgen vorbei ist oder dass das Vichy-Regime unter Marschall Petain die Unabhängigkeit proklamiert.«

Er lag auf dem Rücken, einen Grashalm im Mund, und blinzelte in die Sonne.

Valentine, die sich darunter nicht viel vorstellen konnte, zuckte die Schultern. »Eine Art Traumspiel also?«

»Ja. Die Antwort darf deinen innersten Wünschen entsprechen.«

»In Ordnung, fang an.«

Yves spuckte den Grashalm aus. »Wenn das Motorrad mir gehören würde, dann …« Er sah sie erwartungsvoll an.

»… dann wären wir jetzt längst in Paris und würden vom Eiffelturm auf die Dächer der Stadt gucken«, ergänzte sie. »Natürlich nur, wenn der Posten in Saint-André-d'Hébertot uns vorbeilassen würde.«

»Solche Überlegungen sind egal«, widersprach er. »Regel Nummer zwei: Wir blenden die Gegenwart komplett aus! Und jetzt du.«

Valentine sah auf das von der Ebbe zurückgedrängte Meer, ließ den Blick über die Seinemündung hinüber nach Le Havre schweifen, wo die Masten unzähliger Segelschiffe in der Sonne schimmerten.

»Wenn ich schreiben könnte, was ich wollte«, begann sie zaghaft, »und damit meine ich über alles, was mir auf dem Herzen liegt, dann …«

»… dann würde ich dir den Hintern versohlen, weil es viel zu gefährlich wäre.«

Valentine lachte auf. »Ich dachte, wir blenden die Gegenwart aus?«

»Stimmt. Aber schon der Satzanfang war eine Übertretung der Regel. In einer Zukunft, die *ich* mir wünsche, darf jeder schreiben, was er will.«

»Auch unwahre oder beleidigende Dinge?«

Yves knickte einen weiteren Halm ab und kaute eine Weile darauf herum. »Das ist wahrscheinlich die größte Herausforderung. Aber für die Meinungsfreiheit nehme ich auch das in Kauf.«

Valentine ließ sich nun ebenfalls auf den Rücken sinken, verfolgte mit den Augen einen Schwarm Möwen, der am tiefblauen Himmel seine Kreise zog, und dachte über Yves' Worte nach. »Dann beginne ich noch einmal neu«, sagte sie mit plötzlich klopfendem Herz. »Wenn ich das erste Mal das Haus betrete, in dem das Klavier steht, dann …«

Yves stützte seinen Kopf auf einen Arm und sah sie lange an. Zuerst wusste Valentine nicht, ob er verärgert war oder vielleicht sogar gekränkt, da sie seinem unausgesprochenen Wunsch nach Vermeidung des Themas nicht nachgekommen war. Aber als er sprach, war seine Stimme ganz sanft. »… dann setze ich mich ans Klavier und spiele darauf. Nur für dich.« Er lächelte und strich ihr eine Haarsträhne aus dem Gesicht. Dann beugte er sich über sie und gab ihr einen ersten, ganz zaghaften Kuss. »Nur für dich«, wiederholte er leise.

Und während Valentine wünschte, sie könne die Welt anhalten, um diesen einen Moment für immer zu bewahren, wusste sie, dass ihr niemand die Liebe und das Glücks dieses Augenblicks nehmen könnte, ganz gleich, was um sie herum geschah.

Gegen fünf Uhr zog aus östlicher Richtung ein schwacher Wind auf, der Schäfchenwolken vor sich herschob. Und während man im fernen Berlin die Uraufführung von ›So ein Früchtchen‹ mit Paul Hörbiger, Fita Benkhoff und Rudolf Platte vorbereitete und in Paris der Befehlshaber der Sicherheitspolizei und des SD ›Richtlinien für die Evakuierung von Juden‹ erließ, überflog eine Staffel britischer Bomber die Region von Le Havre, eskortiert von Spitfires, deren Wendigkeit und Feuerkraft legendär waren. Was die deutschen Piloten der zur Verteidigung abgestellten Jagdflieger nur umso mehr anspornte. Um 17.43 Uhr meldete Hauptmann Schnell den Abschuss einer Spitfire im Bereich Fécamp. Wenige Minuten später machte Valentine Yves auf am Himmel erscheinende britische Flugzeuge aufmerksam, von denen zwei schwer getroffen und mit höllischem Getöse zu Boden trudelten, dann ein drittes, das eine schwarze Rauchsäule hinter sich herzog, als es ins Meer stürzte. Etwas Weißes schwebte durch die Luft, von einer Brise getrieben in Richtung Strand.

»Sieh mal, ein Fallschirm.« Mit einem Satz war Yves auf den Beinen. »Wir müssen hin, bevor die Deutschen ihn finden!«

Dann rannte er los, zu den Fahrrädern. Valentine, der keine Zeit blieb, zu fragen, was er vorhabe, eilte hinterher, trat stehend in die Pedale und folgte ihm den Berg hinab in rasendem Tempo. Der Fahrtwind ließ ihre Augen tränen. Bald erreichten sie die Küstenstraße, die durch Wiesen und Wälder in einigem Abstand am Meer entlangführte. Mit einem Mal bremste Yves so scharf, dass sein Fahrrad zur Seite rutschte. Rechter Hand erhob sich ein staubiger Weg, den sie nun einschlugen. Wenige hundert Meter weiter gelangten sie an einen schmalen Strandabschnitt mit seichter Dünung. Yves sprang vom Rad, das achtlos in die Böschung kippte, und rannte durch den Sand.

»Warte hier«, rief er über die Schulter hinweg, »und versteck dich, dass man dich vom Strand aus nicht sehen kann. Wir sind vielleicht nicht die Einzigen, die den Fallschirm bemerkt haben.«

Valentine hockte sich hinter einen Baum, spähte hinaus aufs Meer, wo ein kleiner heller Punkt erschien, der sich im Näherkommen als Schnellboot herausstellte.

»Yves!« Valentine kam aus der Deckung heraus und lief auf den offenen Strand. Sie fand ihn am Saum des Wassers, über ein weißes Stoffbündel gebeugt, unter dem zwei Beine in weiten olivfarbenen Hosen lugten. »Yves, sieh aufs Meer, sie kommen!«

Yves warf einen raschen Blick auf das nahende Boot, dessen Motorengeräusch immer lauter wurde, umfasste den regungslosen Mann mitsamt dem gewaltigen Stoffberg und zog ihn rückwärts laufend in Richtung der Fahrräder.

»Wir müssen über die Straße«, rief er ihr zu, als sie den Schutz der Böschung erreicht hatten, und deutete zwischen den Zweigen hindurch ins Landesinnere. »Dort hinten liegt ein großer Wald.« Mit hektischen Fingern löste er den Gurt des Fallschirms, packte den Mann und hob ihn über die Schultern. »Nimm du die Fahrräder, sie dürfen die nicht finden!«

»Und der Fallschirm?«

Valentine raffte das große Stoffungetüm so gut es ging zusammen und verbarg es unter einem dichten Ginsterbusch. Dann folgte sie Yves, der bereits ein gutes Stück den Sandweg in Richtung Straße genommen hatte. Mit den Händen an den Lenkstangen, schob Valentine die Fahrräder, den Blick auf den von Yves' Rücken baumelndem Soldaten geheftet, dessen rechtes Bein unnatürlich verdreht war.

Plötzlich blieb Yves stehen und hob einen Finger an seinen Mund.

Von der Ferne erklangen herannahende Autos, dann das

Zuschlagen einer Tür. »Jetzt kommen sie von beiden Seiten!«, zischte er. »Los, lass die Räder, wir versuchen es querfeldein!«

Panisch schob Valentine die Fahrräder hinter eine Baumreihe seitlich des Weges, warf sie zu Boden und zerrte eilig einen abgebrochenen Ast darüber. Rechter Hand lagen Wiesen und Felder. Sie begannen zu laufen, drehten sich nicht um, hasteten, so schnell ihre Füße sie trugen, Yves noch immer mit dem geschulterten Briten; er atmete schwer, rang nach Luft. Hinter ihnen laute Rufe, gebrüllte Kommandos, von denen sie nicht wussten, ob sie ihnen galten.

Valentine lief, bis ihre Lunge bei jedem Atemzug schmerzte. Und je weiter sie kamen, desto leiser wurden die Stimmen.

An einer uneinsehbaren Stelle überquerten sie die Straße und drangen in den Wald. Zweige schlugen ihnen ins Gesicht, zerkratzen Arme und Beine. Minuten später, als die Bäume dicht aneinandergedrängt standen und das Dickicht sie vollends verschluckt hatte, blieben sie stehen.

Mit einem Schnaufen ließ Yves den Mann ins Moos gleiten. Er stützte seine Hände auf die Knie und atmete schwer und röchelnd.

Der Soldat hingegen lag wie leblos. Die Augen geschlossen, Blut klebte an seinem linken Ohr. Unter einer schwarzen Rußschicht verbarg sich ein schmales, fast zierliches Gesicht. Der Pilot mochte nur ein paar Jahre älter sein als seine Retter.

Valentine hockte sich neben ihn, legte die Hand auf seine Brust. War das leichte Beben ein Atmen? Sie beugte sich mit ihrem Ohr über seinen Mund, prüfte, als sie keinen Hauch spürte, mit zwei Fingern den Hals. Da, ein leises Pochen! Erleichtert richtete sie sich auf.

»Er hat noch Puls. Aber ich fürchte, er muss dringend versorgt werden, wenn er die Nacht überleben soll.«

Yves sah über die Baumwipfel, beobachtete einen Schwarm Vögel, der kreischend aufstob. Als er endlich antwortete, sah er besorgt aus. »Wir müssen die Dunkelheit abwarten.«

»Die Deutschen werden das Gelände durchkämmen …«

»Sie werden uns schon nicht finden. Sieh, es dämmert bereits.«

»Und dann? Was machen wir dann? Wir können ihn doch nicht einfach in ein Krankenhaus bringen!« Eine Mischung aus Hilflosigkeit und Wut stieg in ihr auf. Sie schluckte heftig.

»Ich weiß, wo wir ihn hinbringen. Er ist nicht der Erste, den wir retten.«

»*Wir?*«

»Das erkläre ich dir später, Valentine, nicht jetzt.«

Sie schwiegen und lauschten in das zunehmende Dunkel des Waldes. Irgendwann hörten sie Stimmen, vielleicht zwei-, dreihundert Meter von ihnen entfernt. Sahen den Kegel einer Taschenlampe, der von den vielen Bäumen durchschnitten wurde und sich schließlich weiter in östliche Richtung entfernte.

Plötzlich schlug der Mann die Augen auf. Ein furchtbares Stöhnen entfuhr ihm, so laut, dass Yves ihm rasch eine Hand auf den Mund hielt.

»*Friends*«, flüsterte er in gebrochenem Englisch. »*You are save.*«

Der Mann nickte, und Yves zog die Hand wieder zurück. Dann sah der Brite Valentine. »*Oh my god*«, flüsterte er und grinste plötzlich. »*Guess, I'm in heaven.*«

»Was hat er gesagt?« Sein verklärter Gesichtsausdruck rührte sie.

»Er glaubt, du bist ein Engel«, antwortete Yves augenzwinkernd und fuhr, an den Piloten gewandt, fort: »*Welcome to France.*«

## 13

Über den Baumkronen funkelten die Sterne, als sie den Piloten, der sich mit William vorgestellt hatte, auf ihre Schultern gestützt durch den Wald schleppten. In großem Bogen umgingen sie die Straße, stolperten über Wurzeln und tauchten erst beim Friedhof von Vasouy aus dem Schutz der Bäume wieder auf.

Gegen Mitternacht kamen sie an ein Grundstück, das von einer hohen Hecke aus Liguster und Brombeersträuchern umgeben war. Feiner Dunst lag über diesem Ort, und erst als sie das knarrende Gittertor öffneten, bemerkte Valentine ein zweistöckiges Haus, das im Näherkommen wirkte wie aus einer anderen Zeit. Rosen rankten sich am Fachwerk hinauf. Verschlossene Fensterläden mit abblätterndem Lack hingen schräg in ihren Angeln. Eine alte Dame in Morgenrock stand in der Tür und hob, als sie sah, wer sie zu dieser späten Stunde besuchte, die Hand zur Begrüßung. Kaum dass sie die Haustür hinter den Besuchern geschlossen hatte, deutete sie mit dem Kopf auf Valentine.

»Wer ist dieses Mädchen?« Ihr Blick verriet eine Mischung aus Entschlossenheit und Furcht.

»Das ist Valentine«, beruhigte Yves. »Sie ist in Ordnung!«

Die Alte musterte sie mit zusammengekniffenen Augen. Plötzlich lächelte sie. »Ich habe von einer Valentine gehört. Sie soll ein kluges Mädchen sein, das nicht alles glaubt, was man im Allgemeinen berichtet. Sie sind doch die junge Dame vom *Miroir*, nicht wahr?«

Valentine hob verwundert den Kopf, bejahte und machte dann einen angedeuteten Knicks. Noch immer stützte sich der Brite mit seinem rechten Arm schwer auf ihre Schultern. Auf dem Weg hatten sie mehrere Pausen machen müssen, das Gewicht schien immer schwerer geworden zu sein, je länger sie gegangen waren. Nun drohte Valentine, darunter zusammenzubrechen.

»Seine Maschine wurde abgeschossen«, erklärte Yves. »Er ist mit dem Fallschirm gesprungen.«

Die alte Dame betrachtete den Verletzten und schlug die Hände vor ihrem Mund zusammen. »Er hat so große Füße! Kleidung, ja, die können wir umnähen, aber woher sollen wir nur das Leder für neue Schuhe bekommen?«

In diesem Moment sackte Williams linker Arm von Valentines Schulter, die ihn nicht mehr halten konnte, und er glitt zu Boden, riss Yves beinahe mit.

»Um Himmels willen!« Sofort kam Bewegung in die Frau. Ohne Zeit zu verlieren, eilte sie über den Flur und stieß eine Tür auf. »Tragt ihn ins Bad, ich werde sehen, was ich tun kann.«

Auf dem Kachelboden kniend, begann die alte Dame, den Briten zu untersuchen. Sie versorgte die Wunden mit erstaunlicher Sicherheit, richtete das Bein und stellte es mit einer provisorischen Schiene aus einigen Holzleisten und einem fest gebundenen Stück Stoff ruhig. Valentine stieß einen erleichterten Seufzer aus, als die Frau verkündete, dass sich William außer einem wahrscheinlich angebrochenen Knochen, einigen Schürfwunden und einer leichten Gehirnerschütterung wohl keine inneren Verletzungen zugezogen hatte.

Mit einem zufriedenen Nicken stand die alte Dame wieder auf und ging hinaus, um einen Kräutertee zu brühen, der, wie sie sagte, sogar Höllenhunde zum Leben erwecken würde.

Währenddessen schafften Valentine und Yves den Briten in eine niedrige Kammer auf dem Dachboden und stellten einen Nachttopf samt Kübel neben die Matratze, falls er sich aufgrund der Kopfverletzungen erbrach.

»*We are now closing this room*«, erklärte Yves und gab William auch den Tee, den die alte Dame hinaufgereicht hatte. »*If you need help, please knock on the floor.*«

Valentine hatte von alldem kein Wort verstanden. »Woher kannst du so gut Englisch?«, fragte sie, als sie die Dachluke verriegelt hatten und die Leiter in den ersten Stock hinabgestiegen waren.

»Vor dem Krieg kamen viele Briten über die Sommermonate nach Honfleur. Außerdem kann man hier einige englische Radiosender empfangen.«

»Vor allem BBC«, ergänzte die alte Dame, die unten auf sie gewartet hatte. »Halb Honfleur hört den heimlich! Daher nimmt Ihren Onkel kaum noch jemand ernst.«

»Aber der *Miroir* verkauft sich doch gut.«

»Ganz sicher nicht wegen der Berichte zur politischen Lage, sondern eher wegen der Kleinanzeigen und dem Dorftratsch, das können Sie mir glauben.« Sie gähnte mit vorgehaltener Hand. »Ich gehe wieder ins Bett. Die junge Dame kann im Salon schlafen, und du, Yves, kannst auf die Küchenbank.« Sie zwinkerte den beiden zu. »Sicher habt ihr Hunger. In der Speisekammer findet ihr Brot und eine Flasche Wein. Ich wünsche angenehme Nachtruhe!«

Mit diesen Worten verschwand sie im Dunkel des Ganges.

»Gute Nacht, Madame Petit!«, sagte Yves. »Und vielen Dank für Ihre Hilfe!«

»Madame Petit?« Valentine starrte ihn an. »Das ist doch nicht etwa …«

Aber Yves lächelte nur, nahm Valentines Hand und ging mit ihr die Treppe hinab ins Erdgeschoss, bis er vor einer Tür stehen blieb. »Ich erzähle dir gleich alles. Schließ die Augen«, flüsterte er. »Und rühr dich nicht von der Stelle, bis ich es dir sage.«

Valentine tat, wie befohlen, und lauschte den sich entfernenden Schritten, dem Geräusch eines herausgezogenen Korkens, jetzt wurden Gläser gefüllt. Dann spürte sie Yves' Anwesenheit, hörte, wie er die Tür öffnete und wieder schloss. Aus dem Zimmer drang ein Knarzen, dann das Geräusch eines arretierenden Hakens. Wieder ging die Tür auf, nun konnte sie das Meer riechen und sogar auf der Haut fühlen.

»Jetzt!«

Valentine schlug die Augen auf. Ihr stockte der Atem. Es war nicht der Blick durch die beiden Fensterflügel über die Terrasse hinaus aufs offene Meer. Es war auch nicht der kleine Tisch, auf dem zwei Gläser und eine Flasche Wein standen sowie ein heller Laib Brot. Es war auch nicht das Gesicht von Yves, dessen Züge im Licht des Mondes weich und zärtlich waren. Es war alles zusammen.

»Yves, es ist ... unbeschreiblich!«

Plötzlich hielt sie inne. Ganz hinten in der Ecke, neben einem geschwungenen Sofa, stand ein Klavier.

Langsam ging sie näher, strich mit den Fingern über die Tasten. Ein Blatt, das oben auf dem glänzend schwarzen Lack lag, weckte ihre Aufmerksamkeit.

»Hast du das geschrieben?« Valentine betrachtete die Noten, die jemand mit dünnem Strich skizziert hatte.

»Ach, ich habe ein wenig versucht zu komponieren. Es ist noch nicht fertig.«

»Magst du es mir trotzdem vorspielen?«

»Jetzt?« Er zeigte zur Zimmerdecke, über der vielleicht in

diesem Moment Madame Petit gerade wieder eingeschlafen war.

»Bitte, Yves, ganz leise. Ich möchte dich spielen hören.«

Zögernd setzte er sich auf den Hocker vor dem Instrument und bewegte die Finger. Valentine fiel auf, dass sie schmal waren und lang.

»Ich kann es dir nicht vorspielen, ehe ich weiß, wie es enden wird«, sagte er. »Kennst du Erik Satie? Ich liebe seine Musik! Sie ist irgendwie besonders. Eindringlich. Ich wünschte, ich könnte ebenso gut komponieren wie er.« Noch einmal streckte er die Finger, legte sie dann sacht auf die Tasten und begann, leise zu spielen. Die Melodie war so unendlich leicht, so voller Freude, und doch trugen ihre Töne eine unergründliche Wehmut in sich, die Valentine am Herzen rührte. Und als sie ausklang, verspürte sie die tiefe Sehnsucht, mehr von diesem Mann zu erfahren, der so stark und verletzlich zugleich wirkte.

»Danke, das war wundervoll!«

»Es heißt *Petite ouverture à danser*.«

»Versprichst du, mir auch dein Lied vorzuspielen, wenn es fertig ist?«

»Ja, Valentine, das werde ich tun.«

Yves erhob sich. Nun standen sie so nahe, dass sie seinen Atem auf ihrem Gesicht spüren konnte. Dann küsste er sie. Zuerst zart und tastend, schließlich fordernder, bis sie sich atemlos wieder voneinander lösten. Eine Weile blieben sie unbewegt und sahen sich in die Augen, während die Brandung vor dem offenen Fenster tosend an den Strand rollte. Schließlich trat Yves einen Schritt zurück, nahm Valentines Hand und führte sie zum Tisch. »Lass uns etwas essen. Ich bin am Verhungern!«

Und dann begann Yves zu erzählen. Davon, dass Madame Petit tatsächlich die Mutter des Redaktionsleiters des *Miroir* war, der sich zwar aus ihren Aktivitäten als Fluchthelferin weitgehend heraushielt, aber dennoch in den Druckereiräumen Lebensmittelkarten fälschte und damit denjenigen Bewohnern von Honfleur half, die Verfolgte bei sich aufnahmen, deren Hunger nicht alleine mit der Ernte aus Gemüsebeeten zu stillen war. Valentine erfuhr, dass Petit bisweilen auch das Telefon in der Redaktion nutzte, um Treffpunkte auszumachen und Kontakte zu Mittelsmännern herzustellen, selbstverständlich in codierter Form und auch nur in dringenden Fällen, denn für mehr war er doch zu vorsichtig.

Valentine staunte. Der freundliche, immer korrekte Monsieur Petit. Das war also seine Art von Widerstand! »Und du?«, fragte sie. »Was machst du bei dieser ganzen Sache?«

»Ich versehe die Lebensmittelkarten mit entsprechenden Stempeln. Und …« Yves sah sie mit unergründlichem Blick an, als erwäge er, wie viel er von sich preisgeben durfte, dann fuhr er leise fort: »Die Buchhandlung dient als Zentrum für Fluchthelfer. Sie interessieren sich für ein ganz bestimmtes Buch und hinterlassen darin Passfoto und Kennzeichen der Person, die einen Ausweis mit neuer Identität oder einen Passierschein braucht. Wenn sie dann wiederkommen und das Buch kaufen, legen wir das Gewünschte bei, sofern wir es beschaffen konnten.«

Valentine musste an ihre Begegnung in der Buchhandlung denken. »Dann lag in dem Kochbuch, das die Dame neulich zurückgelegt hat, also ein Foto?«

»Nein. Diese Dame kam, um ihre Ausweise abzuholen. Es war geplant, dass ich sie bereits am Nachmittag bringe, aber ich hatte einen Umweg machen müssen, weil ich einer Kontrolle ausweichen musste. Und als ich dann ankam, warst du ja gerade im Geschäft …«

»Ach herrjeh!« Dann war sie also mitten in eine Übergabe hineingeraten. Valentine erinnerte sich an den Moment, als die Kundin den Laden betreten hatte. Alles war so natürlich gewesen. Der Buchhändler, der sich Zeit genommen hatte, bevor er sich um die Dame kümmerte. Deren unaufgeregte Unterhaltung. Dann Yves' Ankunft und die Art, wie sein Vater ihn darauf aufmerksam gemacht hatte, dass Valentine sich ebenfalls im Laden befand. Niemals hätte sie dahinter ein System erkannt, geschweige denn vermutet, dass in der *Librairie Rumot* gefälschte Pässe bestellt und wieder abgeholt wurden.

»Und jetzt besorgst du neue Papiere für William, nicht wahr?«

»Ja. Zudem muss er rasch außer Landes geschafft werden. Ein Engländer lässt sich nicht gut tarnen, und es ist inzwischen auch zu gefährlich, jemanden länger als notwendig bei sich aufzunehmen.«

»Und was kann ich dabei tun?«

»Du?« Er strich ihr über die Wange und seufzte. »Ich fände es besser, wenn du dich aus der ganzen Sache heraushieltest. Ich würde es nicht ertragen, wenn dir etwas zustieße.«

»Ich bin doch schon mittendrin!«

Er trank einen Schluck Rotwein und sah hinaus auf die Brandung, deren Wellenkämme, vom Mond angestrahlt, silbern aufleuchteten, bevor sie im nächsten Atemzug brachen. »Es ist nicht so leicht, wie du vielleicht denkst … Zuerst müssen die Dokumente bestellt und abgeholt werden. Die Kontaktleute müssen die Fluchtroute planen, alles Weitere läuft über die Helfer auf der Strecke. Ich weiß wirklich nicht, wie du hier …«

»Ich könnte die Passfotos machen und im Labor der Redaktion entwickeln.«

»Das macht schon Monsieur Petit.«

»Dann hole ich die Ausweise ab. Frauen werden nicht so häufig kontrolliert, zumindest habe ich das gehört.«

»Valentine, das geht nicht. Die Passstelle ist in Paris!«

»Paris?« Ihr Herz tat einen Sprung. »Nimm mich mit, Yves, bitte.« In diesem Moment gab es nichts, das sie lieber tun würde, als ihm dorthin zu folgen. Flehend wiederholte sie ihren Wunsch, doch er schüttelte nur den Kopf.

»Kommt gar nicht in Frage. Ich zeige dir Paris, irgendwann einmal. Aber nicht jetzt.«

»Dann werde ich eben anderweitig aktiv«, sagte sie und sah ihn fest an. »Aber ich will nicht länger untätig herumsitzen. Seit ich hier in Honfleur bin, plagt mich mein Gewissen, weil ich nichts weiter tue, als harmlose Artikel für eine kollaborierende Zeitung zu schreiben. Dabei bin ich aus dem Elsass weggegangen, auch weil ich es nicht ertragen habe, wie sich das Leben dort veränderte, seit die Deutschen es besetzt haben. Nur um festzustellen, dass man den Menschen hier im Norden zwar ihre Sprache gelassen hat, nicht aber ihre Würde.« Sie schüttelte den Kopf. »Auf der Fahrt nach Honfleur habe ich im Zug einen Mann getroffen, den der Erste Weltkrieg zum Krüppel gemacht hat. Er sagte mir, es sei nun an uns jungen Leuten, zu verhindern, dass sie uns unser Land wegnehmen. Yves, er hatte recht! In einem Land, in dem mir gesagt wird, wann ich Fleisch oder Brot zu essen habe, wohin ich reisen, welche Lieder ich singen und welche Bücher ich lesen darf, will ich nicht leben! Ich möchte endlich aktiv werden. Etwas tun. Bei dir sein. Mit dir.«

Nun lächelte er. »Du bist verrückt, weißt du das? Ich sollte dich besser zurück ins Elsass zu deinen Eltern schicken, damit sie gut auf dich aufpassen. Aber die Wahrheit ist, dass ich mir nichts Schöneres vorstellen kann, als alles mit dir zu teilen, denn dein Mut ist nur eines der vielen Dinge, die ich an dir liebe.«

Kaum dass er diese Worte ausgesprochen hatte, hauchte eine Böe des Atlantiks den Vorhängen an den Fenstern Leben ein. Und während Valentine Yves einen übermütigen Kuss auf die Stirn gab, wusste sie, dass eine Reise nicht dann ihr Ende findet, wenn man an einem Ort ankommt, sondern wenn man den richtigen Menschen trifft.

# 14

Die deutschen Jagdflugzeuge des Typs Focke-Wulf 190 waren dem Namen »Würger« gerecht geworden. Dass auch eines von ihnen getroffen wurde, in einer Weide in Gonneville-sur-Honfleur nahe eines Weilers zu Boden stürzte und erst fünf Meter weiter an einem Baum zum Stillstand kam, wurde im offiziellen Bericht verschwiegen. Die deutschen Soldaten, die den schwerverletzten Piloten ins Krankenhaus von Pont l'Evêque brachten, konnten allerdings nicht verhindern, dass die beiden Buben, die das Unglück hinter einem Heuschober kauernd beobachtet hatten, am Abendbrottisch von dem in zwei Teile zerbrochenen Wrack berichteten und von dem Motor, der beim Aufprall abgerissen und etwa zwölf Meter durch die Luft geschleudert worden war.

Ihre Eltern, die in einem Verschlag im Hinterhof eine illegale Schnapsbrennerei betrieben, sagten ihnen, dass sie diese Information besser für sich behalten sollten und dass es nur Unglück brächte, wenn man die Deutschen auf sich aufmerksam mache. Ja, sie untersagten ihnen sogar unter Androhung von Stockschlägen, diesen Ort in den nächsten Tagen wieder aufzusuchen.

Doch wie bei vielen strengen Verboten schlug auch hier die erhoffte Wirkung ins Gegenteil um und hatte vor allem eine gesteigerte Bockigkeit zur Folge und die Weigerung, sich um den Triumph dieser weltbewegenden Geschichte bringen zu lassen. Während die Buben also ihre Milch tranken und brav nickten, stießen sie sich unter dem Tisch mit den Füßen an, um sich zu versichern, dass der andere ähnlich dachte. Nachts in ihren Betten unterhielten sie sich flüsternd, träumten davon, sich ein paar verstreute Motorteile zu holen oder sogar den ganzen Propeller, den sie gut im Heuschober verstecken und später ihren Klassenkameraden zeigen würden. Natürlich nur heimlich. Und gegen den Eintrittspreis von fünfzig Centimes. Gleich am nächsten Morgen liefen sie noch vor dem ersten Hahnenschrei hinaus zum Weiler, in der Hoffnung, alles genauso vorzufinden, wie sie es gestern Abend verlassen hatten.

Doch die Maschine war verschwunden. Nur der von der Wucht des Aufpralls schwer getroffene Baum und eine tiefe Spur im Boden zeugten von dem Geschehen. Und weiter hinten, dort, wo eine hässliche Delle in die Weide gebohrt war, hatte da nicht der Motor gelegen?

Aufgeregt durchkämmten sie den Bereich. Und schließlich fanden sie auch ein paar Schrauben, einen Schlauch, ein Blech, das wohl eine Art Klappe gewesen war, und ein Stück Reifengummi, das ihnen als Beweis für ihre Beobachtung dienen würde.

Als sie jedoch am Montag bei ihren Mitschülern zwar eine gewisse Aufmerksamkeit, nicht aber die erhoffte Popularität, geschweige denn die geforderten Centimes erhielten, fanden sie sich am Nachmittag in der Redaktion des *Miroir* ein, wo sie direkt ans Büro des Redaktionsleiters klopften, um ihm etwas an die Hand zu geben, was diese unsägliche Serie von Siegesmeldungen der Deutschen endgültig unterbrechen sollte.

Während die Buben Monsieur Petit die Geschichte der abgeschossenen Focke-Wulf 190 erzählten und einen Teil der Beweise aus den Hosentaschen kramten, hatte Valentine gerade einen Artikel zur Schließung des *Salon des Artistes Bas-Normands* in Caen beendet und eilte über den Gang, um ihn ihrem Redaktionsleiter vorzulegen.

Doch sie war noch auf dem Weg, als sie sah, wie sich der inzwischen dazugekommene Victor Beyer bei den beiden Buben für ihre Schilderung bedankte, sie dann aber wieder hinauskomplimentierte. Da Valentine dachte, er würde nun weiter den Flur entlanggehen und in seinem Zimmer verschwinden, blieb sie abwartend stehen. Doch Onkel Victor hatte das nicht vor. Stattdessen wandte er sich noch im Türrahmen seinem Redaktionsleiter zu, der sich deutlich hörbar darüber beschwerte, dass es ihm so langsam auf die Nerven gehe, jegliche Realität auszublenden.

»Du hast nicht vor, darüber zu berichten, nicht wahr?«, drang Monsieur Petits Stimme aus dem Büro.

»Nein.«

Valentine ging langsam rückwärts, Schritt für Schritt, in der Hoffnung, man würde sie nicht bemerken. Dabei konnte sie nicht anders, als weiter zu lauschen. Zuerst mit Scham, weil das Gesagte ganz sicher nicht für ihre Ohren bestimmt war, dann mit wachsender Wut.

»Dann willst du nur über den Abschuss der britischen Spitfires schreiben?«

»Ja«, sagte Onkel Victor. »Das ist auch das, was die Bevölkerung lesen will. Le Havre hat unter den Bombardierungen der Briten stark gelitten. Die haben nicht nur die deutschen Stützpunkte und Schiffe getroffen, sondern auch zivile Einrichtungen. Alleine am Freitag hat es wieder dreißig Tote und vierundvierzig Verletzte gegeben. Darüber werden wir berichten müssen.«

»Ach, und unter der deutschen Besatzung leiden sie wohl

nicht, was? Nein, keiner hat Bomben mit voller Absicht auf die Häuser geworfen, die Briten kommen, um unser Land zu befreien. Das weißt du genauso gut wie ich.«

»Das ist englische Propaganda. Du hörst zu viel Radio.«

»Da bin ich aber anderer Meinung! Unsere Leser haben das Recht, beide Seiten der Medaille zu kennen. Die simple Erwähnung einer Niederlage der ewig Unverwundbaren wäre ein Anfang. Ein Funke Hoffnung.« In Monsieur Petits Stimme hatte sich ein Aufbegehren geschlichen. »Stattdessen nur Artikel auf Weisung der Propagandastelle. Über eingekreiste Bolschewisten in Sewastopol, über die sagenhaften Fortschritte der deutsch-italienischen Achse in Ägypten. Man könnte meinen, alle Armeen dieser Welt, außer der deutschen, bestünden aus Idioten! Wir verkommen so langsam zu Märchenerzählern, und ich möchte nicht wissen, wie die aufgeklärten Bürger inzwischen über uns lachen.«

»Es ist nicht unsere Aufgabe, darüber nachzudenken«, antwortete Onkel Victor und hob dabei beschwichtigend die Hände. Valentine, die an der Tür zu ihrem Zimmer angekommen war und eng an die Wand gedrückt verharrte, bemerkte, wie sehr er sich mit Gesten bemühte, seinen Redaktionsleiter zum Schweigen zu bringen. Doch dieser hatte sich bereits in Rage geredet.

»Mein lieber Victor, mir wird es langsam angst und bange! Wollen wir uns wirklich komplett verleugnen? Wir können etwas ändern. Gut, dann streichen sie uns die Papierzuteilung, und, wäre das so schlimm? Glaub mir, wir finden auch dafür Quellen.«

»Albert!«

»Ja, was denn! Sie werden uns schon nicht verhaften für ein, zwei Zeilen Wahrheit pro Ausgabe.«

»Du weißt nicht, was du da redest.« Nun sprach Victor jedes Wort einzeln und so beschwörend, dass Valentine aufmerkte. »Es ist uns nicht erlaubt. Und das hat seine Gründe, die wir unter keinen Umständen in Frage stellen sollten. Niemals. Verstehst du? Bitte! Niemals.«

Plötzlich bemerkte Valentine, dass sich am anderen Ende des Flurs etwas bewegte. Sie schrak zusammen. Im Türrahmen zum Büro ihres Onkels stand nun ein Mann. Und obwohl er heute nicht den dunklen Ledermantel trug, sondern eine Uniform, wusste sie ohne jeden Zweifel, dass es der Offizier war, der sie bei ihrer Ankunft am Bahnhof kontrolliert und sich als Hermann Schmidt vorgestellt hatte.

## 15

Es hatte Valentine einen nachhaltigen Schrecken eingejagt. Wenngleich sie sich in das Büro zu ihren Kolleginnen gerettet hatte, bevor der Deutsche sie bemerken konnte, waren Yves und sie übereingekommen, dass dessen Kontrollbesuch höchst alarmierend war und dass ab jetzt höchste Eile geboten war. Auch Monsieur Petit, der sich ärgerte, dass er Victors eindringliche Gesten missverstanden hatte, begann darüber nachzudenken, seine Stellung – sobald etwas Gras über die Sache gewachsen wäre – zu kündigen und sich stattdessen als Fotoreporter zu betätigen, um die Auswüchse des Krieges für die Nachwelt festzuhalten. Zuvor aber würde er alles vernichten, was ihm eine Beteiligung am Widerstand nachweisen konnte. Soweit es ihm in dieser Situation überhaupt noch möglich war.

Es war der 4. Juli 1942, ein Samstag, an dem die Operation Flüchtlingshilfe endlich in Gang kommen sollte. Die Sonne war seit gut einer Stunde aufgegangen. Yves saß auf der Hafenmauer am *Vieux bassin* und sah den auslaufenden Fischerbooten nach. Vom Atlantik wehte eine milde Brise, hoch oben schoben starke Winde Wolkenbänder über stahlblaue Löcher, um sie rasch zu verschließen und an anderer Stelle wieder freizugeben. Es war ein Wechsel von Licht und Schatten, von wärmender Sonne und morgendlicher Kühle, der die Atmosphäre unbarmherzig auflud.

Yves ließ seine Beine baumeln, ganz so, als wisse er mit seiner Zeit nichts anzufangen, während er den Blick mit betonter Gelassenheit auf den Hafenausgang heftete.

Früher war das Wasser um diese Zeit bunt gewesen von den vielen Schiffen, die dem offenen Ozean entgegenfuhren, doch die Anzahl derer, die das noch durften, war inzwischen sehr eingeschränkt. Über allen Booten, ganz gleich, wie klein sie auch waren, wachten die Besatzer. Auch wenn das Hauptquartier der Seekommandantur Somme-Seine in Le Havre lag, so hatte man doch, wie in jedem Ort mit eigenem Hafen, auch in Honfleur einen Statthalter eingesetzt. Dieser vertrat die deutschen Interessen, ließ auslaufende Boote und den Funkverkehr überwachen, und sorgte dafür, dass Anlegeplätze und Entladekräne stets einsatzbereit waren.

Der Seeweg war kaum zu überwinden, ohne entdeckt zu werden, was die ganze Sache verdammt aufwendig und gefährlich machte. Entlang der Küste fuhren nahezu lückenlos Patrouillen, anders als in der Bretagne, wo man für die Überfahrt immer wieder Schlupflöcher fand. Doch seit die bretonischen Separatisten Aufwind bekommen hatten und in ihrem Streben nach Unabhängigkeit ganz offen mit den Besatzern paktierten, schied auch dieser Weg aus.

Die einzig mögliche und seit Monaten bewährte Route führte über die Pyrenäen und erforderte etliche Helfer, ohne die die Heimführung der Flüchtlinge nicht möglich wäre. Von Madame Petit und Jacques, der nicht nur sein Motorrad verlieh, über die Kontaktleute in Paris und dem verschwiegenen Hotelbesitzer in Ruffec bis hin zum Dolmetscher der Kreiskommandantur in Saint-Jean-de-Luz, der deutsche Blankoformulare und Passagierscheine beschaffte und die wechselnden Kontrollstellen kannte. Daneben Versorgungshelfer, Begleiter und Kuriere. Und Yves selbst, der inzwischen eine beeindruckende

Sammlung offizieller Stempel und sogar eine Schreibmaschine aus deutscher Manufaktur besaß und mehr als sechzig Juden, Widerständlern und Alliierten zu neuen Papieren verholfen hatte.

»Es ist verrückt, dass so viele Menschen ihr Leben riskieren, damit zwei Briten einen Umweg von mehr als zweitausend Kilometern machen«, hatte Valentine gestern gesagt und über das Meer in Richtung England geschaut. »Während das Ziel ihrer Reise weniger als zweihundert Kilometer entfernt liegt.«

Sie hatte recht, es war verrückt. Aber alles andere wäre Selbstmord.

Plötzlich klaffte eine große Lücke im Himmel, goldorangenes Licht fiel auf Yves' Gesicht und wärmte ihm die Haut. Sein Blick galt Monsieur Petit, der an ihm in einigem Abstand vorbeimarschierte, als sei er ein Fremder. Yves krempelte sich seelenruhig die Ärmel seines Hemdes hoch, dann glitt er von der Mauer, steckte die Hände in die Hosentaschen und schlenderte ihm nach.

Als Yves die Schlange vor der Bäckerei an der Ecke der *Rue des Logettes* und des *Quai de la Quarantaine* erreicht hatte, stand Monsieur Petit bereits an. Yves stellte sich genau hinter ihn.

»Bonjour.«

Petit drehte sich um. »Bonjour.« Sein Gesichtsausdruck war freundlich und unverbindlich.

»Seltsames Wetter heute.«

»In der Tat. Nicht Fisch, nicht Fleisch.« Monsieur Petits Kopf nickte bekräftigend auf und ab, dann wandte er sich wieder nach vorne.

»Habt ihr den Anschlag vorne an der Hauswand gesehen?«, fragte unvermittelt eine Frau; sie hatte niemanden Bestimmtes gemeint, schien nur ein Gespräch beginnen zu wollen, wie es zum Ritual geworden war, wenn man nach Lebensmitteln anstand.

Ein alter Mann mit Baskenmütze und grauem Bart antwortete halblaut: »Sehr schade, ich würde mich ja sofort melden, aber leider bin ich zu alt.« Einige in der Schlange drehten sich um, verhalten empört, dann aber erkannten sie, dass der Mann sarkastisch lächelte, und grinsten selbst.

Yves trat einen Schritt zur Seite und sah den Aushang. Ein gelblicher Schrieb der Kollaborationsregierung in Vichy, der auf Französisch und in großen Lettern um Arbeitskräfte in Deutschland warb. Gutes Einkommen, interessante Tätigkeiten und Ausbildungsmöglichkeiten an modernen Maschinen wurden versprochen.

Yves schüttelte den Kopf und stellte sich zurück in die Schlange. Sie warben um Arbeiter, als sei es eine Frage der guten Nachbarschaft, gaben sich wohlmeinend und waren dabei von unübersehbarer Aufdringlichkeit. Wer den Radioaufruf des Ministerpräsidenten Pierre Laval nicht gehört hatte, hatte es in der Mittwochsausgabe des *Miroir* nachlesen können. Sein Appell an die Bevölkerung, sich zur Arbeit in deutschen Industrien zu melden, erstreckte sich über die gesamte Titelseite, dabei dominierten schillernde Versprechungen von einem vorderen Platz an der Sonne des neuen Europas.

Er konnte Valentines stetig wachsende Abneigung gegen die Berichterstattung ihres Onkels nur allzu gut verstehen. Mit großem Interesse hatte sie die Ausgabe der *Défense de la France* gelesen und mit den propagandistischen Aussagen verglichen, die vom *Miroir* verbreitet wurden und inzwischen den Hauptteil aller Berichte einnahmen.

»Die politischen Meldungen werden immer absurder«, hatte sie befunden und laut darüber nachgedacht, künftig auch für die Untergrundzeitung zu schreiben – sicher ginge das selbst von Honfleur aus. Yves hatte versprechen müssen, einen Kontakt zur Redaktion des *Défense de la France* herzustellen, sobald sie die Dokumente für William und einen weiteren Engländer abholten.

Valentines Entschlossenheit machte ihn stolz. Und während Yves noch einen Blick auf den Anschlag warf, dachte er, dass man Frankreich nur mit Hilfe all dieser Menschen zurückerobern könne, denen die Freiheit lieber war als die Bequemlichkeit und die Angst vor Repressalien.

Nur langsam schob sich die Warteschlange voran. Yves stand dicht hinter Monsieur Petit, als dessen Hand wie zufällig die seine berührte und einen mehrfach gefalteten Umschlag weitergab, den Yves sofort unauffällig in seiner Hosentasche verschwinden ließ. Beide sprachen kein Wort, sahen sich nicht an. Selbst als Monsieur Petit nach ungefähr vierzig Minuten an der Reihe war und der Bäckerin seine Lebensmittelmarke über den Tresen reichte, um dafür seine Ration in Empfang zu nehmen, nickten sie sich nur kurz zum Abschied zu.

Yves' Atem ging schneller, als er den Umschlag kurz berührte. Er wartete einen Moment, dann machte er sich ebenfalls mit seinen Tagesrationen von je hundert Gramm Weißbrot für sich und seinen Vater auf den Heimweg.

Kaum war Yves auf seinem Fußmarsch vom Hafen in die *Rue des Capucins* abgebogen, stockte ihm der Atem, und er blieb abrupt stehen. Vor dem Buchladen stand ein Wehrmachtsfahrzeug, flankiert von zwei Soldaten. Ein dritter mit Offiziersmütze war in ein Gespräch mit seinem Vater vertieft, blickte plötzlich auf und ging einen Schritt auf ihn zu.

Es gab kein Zurück. Eine Flucht würde ihn verraten, und sie würden ihn erwischen, so oder so.

Yves versuchte, sich mit gleichmäßigen Atemzügen zu beruhigen, sein Herz raste. Er wollte in die Hosentasche greifen und den gefalteten Umschlag hervorholen, den ihm Monsieur Petit vor wenigen Minuten in der Schlange vor dem Bäcker zugesteckt hatte. Ihn zu einer Papierkugel knüllen und in einen Gulli werfen. Doch der Offizier hielt weiter auf ihn zu und starrte Yves dabei unverwandt an.

»Yves Rumot?«, fragte der Deutsche und kam vor ihm zum Stehen.

»Ja, das bin ich. Was kann ich für Sie tun?« *Lass dir nur nichts anmerken, bleib ruhig und freundlich. Aber nicht zu freundlich!*

»Wir kommen wegen dieses Motorrads«, erklärte der Mann, der ausnahmsweise recht gut Französisch sprach, wenngleich mit einem harten Akzent. Dabei nickte er in Richtung der Maschine, die Yves erst am Vorabend abgeholt und neben dem Buchladen abgestellt hatte.

»Es gehört einem Freund von mir«, sagte Yves. »Ich habe es mir nur ausgeliehen.«

»Das ist uns bekannt, sonst wären wir nicht hier. Das Motorrad wird beschlagnahmt. Wir brauchen den Schlüssel.«

»Aber Jacques ist Sanitäter. Er hat eine Sondergenehmigung dafür.«

»Wollen Sie uns belehren?« Der Mann streckte ihm auffordernd die geöffnete Handfläche entgegen. »Den Schlüssel!«

Yves seufzte, am liebsten hätte er laut gebrüllt. Natürlich hatten sie bislang Glück gehabt. Die meisten Fahrzeuge von Honfleur befanden sich bereits seit langem in den Händen der Besatzer. Aber es torpedierte seine Pläne. Er würde sich etwas einfallen lassen müssen wegen Paris.

Zähneknirschend griff Yves in die andere Hosentasche, zog den Zündschlüssel mit umständlicher Bewegung hervor und händigte ihn dem Wehrmachtsoffizier aus, der ihn sofort an einen der beiden Soldaten weiterreichte.

»Fahren Sie vor, Fritz! Wir sehen uns in im Hauptquartier.«

»Zu Befehl, Herr Feldwebel!«, kam es zackig zurück, und nur einen Augenblick später schwang sich der Soldat auf den Sattel, drehte den Zündschlüssel und trat in den Starter. Mit einem metallischen Klicken legte er den Gang ein und fuhr davon. Der Offizier tippte sich an die Mütze und stieg auf der Beifahrerseite in den Wehrmachtswagen, der daraufhin ebenfalls die Straße hinabfuhr, in die *Rue du Puits* einbog und schließlich verschwand.

Mit leisem Stöhnen atmete Yves aus und griff in die Hosentasche, in der sich eben noch der Zündschlüssel befunden hatte. Der Umschlag war noch immer dort, ohne dass jemand die Ausbeulung bemerkt hatte.

Kaum dass die Tür hinter ihnen ins Schloss gefallen war, sah ihn sein Vater mit sorgenvoller Miene an.

»Meinst du, sie wissen etwas?«

»Keine Ahnung«, antwortete Yves. »Hätten sie dann nicht den Laden durchsucht?«

»Wahrscheinlich. Aber vielleicht beobachten sie uns und wollen uns mit solchen Aktionen nervös machen, damit wir einen Fehler begehen.«

Monsieur Rumots Stimme klang verbittert. Er umrundete die Ladentheke, öffnete die untere Schublade und holte einen hellgrauen Karton hervor, in der sich Bücher befanden, die man als unerwünscht ansah, weil sie von Juden stammten oder unliebsame Inhalte hatten. Werke, die man in der ›Liste Otto‹ fand und die den Buchhändlern in stets aktualisierter Fassung vorgelegt wurde. Von Antoine de Saint-Exupérys *Pilot de Guerre*, das zwar in einer Auflage von zweitausend Stück gedruckt worden, aber wegen seiner humanistischen Sicht auf den Krieg in Ungnade gefallen war, hatten sie sogar elf Exemplare retten können. Die Nachfrage war so groß gewesen, dass nur noch eines übrig war.

Monsieur Rumot stapelte die Bücher zu einem großen Turm und lud sie auf seine Arme. »Ich denke, wir sollten diese hier an einen anderen Ort bringen«, sagte er und verschwand durch den Vorhang in den hinteren Bereich, von dem eine Treppe in die obere Wohnung führte.

Yves sah ihm nach, warf dann einen Blick durch das Schaufenster auf die Straße, bevor er den Umschlag aus der Hosentasche holte und entfaltete. Er enthielt eine kurze Notiz und zwei Passfotos der englischen Soldaten. Yves konnte sich ein Lächeln nicht verkneifen, als er das Bild von William sah, dem man eine braune Perücke aufgesetzt hatte. Tatsächlich sah er damit fast wie eine Frau aus. Was die Wahrscheinlichkeit erhöhte, ohne intensivere Kontrolle durchzukommen.

Er legte die Fotos zurück in den Umschlag und überflog die Notiz. Die Nachricht war knapp gehalten.

In drei Tagen Umtrunk beim Langen. Madame ist ausgebucht. Und leider sagt Petrus schlechtes Wetter voraus.

Es war schlimmer, als er erwartet hatte. Die Schlinge zog sich zu.

Yves stieß einen lauten Fluch aus.

Er hasste es, untätig zu bleiben, doch er konnte nichts tun. Nur warten. Drei Tage noch.

# 16

Die Sonne hatte sich vollends hinter tiefhängenden Wolkenbändern verborgen, als Valentine an die verglaste Tür der *Librairie Rumot* klopfte und darauf wartete, dass Yves sie einließ.

Es hatte sie eine Menge Kraft gekostet, ihre Neugier zu bezwingen und nicht gleich nach dem Aufstehen dorthin zu eilen. Stattdessen hatte sie sich – noch bevor sie ins Bad ging, um sich zu waschen – im Bett gerekelt und den Bildband von Paris hervorgeholt, um sich die Zeit mit dem Betrachten der schönen Abbildungen zu vertreiben und mit Plänen, was sie dort alles ansehen würden. Natürlich nur, wenn ihnen genug Zeit blieb, denn es sollte ja keine Urlaubsreise werden. Das andere hatte Vorrang.

Als sich die Zeiger des Reiseweckers endlich der verabredeten Zeit näherten, war sie aufgesprungen und hatte sich in Windeseile fertiggemacht. Dann hatte sie etwas in die Umhängetasche gesteckt, mit dem sie Yves überraschen wollte: ein Paar ausgedienter Schuhe, das sie Tante Nanette abgeschwatzt hatte und das aufgrund seiner wenig damenhaften Größe vielleicht – mit wenigen Änderungen – einem der britischen Soldaten passen würde, den sie später als Frau verkleidet durch die Kontrollen schmuggeln wollten.

Die Turmuhr von Sainte-Catherine schlug Viertel nach zehn, als sie ihre Hand hob, um gegen die Türscheibe der Buchhandlung zu klopfen. Das Ladeninnere war dunkel, und Valentine reckte sich ein wenig, um nach Yves zu sehen, als dieser schon mit raschen Schritten hinter dem Vorhang hervorkam und sie einließ.

Valentine trat in den Laden, wartete, bis er die Tür wieder hinter ihr verschlossen hatte, begrüßte Yves dann mit einem Kuss und hielt die Tasche mit dem Paar Damenschuhe in die Höhe. »Ich habe etwas mitgebracht«, rief sie aus. »Die gehören Tante Nanette. Mit etwas Glück werden sie William schon passen!«

Yves betrachtete die ausgetretenen Schuhe, deren rotes Leder seitlich mit einer verstellbaren Spange zusammengehalten war. »Wir könnten die Ferse auftrennen und mit einem Stück seines Lederschuhes ergänzen«, sagte er lächelnd. »Das wäre dann fast schon modisch!«

Es hatte unbeschwert geklungen. Doch als Valentine die Röte auf seinen Wangen sah und seine sorgenvoll gerunzelte Stirn, ahnte sie, dass etwas vorgefallen sein musste.

»Was ist passiert?«, fragte sie.

Mit einem Schulterzucken stellte Yves die Schuhe auf den Boden und reichte ihr die Tasche zurück. »Sie haben das Motorrad abgeholt. Beschlagnahmt, einfach so.«

»Einfach so? Das kann ich kaum glauben. Was machen wir denn jetzt?«

»Weitermachen, was sonst? Aber wir müssen umdenken.«

»Umdenken?« In seiner Stimme hatte etwas mitgeschwungen, das sie stutzig machte. »Wir fahren nicht nach Paris, oder?«

Yves schwieg einen Moment. Schließlich antwortete er mit fester Stimme: »Doch, ich muss auf jeden Fall dorthin, wir brauchen die Reisepapiere. Und wegen der Organisation der Fluchtwege. Aber ich werde alleine fahren.« Sein Blick war ernst. »Was, wenn das mit dem Motorrad kein Zufall ist?«

»Das ist mir egal. Wir werden das schon irgendwie schaffen.

Bitte, Yves, lass uns das gemeinsam durchstehen, ganz gleich, was geschieht.«

Mit sanften Fingern strich er über ihr Gesicht. Valentine legte ihre Hand auf seine, drückte sie fest an ihre Wange. Einige Augenblicke standen sie ganz still, dann löste er sich, holte einen Zettel aus seiner Hosentasche und reichte ihn ihr.

»*In drei Tagen Umtrunk beim Langen. Madame ist ausgebucht. Und leider sagt Petrus schlechtes Wetter voraus.*«, las Valentine laut. »Was hat das zu bedeuten?«

»*Madame* heißt eigentlich Madame Jourdan, bei ihr wohne ich, wenn ich dort bin. Sie nimmt normalerweise auch unsere Flüchtlinge auf. Aber da sie anscheinend keinen Platz mehr hat, werden wir einen anderen Ort zugewiesen bekommen. *Der Lange* ist mein alter Studienfreund Didier, und *Umtrunk* bedeutet, dass wir mit ihm eine Lagebesprechung haben. Er wird sich dieses Mal wohl auch um die Ausweise kümmern. Denn diese hatte ich immer von einem Mann, dessen Stichwort ›Petrus‹ gewesen war.«

»Und das schlechte Wetter bedeutet …«

Yves stieß die Luft aus. »Ich weiß es nicht. Manchmal sind Codierungen nur symbolhaft, aber sicher ist, dass ich diesen Mann nicht besuchen darf. Nachdem man den Stempelmacher hat hochgehen lassen, möchte ich nicht wissen, was inzwischen noch alles passiert ist. Ich kann nur hoffen, dass er es rechtzeitig geschafft hat, wegzukommen.« Er sah sie herausfordernd an. »Und? Möchtest du mich immer noch unbedingt begleiten?«

»Natürlich will ich das!« Sie hatte es mit Nachdruck gesagt und dabei das flaue Gefühl in ihrer Magengrube übergangen. »In drei Tagen. Das ist ein Dienstag. Ich muss meinen Onkel davon überzeugen, mir freizugeben …«

In diesem Augenblick klopfte es an der Tür. Vor dem Buchladen stand eine Frau im Alter von Madame Petit, mit hochgezogenen Schultern, die obere Knopfleiste der Strickjacke mit beiden Händen fest umschlossen. Sie schien äußerst aufgeregt zu sein, um Fassung und Zurückhaltung bemüht, was ihr aber nicht recht gelingen wollte.

»Was machen Sie hier?«, fragte Yves, kaum dass er aufgeschlossen hatte. Feiner Nieselregen drängte in den Laden, die Luft war merklich abgekühlt. »Sie wissen doch, dass niemand außerhalb der Geschäftszeiten …«

»Ich muss mit Ihnen reden«, rief sie weinend aus und schien nun all ihre Fassung zu verlieren. »Es ist etwas passiert!«

Hinter ihr drehten sich Passanten um. Einer blieb sogar stehen, bot seine Hilfe an.

Yves schüttelte den Kopf. »Ein Trauerfall«, sagte er, und der Mann nickte wissend und setzte seinen Weg fort.

»Bitte, reißen Sie sich zusammen!«, zischte Yves. Er nahm die Dame, die nun laut aufschluchzte, am Arm und zog sie weit ins Innere des Raumes. »Kommen Sie herein.«

Er hatte kaum die Tür zugezogen, da fuhr ein schwarzer Wagen auf der *Rue des Capucins* vor, reduzierte sein Tempo auf Höhe der Schaufenster und rollte langsam vorbei. Drei Männer saßen in seinem Inneren, dunkle Hüte und Jacken, die Gesichter zum Buchladen gerichtet, das konnte Valentine gerade noch erkennen, während sie sich in den Schatten der Regale drückte. Dann begann das Auto wieder zu beschleunigen und verschwand aus ihrem Blickfeld.

»Wir sind alle verloren«, sagte die Dame und rang nach Luft.

Yves hob eine Augenbraue. »Erzählen Sie schon. Was ist geschehen?«

»Die Deutschen. Sie haben begonnen, Fragen über uns zu stellen. Der britische Soldat, den ich beherberge, hat sich nachts ans Meer gestellt und ganz offen eine Zigarette geraucht, dieser *Cretin*. Das ist natürlich nicht unbeobachtet geblieben, und nun durchsuchen sie alle Häuser am Strand. Ich habe den Mann zu meiner Cousine bringen können, die wohnt mit ihrer Familie im Hinterland. Aber was ist mit den anderen? Ich weiß ja nicht, wer noch so alles Flüchtlinge versteckt …«

»Verflucht!«, entfuhr es Yves. »Wo ist das Haus Ihrer Cousine? Kann sie noch jemanden aufnehmen? Einen weiteren Briten vielleicht?«

Die Frau nickte und nannte ihm eine Adresse in Barneville-la-Bertrane.

Yves wiederholte das Gesagte. Dann nickte er ihr aufmunternd zu. »Danke für die Warnung. Sie sollten jetzt besser nach Hause gehen. Und verhalten Sie sich unauffällig.«

»Keine Sorge. Ich weiß, was zu tun ist«, antwortete sie, wieder etwas gefasster, und wischte sich die Tränen ab. Dann öffnete sie die Tür, blickte sich nach allen Seiten um und schlüpfte hinaus auf die regennasse Straße, wo sie hastig weitereilte und schließlich im Gewirr der Gassen verschwand.

»Wir haben jetzt keine Zeit mehr«, sagte Yves entschlossen, als sie wieder alleine waren. »Bitte geh nach Hause und pack deine Sachen. Wir fahren noch heute nach Paris.«

## 17

Während sich Yves mit Hilfe eines mit Gerümpel beladenen Fuhrwerkes um Williams Umquartierung kümmerte und Monsieur Petit über dessen Mutter ausrichten ließ, er solle Didier von ihrem früheren Eintreffen in Kenntnis setzen, steckte Valentine in Windeseile Blusen, Röcke und Unterwäsche in ihre Tasche. Yves hatte ihr gesagt, sie solle gegen halb eins vor dem Bahnhof auf ihn warten. Wenn alles reibungslos verliefe, würde er mit Billets und den entsprechenden Passierscheinen hinzukommen. Sie würden auf Einladung der Pariser Kulturbehörde reisen. Er habe bereits einen entsprechenden Brief verfasst und mit einem kaum vom Original zu unterscheidenden Stempelabdruck versehen.

Valentine war zuerst skeptisch gewesen. »Was ist, wenn dieser Hermann Schmidt oder einer seiner Leute uns am Bahnhof kontrolliert? Der wird sicher nicht glauben, dass ausgerechnet wir eine Einladung der Kulturbehörde bekommen.«

»Glaube mir, die sehen nur das, was sie zu sehen erwarten«, hatte Yves geantwortet und sie gebeten, ihr schönstes Sommerkleid herauszusuchen und ihr Haar elegant zu frisieren. So, wie man es von Gästen der Pariser Kulturbehörde erwarte.

Sie war seinen Anweisungen gefolgt und hatte sich mit ihrem rotweißgepunkteten Kleid, der elegant gesteckten Frisur und den dunkel gemalten Lippen gefühlt, als sei sie einem Hochglanzmagazin entstiegen. Mit bangem Herzen hatte sie sich ihren an den Schultern gepolsterten Sommermantel übergezogen und nach einem kurzen Stoßgebet gen Himmel den Weg in Richtung Bahnhof eingeschlagen, die Tasche fest in der Hand.

Auch Yves, der sie nur wenig später vor den Augen der anderen Reisenden mit übertriebener Herzlichkeit in die Arme schloss, hatte eine erstaunliche Wandlung vollzogen. Vornehm sah er aus mit seiner hellen Hose und dem marineblauen Zweireiher. Sogar eine Krawatte hatte er sich umgebunden. Das zurückgekämmte Haar war beinahe vollständig von einem Hut bedeckt. Die lederne Reisetasche glänzte wie neu.

Valentine staunte. Er wirkte, als sei er ein junger Verlagsleiter.

»Wie schön, Liebes, dann kann es ja losgehen«, sagte er in näselndem Tonfall. Er nahm Valentine die Tasche ab, griff nach ihrer Hand und zeigte dem kontrollierenden Soldaten mit einem Strahlen die Reisepapiere. Dieser nickte, wünschte ihnen sogar noch eine gute Fahrt, und entließ sie in Richtung des Gleises, wo der Zug bereits wartete.

Alles verlief reibungslos. So reibungslos, dass Valentine es kaum glauben mochte. Schweigend und ohne Yves' Hand loszulassen, sah sie aus dem Fenster und beobachtete, wie der Zug langsam an Fahrt gewann.

Sattgrüne Lichtpunkte, die aus den Wolken zu fallen schienen, wechselten sich mit dunkelgrauen Flecken ab, die über die Felder dahinjagten, wenn sich wieder einmal eine dichte Wolke vor die Sonne schob. Von Zeit zu Zeit regnete es sogar, und die Tropfen schlugen schräg an die Scheibe, zogen zitternde Bahnen, bis sie, am Rahmen angekommen, abrissen und davonflogen. Dann leuchtete wieder die Sonne.

Am frühen Abend erreichten sie Paris.

Die Luft war warm und schwer, kleine Pfützen funkelten im gleißenden Licht. Staunend ließ Valentine ihren Blick über belebte Straßen schweifen, auf hohe Häuser mit pittoresken Fassaden und schmiedeeisernen Balkongeländern. Menschen saßen in Cafés mit roten Markisen, lasen in Zeitungen und Büchern oder unterhielten sich. Dabei lachten sie, als sei das Leben unbeschwert und leicht. Soldaten, die mit Kellnern scherzten, deutsche Frauen in grauen Kostümen, die sich von einer eleganten Dame den Weg erklären ließen. Die Welten der Besatzer und der Besetzten schien hier miteinander zu verschmelzen. Alles wirkte weniger bedrohlich, weniger streng, weniger einengend, ließ offenbar mehr Raum für das, was Paris ausmachte. Oder war die Stadt selbst zu mächtig, als dass die Deutschen ihre Freiheit hätten bezwingen können?

Nur kurz, als ein junges Mädchen mit einem gelben Stern auf der Jacke vorüberging und dabei ihren Kopf in mühsamem Stolz aufgerichtet hielt, schien die Welt Valentine einen Blick hinter die Kulissen zu gewähren. Ein Mann sah der Jüdin unverwandt entgegen, eine Passantin lächelte aufmunternd. Dann bog das Mädchen um eine Ecke, und das Lachen wurde wieder lauter, die Gespräche intensiver.

Mit der Metro fuhren sie ins *Quartier Latin*. Didier wohnte in der *Rue Rollin* Nummer siebzehn. Es hätte auch die Nummer neunzehn oder Nummer einundzwanzig sein können. Wer einmal hier gewesen war, würde sich die Nummer merken müssen, um es wiederzufinden, denn das dreistöckige Haus sah aus wie die meisten in dieser engen Gasse. Unverputzte Fassaden, niedrige Türen, Fenster mit hölzernen Läden. Auf dem Pflaster Unrat, Brackwasser in Lachen neben dem Rinnstein. Eine Frau mittleren Alters schlich mehr, als dass sie ging, blickte nicht auf, als sie an ihnen vorbeikam.

Die Eingangstür von Didiers Wohnhaus stand einen Fingerbreit offen, und Valentine und Yves traten ein. Das Treppenhaus war dunkel, es roch muffig. Über knarrende Stufen ging es in den zweiten Stock hinauf, bis sie vor der Tür mit dem emaillierten Namensschild ›D. Tourbier‹ standen. Yves klingelte und lauschte. Es blieb still. Er klingelte noch einmal, aber nichts rührte sich.

»Er ist sicher noch unterwegs«, sagte er leise und rieb sich nervös das Kinn. »Hoffentlich hat Monsieur Petit ihn erreichen können.«

»Lass uns lieber wieder gehen«, flüsterte Valentine, die sich in ihrem Aufzug an diesem Ort unwohl fühlte. Das Haus hatte plötzlich tausend Augen und Ohren. Unter ihnen waren Schritte zu hören, ein Schlüssel, eine Tür quietschte, wurde zugezogen.

Yves nickte. Sie warteten, bis sich eine drückende Stille über den Hausflur gelegt hatte, dann stiegen sie hinunter ins Freie.

Schweigend gingen sie durch die Straßen, erwähnten mit keinem Wort die Möglichkeit, dass Didier vielleicht etwas zugestoßen sein konnte, und hofften im Stillen, dass es eine andere Erklärung für seine Abwesenheit gab.

Erst als sie wenige hundert Meter weiter in einem kleinen Bistro Platz nahmen, begannen sie, sich leise zu unterhalten. Es war noch warm, und die Tische, die in engen Reihen auf dem Gehweg unter einer Markise standen, waren fast alle besetzt.

Aus dem Inneren des Bistros tönte fröhliche Swingmusik, und es herrschte buntes Treiben, das in großem Gegensatz zur erdrückenden Leere in der Gasse stand.

Auf der Straße fuhren Pferdekutschen, Fahrräder und von Zeit zu Zeit sogar von Radfahrern gezogene Einspänner, die sich in Ermangelung von Kraftfahrzeugen und vor allem von Taxis als Transportmittel etabliert hatten. Gefahren von Männern mit Schiebermützen, strammen Waden und kurzen Hosen, die Kniestrümpfe hochgezogen. Manche hatten gleich ein Tandem vorgespannt, um mehr als zwei Personen zu befördern – Not machte eben erfinderisch.

Valentine und Yves hatten sich einen halben Krug Wein bestellt und einen Eintopf, der mehr eine klare Brühe mit grünen Bohnen war, und genossen die Illusion der Entspannung. Manchmal sahen sie sich an, lächelten in einer Mischung aus Zuneigung und Verlegenheit, und Valentine dachte, wie schön es doch wäre, diesen Moment einfach zu leben, als sei er Teil einer freien, unbeschwerten Zeit und nicht des Krieges.

»Ich hoffe, Didier ist inzwischen zu Hause«, sagte Yves, nachdem er seinen Teller geleert hatte.

»Und wenn nicht?«

»Dann versuchen wir es morgen noch einmal.«

»Und wo wollen wir dann übernachten?«

Yves lächelte sie übermütig an. »Im Park. Auf einer Bank, unter den Sternen.«

»Oder unter einer Brücke«, setzte Valentine hinzu. »Direkt am Seineufer.«

»Oder im feinsten Hotel der ganzen Stadt. Immerhin sind wir ja Gäste des Ministeriums für Kultur!«

Sie lachten. Maurice Chevalier sang seine *Polka des barbus*. Die Abendsonne schien schräg herab und verströmte ein Licht wie flüssige Butter, funkelte in den Gläsern auf den Tischen und beleuchtete die blendend weißen Jacken der Kellner, die sich zwischen den Stühlen und Menschen ihren Weg suchten.

Dann war es Zeit, noch einmal in der *Rue Rollin* vorbeizuschauen.

Noch immer war Didier nicht da gewesen. Eine Nachbarin, die neugierig den Kopf aus ihrer Wohnung gesteckt hatte, teilte ihnen nach ausgiebiger Musterung mit, dass er verreist sei. Sie würde das wissen, denn sie hatte ihn am Morgen mit einem Koffer weggehen sehen. Monsieur Tourbier sei ja des Öfteren fort, erklärte sie ohne Nachfrage. Sie wisse ja auch nicht, was genau er tue und wo er sich immer aufhalte, aber ein so gutaussehender junger Mann wie er und die Frauen … Sie hatte gelacht und den Kopf geschüttelt, als sei sie in jungen Jahren selbst das eine oder andere Mal auf den Charme eines Mannes vom Format des Didier Tourbiers hereingefallen. Ob sie ihm etwas ausrichten solle, wenn er wiederkäme, hatte sie noch gefragt, doch Yves hatte sich nur bedankt und gesagt, dass das nicht nötig sei.

Unschlüssig waren sie wieder auf die Straße getreten. Auch wenn Yves versuchte, sich nichts anmerken zu lassen, nahm Valentine seine Unruhe sehr wohl war. Die Zeit rann ihnen davon. Ohne Didier würden sie weder an die notwendigen Dokumente kommen noch die Kontakte zur Fluchthilfe herstellen können. Nein, Yves war alles andere als entspannt – und Valentine erging es nicht besser.

»Bis Dienstag können wir nicht warten«, sagte Yves endlich. »Vielleicht kann uns Antoine weiterhelfen. Er ist ein guter Freund aus Studienzeiten und Teil der Widerstandgruppe, die sich um Flüchtlingstransporte kümmert. Ich weiß nicht genau, wo er momentan wohnt, aber sonntagmorgens findet man ihn für gewöhnlich im Jardin des Tuileries.« Er warf einen Blick auf die Uhr. »Wir sollten uns lieber rasch eine Pension suchen. Sonst müssen wir wohl tatsächlich noch unter einer Seinebrücke nächtigen!«

»Das müssen wir ohnehin. Zumindest habe ich nicht genügend Geld für ein Zimmer.«

»Das lass meine Sorge sein. Ich kenne eine gute und bezahlbare Pension im Marktviertel«, entgegnete Yves. »Obwohl ich mit dir überall schlafen würde – auch unter freiem Himmel.«

Valentine legte den Kopf schräg und sah ihn an. Sein Lächeln sollte wohl harmlos wirken. Aber seine Augen glommen warm und voller Zärtlichkeit.

Mildes Dämmerlicht empfing Valentine und Yves, als sie die Stufen der Metrostation Les Halles emporstiegen. Vor ihnen türmten sich hohe, mit spitz zulaufenden Gewölben verbundene Pavillons, die auf eisernen Trägern ruhten.

»Das sind die Pariser Markthallen?« Staunend blieb Valentine vor den Metallgerippen stehen, welche die umliegenden Häuser weit überragten und das gesamte Viertel einzunehmen schienen. »Man könnte beinahe meinen, es sei eine eigene kleine Stadt!«

»Das Areal umfasst siebzigtausend Quadratmeter«, erklärte Yves. »Vorbild waren die großen Eisenbahnstationen. In den unterirdischen Räumen befinden sich mit Schienen versehene Straßen, in denen man die Ware über die gesamte Fläche fahren kann.«

Valentine blickte über den Platz, auf dem Ordner Reste herabgefallener Kohlblätter einsammelten und Unrat zusammenkehrten. Ein paar Jungen eilten lachend an ihnen vorbei, mit prall gefüllten Hosentaschen, aus denen Kraut hervorlugte und abgebrochene Rhabarberstängel. »Heute war wohl gerade Markt.«

»Hier ist jeden Tag Markt. Aber es gibt nur wenige Händler, die ihre rationierten Waren verkaufen. Manchmal bekommt man noch Kartoffeln oder Äpfel oder eine ganze Woche lang nichts als Kohl. Man könnte meinen, das eigentliche Leben finde nur noch auf dem Schwarzmarkt statt.« Yves lächelte wehmütig, als sei er in Gedanken weit weg. »Du hättest die Hallen mal sehen sollen, als Paris noch den Parisern gehörte. Hier gab es alles zu kaufen, was man sich nur wünschen konnte. Seefisch und Geflügel, Getreide, Obst, Gemüse und Blumen, Lederwaren und Stoffe. Sogar Kaffee und Schokolade aus Südamerika. Ab vier Uhr morgens wurden die Stände aufgebaut und ganze Rinderhälften mit Lastkränen verladen. Und schon nach Sonnenaufgang herrschte ein Gedränge, als sei die ganze Stadt auf den Beinen.«

»Ich wünschte, ich hätte das miterlebt«, seufzte Valentine, vor deren geistigem Auge sich Leckereien aufreihten, die ihr das Wasser im Mund zusammenlaufen ließen. Dabei dachte sie an den wunderbaren Abend vor der Restaurantküche der *Ferme Saint-Siméons* und daran, dass sie Yves gerne selbst ein köstliches Menü aus ihrer Heimat zubereiten würde. Eine herzhafte Elsässer Kalbsterrine, Hecht in Weinsauce oder einen Fasanenbraten mit hausgemachtem Sauerkraut. Und zum Nachtisch eine Mirabellentarte; irgendwann vielleicht, wenn wieder alles frei zugänglich geworden sein würde, wenn man wieder Fische fangen und Wild jagen durfte und einem das Obst nicht mehr von den Bäumen geklaut wurde, weil der Hunger die Menschen zu Dieben machte.

»Komm, lass uns weitergehen«, sagte Yves in ihre Gedanken hinein. »Sonst sind womöglich schon alle Zimmer vergeben.«

Die *Auberge Du Beau Noir* lag in der *Rue du jour*, gegenüber dem Westeingang, einer gewaltigen Kirche, der Saint-Eustache. Der Name der Pension prangte weithin sichtbar auf dem Rand einer verwitterten Markise, die über dem Entrée aus bodentiefen Fenstern auf den Bürgersteig hinausragte. Es war nur noch ein Zimmer frei, im obersten Stock, direkt unter dem Dach. Doch der Portier gab es ihnen ohne weitere Nachfrage.

Kaum hatten sie die Tür hinter sich geschlossen, als Valentine auch schon ihre Tasche abstellte, das Fenster weit aufriss und hinaussah. Ein goldrotes Meer von Dächern funkelte im Licht der letzten Sonnenstrahlen. Nur überragt von Kuppeln und Kirchen, die vereinzelt hervorstachen wie Leuchttürme und sich in der diesigen Luft und der Weite des Horizonts verloren.

»Der Portier hat nur deinen Namen in die Meldeliste eingetragen«, bemerkte Valentine, ohne den Blick vom abendlichen Farbenspiel zu wenden.

»Wir sind in Paris! Niemand würde einen Hotelier anklagen, nur weil ein verliebtes Paar sich ein Zimmer teilt.«

»Sind wir das denn? Ein verliebtes Paar?«

Plötzlich spürte sie, wie Yves sich hinter sie stellte und seine Arme um ihre Taille schlang. Ihr Herz tat einen Sprung. Eng aneinandergelehnt sahen sie über die Stadt, doch Valentines Aufmerksamkeit galt nicht mehr den vielen Lichtern, die auf Straßen und in Häusern entzündet wurden, nicht dem Abendhimmel, der von Orange zu Violett wechselte und langsam in samtenes Dunkelblau hinüberglitt. Stattdessen fühlte sie, wie sich sein Brustkorb langsam hob und senkte und eine Locke kitzelnd ihre Wange berührte.

»Ich kann nur für mich sprechen«, flüsterte Yves. »Und die Antwort ist: Ja!«

Valentine drehte sich zu ihm um. Sein Mund war ganz nahe, nur eine Kopfbewegung entfernt. Als ihre Lippen sich berührten, ertönte die Glocke von Saint-Eustache. Und noch bevor diese zum vierten Schlag gekommen war, stimmten unzählige andere mit ein, nah und fern, dunkel und hell, lauter und kaum hörbar.

Jahre später dachte Valentine oft an diesen besonderen Augenblick zurück. Und in ihrer Erinnerung war es, als jubilierten sämtliche Kirchen von Paris zum Takt ihres immer schneller klopfenden Herzens.

# 18

Der Sonntag begrüßte sie mit strahlend blauem Himmel. Gleich nach dem Frühstück gingen Valentine und Yves in den Garten bei den Tuilerien. Sie schlenderten an Hecken vorbei, an Skulpturen und Bronzefiguren. Lugten in einen Seitenweg, wo ältere Damen beisammensaßen und strickten. Ein Kinderwagen stand im Schatten eines Kastanienbaumes, während die Eltern ihre Gesichter in die Sonne hielten.

Auf der Hälfte des Weges kamen ihnen drei Frauen entgegen, die einander untergehakt hatten, die erste in Blau, die zweite in Weiß und die dritte in Rot gekleidet – gleich einer wandelnden Trikolore. Und dann, ganz am Ende, direkt gegenüber des großen Bassins, fanden sie endlich Antoine auf einer Parkbank sitzend, das Gesicht hinter einem Buch versteckt.

Fast unmerklich erschrak er, als sich die beiden neben ihn setzten.

»Was machst du hier, ist etwas passiert?«, murmelte er und hob das Buch ein Stück höher, bis sein Kopf dahinter beinahe verschwand.

Yves faltete die Hände und beugte sich nach vorne. »In Honfleur fangen sie an, die Häuser zu durchsuchen«, presste er leise hervor. »Ich brauche deine Hilfe.«

»Wer ist die Frau neben dir? Sie ist strohblond. Eine Deutsche?«

Valentine zuckte zusammen und wollte aufstehen, um das

Gespräch nicht zu gefährden, doch Yves hielt sie am Arm zurück.

»Sie ist meine Freundin. Valentine stammt aus dem Elsass.«

»Das gehört jetzt auch wieder zum Deutschen Reich. Sieh sie dir doch an. Woher willst du wissen, dass sie nicht im Herzen genauso denkt wie die?«

»Und ich dachte immer, es sei Sache der *Boches*, Menschen nach dem Aussehen zu beurteilen. Genügt dir mein Wort nicht mehr?«

Antoine starrte schweigend auf das Buch, blätterte eine Seite um. »Entschuldige bitte«, sagte er schließlich beinahe unhörbar. »Es ist viel passiert in letzter Zeit. Erst die hochgenommene Stempelwerkstatt, und nun haben sie auch noch ein paar von uns in Marseille geschnappt …« Er atmete tief durch. »Also. Wie kann ich dir helfen?«

»Ich brauche Ausweispapiere«, sagte Yves und wandte sich dabei an Valentine, so, als führe er lediglich ein harmloses Gespräch mit seiner Liebsten. »Und einen festen Platz für zwei männliche Personen. Möglichst rasch, nicht erst in zwei, drei Wochen.«

»Soweit ich weiß, triffst du dich am Dienstag mit dem Langen?« Es hatte misstrauisch geklungen, noch immer. Antoine hielt die Schultern zusammengezogen und kauerte auf dem Sitzplatz, als wolle er sich vor einer unsichtbaren Bedrohung schützen.

»Ja, aber so lange können wir nicht warten. Wenn wir die Flüchtlinge nicht sofort weiterschaffen, fliegt uns die ganze Sache um die Ohren. Wo ist Didier, kann ich ihn irgendwie erreichen? Er scheint wie vom Erdboden verschluckt zu sein.«

»In Orléans. Er kommt nicht vor morgen Abend wieder.«

»Verdammt, dann sind die Dokumente nicht vor Dienstag

fertig.« Yves rieb sich die Stirn. »Das ist zu spät.« Es fiel ihm sichtlich schwer, den Plauderton beizubehalten. Auf dem Weg näherte sich ein Junge in kurzen Hosen, den tränenüberströmten Blick auf den Boden geheftet. Ein Mann eilte hinterher, einen luftlosen Ball in den Händen.

»Gib mir wenigstens die Ausweise«, fuhr Yves leise fort, als die Passanten wieder außer Hörweite waren. »Notfalls bringen wir die Briten eben bei einem Bauern unter, irgendwo im Landesinneren. Hauptsache, sie kommen raus aus der Zone.«

Antoine ließ das Buch sinken und warf einen Blick auf seine Uhr. »Ich werde sehen, was sich machen lässt«, wisperte er und nahm die beiden Passfotos entgegen, die Yves ihm unauffällig entgegenschob. »Komm um drei in die Kathedrale Notre Dame. Du findest mich in der Nähe des Altars. Sobald ich euch sehe, werde ich aufstehen und gehen. Wenn alles gutgeht, liegt auf meinem Platz ein Umschlag in einer Zeitung, die ich dort zufällig vergessen haben werde.«

Damit schloss er das Buch und erhob sich. »*Au revoir*«, sagte er laut, wie man es tat, wenn man sich von seinen Banknachbarn verabschiedete, und entfernte sich in Richtung Parkausgang.

Valentine sah ihm nach. »Was machen wir, wenn dort keine Zeitung mit Umschlag liegt?«

»Dann müssen wir doch bis Dienstag warten«, sagte Yves leise, dann schüttelte er den Kopf, als wolle er sich der Existenz dieser Möglichkeit entledigen. »Antoine kennt die Verbindungsleute. Wichtig ist, dass er sie schnell aktivieren kann. Alles hängt davon ab.«

Valentine warf ihm einen verzweifelten Blick zu. Bis um drei waren es noch mehr als fünf Stunden. Die Anspannung war schon jetzt kaum mehr zu ertragen. »Und was machen wir bis dahin?«

Da erschien auf Yves Gesicht plötzlich ein leises Lächeln. »Erinnerst du dich an unser Spiel auf dem Plateau vom Mont Joli?«

»Wo wir so getan haben, als sei alles möglich?«

»Genau. Inhalt dieses Spiels ist es, die Gegenwart komplett auszublenden. Bis um drei Uhr tun wir so, als sei kein Krieg.« Er stand auf und streckte seine Hand nach der ihren aus. »Komm, ich zeige dir Paris!«

Valentine konnte sich nicht erinnern, wann sie das letzte Mal derart ausgelassen gewesen war. Entgegen ihrer Befürchtung gelang es ihr schon bald, die nervöse Unruhe abzuschütteln, die sie seit ihrer Ankunft beherrscht hatte. Übrig blieb ein Kribbeln im Bauch, die Ahnung von unbegreiflicher Freiheit oder vielmehr von deren Illusion.

Sie fuhren mit dem gläsernen Ausflugsboot bis vor den Eiffelturm, der ihnen erst mit seinem Anblick, dann mit seiner Aussicht den Atem nahm, nachdem sie seine Treppen erklommen hatten. Der Blick über die Stadt versetzte Valentine in Euphorie. Yves zeigte ihr das Palais de Chaillot, die Champs-Elysées und den Arc de Triomphe, den Hügel von Montmartre und die weiß strahlende Église Sacre Cœur.

Aber vor allem genoss Valentine Yves' Nähe. Die verstohlenen Küsse, die Umarmungen. Er war wie verwandelt. Seine Augen hatten wieder das jungenhafte Blitzen, und wenn er lachte, bebte sein ganzer Brustkorb. Ja, sie lachten viel in diesen wenigen Stunden, und erst jetzt, als sie sich auf den Weg zur Kathedrale Notre Dame machten, fiel Valentine auf, wie wenig sie das in den vergangenen Monaten getan und wie sehr sie es vermisst hatte.

Gegen zwei Uhr holte sie ein heftiger Hunger ein. Sie kauften sich ein Stück Hartwurst und etwas Brot. Damit setzten sie sich auf eine Parkbank an der Île de la Cité, aßen schweigend, sahen dabei den Anglern zu, die beinahe regungslos mit Blick auf ihre ausgeworfenen Ruten verharrten, bis zu deren Unmut eine Horde junger, knapp bekleideter Mädchen die Fische vertrieb, als sie in die Seine sprangen, um sich unter lautem Gelächter und wohligem Kreischen im kühlen Wasser zu erfrischen.

Dann war es Zeit, zu gehen.

Und ganz plötzlich war die Anspannung wieder da. So stark, dass Valentine zu frösteln begann und die Arme um ihren Körper schlang, obwohl die Sonne unbarmherzig vom wolkenlosen Himmel auf sie niederschien. Auf dem Platz vor der Kathedrale sahen sie sich um, als würden die Soldaten mit vor der Brust baumelnden Fotoapparaten oder der weißbärtige Maler mit der in Richtung Notre Dame positionierten Staffelei jeden Augenblick aufspringen, um sie festzunehmen. Erst als sie das mittlere Portal durchschritten und ihnen niemand folgte, wurde Valentines Atem wieder ruhiger, ihr Puls gleichmäßiger.

Im Inneren der Kathedrale war es kühl. Kerzen flackerten in tiefhängenden Lüstern, wetteiferten vergeblich mit dem Strahlen des farbig verwandelten Lichts, das von den Fensterrosen des Querhauses herabfiel. In angemessener Bedächtigkeit durchschritten sie das Kirchenschiff. Vereinzelte Menschen, zumeist Frauen in schwarzer Kleidung, saßen auf den Bänken, die Köpfe gesenkt. An einem Altar des Seitenschiffs entzündete ein alter Herr unter hörbarem Murmeln eine Kerze.

Antoine saß auf einer der vorderen Bänke nahe der Säulen. Sein Blick war starr in Richtung des Chorgewölbes gerichtet, die Hände hielt er gefaltet. Yves tat, als habe er ihn nicht gesehen, und bedeutete Valentine, ihm zum Hauptaltar zu folgen. Dort verneigten sie sich vor den vier Evangelisten des Neuen und den vier Propheten des Alten Testaments, dann wandten sie sich wieder dem Kirchenschiff zu.

Antoine war verschwunden.

Auf der Bank lag eine Zeitung, darin ein verschlossener Umschlag. Yves zog ihn heraus und reichte ihn Valentine, die ihn wortlos unter ihre Bluse steckte. Dann verharrten sie einen Augenblick und verließen die Kathedrale, tauchten an der Station Cité wieder in den Untergrund und fuhren in Richtung der Markthallen, um das Zimmer zu bezahlen und ihre Taschen zu holen.

Erst als der Portier in Richtung Gepäckraum verschwand, wagten sie, den Umschlag zu öffnen. Im Inneren lagen zwei französische Ausweise junger Damen mit seltsam herben Gesichtszügen, beklebt mit noch ungestempelten blauen Steuermarken im Wert von fünfzehn Francs. Daneben eine handschriftliche Notiz.

Die geplante Route wird beibehalten. In zwei Tagen können sie zu Madame.
A.

# 19

Manchmal weiß man Dinge, bevor man sie erfährt, hat eine böse Vorahnung, die sich später bewahrheitet. Doch als der Zug noch am selben Abend in Honfleur einfuhr, war von dem nahenden Unheil noch nichts zu spüren.

Die Fahrt war anders gewesen als der Hinweg. Zwar hatten Valentine und Yves auch jetzt die Hände ineinander verschlungen, doch ging von dieser Geste mehr aus als bloße Zuneigung. Ein Gefühl der schicksalhaften Verbundenheit, des Aufbruchs, begleitet von einer eigentümlichen Erregung, wie man sie ansonsten vor wichtigen Prüfungen empfindet. Durchzogen von einem Funken Zuversicht, dass alles gutgehen würde – zum ersten Mal, seitdem sie William gefunden hatten.

Während der Zug an Bäumen, Weiden und Gehöften vorbeifuhr, hatten sie ihren Plan noch einmal leise flüsternd durchgesprochen.

Am Dienstag sollten die beiden Engländer mit Frauenkleidern getarnt von Jacques abgeholt werden. Dieser hatte sich vom Restaurant freinehmen und in seiner Eigenschaft als Sanitäter für die kommenden Tage einen Krankenwagen sichern können, mit dem er einen Transport ins Hospital von Caen vortäuschen wollte. Stattdessen würde er jedoch nach Paris fahren, wo die Flüchtlinge bei Madame Jourdan untergebracht werden sollten. Alles Weitere lag dann in den Händen der dortigen Fluchthelfer, die inzwischen gut aufeinander eingespielt waren. Teil eines stillen, fein abgestimmten Uhrwerkes, Rädchen, die sich bis hinter die Grenze Spaniens miteinander verzahnten und schließlich ehemals Flüchtige als freie Menschen entließen. Ob dies so gelang wie geplant, würden sie wohl niemals erfahren. Nur manchmal sandten Heimgekehrte über die englischen Radiostationen codierte Danksagungen und Grüße an die Retter.

Ja, sie hatten alles geplant. Und als die Waggons quietschend zum Stehen kamen und Valentine sich mit einem zärtlichen Kuss von Yves verabschiedete, war sie sich sicher, die größte Schwierigkeit bereits hinter sich gelassen zu haben. Noch konnte sie nicht ahnen, dass sich in diesem Moment, als sie ihre Liebe beschworen, in der Kommandantur von Le Havre einige Offiziere der Wehrmacht über eine Karte von Honfleur beugten und über die nächtliche Aktion berieten, die dem gesetzeswidrigen Treiben ein Ende bereiten sollte.

Erst als Valentine am nächsten Morgen die Redaktionsräume betrat, dachte sie, dass sich die ihr entgegenschlagende Atmosphäre verändert hatte. Aber sie konnte nicht ausmachen, woran es lag. Alles schien so wie immer, und doch hatte sie mit einem Mal ein flaues Gefühl im Magen, einen Druck auf der Brust, und ihr Herz schlug schneller.

Dann merkte sie, warum.

Es war diese trügerische Ruhe.

Kein Klackern der Schreibmaschinen und kein Klingeln, wenn eine neue Zeile begann. Aus dem gemeinsamen Büro am Ende des Flures erklang nicht das gedämpfte Plappern von Madame Chevallier und Arianne Leloup, die sich in verlässlicher Regelmäßigkeit montagmorgens über das vergangene Wochenende austauschten. Meistens war um diese Uhrzeit – es war kurz vor acht – auch Setzer Archibald auf einen kurzen Plausch und für erste Anweisungen nach oben gekommen, und wenn er nicht da war, dann ging entweder die Tür von Monsieur Petit oder die von Onkel Victor. Immer eilte irgendjemand über den Flur, mit einem Stoß Papiere in der Hand oder einer Tasse Tee.

Von alldem war nichts zu hören. Die Stille war beängstigend.

Leise ging Valentine über den Gang. Im Büro von Onkel Victor brannte helles Licht, und durch das Glas der zugezogenen Tür konnte sie seine Umrisse wahrnehmen. Das Zimmer von Monsieur Petit lag dagegen noch im Dunkeln, was untypisch für ihn war.

Valentines Kehle schnürte sich immer weiter zu. Sie eilte zum Zimmer, in dem ihr Arbeitsplatz lag, und blieb dort im Türrahmen stehen. Madame Chevallier und Arianne, die in eine Art Schockstarre gefallen waren, sahen sie mit weit aufgerissenen Augen an und fragten wie aus einem Munde: »Hast du es schon gehört?«

»Nein«, fragte Valentine, »was denn?«

»Sie haben …«, begann Madame Chevallier. Dabei blitzte sie ihre Kollegin an, als habe diese etwas Fürchterliches getan.

»Ich habe damit nichts zu tun«, rief Arianne und brach in Tränen aus.

»Ach ja? Wer hat sich denn mit diesem Deutschen eingelassen? Womöglich zahlt er dir Geld dafür, dass du uns bespitzelst.«

»Das würde er niemals tun, und ich schon gar nicht. Und das weißt du auch. Erich ist anders als …«

»Nazihure!«

Arianne heulte auf.

»Schluss jetzt!«, unterbrach Valentine. Noch nie hatte sie Madame Chevallier derart aufgebracht gesehen. »Was ist hier los?«

»Sie haben …«, begann diese noch einmal und wischte sich mit dem Handrücken über die Augen, »Sie haben Mons…«

»Valentine?«, rief es plötzlich von hinten.

Erschrocken drehte sie sich um. Es war Onkel Victor, er stand vor seinem Büro und winkte ihr, zu ihm zu kommen. »Ach, Valentine, es ist etwas Furchtbares geschehen!«

Er begrüßte sie mit ernstem Gesicht, schob ihr einen Stuhl zurecht und schloss die Bürotür. Dann setzte er sich hinter seinen Schreibtisch und ließ sich erschöpft in den Ledersessel fallen. »Wir haben große Probleme.«

Valentine schwieg, ihr Herz klopfte inzwischen so heftig, dass sie dachte, es müsse zerspringen. Was hatte das zu bedeuten? Hatte man William gefunden, die *Librairie Rumot* enttarnt?

Victor atmete tief durch. »Die Deutschen haben Albert Petit verhaftet und mitgenommen.«

»Monsieur Petit? Aber warum?« Ausgerechnet ihn, den Harmlosesten von allen.

»Heute früh gegen drei Uhr haben sie mich aus dem Bett geklingelt und mich aufgefordert, sie auf die Kommandantur zu begleiten. Du kannst dir vorstellen, wie Nanette sich erschrocken hat. Sie hat nur noch geweint und gezittert und war ganz außer sich. Ich mache mir wirklich Sorgen um sie. Sie wollte mich heute morgen nicht ins Büro lassen, aber es muss doch weitergehen!«

»Was ist mit Petit?« Valentine war wie erstarrt. Hatte man etwa auch dessen Mutter verhaftet, oder sogar – sie mochte den Gedanken kaum zu Ende denken – Yves? »Was wirft man ihm denn vor?«

Ihr Onkel stürzte die Ellenbogen auf den Tisch und strich sich über das Haar. »Unser lieber Monsieur Petit hat doch tatsächlich Lebensmittelkarten in unserer Druckerei gefälscht. Ist das denn die Möglichkeit? Hier im *Miroir*! Und Archibald hat ihm dabei geholfen. Kannst du dir vorstellen, in welches Licht uns das jetzt rückt? Unsere Zeitung hat sich bislang nichts zuschulden kommen lassen. Und nun das!« Er schüttelte den Kopf, als liege die Tragik der Situation nicht in der Verhaftung seiner Angestellten, sondern in der Gefährdung der Reputation. »Woche für Woche treffe ich mich mit den Zuständigen der Propagandastaffel, um den *Miroir* am Leben zu erhalten – und meinem Redaktionsleiter fällt nichts Besseres ein, als diese bescheuerten Karten nachzumachen!« Nun lachte er bitter auf. »Man hat uns für die kommende Ausgabe die Papierzuteilung halbiert, bis man sicher ist, dass dies ein Einzelfall war! Wenn es so weitergeht, können wir dichtmachen.«

»Ist das deine einzige Sorge?« Es war ihr herausgerutscht. Aber als sie Victors entgeisterten Gesichtsausdruck sah, dachte sie, dass es besser war, den Mund zu halten, wenn sie sich und die anderen nicht gefährden wollte. »Ich meine«, setzte sie beschwichtigend hinzu, »wir sollten doch auch an Monsieur Petits Wohlbefinden denken.«

»Du redest schon wie Nanette! Seit dem frühen Morgen backt sie Kuchen und ist von der Vorstellung beseelt, Petit welche ins Gefängnis zu bringen.« Um seine Mundwinkel zuckte es. »Man wird so verwundbar, wenn man sich menschlich zeigt, Valentine, und man darf bei allem Mitgefühl nicht vergessen, dass er seine Stellung missbraucht hat und uns damit schadet. Das gilt auch für Archibald. Wusstest du, dass er einen englischen Vater hat? Ich hätte es mir gleich denken müssen, dass man sich auf ihn nicht verlassen kann. Wo soll ich nun bloß so schnell einen neuen Setzer herbekommen?« Er straffte die Schultern. »Wie dem auch sei«, fuhr er streng fort, »wir müssen weitermachen. Was geschehen ist, ist geschehen, und ich habe eine Zeitung am Leben zu erhalten. Die Welt ist ein Schlachtfeld, die Meldungen überschlagen sich, ich habe mit den politischen Nachrichten schon genug zu tun. Also sei so gut, heute länger zu arbeiten. Übernimm ein paar der regionalen Reportagen und gib die Meldungen der Behörden einfach kommentarlos in die Setzerei, damit wir zumindest eine halbwegs ordentliche Mittwochsausgabe zusammenbekommen.«

Er schob Valentine mehrere Zettel hin. Eine Meldung über die Kartoffelernte im *Département Manche*, die Liste der Rationierungen weiterer Lebensmittel.

»Der Hotelinhaberin Madame Jensy wurde ein Portemonnaie gestohlen, mit fast siebentausend Francs Inhalt, weiß der Himmel, warum man so viel Geld mit sich führt. Vielleicht magst du sie dazu befragen? Es ist bereits der dritte Diebstahl an diesem Wochenende. Neben dem Raub von zwanzig Broten aus der Backstube der *Boulangerie Rivière* und der Plünderung eines Kirschbaums im *Chemin des Varêts*. Wo soll das alles nur hinführen? Verbrechen, wohin man auch sieht.«

Valentine verkniff sich einen Kommentar über die Nöte hungernder Bürger und deren Verzweiflung über die stetig steigenden Lebensmittelpreise. Stattdessen nickte sie, nahm die Zettel an sich und stand auf.

»Ach, kannst du bitte auch den Nachruf für den Verleger der Zeitung *Lexoviens* schreiben?«, rief Victor ihr hinterher, als sie bereits an der Tür war. »Emile Morière ist am Sonntagmorgen im Alter von 82 Jahren verstorben.«

»In Ordnung. Welche Todesursache soll ich angeben?«

Victor seufzte. »Petit hatte das notiert, aber die Deutschen haben alle Unterlagen mitgenommen. Schreib einfach, dass er an den Folgen einer schweren Krankheit verstorben ist. So ist es doch meistens, wenn man derart alt wird, nicht wahr? Und beeil dich, wir haben viel zu tun!«

Froh und dankbar über die Gelegenheit, die Redaktionsräume verlassen zu können, versprach Valentine, alles in ihrer Kraft Stehende zu tun, um die geforderten Artikel zu verfassen. Dann eilte sie hinaus. Dabei trieb sie ein einziger Gedanke: Yves zu warnen. Wenn es nicht schon zu spät war.

Das Hotel, das der bestohlenen Dame gehörte, lag in der *Rue Brulée*. Der Umweg über die Buchhandlung würde sie bald eine Viertelstunde kosten. Mit dem Fahrrad wäre sie schneller gewesen, doch das hatte sie am Strand hinter die Böschung geworfen und sich seitdem nicht mehr getraut, es zu holen. Also begann sie zu laufen, ohne Rücksicht auf schimpfende Passanten und aufmerkende Polizisten.

Vollkommen außer Atem erreichte sie den Laden, richtete sich das Haar und wollte eintreten, doch die Tür war verschlossen. Sie drückte die Klinke noch einmal herab, als wolle sie sich vergewissern, sich nicht getäuscht zu haben, aber das kleine Schild mit den Geschäftszeiten, das an der Tür von innen befestigt war, sagte ihr, dass der Laden erst um halb zehn öffnete. Sie drückte ihr Gesicht an die Scheiben, schirmte das Sonnenlicht mit den Händen ab und versuchte, etwas zu erkennen.

Im Inneren war es dunkel und menschenleer.

Hastig umrundete sie das Haus und fand einen schmalen Eingang mit einem Klingelschild ohne Namen. Valentine drückte fest und trat von einem Bein auf das andere, bis endlich das Geräusch eines sich drehenden Schlüssels erklang und Yves' Vater die Tür öffnete.

»Mademoiselle Steinbach! Sie wollen sicher zu Yves, nicht wahr? Mein Gott, sie sehen ja so blass aus. Kommen Sie herein!«

Er führte Valentine ins Innere eines Flures, weiter am Treppengeländer vorbei zu einer Tür, die er mit einem beherzten Ruck aufschloss. Nun befanden sie sich im Hinterzimmer der Buchhandlung, durch den Vorhang vom Tresen und den Verkaufsräumlichkeiten getrennt.

»Wo ist Yves? Bitte, ich habe nur wenig Zeit!«

»Er muss jeden Augenblick kommen«, sagte Monsieur Rumot. »Setzen Sie sich doch.« Mit diesen Worten zog er einen Stuhl unter dem Tisch hervor, der den Mittelpunkt des fensterlosen Raumes ausmachte.

Zögernd blieb sie im Raum stehen und sah Monsieur Rumot nach, der durch den Vorhang wieder nach vorne ging und im Laden verschwand.

Nur wenig später hörte sie Geräusche und das Glöckchen der Ladentür zweimal. Lauter werdende Schritte und Worte, dann schob Yves den Vorhang zur Seite und trat ein. In seinem Gesicht lag eine Mischung aus Schreck und eiserner Entschlossenheit. Seine Locken fielen ihm ins Gesicht, das tiefe Blau seiner Augen blitzte.

Valentine eilte ihm entgegen. »Yves, sie haben Petit gefasst und Archibald, unseren Setzer!«

Er nahm sie in die Arme. »Ich weiß, seine Mutter hat mich darüber informiert. Sie haben heute ihr Haus durchsucht, aber alles, was sie hätte belasten können, hatte sie zum Glück schon fortgeschafft.« Yves drückte sie noch einmal fest an sich, dann löste er sich von ihr. »Die Zeit wird knapp, Petit wird die Verhöre nicht ewig durchstehen.«

»Und was tun wir jetzt?«

»Die Briten werden über den Meerweg nach England geschafft. Das Boot ist bereit. Um Mitternacht geht es los.«

»Mit dem Boot? Was ist mit Jacques? Kann er den Wagen nicht heute schon bekommen?«

»Nein!«

»Gibt es denn keinen anderen Weg? Das Fuhrwerk, mit dem du William nach Barneville-la-Bertrane geschafft hast?«

»Damit kommen wir nicht bis Paris, nicht ohne weitere Passierscheine.« Er strich ihr über die Wange. »Keine Sorge. Der Fischer, dem das Boot gehört, weiß, was er tut. Er hat ohne jedes Zögern eingewilligt. Niemand hier will tatenlos zusehen, bis auch die anderen Fluchthelfer gefunden und verhaftet werden. Jetzt wäscht eine Hand die andere.«

»O mein Gott, Yves, ich habe Angst.«

Er nahm Valentine wieder in den Arm, und sie spürte, dass auch sein Herz heftig klopfte. »Wir müssen nur die Zeit bis zum Abend überstehen und beten, dass wir die Engländer bis dahin ungesehen zum Strand bringen können. Alles Weitere wird sich ergeben!«

»Und was ist mit der Küstenwache?«

»Der Fischer kennt die Routen der deutschen Wachboote für Hafen und Küste. Diese werden zwar alle paar Tage verändert, aber der letzte Wechsel hat erst gestern stattgefunden. Die Chancen stehen gut, dass es dabei bleibt.«

Valentine straffte die Schultern und nickte. »In Ordnung. Dann sehen wir uns nachher?«

»Nein, du bleibst in deiner Wohnung. Es ist zu gefährlich.«

»Das hast du schon einmal gesagt. Und auch jetzt wirst du mich nicht davon abhalten können, dich zu begleiten.«

»Doch, Valentine, dieses Mal werde ich es nicht zulassen! Du kannst ohnehin nicht viel tun, warum sollst du dich unnötigerweise in Gefahr bringen?« Seine Augen funkelten. Dann wurden seine Züge plötzlich wieder weich. »Du bist das Kostbarste, das ich habe. Ich möchte nicht, dass dir etwas geschieht!« Er nahm sie in den Arm und zog sie an sich. »Ich liebe dich. Ich liebe dich so sehr, dass ich den Gedanken, dich zu verlieren, nicht ertrage.«

Er hatte es mit einer Mischung aus Leidenschaft und Schmerz gesagt, dass sich Valentines Herz zusammenzog. »Du wirst mich nicht verlieren, Yves. Niemals.«

»Niemals«, flüsterte er. Dann bedeckte er ihr Gesicht mit Küssen. »Versprich mir, dass du in deiner Unterkunft bleibst, hörst du?«

»Yves, ich …«

»Versprich es. Bitte.«

Valentine nickte. Sie hätte gerne noch etwas hinzugefügt. Dass er auf sich aufpassen solle. Dass sie sich um ihn sorge, denn das tat sie wirklich. Etwas in seinen Worten, an seinem Kuss, mit dem er ihr nun die Lippen verschloss, schmeckte bitter. Doch erst, als sie wieder auf die Straße trat und den Weg zurück in Richtung *Rue Brulée* lief, wusste sie, was sie so furchtbar irritiert hatte, dass ihr nun die Tränen die Wangen hinabliefen. Es war, als habe er sich von ihr für immer verabschiedet.

## 20

Nur mit Mühe überstand Valentine den Tag.

Sie befragte Madame Jensy nach dem Diebstahl des Geldes und notierte eher abwesend, dass diese ihr Portemonnaie unter dem Kopfkissen versteckt hatte und einen der Hotelgäste für den Täter hielt. Dann kehrte Valentine wieder zurück in die Redaktion und machte sich daran, den Artikel zu schreiben und auch alle weiteren Aufgaben zügig zu erledigen.

Die beiden Kolleginnen schienen ihren Streit beigelegt oder wenigstens vertagt zu haben. Sie arbeiteten konzentriert, wenn auch schweigsam. Unterbrochen wurden sie nur vom Kommen und Gehen der Anzeigenkunden, die alte Briefmarken, ein Fahrrad oder eine Wiege verkaufen oder ein Zimmer in ihrem Haus vermieten wollten. Sie alle nahmen vor Ariannes Schreibtisch Platz und debattierten über Textlänge und den zu zahlenden Preis. Dabei ignorierten sie die Tränen, die der jungen Frau immer wieder in die Augen stiegen, wohl eher aus Scham denn aus mangelndem Mitgefühl. Nur der Gerichtsvollzieher Monsieur Lambert, der im Namen einiger Gläubiger Häuser, Möbel sowie mehrere Kühe und Schweine jeden Alters zu veräußern hatte, nahm Ariannes Hand, tätschelte sie unter kurzem »Na, na, wird schon wieder«, bevor er sich unter einer knappen Verbeugung davonstahl.

Um halb acht legte Valentine ihre Arbeit Onkel Victor zur Freigabe und Korrektur auf den Schreibtisch. Er hatte die Redaktion bereits gegen fünf verlassen, und Valentine hoffte, dass nicht der schlechte Gesundheitszustand von Tante Nanette dafür verantwortlich war, sondern die Notwendigkeit, einen Ersatz für Archibald zu suchen.

Eine halbe Stunde später erreichte Valentine ihre Wohnung, wo sie sich etwas zu essen machte und eine warme Jacke und eine Decke einsteckte. Dann eilte sie zu Fuß durch die Straßen von Honfleur.

Nein, sie konnte ihr Versprechen nicht halten. Alles in ihr drängte danach, Yves noch einmal zu sehen. Bilder von Soldaten, die mit feuernden Waffen den Strand stürmten oder die Yves fortschleppten, hatten sich mit einer derartigen Wucht in ihre Gedanken gegraben, dass sie nicht eine Sekunde in ihrer Wohnung würde aushalten können. Vielleicht waren es Trugbilder, vielleicht redete sie sich nur etwas ein. Aber sie würde es sich nicht verzeihen können, wenn sich ihre Ahnung bestätigte. Nein, sie musste noch einmal zum Strandhaus von Madame Petit.

Valentine war sich ganz sicher, dass Yves dort auf die Nacht warten würde. Nun, da es bereits durchsucht worden war, gab es keinen Ort, der ungefährlicher wäre als dieser. Und wenn nicht, dann würde die alte Dame sicher wissen, wo sie ihn fand.

Die Sonne wurde von Minute zu Minute schwächer, tauschte ihr grelles Gelb in ein immer röter werdendes Orange, spielte mit den wenigen Wolken, die über ihr standen. Doch Valentine hatte kaum ein Auge für die Farbenpracht. Sie dachte an Yves und an seinen letzten, innigen Kuss, der sie in tiefe Unruhe versetzt hatte.

Er hatte Angst gehabt, das hatte sie deutlich gespürt. Sie konnte ihn nicht alleinlassen, sie würde es nicht ertragen, wenn ihm etwas zustieße. Wenn es eine Gefahr gab, wollte für ihn da sein, wenn nötig mit ihm zusammen untergehen. Denn eines war ihr in diesen Stunden klargeworden: Ohne Yves würde sie nicht mehr leben wollen.

Immer wieder sah sie hinter sich. Die wenigen Autos fuhren vorbei, ohne langsamer zu werden, Fahrradfahrer passierten ohne Seitenblick, niemand schien von ihr Notiz zu nehmen.

Bald konnte Valentine das Meer riechen und hören, schon war der Himmel in ein bezauberndes Glühen getaucht. Nun wählte sie einen Weg abseits der Straße, ging durch den schlickbehafteten Sand, dicht an den Böschungen entlang. Duckte sich, als sich ein Flugzeug näherte, drängte ins Geäst eines Ginsterbusches, als ein Boot in Sichtweite vorbeifuhr.

Eine Viertelstunde später näherte sie sich dem Strandabschnitt, in dem auch das Haus von Madame Petit lag. Sie blieb ganz still, sah sich um, bis sie sicher war, dass niemand ihr folgte und kein noch so absichtsloser Spaziergänger ihren Weg kreuzen würde. Als in der Ferne die Glocken von Sainte-Catherine neun schlugen, bog sie in den Weg ein, der hinauf zum Strandhaus führte. Das schmiedeeiserne Tor war verschlossen. Sie rüttelte daran, rief leise Madame Petits Namen.

Endlich öffnete sich die Tür. Die alte Dame spähte heraus, eilte schließlich mit flinken Schritten über den Hof und ließ sie ein. Wortlos schlüpfte Valentine durch den offenen Spalt und folgte ihr zum Haus.

An der Tür stand Yves.

»Was machst du hier?«, fragte er, doch die streng zusammengezogenen Brauen konnten nicht verbergen, dass er sich freute, sie zu sehen. »Ist dir jemand gefolgt?«

»Nein, niemand.«

»Warum bist du gekommen?«

»Ich … ich liebe dich«, war ihre Antwort.

Yves drückte sie fest an sich und seufzte. »Du bist wirklich verrückt!«

Leise schloss Madame Petit die Tür. »Ich lasse euch besser alleine«, sagte sie und entfernte sich in Richtung der Küche.

Yves nahm Valentines Hand und zog sie mit sich in den Salon. Die Terrassentür war weit geöffnet, der Wind spielte mit den Gardinen. Auf dem kleinen Tisch standen eine Teekanne und zwei halbgefüllte Tassen.

»Wie geht es ihr?«, fragte Valentine, die sich auf einmal schämte, dass sie Madame Petit nicht selbst gefragt hatte.

»Sie macht sich Sorgen. Heute Nachmittag war sie auf der Kommandantur in Le Havre gewesen, aber sie haben ihr nicht sagen wollen, was mit ihrem Sohn geschehen wird.«

»Das tut mir leid.« Valentine stellte sich an das Fenster und sah hinaus auf das Meer.

Eine leise, aber kraftvolle Melodie schwebte durch den Raum. Mal langsam und wehmütig, dann hoffnungsvoll, nur kurz, bevor die Töne wieder schleppend vorankamen. Valentine drehte sich um. Yves saß am Klavier, er hatte die Augen geschlossen, während er mit sanften Fingern über die Tastatur glitt.

Sie kannte das Lied, hatte es schon mehrmals gehört. Aber noch nie war es ihr so passend vorgekommen wie in diesem Moment. Ein eigenartiger Zauber ging von diesen Klängen aus, eine zarte Melancholie, die Valentine mitriss und tief berührte.

Die Töne wurden leiser, bis sie schließlich erstarben.

Es war still im Raum.

Bis auf das Rauschen des Ozeans, seiner Wellen, die an den Strand rollten, und den Wind, der den Vorhang bewegte und sanft gegen den Rahmen der Terrassentür schlug.

»Es heißt *Lent et douloureux*«, sagte Yves. Dann hob er den

Blick und sah sie aus meerblauen Augen an. »Ich habe mein Lied weiterkomponiert. Es ist noch immer unvollständig, möchtest du es trotzdem hören?«

Unfähig zu sprechen, nickte sie nur und ging zu ihm hin. Er rutschte an die linke Kante des Klavierhockers, so dass sie sich neben ihn setzen konnte. Knie an Knie saßen sie, als er die Hände wieder hob und seine Finger auf die Tasten setzte.

Es war das letzte Mal, dass sie ihn so spielen hören sollte.

## 21

Die letzten Sonnenstrahlen versanken im Meer, der blutrote Schein erstrahlte noch einen Moment hinter dem Horizont, bis auch er verging und sich die hereinbrechende Nacht in einem unendlichen Dunkelblau ankündigte.

Yves betrachtete Valentines schlafendes Gesicht. Es sah so schön aus, dass es ihn schmerzte. Sie hatten sich auf dem Sofa geliebt, zum ersten Mal, und er hatte gedacht, dass es nichts gab, nie geben würde, was ihm die Erinnerung an diesen Moment nehmen könne. An den Moment, als sich ihre Seelen berührten und sie sich staunend in die Augen gesehen hatten, um sich zu vergewissern, ob der andere dasselbe dachte, ebenso fühlte, als seien sie für einen atemlosen Augenblick eins geworden.

Er wünschte, er könne ihr alles erklären, ihr sagen, dass es eine andere Lösung gäbe, aber die gab es nicht. Nur diese. Aber er würde wiederkommen.

Bedächtig faltete er das Papier. Dann griff er sich den Bleistift, schrieb ihren Namen darauf und ließ das Blatt auf dem Deckel des Klaviers zurück.

Draußen konnte man ein sich näherndes Motorengeräusch hören, und im dunstigen Licht meinte Yves weit entfernt auch die Umrisse eines Wachbootes wahrzunehmen, das sich nun langsam wieder entfernte. Der Wind frischte auf, dunkelgraue Wolken mit schmutzigen Rändern zogen an einem halben Mond vorbei.

Es war so weit.

Plötzlich stand Madame Petit im Zimmer, in der Hand seinen Rucksack, den er am Abend mitgebracht hatte.

»Ich habe noch etwas Proviant hineingetan«, flüsterte sie. »*Au revoir*, geh mit Gott!«

»Ich danke Ihnen. Bitte passen Sie gut auf sich auf. Und auf Valentine.«

Noch einmal sah Yves auf die Schlafende, unterdrückte das starke Verlangen, sie ein letztes Mal in die Arme zu nehmen, sie zu küssen und sein Gesicht in die Wärme ihrer Halskuhle zu drücken. Ihren Geruch einzuatmen. Stattdessen seufzte er leise und nickte Madame Petit zum Abschied zu.

Kalte Seeluft empfing ihn, als er durch die Terrassentür ins Freie gelangte. Im Schutz der Nacht eilte er über die Treppe des alten Strandhauses hinab, durch das Loch im Zaun und weiter auf den Weg, der parallel zum Strand verlief. Ein paar hundert Meter weiter stand das verfallene Bootshaus, wo Madame Petits Freundinnen, unerschrockene Damen Honfleurs, die Engländer bereits am Nachmittag mit einer Pferdekutsche und im Schutze der rasch fertiggestellten Frauenkleider hinbefördert hatten.

Die beiden waren gewiss nicht weniger aufgeregt. Bangend hatten sie darauf gewartet, sich auf die gefahrvolle Reise zurück in ihre Heimat zu begeben, eine Reise mit ungewissem Ausgang und doch die einzige Möglichkeit zur Flucht.

Aber als Yves sie mit dem vereinbarten Klopfzeichen aus dem Versteck hervorholte, wirkten sie gefasst, ruhig, beinahe stoisch. Die Frauenkleider hatten sie inzwischen wieder abgelegt, für diesen Teil der Fahrt waren sie nicht notwendig. William nickte Yves wortlos zu, in seinem Blick lagen Respekt und Dankbarkeit, der Anflug eines Lächelns.

Yves legte den linken Arm des noch immer Humpelnden

um seine Schultern und half ihm durch den tiefen Sand. Kaum dass sich die Dünenvegetation gelichtet hatte, drückte ein starker Wind von Nordosten heran, Wellen rollten mit immer größerer Wucht an den Strand.

War der Seegang gut oder schlecht, war die durch Nebel und Dunkelheit eingetrübte Sicht ein Vor- oder ein Nachteil? Yves blieb stehen, sah auf seine Armbanduhr, die er sich wegen der Dunkelheit direkt vors Gesicht halten und ins fahle Mondlicht drehen musste, um etwas zu erkennen. Die andere Hand hob er in die Höhe, um die Aufmerksamkeit auf sich zu lenken, und im gleichen Augenblick ging er mit William in die Hocke und sah konzentriert aufs Meer hinaus.

Und tatsächlich, der Fischer hatte recht gehabt. Nun nahmen sie ein weit entferntes, durch den Wind herangetragenes, auf- und abschwellendes Brummen wahr. »*A quarter past one. The German coast guard*«, erklärte Yves knapp und zeigte aufs Wasser hinaus. Er wartete noch einen Moment, und nachdem nichts mehr zu hören war, erhob er sich und bedeutete den Männern, ihm zu folgen.

Dort, wo der Untergrund so feucht war, dass man befürchten musste, jederzeit die Schuhe von einer der Wellen überspült zu bekommen, wartete ein Schatten, in dem Yves den Fischer erkannte.

»Los, beeilt euch, wir haben nur wenige Minuten!«, sagte dieser mit kratzig-tiefer Stimme und brachte dabei den dicken Balken seines Oberlippenbartes zum Tanzen. Hinter ihm lag ein kleines Boot im Wasser, vielleicht gerade einmal drei Meter lang, das mit einem Tau an Ort und Stelle gehalten wurde, an dessen unsichtbarem Ende ein Anker hing. »Wir müssen los, das offene Meer ist unruhig. Lange kann der Kutter dort die Position nicht halten.«

*»All right, gentlemen, get into the boat, please!«*

Die beiden Soldaten nickten und wateten ins Meer, Yves half William, der sein Bein immer stärker nachzog, ins Boot. Es begann zu schwanken, unterstützt von den Wellen, die unaufhörlich anbrandeten.

Auch der Fischer kletterte hinein und machte sich daran, den Anker am Tau herauszuziehen. Dann sah er auf und zu Yves, der noch immer im knietiefen Wasser stand.

»Was ist los, kommst du nicht mit?«

Yves drehte sich um, sah in der Ferne die Umrisse des Zauns, der das Strandhaus umgab.

Er durfte nicht zögern. Wenn er leben wollte, mit Valentine leben, dann musste er jetzt gehen.

»Ich komme«, sagte er und schwang sich ins Boot.

Er setzte sich auf die andere Seite des Ruders und folgte den Anweisungen. Langsam entfernten sie sich vom Strand. Schoben sich Wellenberge hinauf, um kurz darauf im Tal ein Stück zu versinken.

Erst dachte er, es sei nur das Meerwasser, das gegen die Bordwand peitschte und sich in kleinen Spritzern über die Insassen ergoss. Doch als sich das Boot stetig vom Land entfernte und der Küstensaum nur noch ein schmaler Streifen war, erkannte er, dass unter dem salzigen Nass, das er mit der Zunge von seinen Lippen nahm, auch Tränen waren.

## 22

Geliebte Valentine,

verzeihst Du mir?
Noch vor wenigen Minuten haben wir eng aneinandergelegen und uns ewige Liebe geschworen. Und nun sitze ich hier, betrachte Dein Gesicht und frage mich, wie ich Dir nur begreiflich machen kann, warum ich fort sein werde, wenn Du erwachst. Warum ich Dich nicht habe wissen lassen, dass ich vorhabe, den Kanal gemeinsam mit den Engländern zu überqueren.
Glaube mir, ich habe heute Abend oft daran gedacht, es Dir zu sagen, doch ich habe es nicht übers Herz gebracht. War ich zu feige? Feige, weil ich Deine Willensstärke fürchte, die ich so sehr liebgewonnen habe, die es mir aber unmöglich macht, Dich von Gefahren fernzuhalten? Ich konnte doch nicht riskieren, dass Du Dir in den Kopf setzt, einfach mit mir ins Boot zu steigen!
Ich stelle mir vor, dass Du beim Lesen ebenso traurig sein wirst wie ich, während ich diese Zeilen schreibe. Aber lass mich Dir erklären, warum ich so handeln musste.
Als Du in der Buchhandlung auf mich gewartet hast, kam ich gerade von Jacques. Ich habe ihn davon in Kenntnis setzen wollen, dass der Transport nach Paris noch heute beginnen müsse. Aber ich kam zu spät. Ich habe gesehen, wie sie ihn angebrüllt haben, dann geschlagen. Und als er zurückschlug und sich weigerte, mit ihnen zu kommen, da haben sie ihn erschossen. Einfach so.
Erst Petit und Archibald, jetzt Jacques. Die vielen anderen nicht zu vergessen, in Paris und Marseille. Du wirst sicher verstehen, dass mich das beunruhigt hat. Dass ich glauben muss, irgendwo

sitzt ein Freund, der Feind geworden ist. Ich kann nur hoffen, dass meinen Pariser Gefährten … Nein, diesen Gedanken mag ich nicht zu Ende führen. Sie sind schon so lange an meiner Seite, ich werde einfach fest daran glauben, dass ihre Treue und Verschwiegenheit ungebrochen waren und sind – schließlich konnten sie ja auch von Petit und Archibald nichts wissen – und dass sie auf keiner Fahndungsliste stehen.
Sicher wirst Du Dich jetzt fragen, ob auch Du in Gefahr bist. Nein. Diese Boches sind irgendwie seltsam. Höflich, und trotz ihrer Widerwärtigkeiten einem galanten Ethos unterworfen, der sie blind gegenüber den Realitäten werden lässt. Obwohl sie immer wieder eines Besseren belehrt werden, trauen sie der Damenwelt den Widerstand nicht zu. Sie verhaften nur Frauen, deren Täterschaft sie eindeutig beweisen können. So bist auch Du für sie ein unbeschriebenes Blatt.
Bei meinem Vater bin ich mir da leider nicht so sicher.
Ich habe ihn gebeten, die Bücher zu vernichten, die auf der Liste stehen und die er dennoch hütet wie einen Schatz. Ich hoffe, er hält sich daran. An Sturheit steht er Dir in nichts nach. Bitte, Liebes, magst Du nach ihm sehen? Ich bin in großer Sorge, was ihn betrifft.
Es ist nun Zeit. Bald wird das Boot kommen, ich muss los. Wenn ich England erreicht habe, werde ich mich zunächst einmal nützlich machen.
De Gaulle hat an unseren Patriotismus appelliert, er hat gesagt, dass ein freies Frankreich jetzt Männer braucht, die zu ihm stehen und die ihren Teil dazu beitragen, die Besatzung der Deutschen zu beenden.
Jeder muss tun, was er kann. Also tue ich jetzt das Meine, wenngleich ich mir hierfür einen anderen Weg gewünscht hätte.
Mach Dir bitte keine Sorgen, Liebste, ich komme wieder. Wenn alles gutgeht, vielleicht in zwei oder drei Wochen, höchstens vier. Dann unter einem neuem Namen. Sie bilden Widerständler zu Spionen aus, geben ihnen eine neue Identität und lassen sie mit

dem Fallschirm über unbewohnte Gegenden Frankreichs abspringen.
Wenn ich wieder da bin, melde ich mich. Bitte warte auf mich. Auch wenn es ein wenig länger dauern sollte, weil die Umstände es so wollen. Ich ersehne den Augenblick, Dich wieder in den Armen zu halten.

Ich küsse Dich tausendmal!
Dein Yves

*PS*: Ich weiß, dass es jetzt nicht der richtige Augenblick ist, das zu fragen, aber mein Herz ist so voller Liebe, dass ich nicht anders kann: Wenn ich zurückkomme, heirate mich, Valentine, willst du? Bitte sag ja. Wir gehören zusammen.
Für immer und ewig Dein.
*PPS*: Versprich mir, diesen Brief zu verbrennen, wenn Du ihn gelesen hast.

Valentine stand noch immer vor der geöffneten Terrassentür und lauschte der Brandung, die ihren Schaum an den Strand spülte, als sei nichts geschehen. Als wäre sie nicht eben noch erschrocken aus dem Schlaf erwacht, plötzlich alleine mit diesem Brief, als hätte sie nicht voller Panik erkannt, dass in dem Ruderboot, das schemenhaft in der Ferne hinter Wellenbergen verschwand, Yves saß, ihr über alles geliebter Yves. Dem sie in der Nacht so nahe gewesen war und der sie nun gefragt hatte, ob sie seine Frau werden wolle.

Dann war das Boot verschwunden und hatte ein Stück ihres Herzens mitgenommen.

»Ja, ich will!«, flüsterte sie mit tränenerfüllten Augen. »Komm gesund zurück, Yves, bitte.«

Ihre Worte verklangen im Geräusch der sich brechenden Wellen, deren meditative Gleichförmigkeit sich langsam auf sie übertrug. Die sie nach und nach wenngleich nicht wirklich beruhigte, ihrem bangen Herzen aber die Hoffnung machte, sich ohne Grund zu sorgen. Alles schien glattzulaufen. Keine Sirenen, Motorengeräusche, Rufe, nichts, was darauf hinwies, dass etwas nicht stimmte, dass der Plan vielleicht schiefgegangen war, dass sie entdeckt und in die Hände der Feinde gefallen wären.

Nicht auszudenken.

Jacques hatte der Tod schon ereilt …

Valentine strich sich energisch über das Haar, dann schloss sie die Terrassentüren und setzte sich auf das Sofa, um den Brief noch einmal im Licht der Kerze zu lesen.

Wieder und wieder drehten sich ihre Gedanken um das Warum und darum, dass sie hätte aufwachen sollen. Nicht um ihn aufzuhalten, ja, sie verstand nur allzu gut, dass er hatte gehen müssen. Aber sie hätte ihn so gerne noch einmal in den Arm genommen, ihn geküsst. Sich verabschiedet.

Eine Träne lief ihr aus dem Auge, sie schluchzte, fuhr sich dann mit dem Handrücken übers Gesicht und ermahnte sich, Ruhe zu bewahren. Dem Strom der emporwallenden Emotionen nicht zu erlauben, sie mit sich zu reißen.

»Jeder muss tun, was er kann«, hatte Yves geschrieben, und er hatte recht damit. Valentine würde sich um seinen Vater kümmern, auch wenn sie davon überzeugt war, dass der ihre Unterstützung weit weniger benötigte als Madame Petit, deren Sohn bereits in den Händen der Deutschen war.

Der Wind nahm zu, rüttelte an den Terrassentüren.

Vom oberen Bereich drangen Schritte, ein Fensterladen wurde geräuschvoll entriegelt. Madame Petit schien ebenfalls wach zu sein. Valentine ging in den Flur und stieg die knarrende Treppe hinauf in den ersten Stock. Der Mond beschien gerahmte Fotos, die in regelmäßigen Abständen an den Wänden hingen. Sie erkannte das Bild eines jugendlichen Albert Petit. Stolz blickte er in die Kamera, präsentierte einen riesigen Fisch, der noch am Haken der Angel baumelte. Neben ihm stand ein Mann, wohl sein Vater, der ihm mit ebenso großem Stolz die Hand auf die Schulter legte.

Valentine schluckte die aufsteigenden Tränen hinunter und ging weiter. Unter der Tür am Ende des Ganges stahl sich ein schmaler Streifen Licht hervor. Sie hielt an und klopfte.

»Wer ist da?«

»Ich bin es«, gab sie zurück. »Valentine.«

»Kommen Sie herein.«

Madame Petit saß in einem Lehnstuhl, den sie sich so hingestellt hatte, dass sie ins Dunkel der Nacht und auf den Weg hinausschauen konnte, der am Haus vorbeiführte. Neben ihr brannte eine kleine Kerze, deren Schein nur einen knappen Meter reichte.

Sie sah plötzlich sehr zerbrechlich aus, um Jahre gealtert, so, als sei sie nicht mehr stark genug, einem verletzten Mann die Knochen zu richten oder eine offene Wunde zu nähen. Nie würde man glauben, dass sie eine der Schlüsselfiguren des Widerstandes in Honfleur und für die Flucht von über einem Dutzend alliierter Soldaten und einiger jüdischer Mitbürger mitverantwortlich war. Und so war es wohl auch den Herren von der Gestapo ergangen, die zwar ihr Haus durchsucht hatten, aber unverrichteter Dinge wieder abgezogen waren.

Valentine zog einen Hocker heran und setzte sich zu Madame Petits Füßen. »Wie geht es Ihnen? Kann ich etwas für Sie tun?«

»Sie werden Albert wieder gehen lassen, nicht wahr?«, sagte diese und wandte ihr Gesicht nicht vom Fenster ab. »Was hat er denn schon verbrochen? Ein paar Lebensmittelkarten hat er gedruckt, das war alles. Sie werden ihm nichts tun, nicht wahr? Albert wird bald wieder freikommen, oder nicht?«

Nun drehte sie sich um und sah Valentine an. In ihren Augen spiegelte sich das Flackern der Kerze.

»Ich weiß es nicht«, antwortete Valentine wahrheitsgemäß. »Die Lebensmittelkarten sind sicher nicht das größte Problem, aber wenn man herausfindet, dass er sie für die Flüchtlinge nachgedruckt …«

»Das werden sie nicht herausfinden!«, widersprach Madame Petit vehement. »Albert hat nichts verraten. Er war schon immer verlässlich. Glauben Sie mir. Er ist ein lieber, herzensguter Mann, das werden auch die Deutschen schnell begreifen.«

Nachdenklich betrachtete Valentine das Gesicht der alten Dame, das trotz des warmen Kerzenlichts grau geworden war. Aus einem plötzlichen Impuls heraus nahm sie ihre Hand und drückte sie sanft. »Wahrscheinlich haben sie recht, Madame, alles wird gut. Kann ich Ihnen noch etwas bringen? Etwas Wasser?«

Madame Petit schüttelte den Kopf und blickte wieder zum Fenster hinaus. »Ich danke Ihnen, mein Kind. Gehen Sie nur. Sie müssen sehr müde sein.«

»In Ordnung. Aber wenn Sie etwas brauchen, können Sie mich jederzeit wecken. Schlafen Sie gut.« Mit diesen Worten wollte Valentine das Zimmer verlassen, doch die alte Dame hielt sie zurück.

»Yves ist ein guter Junge. Ihm wird nichts geschehen, über ihm leuchtet ein Glücksstern, glauben Sie mir, das spüre ich.«

Valentine trat wortlos an den Lehnstuhl und umarmte die

alte Dame. Dann schloss sie die Tür, stieg die Treppen hinunter und legte sich wieder auf das Sofa im Klavierzimmer. Lange noch lag sie wach. Jedes noch so kleine Geräusch ließ sie auffahren. Und jedes Mal betete sie von neuem zu Gott, dass Yves wohlbehalten in England ankommen würde und sie ihn bald schon wieder in die Arme schließen könne.

Erst als sich erste Sonnenstrahlen durch die Vorhänge schlichen und die Vögel ihr morgendliches Konzert anstimmten, schlief sie erschöpft ein.

## 23

Noch am selben Abend hatte Valentine Yves' Vater in der *Librairie Rumot* besucht, um ihn daran zu erinnern, die unerlaubten Bücher wegzuschaffen – und um ihm ein wenig Gesellschaft zu leisten. Es schien eine unausgesprochene Übereinkunft darüber zu herrschen, die Vorgänge der vergangenen Nacht nicht weiter anzuführen, Angst und Ungewissheit auszusperren. Monsieur Rumot fragte nur einmal knapp: »Ging alles glatt?«, und Valentine bejahte. Das war alles. Danach unterhielten sie sich über Politik und die Literatur und darüber, ob ein Leben in England wohl erstrebenswert sei. Immerhin gebe es dort ebenso fruchtbare und blühende Landschaften, und die dortigen Autoren hätten zuweilen einen ganz wunderbar hintergründigen Humor. Nach dieser scheinbar zwanglosen Konversation hatten sie sich verabschiedet, doch Monsieur Rumot war anzusehen, dass er sich hinter der Fassade eiserner Zuversicht um seinen Sohn sorgte.

Die Tage zogen sich schleppend dahin. Valentine versuchte, nicht zu oft darüber nachzudenken, ob die Überfahrt gelungen war. Inzwischen musste Yves längst in England angekommen sein. Bestimmt ging es ihm gut, sicher würde er sich auch bald wieder auf den Weg zurück nach Frankreich machen.

Am schlimmsten waren die Nächte. Valentine schlief nur wenig und sehnte sich nach dem Morgen, wenn sie sich auf den Weg in die Redaktion machen und sich auf andere Dinge konzentrieren konnte. Kleinigkeiten lenkten sie ab und gaben ihr Halt. Und so kümmerte sie sich um die Bekanntgabe der Anweisung für Schuhmacher, sich die Lederzuteilungsscheine für das zweite Halbjahr beim Sattler abzuholen, und um die von den Bürgern sehnsüchtig erwartete Ankündigung der Ausgabe neuer Milchrationskarten.

Jeden Morgen kam auch Madame Petit in die Redaktion, in der Hoffnung, etwas über das Schicksal ihres Sohnes Albert zu erfahren. Dann nahm sie vor Valentines Schreibtisch Platz und studierte die zu veröffentlichende Liste der Gerichtsbeschlüsse, die täglich immer länger wurde. Der Fall eines Angestellten des Bahnhofs von Caen, der für den Diebstahl von mehr als siebenhundert Lebensmittelscheinen aus den Paketen der Versorgungsbehörde drei Jahre Haft bekommen hatte, gab ihr Hoffnung.

»Drei Jahre«, murmelte sie, während ihr Finger Zeile für Zeile hinabglitt. »Das würde Albert doch sicher überstehen, nicht wahr?«

Doch der Name ihres Sohnes war nie auf der Liste, ebenso wenig wie der von Archibald. Was – wenn die alte Dame die Redaktionsräume wieder verlassen hatte – Arianne zu den wildesten Spekulationen antrieb. Wobei der Tenor, ob es ein gutes oder ein schlechtes Zeichen war, sich täglich änderte.

»Es ist irgendwie seltsam ohne Petit und Archibald«, meinte sie jedes Mal abschließend, so auch heute.

»Ja«, bekräftigte Madame Chevaillier, die Arianne seit der Verhaftung des Redaktionsleiters mit kühler Distanziertheit bedachte. »Und wenn dein deutscher Freund anständig ist, so wie du sagst, sollte er ihnen helfen oder zumindest in Erfahrung bringen, wie es um sie steht!«

Arianne setzte zu einer wütenden Erwiderung an, hielt

dann aber inne. Stattdessen versprach sie, Erich noch am selben Abend zu bitten, etwas über den Verbleib der beiden herauszufinden.

Seit Monsieur Petit fort war, war im *Miroir Honfleurais* nichts mehr wie zuvor. Er fehlte überall, vor allem als Mensch.

Wie er die Nase gekräuselt hatte, wenn seine Brille wieder einmal den Kampf gegen Gravitation und Gestenreichtum verlor, wie er gelacht hatte, wenn jemand einen Scherz machte, wie er kritisch den Kopf schieflegte, stumm die Rohfassung eines Textes beäugte und schließlich etwas sagte wie: »Vielleicht sollten Sie über diesen oder jenen Sachverhalt oder diese oder jene Formulierung noch einmal nachdenken. Was meinen Sie?« Dann hatte er aufmunternd gelächelt und war wieder zurück in sein Büro gegangen.

Ja, er fehlte, und es erschien nicht nur Valentine und ihren Kolleginnen so, als sei mit seiner Verhaftung so etwas wie der gute Geist des Hauses abhandengekommen. Selbst Victor, der eine so andere Meinung im Umgang mit den Besatzern und den Wahrheiten seiner Zeitung vertrat, schien ihn zu vermissen. Aber nachdem Valentine so fleißig Überstunden machte und im Bereich der Setzerei Ersatz für Archibald gefunden worden war – ein junger Deutscher mit herausragenden Sprachkenntnissen, den die Propagandastelle hierfür abgestellt hatte –, schien Victors Alltag wieder in Ordnung. Und sollte er noch immer mit den Geschehnissen hadern, so ließ er es sich zumindest nicht anmerken.

»Wenn er aus dem Gefängnis kommt, kann er hier jederzeit wieder anfangen«, meinte er nur. »Allzu lange kann das nicht dauern. Fälschung ist ja kein Schwerverbrechen.«

Wer nicht gewohnt war, hinter die Fassaden zu sehen, hätte

den Eindruck gewinnen können, das Leben gehe weiter und warte nur darauf, dass sich alles zum Guten wende. Doch dann, am dritten Tag nach Yves' Flucht, kam eine Nachricht, die all die mühsam aufgerichtete Hoffnung in blankes Entsetzen verwandelte.

Es war noch früh am Morgen, als Arianne Leloup den gemeinsamen Büroraum mit einem Kopfschütteln betrat.

»Da scheint wieder einer unserer Fischer die Sturmwarnung nicht beachtet zu haben«, sagte sie. »Das Boot ist wohl hin.«

Madame Chevallier hob den Kopf. »Gibt es Verletzte?«

»Soweit ich weiß, sogar Tote. Der Kutter soll in Deauville gestrandet sein. Ich frage mich nur, wie der von Honfleur aus so stark abtreiben konnte. Selbst bei Sturm reicht die Strömung nicht so weit!«

Valentine sog die Luft ein. »Ein Fischerboot aus Honfleur? Erzähl, was weißt du darüber?«

»Nicht viel, Erich hat gerade eben den Einsatzbefehl bekommen«, antwortete Arianne und hob die Schultern. »Das Boot wird wohl schon seit Tagen vom Hafenmeister vermisst. Nun, jetzt wissen wir, warum.«

Später hatte Madame Chevallier erzählt, dass Valentines Gesicht beinahe die Farbe von Löschkalk angenommen hatte, während sie, den Telefonhörer verkrampft umklammernd, mit zittriger Stimme beim *L'Avenir de Trouville et Deauville* nachfragte.

»Ja, Mademoiselle«, bestätigte der zuständige Redakteur der Zeitung, »die Gerüchte stimmen leider. Ganz in der Nähe von uns, hier in Deauville, ist ein Boot angespült worden … Ja, und es trägt eine Kennung aus Honfleur … Nein, mehr Details weiß ich auch noch nicht … Wir haben unsere Quellen, aber ich werde in Kürze dorthin fahren … Ja, natürlich, können Sie gerne noch einmal anrufen … Gern geschehen, Mademoiselle Steinbach, nichts zu danken.«

Nur fünf Minuten später saß Valentine auf Madame Chevalliers Fahrrad und trat in die Pedale, radelte durch Honfleur, das an diesem tristen Tag so gänzlich seine Farbe verloren zu haben schien. Sie konnte nicht länger warten, sie musste selbst dorthin und sich davon überzeugen, dass es sich nicht um Yves' Boot handelte, das dort an Land gespült worden war.

Der Wind blies ihr schroff und kühl ins Gesicht, einzelne Regentropfen mischten sich darunter und ließen die Temperatur noch niedriger erscheinen, als sie ohnehin schon war. Bei diesem Wetter würde sie mehr als eine Stunde nach Deauville brauchen. Aber es war ihr gleich, sie musste Gewissheit haben. Ihr Herz schlug schnell, die Verzweiflung verlieh ihr ungeahnte Kraft und Ausdauer. In rasendem Tempo fuhr sie die Straße am Meer entlang, ignorierte entgegenkommende Autos und kreischende Möwen.

Bilder flogen vorbei, Yves, die Nacht, das Piano, die glutrote Sonne und noch mal Yves. Valentine fuhr weiter, kämpfte gegen den immer stärker aufwallenden Wind, der vom Wasser her übers Land gepeitscht wurde und es ihr so schwer machte, wie es nur in seiner Macht stand.

Wollte er verhindern, dass sie in Deauville eine Wahrheit fand, die sie besser nicht erfuhr?

Sie beugte sich tief hinab und trat noch fester in die Pedale.

Schon von weitem erkannte sie die Stelle, über die der Redakteur des *L'Avenir de Trouville et Deauville* gesprochen hatte. Noch bevor sie mit dem Fahrrad auf der Höhe des Strandabschnittes angekommen war, es achtlos ins Gras warf und die Dünung zum Wasser hinabstürzte, hatte sie das Wrack bereits ausgemacht. Es war umgeben von einer Handvoll Menschen, die es in gebührendem Abstand betrachteten und dabei gestikulierend aufeinander einredeten. Auf wackeligen Beinen drängte Valentine sich unter die Neugierigen.

»Entschuldigen Sie bitte«, sprach sie einen von ihnen an. Dabei bemühte sie sich, ihrer Stimme einen festen Klang zu geben. »Können Sie mir sagen, was hier geschehen ist?«

»Wenn ich den Gendarm vorhin richtig verstanden habe, ist das hier anscheinend das Resultat eines Fluchtversuches in Richtung England«, antwortete ein Mann in blauer Öljacke. »Tja, weit sind die ja nicht gekommen.«

Nein, das konnte nicht sein, das durfte nicht sein! Valentine schluckte heftig, versuchte, die Tränen zurückzuhalten. In ihren Ohren schwoll das Rollen der Wellen zu einem gewaltigen Tosen. »Es hieß, es habe Tote gegeben …«

»Na, überlebt hat das sicher niemand!« Der Mann nahm sie am Arm und zog sie ein Stück beiseite, von wo aus man an der weißgestrichenen Bordwand deutlich ein gutes Dutzend Einschusslöcher sehen konnte und eine vom Kugelfeuer zerrissene Reling, an deren Innenseite Spuren eingetrockneten Blutes klebten. »Zumindest war keiner mehr an Bord, als das Ding an Land gespült wurde.«

Wortlos riss Valentine sich los, strauchelte zurück zum Fahrrad. Ihr Körper bebte, während sie es zwischen Dünengras hindurch zurück auf den Weg schob. Dann, noch bevor sie die Straße erreicht hatte, sank sie auf die Knie und ließ ihren Tränen freien Lauf.

Yves! Geliebter Yves!

Wie Valentine an diesem Tag zurück nach Honfleur gekommen war, wusste sie nicht mehr. Genauso wenig konnte sie sich daran erinnern, ob sie noch etwas gegessen hatte, gleich ins Bett gegangen war oder Monsieur Rumot noch einen Besuch abgestattet, um ihm, wie in Trance, die schreckliche Nachricht zu überbringen?

Die Zeit hatte sich aufgelöst, war vergangen wie die Rauchfahne eines verlöschenden Feuers. Nichts war ihr von diesem Tag geblieben außer den Erinnerungen an den schlimmsten Moment ihres Lebens. An das Meer und den Strand. Schaulustige, das Boot. Die Einschusslöcher. Zerfranste Planken. Das Blut, rostrot und verschmiert.

Doch als Valentine am nächsten Morgen erwachte, das dünne Nachthemd von Schweiß durchnässt, beschloss sie, nicht an das zu glauben, was sie gesehen hatte, solange es möglich war, dass auch nur eine einzige andere Erklärung für das scheinbar Offensichtliche existierte. Woher denn wollte sie wissen, dass es wirklich dasjenige Boot gewesen war, das Yves mit den Flüchtlingen nach England hätte schaffen sollen? Und selbst wenn, könnte es denn nicht sein, dass Yves doch noch am Leben und irgendwo an Land gespült worden war?

Vielleicht war es nur der Versuch, sich in Illusionen zu retten, um nicht vor Schmerz den Verstand zu verlieren, vielleicht war es gegen jede Vernunft, gegen jede Wahrscheinlichkeit. Aber dennoch: Sie brauchte absolute Gewissheit!

Also ging sie zum Hafen, befragte Fischer, ob sie anhand der Strömungen erkennen können, wie weit das Boot schon von der Küste entfernt gewesen war, bevor es beschossen wurde und Sturm und Flut es nach Deauville gespült hatten. Diese erklärten ihr, dass man so etwas unmöglich beantworten könne, da das Meer im Kanal zwischen Frankreich und England unberechenbar sei. Auch kam Valentine auf das Angebot des freundlichen Redakteurs des *L'Avenir de Trouville et Deauville* zurück und rief ihn vom *Miroir* aus mehrmals an, ob er eventuell Neuigkeiten oder Hintergründe wisse, was er mit beständig abnehmender Freundlichkeit verneinte.

Am dritten Tag ging sie erst gar nicht zur Arbeit. Sie fuhr stattdessen noch einmal mit dem Fahrrad die Küste nach Deauville entlang, hielt an der Unglücksstelle, wo das Wrack gefunden worden war, und befragte zuerst Anwohner, dann sogar Bauern und Menschen, die weit weg von diesem Abschnitt wohnten, ob denn irgendjemand einen jungen Mann mit wilden blonden Locken gesehen oder gefunden habe, der vielleicht nur verletzt worden war.

Da das alles nicht half, bat sie ihren Onkel, sich bei den Redakteuren sämtlicher befreundeter Redaktionen entlang der Küste zu erkundigen, ob einer seiner Kollegen eine Auskunft erteilen könne, die ihr vielleicht Aufschluss über das Geschehen gab.

Und als langsam die Erkenntnis durchdrang, dass all das nichts nutzte, weil Yves womöglich tatsächlich längst tot war, verlegte sie sich aufs Beten, besuchte regelmäßig die Gottesdienste der *Église Sainte-Catherine* und gab einen ordentlichen Betrag in den Klingelbeutel, weil sie hoffte, dass es ihr einen guten Draht nach oben verschaffte. Falls Yves nun doch noch irgendwo umherirrte oder sich versteckt hielt und auf baldige Rettung wartete.

Eines Tages, es waren einige Wochen vergangen, wurde sie von Victor in dessen Büro gerufen. Als sie eintrat, machte er ein sehr ernstes Gesicht.

»Valentine«, sagte er, kaum dass sie sich ihm gegenübergesetzt hatte, »Valentine, so geht das nicht mehr weiter mit dir.«

»Was meinst du?«

»Es ist nicht nur, dass du deine Arbeit kaum noch bewältigst oder dass du unser mehr als begrenztes Kontingent an Telefonaten mit Anrufen in irgendwelche Redaktionen und Dienststellen verpulverst. Es ist auch, weil ich immer noch dein Onkel bin, und ich mache mir Sorgen um dich.«

»Sorgen? Du musst dir keine Sorgen machen. Ich werde mich besser konzentrieren, versprochen. Du wirst sehen, ich schaffe das. Hast du jemanden bei der *Semaine Normande* erreicht?«

Victor seufzte tief und sah zum Fenster ins Dämmerlicht hinaus.

»Hast du?«, hakte Valentine vorsichtig nach.

»Nein«, sagte er mit fester Stimme und wandte ihr wieder den Blick zu. »Nein, und ich werde es auch nicht weiter versuchen.«

»Aber, warum, ich …«

»Valentine, so hart, wie es nun einmal ist, und so leid es mir tut, dass ich dir das sagen muss, aber sieh doch endlich ein, dass du einer Illusion nachjagst. Yves Rumot ist tot. Tot, verstehst du? Ertrunken oder erschossen, aber auf jeden Fall tot.«

»Yves lebt, ich fühle es«, widersprach sie.

»Nein, das tut er nicht. Es gibt keine Hoffnung mehr, begreifst du das denn nicht? So ein Verlust ist furchtbar, das verstehe ich, aber wir alle müssen mit unliebsamen Realitäten klarkommen, auch wenn es uns schwerfällt.« Seine Stimme hatte einen sanften Singsang angenommen. Jetzt beugte er sich vor und griff ihre Hand. »Ich will doch nur dein Bestes!«

Tränen liefen ihr heiß über die Wangen. Der Boden unter ihr begann zu schwanken, sie hatte das Gefühl, rücklings in ein unendliches Nichts zu stürzen. Hastig entriss sie ihm ihre Hand, sprang auf und eilte aus dem Büro.

»Es tut mir leid, ich …«, hörte sie ihren Onkel hinter sich sagen, doch sie rannte weiter. Den Flur entlang, hinaus auf die

*Rue de la République* und von dort aus weiter in ihre Wohnung, wo sie das Gaubenfenster öffnete und für einen Moment überlegte, sich einfach hinab auf den Hof zu stürzen. Doch da es nicht hoch genug war – und auch, weil in ihr noch immer ein tapferes Flämmchen Hoffnung brannte –, ließ sie es bleiben. Verkroch sich stattdessen unter der Decke und blieb dort zwei Tage und zwei Nächte lang liegen, bis Madame Chevallier sich Zutritt verschaffte und ihr mit einer heißen Suppe und rührender Fürsorglichkeit genug Kraft einflößte, um weiterzuleben.

Ohne Yves.

# 24

Es war ganz still im Raum, bis auf das Ticken der Uhr, die an der Wand über dem Küchentisch hing, und das Geräusch der Autos, die in immer unregelmäßiger werdenden Abständen unter dem Fenster vorbeifuhren und sich in der diesigen Nacht verloren.

Sophie griff nach dem leeren Weinglas und drehte es zwischen ihren Händen. Es war spät geworden, beinahe ein Uhr. Die Kerze auf dem Tisch war längst heruntergebrannt, seit Stunden schon saß sie im Dunkel.

»Valentine hatte recht gehabt mit ihrer Ahnung. Yves war gar nicht tot.« Nicolas klang nachdenklich, sogar berührt. Aus dem Telefonhörer drang das Geräusch eines Feuerzeugs, dann das Knistern der glühenden Zigarette.

»Ja«, flüsterte Sophie, die wieder genauso traurig war wie damals, als ihre Großtante ihr diese Geschichte erzählt hatte. »Valentine hat es gespürt. Und trotzdem hat sie versucht, sich an den Gedanken zu gewöhnen, dass Yves niemals wiederkommen wird. Was hätte sie auch sonst machen sollen? Alles, was in ihren Möglichkeiten stand, hatte sie bereits getan. Sie *musste* ja glauben, dass er tot war.«

Wieder diese Stille. Nur intensives Ziehen an der Zigarette und das Ausatmen von Rauch.

»Und du hattest auch recht gehabt, Sophie«, meinte Nicolas endlich. »Ich darf doch *du* sagen, oder? Immerhin haben wir die halbe Nacht miteinander verbracht.«

Sophie musste lächeln. »Natürlich, gerne. Aber womit hatte ich recht?«

»Damit, dass ich die Geschichte der beiden mit anderen Augen sehen werde. Weißt du, ich bin davon ausgegangen, dass Valentine sich meinen Großvater einfach so geangelt, ihn verführt hat. Einen verheirateten Mann, Vater von drei minderjährigen Kindern.«

»So denkt man doch immer, wenn man hört, dass jemand Ehebruch begeht. Dass es eine ganz schlimme Person sein muss, die dem rechtmäßigen Partner den Platz streitig macht. Aber kann man einen Menschen wirklich besitzen?« Die Worte waren ihr so herausgerutscht, aber kaum dass sie im Raum standen, zerrissen sie ihr Herz. Sophie straffte die Schultern und fügte mit einem Seufzen hinzu: »Aber ich verstehe, was du meinst. Ich habe früher ähnlich gedacht.«

»Das klingt beinahe, als hättest du Erfahrungen damit.«

Hatte sie das? Sophie schwieg. Betrachtete die Schatten der Bäume, die vom trüben Straßenlicht wie Geisterhände an die Wände geworfen wurden. Plötzlich war sie wieder da. Diese Sehnsucht, die sie immer öfter ergriff. Und mit einmal verstand sie, dass das, was sie seit Monaten zu verdrängen suchte, nicht nur aus Sehnsucht bestand, sondern auch aus Schmerz. Einem Schmerz, dem sie langsam in die Augen zu sehen wagte. Und dieser kam nicht von der Ahnung, dass Oliver sie doch betrog, nein. Sondern aus der Gewissheit, dass er genau das niemals tun würde, obwohl er es wahrscheinlich gerne täte. Nur aus Anständigkeit und moralinsaurer Loyalität, nicht etwa aus einer vielbeschworenen Liebe heraus, die sich im Alltag eher wie eine eiserne Kette anfühlte. Die sie in ihrer Bewegung hemmte, ebenso wie Oliver in seiner. Konnte er damit wirklich glücklich sein? War *sie* damit glücklich?

»Bis ans Ende unserer Tage«, hatte er gesagt.

Dieser Gedanke erschreckte sie.

Ihre Beziehung stagnierte bereits seit der Heirat vor vier Jahren. Sie schien sich in immer engeren Kreisen zu drehen, ein Tanz voll zu viel gelebter Nähe und Umklammerung aus Angst, sich zu verlieren. Einklang aus Rücksicht. Verzicht des Andersseins zu Lasten einer Bilderbuchharmonie.

Sophie atmete tief ein. Du lieber Himmel, dachte sie, andere würden sich freuen, eine solche Ehe zu haben! Kein Streit, keine Dramen.

»Ich habe noch nie jemanden betrogen, wenn es das ist, was du damit sagen wolltest«, antwortete sie schließlich. »Aber ich glaube trotzdem, dass man nicht vorschnell urteilen sollte, wenn es denn tatsächlich einmal passiert. Alles hat seine Geschichte. Jede Affäre ihre Ursache.«

»Das mag sein, zumindest im Fall von Valentine und Yves«, widersprach Nicolas. »Aber man hat auch Verantwortung für andere, man ist ja nicht alleine auf der Welt. Meine Großmutter ist daran zerbrochen. Und ihre Kinder … Mein Vater würde mich umbringen, wenn er hört, dass ich beginne, die Geschichte zu verstehen. Ich habe ihm noch nicht einmal erzählt, dass ich in der Kirche gewesen bin, um auf Valentines Beerdigung Yves' Lied zu spielen. Er braucht sein Feindbild, um zu überleben.«

Seine Worte klangen in ihren Ohren. Man hat auch Verantwortung für andere … Das hätte auch von Oliver stammen können. Plötzlich bemerkte Sophie, dass ihr Mund ganz trocken geworden war. Mit dem Telefonhörer zwischen Kopf und Schulter stand sie auf, holte eine Flasche aus dem Kühlschrank und goss sich Wasser in ein Glas. »Wir sollten jetzt Schluss machen«, sagte sie zwischen zwei Schlucken, »es ist spät geworden.«

»Aber es ist doch Wochenende, du kannst ausschlafen, nicht wahr? Oder hast du Kinder?«

»Nein.«

»Einen Mann, der sehnsüchtig darauf wartet, dass du endlich zu ihm unter die Laken schlüpfst?«

»Einen Mann ja, aber der ist an diesem Wochenende auf einer Tagung.«

»Na also. Komm, Sophie, nur noch ein wenig. Ich möchte wissen, wie es weitergeht.«

»Jetzt bist du aber derjenige, der fleht ...«

Nicolas lachte. »Stimmt. Wenn du möchtest, füge ich ein Betteln an. Bitte, bitte, liebe Sophie, ich möchte mehr über Valentine und Yves erfahren.«

»Ich habe dir alles erzählt, was es zu erzählen gab. Den Rest kennst du doch bereits.«

»Nein, das tue ich nicht. Ich habe leider nicht gut zugehört, als man auf Familienfeiern darüber sprach. Weil es mich damals anstrengte. Aber jetzt will ich alles darüber wissen. Was ist inzwischen mit Yves passiert ist. Wie hat er das Unglück überlebt? Und was ist aus Monsieur Petit geworden und aus Archibald, dem Setzer?«

Sophie zögerte. Wenn sie jetzt auflegte, würde sie ohnehin in ein leeres Bett gehen und versuchen, die aufwühlenden Gefühle zu ignorieren, die soeben in ihr hochgestiegen waren. Die Aussicht, noch ein wenig mit ihrer französischen Mailbekanntschaft zu plaudern, schien auf einmal wesentlich verlockender.

»Na gut. Ich erzähle noch ein bisschen.« Sie schenkte sich Wein nach und nippte daran, bevor sie weitersprach. »Das mit Petit und Archibald war keine schöne Sache. Arianne Leloups deutscher Freund Erich hatte tatsächlich etwas in Erfahrung bringen können. Aber er war ein sensibler Bursche. Und da er weder Arianne noch die Belegschaft des *Miroir* beunruhigen wollte, behielt er für sich, dass man Petit in ein Arbeitslager in der Nähe der belgischen Grenze deportiert hatte, wo er dafür büßen sollte, dass er Flüchtlinge mit Nahrung versorgt hatte und überdies eine ganz unverfrorene Meinung gegenüber den Besatzern vertrat. So erfuhren sie erst Wochen später davon, als man Archibald wieder freiließ, weil er im Grunde nur weggesehen hatte, als Petit dessen Materialien benutzte. Von seinem mehrwöchigen Aufenthalt in den Kellerräumen eines Gefängnisses hat sich Archibald niemals erholt. Und weil seine Hände nicht mehr die gewohnte Arbeit verrichten konnten, ohne zu zittern, nahm er eine Stellung als Stallbursche an und beförderte seitdem Schweinemist auf Rübenfelder. Man erzählt, er habe es sogar gerne getan, weil ihm die Deutschen dort sicher nicht auflauern würden.«

»Und was ist mit meinem Großvater geschehen? Haben die Deutschen das Fischerboot tatsächlich beschossen?«

»Ja, aber er hatte Glück gehabt. Als sich das Boot der Küstenwache dem Kutter näherte und sie versuchten, im Schutze der Nacht übers offene Meer zu fliehen, eröffneten die Deutschen das Feuer mit einem Maschinengewehr. Während William, von Kugeln getroffen, ins Meer stürzte, gelang es Yves, sich hinter der Steuerkanzel unbemerkt ins Wasser gleiten zu lassen. Und während die Deutschen auf Deck kletterten, um auch die restlichen Männer zu erledigen, tauchte er weg, schwamm mit kräftigen Zügen ins Dunkel, bevor sie Scheinwerfer über das Wasser schwenkten, um sicherzugehen, dass sie auch alle erwischt hatten. Weil sie aber nicht wissen konnten, wie viele Personen an Bord gewesen waren, gaben sie sich bald zufrieden, stiegen zurück auf ihr Küstenschiff und ließen den angeschlagenen Kutter samt Beiboot herrenlos im stürmischen Wasser treiben.

Yves, der miterleben musste, wie die Männer der Besatzung unter Schmerzensschreien starben, hatte Glück gehabt, dass die Scheinwerfer ihn nicht erreicht hatten. Und weil er einen enormen Lebenswillen besaß und eine Planke fand, an die er sich klammern konnte, begann er, sich mit den Beinen vorwärtszubewegen, bis er sich schließlich, viele Kilometer weiter, vollkommen entkräftet von den Wellen an Land treiben ließ. Und so fand man ihn am nächsten Morgen am Strand der Côte de Nacre, beinahe leblos, mit zerrissener Kleidung. Ohne Besinnung.«

Er wusste nichts mehr. Es war wie ein Traum, ein böser, undurchsichtiger Alb, dessen Schatten wie dunkle Finger nach ihm griffen, und doch erschien mit einem Mal Licht. Empfindungen erwachten – war das ein Körper, *sein* Körper? –, warm, kalt, Schmerzen am Bein und am Rücken, der Kopf voll von Nichts und doch bleischwer. *Der Ozean!*, kam es ihm in den Sinn. Es war, als tauche er aus dickem Schlick auf, meinte plötzlich, Geräusche wahrzunehmen, die bis eben noch ein dumpfes Grollen im Inneren gewesen zu sein schienen.

Vorsichtig öffnete er die Augen und ertrug kaum, wie hell es war. Sofort presste er die Lider wieder aufeinander, ließ aufsteigende Bilder an sich vorbeiziehen, Erinnerungsfetzen ohne Vergangenheit.

Als er die Augen wieder aufschlug, nahm er durch die Fäden seiner Wimpern klarer werdende Strukturen wahr. Eine Lampe, die von der Decke hing, weißgekalkte Wände, das Bild einer Wassermühle.

Yves' Atem ging ruhig, er bemerkte den Strauß frischer Schnittblumen auf dem Nachttisch, dessen Blütenduft ihm in der Nase kitzelte. Und nachdem ihn das Sonnenlicht, welches durch ein halbgeöffnetes Fenster in die Kammer fiel, nicht mehr blendete, hob er den Kopf und blickte sich um. Doch als er sich auf den Ellenbogen stützen wollte, um hinauszusehen, rutschte er ab und stieß gegen ein Glas, das polternd zu Boden fiel. Er versuchte, es aufzuheben, bemerkte aber, dass ihm die Kraft dazu fehlte, und ließ sich langsam zurück in die Kissen sinken, der Besinnungslosigkeit entgegen. Dieses Mal furchtlos und mit dem Gefühl, gut aufgehoben zu sein.

Als er die Lider zum dritten Mal an diesem Tag aufschlug, war jemand über ihn gebeugt. Ein junges Mädchen mit hellbraunen Augen und Sprenkeln wie von Bernstein. Es trug das Haar zum Zopf geflochten und lächelte erleichtert.

»Ich wusste doch, dass ich etwas gehört habe«, flüsterte sie und drehte den Kopf: »Maman, komm schnell, er ist aufgewacht. Der Fremde ist aufgewacht!«

Yves musste sie erschrocken angestarrt haben, denn sofort senkte das Mädchen wieder die Stimme. »Keine Angst. Alles ist in Ordnung. Sie sind hier in Sicherheit.«

Von draußen her drangen lauter werdende Schritte herein, dann betrat eine Frau von etwa fünfzig Jahren die Kammer. In der Hand hielt sie ein Küchentuch, das sie nun zu kneten begann.

»Er ist wach?«, fragte sie und kam ans Bett, neben ihre Tochter – es musste ihre Tochter sein, so sehr, wie sie sich ähnelten. »Wir haben uns große Sorgen um Sie gemacht«, erklärte sie. »Wissen Sie, wie lange Sie hier schon liegen?«

Yves schüttelte den Kopf. Es strengte ihn an.

»Beinahe eine ganze Woche.«

»Eine Woche?«, fragte er und wunderte sich im selben Moment darüber, dass er überhaupt sprechen konnte; seine eigene Stimme war ihm so fremd wie die Menschen, die vor ihm am

Bett standen, und seine Zunge klebte ihm am Gaumen. »Haben Sie einen Schluck Wasser für mich?«

»Natürlich. Binette, schenk ihm etwas ein und gib es ihm, sei so gut.«

Das Mädchen hob das Glas vom Boden auf, es war unversehrt. Dann goss es etwas Wasser aus einem Tonkrug hinein und reichte es ihm.

Yves trank gierig. Es tat gut. »Wie komme ich hierher?«, fragte er mühsam und hielt dem Mädchen das leere Glas hin, das es ihm abnahm.

»Binette hat Sie letzten Samstag am Strand gefunden. Ohnmächtig und verletzt. Mein Mann hat Sie dann hierher zu uns geschafft, und seitdem haben Sie wie tot im Bett gelegen. Wir haben schon das Schlimmste befürchtet. Sie hatten keine Papiere bei sich, nur sechzehn Francs in Münzen, das war alles.«

»Am Strand?«, wunderte er sich. »Was für ein Strand?«

Mutter und Tochter warfen sich besorgte Blicke zu.

»Na, hier am Strand von Luc-sur-Mer«, erklärte Binette. »Können Sie sich denn an gar nichts erinnern?«

»Luc-sur-Mer? Nein, ich …« Er strengte sich an, sah Wasser, sah die Nacht, fühlte die Kälte und die Angst. Eine Planke. Er schwamm irgendwo, irgendwohin, allein. Es war Dunkel, dann spürte er nur noch die Leere seiner Erinnerungen und schüttelte verzweifelt den Kopf. »Nichts. Ich weiß nichts mehr.«

»Wissen Sie, welchen Tag wir heute haben, welchen Monat, welches Jahr?«

»Ich habe keine Ahnung«, gestand er ein.

»Und Ihr Name? Wie heißen Sie? Das wissen Sie doch noch?«, hakte die Mutter nach.

Er schwieg. Sein Name, wie zur Hölle war sein Name? Wut stieg in ihm auf, er fühlte sich vollkommen ausgeliefert und unfähig, selbst auf diese einfache Frage zu antworten. Eine Träne lief ihm die Wange hinab, die er sich hastig fortwischte.

»Sie werden sich bestimmt bald erinnern«, beschwichtigte die Mutter und versuchte ein Lächeln. »Mein Name ist Nizou. Etienne Nizou. Und das ist meine Tochter Binette. Meinen Mann werden Sie heute Abend kennenlernen, wenn er aus der Werkstatt kommt. Er heißt Henri.«

»Ich werde Sie einfach Émile nennen«, ereiferte sich Binette. »So heißt mein Cousin, und er ist ein netter Mensch. Was halten Sie davon?«

Er zuckte mit den Schultern. »Émile ist so gut wie jeder andere, auch wenn ich nicht weiß, ob es meiner ist.« In einer hilflosen Geste strich er sich über das Haar, dabei wurde ihm bewusst, wie verwahrlost er aussehen musste. »Ich glaube, ich sollte jetzt aufstehen und mich ein wenig frisch machen.«

»Wirklich?« Etienne Nizou hob eine Braue. »Sie sind doch gerade erst erwacht!«

»Ach lass ihn doch, wenn er unbedingt will, er liegt doch schon so lange«, erwiderte Binette und half ihm, sich aufzusetzen. »Warten Sie. Ich bringe Ihnen einen Waschtrog.«

Sie sah ihn mit einem Blick an, in dem etwas lag, das wie Zufriedenheit aussah, vielleicht sogar Glück. Und als Yves sich nur wenig später frisch gewaschen und mit wackeligen Beinen an den Abendbrottisch setzte, da ahnte er noch nicht, dass der freundliche Mann, der sich ihm als Henri vorstellte, später einmal sein Schwiegervater werden sollte.

## 25

Während Valentine nur siebzig Kilometer weiter östlich ihren Alltag wieder in den Griff zu bekommen suchte, kämpfte Yves noch immer damit, seinem Gedächtnis Leben einzuhauchen. Die Tage wurden langsam kürzer, auf dem Feld neben dem Haus begannen die Bauern mit der Kartoffelernte, doch sosehr sich Yves darum bemühte, sich an seinen Namen, seine Herkunft oder an den Grund seiner Albträume zu erinnern, es wollte ihm nicht gelingen. Dabei fühlte er, dass sich die Vergangenheit irgendwo versteckt hielt, spürte, dass sie nur darauf wartete, eines Tages hinter den Mauern der Gedanken hervorzubrechen.

Manchmal lief er heimlich an den Strand, weil er ahnte, dass das Meer nicht nur schmerzliche Gefühle für ihn bereithielt, sondern auch schöne. Vor allem die Sonnenuntergänge und das sanfte Rauschen der Wellen weckten in ihm die Empfindung, dass es jemanden gab, eine Frau, die er von ganzem Herzen liebte. Und die vielleicht gerade jetzt in diesem Moment irgendwo an dieser Küste, am selben Meer, im Sand oder auf einem Felsen saß und an ihn dachte.

Weil die Zeit verging, ohne dass sich etwas an seinem Zustand änderte, begann er sich daran zu gewöhnen. Familie Nizou war gütig und hilfsbereit, und insbesondere Binette kümmerte sich rührend um ihn. Immer dann, wenn er mit ihr Zeit verbrachte, ein Buch las, mit der Familie beim Essen zusammensaß oder Vater Henri in seiner Schreinerwerkstatt zur

Hand ging, immer dann fühlte er sich gut, beinahe geborgen. Doch kaum dass er wieder alleine war, ob bei einem einsamen Spaziergang am Strand oder beim Blick aus dem Fenster seiner Kammer, da überkam ihn wieder dieses seltsame Gefühl, das zu gleichen Teilen von Sehnsucht, Heimweh, Verzweiflung und ohnmächtiger Wut genährt zu werden schien und das ihn in diesen Momenten in Schach hielt wie ein beißwütiger Hund.

So ging es über mehrere Wochen.

Bis der Herbst kam.

An einem Freitag hatte Henri Nizou viel zu tun, und so bat er Yves wieder einmal, ihm in der Werkstatt zu helfen. Jemand hatte zehn hölzerne Sitzbänke bestellt, die er für eine Aufführung benötigte. Einfach sollten sie sein, aber bis übers Wochenende fertig. Der Preis, den der Auftraggeber dafür zahlte, war niedrig, aber was sollte er machen? Die meisten Leute hatten kein Geld mehr, um sich etwas von einem guten Möbelschreiner anfertigen zu lassen, allerhöchstens für notdürftige Reparaturen, und da kam ihm dieser Auftrag wie gerufen. Seitdem er im Frühjahr schon seinen Gesellen hatte entlassen müssen, fehlten ihm bisweilen zwei Hände. Da kam Yves, den man noch immer Émile nannte, gerade recht.

Gleich nach dem Frühstück waren Binettes Vater und er hinüber in die Werkstatt gegangen. Kurz erläuterte ihm der Schreinermeister, was zu tun sei, und wies ihm die Aufgabe zu, die Leisten, die er für die Sitzflächen benötigte, mit Sandpapier abzuschleifen, dass sich jemand daraufsetzen konnte, ohne Gefahr zu laufen, sich die Hose oder das Kleid zu zerreißen.

Nichts, was er nicht schaffen könne, dachte Yves und machte sich ans Werk. Doch bald schon bemerkte er, dass das Schleifen von Holz wohl nicht das Einzige gewesen war, das Monsieur

Nizou an diesem Freitagmorgen von ihm wollte. Denn bereits nach wenigen Minuten schweigsamen Arbeitens begann er, über die vergangenen Wochen zu sprechen und darüber, wie rasch sie sich alle an seine ständige Anwesenheit gewöhnt hatten.

»Émile, ich mag dich«, schloss er.

Yves hielt verwundert inne. »Danke, Monsieur«, gab er zurück. Aufmerksam beobachtete er den Schreiner, wie er geschickt Löcher in Verbindungsstücke bohrte, kleine Holzdübel hineinsteckte und dabei weitersprach, ohne aufzusehen.

»Nein, wirklich«, schob Nizou nach. »Du scheinst ein aufrechter Kerl zu ein, und ich glaube, unsere Binette findet das auch.«

Nun ahnte er, wohin dieses Gespräch führen sollte.

»Ja, sie ist eine sehr nette und sympathische junge Frau«, antwortete er ausweichend. Er war von dem überzeugt, was er sagte – er mochte Binette –, und dennoch fühlte es sich auf eine unbestimmte Art und Weise ein wenig so an, als würde er einen Verrat am eigenen Herzen begehen, wenn er sich darauf einließe.

Nun legte der Schreiner sein Werkstück zur Seite und lächelte mit dem Holzbohrer in der Hand zu ihm hinüber. Dann wurde sein Gesicht mit einem Mal ernst. »Wir haben dich aufgenommen, weil wir ahnen, dass du aus einem bestimmten Grund am Strand gelegen hast. Deswegen sind wir auch nicht zur Polizei oder ins Krankenhaus mit dir gegangen und haben es auch vermieden, irgendjemandem die Wahrheit zu beichten. Sogar unseren Nachbarn haben wir erzählt, du seiest Binettes Cousin aus Cabourg, der mir hier zur Hand ginge. Das alles, weil wir denken, dass es richtig ist, das zu tun, und in letzter Zeit auch, weil«, Nizou zögerte einen Moment, »... weil du Binette wichtig geworden bist, verstehst du, was ich sagen will?«

»Ich denke schon, Monsieur.«

»Aber Émile, es gibt ein Geheimnis, das dich umgibt, irgendetwas ist passiert, und wahrscheinlich tun wir weiterhin gut daran, dass niemand davon Wind bekommt, dass du hier bei uns lebst, vor allem die Deutschen nicht. Wer weiß, was du angestellt hast. Vielleicht wirst du sogar gesucht?«

»Ich? Gesucht?« Yves legte den Schleifblock mit dem Sandpapier auf die Werkbank und rieb sich die schmerzenden Hände. »Was meinen Sie? Weshalb sollte man mich suchen?«

Nizou zuckte mit den Achseln. »Ich weiß es doch auch nicht. Aber sieh, du hast keine Ahnung, wer du bist, woher du kommst und was mit dir geschehen ist. Du kannst nicht ausschließen, dass du in irgendetwas verwickelt bist, und wenn dem so wäre, würdest du nicht nur dich selbst, sondern auch uns und unsere Binette in große Bedrängnis bringen, käme es heraus, verstehst du?«

»Aber in was soll ich denn schon verwickelt sein? Ich bin doch kein Verbrecher!«

»Nein, natürlich nicht!«, beschwichtigte ihn Monsieur Nizou, »aber wer und was bist du dann? Ein Fischer mit Sicherheit nicht, auch wenn du angespült worden zu sein scheinst wie Treibgut, das ins Meer gefallen ist. Ein Fischer bist du nie und nimmer. Und ein Handwerker bist du auch nicht. Du bist körperliche Arbeit nicht gewohnt und hast wenig Ausdauer. Sieh doch nur deine Hände. Die sehen nicht gerade aus wie die eines Schreiners, sie sehen eher aus wie die eines Pianisten.«

Urplötzlich durchzuckte Yves ein Blitz. Es war keine Erkenntnis, aber es war, als risse die Wolkendecke eines stürmischen Unwetters an einer Stelle auf und ließe Licht auf die

Erde fallen. Ihm wurde schwindelig, und dann waren da mit einem Mal diese zarten, vertrauten Töne. Leise, ganz leise, und es schien ihm, als würden sie ebenfalls aus dem Riss im Himmel ertönen, anschwellen und sich zu einer Melodie in seinem Kopf verdichten, die ihm bekannt war. Er taumelte, musste sich am Arbeitstisch festhalten. Dieses Lied, was war das nur für ein Lied?

Augenblicklich ließ Monsieur Nizou seinen Holzbohrer fallen und eilte mit besorgter Miene zu ihm. »Was ist denn los? Ist dir nicht gut?«

Yves hob abwehrend die Hand, die Melodie hallte in ihm nach, wurde jedoch schwächer. Ein Piano, weit entfernt und dennoch wie ein Teil von ihm, ein Teil diffuser Erinnerungen und ein unbestimmtes Gefühl von Sehnsucht und Liebe. »Nein, danke, es geht schon wieder.«

»Du siehst blass aus, ich denke, du machst besser mal eine Pause. Geh hinein zu Binette und meiner Frau. Sie sollen dir einen Kräutertee machen, und wenn alles nichts hilft, dann trink einen Selbstgebrannten, der wirkt wahre Wunder.« Monsieur Nizou lachte ein Lachen, das den Vorfall abmildern sollte, doch es gelang ihm nur leidlich. Seine Stimme trug einen Anflug von schlechtem Gewissen mit sich, ganz als vermute er, er habe Émile zu sehr mit dem konfrontiert, das ihm ohnehin zu schaffen machte. Von dem, was wirklich in ihm vorging, ahnte er nichts.

Als Yves von der Werkstatt hinüber zum Wohnhaus ging, versuchte er, diese Melodie in seinem Kopf zu Tönen zu formen. Und noch bevor er die Eingangstür des Hauses aufdrückte, summte er die ersten vor sich hin.

»Was ist das für eine Melodie?«, fragte Binette, die in der Küche saß und Strümpfe stopfte.

»Kennst du sie? Warte, ich summe sie dir noch einmal vor.«

Er wiederholte das Lied, bis er sich sicher war, dass es genauso klang wie in seinen Gedanken.

»Nein.« Binette legte die Strümpfe ab und sah ihn mit großen Augen an. »Hast du das irgendwo im Radio gehört?«

»Nein. Es ist …« Er stockte, dann überkam ihn ein eigenartiges Gefühl. So, als habe er plötzlich einen neuen Weg eingeschlagen, auf dem er Bäume, Sträucher und Steine wiederkannte. »Es war in meinem Kopf. Einfach so!«

Sofort sprang Binette auf und rief nach ihrer Mutter. Wieder ließ Yves die Melodie erklingen, erntete erneutes Kopfschütteln.

»Das macht gar nichts«, sagte er, dem der bedauernde Gesichtsausdruck der beiden unangenehm war, »es ist immerhin ein Anfang!«

Er trank seinen Kräutertee und abschließend etwas Calvados und ging summend zurück in die Werkstatt, wo er den Rest des Tages verbrachte, bis sie am Abend bereits sechs der Bänke fertiggestellt hatten, obwohl noch das ganze Wochenende vor ihnen lag.

Die Besatzer hatten die Sperrstunde für Luc-sur-Mer auf halb zehn Uhr festgesetzt, so dass es ihn nach dem gemeinsamen Abendessen mit der Familie überkam, zum ersten Mal seit seiner Rettung in den kleinen Ort zu gehen.

Seit Wochen hatte er kaum das Grundstück seiner Gastgeber verlassen, und ihn verlangte es nach Luft und Menschen. Als er das ankündigte, wollte Binette etwas einwerfen, doch ihr Vater schüttelte behutsam, aber bestimmt den Kopf und beschied, Émile gehen zu lassen. Er sei alt genug, würde pünktlich zu Hause sein und brauche einmal Zeit für sich, er könne das verstehen.

»Aber meide alles, was nach *Boche* aussieht, hörst du? Ohne Papiere bist du für die Freiwild.«

Yves warf ihm einen dankbaren Blick zu, zog die alte Jacke über, die man ihm neben den anderen Kleidungsstücken aus Monsieur Nizous Jugendzeit überlassen hatte, und versprach, achtzugeben. Dann verließ er das Haus und ging die Straße hinab in Richtung des kleinen Örtchens, das nur einen Kilometer entfernt lag und sich mit seinen von der Abendsonne beschienenen Fassaden vom Stahlblau des herbstlichen Himmels abhob.

Er hielt, kaum dass die Häuser von Luc-sur-Mer näher zusammenrückten, auf dessen Mitte zu. Manche der Fenster waren bereits beleuchtet; das Flackern von Öllampen und der schwache Schein elektrischer Beleuchtung fielen auf die dunkler werdenden Gassen und Sträßchen. Noch immer begleitete ihn die Melodie von heute Vormittag, doch er hörte sie nicht. Es war vielmehr, als warte sie nur auf eine Gelegenheit, sich wieder bemerkbar zu machen, wie die Nadel, die über der Schellackplatte schwebte, bereit, aufgesetzt zu werden, um die eingepressten Rillen in Töne zu verwandeln.

Am Marktplatz angekommen, wandte er sich in Richtung Meer und erreichte nach wenigen Gehminuten die Promenade. Er schmeckte den Ozean, roch die Freiheit, schloss für einen Moment die Augen und ließ sich den Wind ins Gesicht blasen.

Er hatte bereits das Ende der Straße erreicht, da sah er in der Mitte einer Seitengasse ein schlichtes Bistro – es wirkte ein wenig heruntergekommen; kein Ort, wo sich die Besucher der Promenade für gewöhnlich hin verirrten, ja, wahrscheinlich nicht einmal die Soldaten der Besatzungsmacht. Öliges Licht drang heraus. Yves steuerte darauf zu. Etwas zog ihn an, vielleicht die Erwartung von Gesellschaft, die keinen Bezug zu seinem vergangenen oder gegenwärtigen Leben hatte, vielleicht der Ort, wo er niemandem Rechenschaft schuldig war außer seinen eigenen Gedanken?

Als er die Tür der Kneipe öffnete, drehte sich ein gutes Dutzend Köpfe zu ihm um. Er ließ sich nicht von den prüfenden und wenig vertrauenswürdigen Blicken abschrecken, trat ein und schritt zum Tresen, wo er sich etwas zu trinken bestellte und sich auf einem der vier unbesetzten Hocker niederließ, welche davor aufgereiht standen. Die Gespräche der Männer setzten langsam wieder ein.

Yves nippte an seinem sauren Wein, da machte er am anderen Ende des verrauchten Raumes etwas aus, das sein Herz vor Aufregung höher schlagen ließ. Wie eine Welle schwappte die Melodie, die sich heute Morgen in Monsieur Nizous Werkstatt zum ersten Mal in seinen Kopf geschlichen hatte, wieder über ihn. Überrascht von den sich emporringenden Emotionen, rutschte Yves von seinem Hocker und ging hinüber zum Klavier, setzte sich und schlug den Deckel hoch.

Behutsam legte er die Finger auf die Tasten, erzeugte zaghaft einen Akkord. Dann noch einen und noch einen. Weshalb konnte er spielen? Weshalb kam ihm dieses Instrument so vertraut vor wie ein alter Freund, den er lange dunkle Jahre nicht gesehen hatte und der ihm nun beinahe verheißungsvoll erschien, als kenne er die Wahrheit und würde sie ihm verraten, wenn er nur mit ihm sprach?

Er ignorierte das missbilligende Gemurmel der Gäste hinter ihm, die wahrscheinlich vermuteten, ein Betrunkener wolle hier seine Klavierstunden nachholen. Doch er lauschte der Melodie in seinem Kopf, die immer mehr anschwoll, durch ihn hindurchfloss und diese wundervolle Energie verströmte, die seine Hände und seine Finger in Bewegung setzte und ihn Töne erzeugen ließ, die dem Lied in seinem Herzen entsprachen. Am Anfang zaghaft und etwas zeitversetzt – so kam es ihm vor –, dann synchronisiert und immer bewusster.

Die Akkorde und Tonfolgen wurden kräftiger, lebendiger, wurden eins mit ihm, und er erkannte die Melodie, deren Noten leicht, verspielt und doch so tief waren. Das Gemurmel verstummte. Stühle wurden gedreht. Er spürte, wie sich die Blicke, die ihn eben noch wenig einladend gemustert hatten, in Bewunderung verwandelten.

Dieses Stück. Diese Melodie. Er wusste nun, wer es komponiert hatte. Erik Satie. Geboren in Honfleur. Seine Finger tanzten über Ebenholz und Elfenbein. Und er wusste plötzlich wieder, wo er selbst geboren war. Honfleur. Und er wusste mit einem Mal, dass sein Vater einen Buchladen in der *Rue des Capucins* besaß. Er spielte weiter. Er weinte, sah nichts mehr als tränengebrochene Lichtschimmer. Valentine, sie hieß Valentine, seine Valentine. Ihr Gesicht war aus dem Nichts zurückgekehrt und mit ihm die Wärme, die er vermisst hatte, die er bereits geahnt hatte, als sie nur Teil einer namenlosen Sehnsucht war. Er konnte sie riechen, spüren, schmecken. Das Lied erfüllte den Raum und ihn. Sein Leben kam zurück. Wie lange war er hier gewesen? Zwei Monate schon? Oder länger?

Angst machte sich breit, die Angst, zu spät zu kommen, denn nun erinnerte er sich auch daran, was er getan, warum ihn Binette am Strand von Luc-sur-Mer gefunden hatte. Sie waren tot. Alle. Nur er hatte es geschafft, obwohl es fast unmöglich schien. Doch was war mit Valentine, was mit seinem Vater, mit Madame Petit und ihrem Sohn Albert?

Er sprang auf, wischte sich mit dem Ärmel übers Gesicht, nahm den Applaus der Männer nicht wirklich wahr, hörte kaum, wie ihm der Wirt nachrief, er solle doch weiterspielen, der Wein ginge aufs Haus. Doch Yves war bereits draußen auf der Straße und sah hinauf in die Sterne, die in diesem Moment auch über Honfleur leuchteten.

## 26

Saint-Pierre-Bois, den *18.* September *1942*

Allerliebste Valentine,

wie gerne hätte ich Dir in den letzten Wochen geschrieben. Du fehlst uns sehr, besonders Deinem Vater, der zwar versucht, sich das nicht anmerken zu lassen. Aber ich kenne ihn lange genug, um über seine Gesten und Worte hinwegzusehen, die er vor seine Gefühle stellt, um sich dahinter zu verstecken. Allerdings muss ich zugeben, dass auch ich mich vor meinen Gefühlen versteckt und mich lange darum gedrückt habe, Dir etwas mitzuteilen, was Du wissen solltest.
Valentine, sie haben uns Sébastien genommen! Vor drei Wochen, Ende August, kam sein Einberufungsbescheid. Zunächst hofften wir naiv, dass sie ihn vergessen würden, dass er vielleicht davonkommen könnte – wir haben sogar darüber nachgedacht, ihn über die Vogesen in die Schweiz zu schleusen –, doch man drohte denjenigen, die vor dem Wehrdienst fliehen, drakonische Strafen an. Einige Männer aus dem Nachbarsort wurden auf dem Weg über die Grenze gefasst und erschossen. Stell Dir vor, man will sogar deren Familien ins Sicherungslager Schirmeck bringen, damit sich so etwas nicht wiederholt.
Also erging es ihm letztendlich wie allen jungen Männern hier im Elsass, und er musste dem Ruf der Wehrmacht Folge leisten. Der deutschen Wehrmacht! Mein Herz ist voller Schmerz, Trauer und Angst. Das ist doch nicht der Krieg meines Jungen!
Manchmal träume ich und sehe ihn, wie er mir Brombeeren bringt,

die so zerquetscht sind, dass der Saft seine kleinen Hände dunkelrot färbt. Ich erinnere mich noch gut daran, dass ich mich damals fast zu Tode erschreckt habe, weil ich dachte, er hätte sich schwer verletzt. Er war doch so ein Wirbelwind als Kind. Aber er hatte die Beeren doch nur für mich gepflückt und sie aus Ungeschicklichkeit zerdrückt, als er über die Steinmauern kletterte. Nun ist er fort, und ich sehe jede Nacht wieder blutrote Hände, doch es sind die eines erwachsenen Mannes. Und es gibt keine Beeren mehr, nur Blut, Schlamm, Matsch und Tod. Dann schrecke ich hoch und bete zu Gott, dass er ihn beschützt.
Ich weiß oft nicht, was ich machen, wie ich diese Angst um meinen Jungen ertragen soll. Ich weiß nicht einmal genau, wohin sie ihn gebracht haben, wo er im Schützengraben steht und auf Menschen schießt, die ihm nichts getan haben, für eine Sache, die nicht die seine ist. Auf der Kommandantur konnte oder wollte man es uns nicht sagen. Irgendwo an der Ostfront, hieß es. Vielleicht im tiefsten Russland, dort, wo der Boden jetzt schon wieder gefroren ist? Es ist ein furchtbarer Gedanke.
Valentine, er fehlt mir so sehr, er ist doch mein Sébastien! Wie konnten sie ihn mir, uns, nehmen, wie konnten sie ihm und uns das antun? Es war nicht sein Wille, es ist nicht unser Wille, und ich habe immer weniger Angst davor, das auch laut zu sagen oder zu schreiben. Sollen sie es doch lesen, was haben wir noch zu verlieren? Immer leerer wird das, was von unserem Leben hier noch übrig ist. Manchmal glaube ich, wir würden nur noch atmen, weil wir keine andere Wahl haben.
Liebste Valentine, versprich mir, dass Du auf Dich aufpasst, dass Du Dich nicht unnötig in Gefahr begibst. Es tut mir so unendlich leid, dass ich Dir diese Nachricht übermitteln musste, aber Du bist seine Schwester und hast das Recht darauf, es zu erfahren.
Schreib mir bitte ganz bald, dass Du wohlauf bist, und grüße Onkel Victor und Tante Nanette herzlich von uns!

Fühle Dich umarmt und tausendmal geküsst!
Deine Dich liebende und vermissende
Maman

Valentines Herz hatte jedes Mal aufs Neue begonnen zu rasen, wann immer sie diesen Brief hervorgeholt hatte. Sie hatte ihn wieder und wieder gelesen, seit er vor gut vierzehn Tagen in Honfleur bei ihr angekommen war.

Sébastien! Er war doch viel zu sensibel, um in diesem Krieg zu bestehen, viel zu sehr ihr Bruder, um mit einer Waffe auf andere Menschen zu schießen, viel zu jung, um zu sterben.

Sie hatte beinahe eine ganze Woche benötigt, um zu verstehen, was diese Nachricht aus der Heimat wirklich *für sie* bedeutete. Es war ihr, als habe sich seit dem Tag, da sie den Brief zum ersten Mal las, auf leisen Sohlen eine tiefe Sehnsucht nach dem Elsass, nach den Eltern, nach Heimat angeschlichen und das Gefühl, dass sie dort jetzt mehr gebraucht würde als in Honfleur. Immer öfter hatte sie an den Ort gedacht, in dem sie aufgewachsen war; an den Pfarrer, der seine Hände immer schützend über seine Schäfchen gehalten hatte, soweit es ihm möglich gewesen war.

Selbst die Metzgerei der geschwätzigen Madame Reinel kam ihr aus der Ferne plötzlich vor wie der Teil eines erstrebenswerten Ziels.

Und die Arbeit im *Miroir*?

Mittlerweile empfand sie diese nur noch als lästige Pflichterfüllung. Eine Arbeit, die ihr Gewissen zunehmend belastete. Wollte sie wirklich weiter für jemanden arbeiten, der sich gegenüber der Deportation seines langjährigen Mitarbeiters

– und, wie sie anfangs noch irrigerweise angenommen hatte, auch Freundes – derart untätig, ja, sogar mitleidslos zeigte?

Onkel Victor war für Valentine zum Inbegriff der Kollaboration geworden. Die Arbeit in der Redaktion erschien ihr nicht länger als Notwendigkeit, als Versuch, einem Familienangehörigen zu helfen. Vielmehr war es wie ein Verrat an der Sache von Yves, Petit und all den anderen. Sie konnte die Augen nicht länger davor verschließen und so tun, als sei nichts geschehen.

Die letzten Wochen waren sehr hart gewesen. Yves' Verlust alleine war schon kaum zu ertragen, aber dazu kam, dass sie niemanden hier in Honfleur hatte, dem sie sich wirklich anvertrauen konnte, nicht einmal Monsieur Rumot, dessen Buchladen wahrscheinlich noch immer unter Beobachtung durch die Deutschen stand und der selbst mit dem schmerzlichen Verlust seines Sohnes fertig werden musste, ohne sich etwas dabei anmerken zu lassen. Mehr noch. Er hatte vorgeben müssen, er wisse nicht, wo sein Sohn sich aufhalte, als sie ihn verhört hatten. Nein, sie wäre ihm keine Stütze und er ihr auch nicht.

Also war sie eines Morgens mit einer Frage im Kopf aufgewacht, die sie einen ganzen Tag lang umgetrieben hatte: *Was hält dich hier noch?*

Die Antwort überkam sie am Abend genau so plötzlich, als hätte sie jemand an beiden Schultern gepackt und durchgeschüttelt: *Nichts mehr, Valentine! Dich hält nichts mehr in Honfleur!*

Von diesem Moment an wusste sie, dass sie fortgehen würde, zurück zu ihren Eltern, zurück nach *Saint-Pierre-Bois*, das jetzt Sankt Petersholz hieß. Maman war es, die sie jetzt brauchte, ebenso, wie sie selbst sich nach ihrem Elternhaus sehnte, nach dessen Geborgenheit, wenn es so etwas in diesen Zeiten überhaupt noch gab. Sie würde mit ihrem Entschluss, Honfleur den Rücken zu kehren, auch ihrer Mutter den sehnlichsten, unausgesprochenen Wunsch erfüllen, der sie zwischen den Zeilen förmlich angeschrien hatte: dass das einzige verbliebene Kind nach Hause zurückkommen sollte.

Valentine faltete den Brief, steckte ihn zurück in den Umschlag und legte ihn in den Koffer zur Streichholzschachtel mit dem verblichenen Zettel; direkt unter das Kleid, das sie getragen hatte, als sie mit Yves nach Paris gefahren war. Dann sah sie auf den neuen Passierschein, für den sie ein Monatsgehalt hatte zahlen müssen, und atmete tief ein.

Morgen schon würde sie ihren Eltern in die Arme fallen, und wäre sie erst einmal zu Hause, würde sie sich ein neues Leben aufbauen, ein Leben ohne Yves. Vielleicht konnte sie wieder eine Anstellung als Lehrerin erhalten? Sicher gab es auch eine Untergrundzeitung, bei der sie arbeiten konnte, irgendetwas, das ihr das Gefühl gab, mitzuhelfen, dass dieser unsägliche Krieg endlich ein Ende fand.

Ihr Blick fiel aus dem Fenster. Der Morgen war diesig, doch bald würden erste Sonnenstrahlen den Dunst vertreiben. Noch einmal atmete sie tief ein, dann stand sie auf. Es war kurz vor neun. Bevor sie zum Bahnhof ging, wollte sie sich noch einmal von Tante Nanette verabschieden. Ohne Victor, der ihr die Kündigung übelgenommen hatte.

Als sie ihn vor wenigen Tagen in den Redaktionsräumen des *Miroir* um eine Unterredung gebeten hatte, war er überrascht gewesen. Wahrscheinlich war es ihr anzusehen, dass das Anliegen sie nervös machte. Mit glühenden Wangen hatte Valentine im Stuhl seinem Schreibtisch gegenüber Platz genommen und gewartet, bis er seine Arbeit beendet hatte und seinen Blick auf sie richtete.

»Also gut, was gibt es denn?« Seine Stimme klang müde,

ausgelaugt wie nach einem langen Dauerlauf. Seit der Sache mit Petit war er reizbarer, und es schien fast so, als stehe er unter besonderem Druck durch allgegenwärtige, unsichtbare Augen und Ohren, die jederzeit sein Verhalten auf Fehler überprüften, an denen der Fortbestand der Zeitung hing.

»Ich möchte kündigen.«

»Was?«, rief er aus und schnellte aus seinem Sitz empor. »Das geht nicht, ich brauche jede Arbeitskraft!«

Valentine blieb sitzen und sah zu ihm auf. Sein Gesicht hatte rasch eine tiefdunkle Farbe angenommen. »Ich werde zurück ins Elsass fahren«, sagte sie ruhig. »Maman braucht mich.«

»Das kannst du mir nicht antun! Wie soll es denn weitergehen?«

»Ich tue dir nichts an, Onkel Victor«, gab sie zurück. »Ganz im Gegenteil. Ich habe dir geholfen, als du Hilfe brauchtest. Ich war dir stets eine gute Mitarbeiterin, auch wenn ich nur wenige Monate hier war. Aber nun ist es an der Zeit, dass ich meinen Eltern beistehe. Sie brauchen mich jetzt. Sébastien ist eingezogen worden und niemand weiß, ob er jemals zurückkommt.«

»Es ist Krieg, verdammt, du kannst ohnehin nichts daran ändern, wenn du fährst.« Er setzte sich wieder und klopfte ungeduldig mit den Fingern auf die Tischplatte. »Ich erlaube nicht, dass du den *Miroir* im Stich lässt.«

»Aber du musst doch verstehen …«

»Man wird die Zeitung einstellen, wenn wir der Arbeit nicht nachkommen.« Er beugte sich vor. »Sag mir ins Gesicht, dass es dir gleich ist, wenn das Sprachrohr Honfleurs in ernsthafte Schwierigkeiten kommt.«

»Das Propagandaministerium hat sicher einige gute Männer, die sie dir abstellen können. Wie den jungen Setzer.«

»Du glaubst wohl, Deutsche mit französischen Sprachkenntnissen wachsen auf Bäumen, hm?« Victor hob den Zeigefinger und richtete ihn drohend auf sie. »Nein. Ich werde dich nicht gehen lassen.«

Augenblicklich zuckte Valentine zurück. »Willst du mir etwa drohen? Ich bin deine Nichte, hast du das vergessen? Die Tochter deiner Schwester, die jetzt meine Hilfe braucht.«

Victor saß da, als habe er einen Besenstil verschluckt, und atmete hörbar aus. Die anfängliche Erregung war einer gewissen Resignation gewichen, fast so, als sei ihre Kündigung nur ein weiterer Stein im Mosaik seines Unglücks.

»Ist es wegen Petit?«, stieß er schließlich hervor. »Ich habe es sehr wohl bemerkt, dass du mich seit seiner Festnahme meidest.«

»Nein, wie gesagt, Maman …« Sie sah ihn an, überlegte kurz, was sie sagen sollte, dann brach es aus ihr hervor. »Du hättest deine guten Kontakte nutzen und ihn zumindest vor dem Schlimmsten bewahren können. Er war ein Freund, ein integrer Kollege.«

»Freund nennst du das? Er hat mich hintergangen, in *meiner* Redaktion! Was meinst du, was passiert wäre, wenn ich mich für ihn eingesetzt hätte? Was denkst du, hätten sie mit dem *Miroir* gemacht? Glaubst du wirklich, sie hätten auch nur einen von uns verschont?« Seine Stimme wurde laut, überschlug sich. »Du bist nicht besser als all die anderen! Du hast nie verstanden, worum es hier geht. Wie wichtig es ist, am neuen Europa mitzuarbeiten, an einer neuen Weltordnung.«

»Diese Weltordnung ist die eines Verbrechers!«

Jetzt sprang er auf. »Geh, Valentine, pack deine Sachen zusammen, bevor ich mich vergesse!«

Sie nickte und erhob sich.

Ein kühles »Leb wohl«, war das Letzte, was sie von Onkel

Victor hörte, der sich schon wieder gesetzt und in seine Arbeit vertieft hatte und nicht einmal mehr aufsah, als Valentine seinen Gruß erwiderte und das Büro verließ, um sich von ihren Kolleginnen zu verabschieden.

Madame Chevallier zeigte sich bestürzt, als Valentine von ihrer Rückkehr ins Elsass erzählte. Sie bestürmte sie mit Fragen und fand Verständnis für die Kündigung, sagte sogar, dass sie selbst darüber nachgedacht habe, aber das Geld zum Leben brauche.

Auch Arianne Leloup war ergriffen, nahm mit feuchtschimmernden Augen Valentines Hand und schüttelte sie ausdauernd, während sie ihr viel Glück auf der Reise und alles Gute für die Zukunft wünschte. Mit mühsam zurückgehaltenen Tränen sammelte Valentine ihre privaten Dinge aus der Schreibtischschublade zusammen, drückte beide Frauen noch einmal an sich, und verließ den Ort, an dem sie fünf Monate ihres beruflichen Lebens verbracht hatte.

Laut Plan sollte der Zug um elf Uhr zweiundfünfzig fahren. Für eine Verabschiedung von Tante Nanette und Monsieur Rumot blieben ihr mehr als zwei Stunden. Valentine drehte sich um und winkte der Vermieterin ein letztes Mal zu. Dann nahm sie ihren alten Pappkoffer und ging, die Umhängetasche geschultert, mit leichten Schritten die *Rue Bosquet* entlang. Plötzlich spürte sie so etwas wie Befreiung. Ein Gefühl, das sich sogar noch verstärkte, als sie vor dem Haus der Beyers in der *Rue Cachin* ankam.

Hier hatte es begonnen, hier sollte es enden. Ohne Onkel Victor, der um diese Zeit bereits in den Räumen des *Miroirs* saß. Nur mit Tante Nanette, die ihr, so seltsam und eigenartig sie sich auch zumeist verhielt, sehr ans Herz gewachsen war.

Valentine betätigte die Türklingel, und kurz darauf öffnete sich das Fenster zur Straße und das Gesicht ihrer Tante erschien.

»Valentine?«, stellte diese verwundert fest. »Nicht bei der Arbeit? Was ist denn los? Warte, ich mache dir auf. Schön, dass du da bist, du hast Glück, ich habe vorhin erst gebacken!«

Onkel Victor schien seiner Frau nichts davon erzählt zu haben, dass Valentine Honfleur verlassen wollte. Vielleicht hatte Nanette diese Nachricht auch nur beiläufig aufgenommen und schon wieder vergessen, mutmaßte Valentine, während ihr die Tante einen Getreidekaffe aufbrühte und ein Stück des selbstgebackenen Kuchens auftischte – den diese, wie sie voller Stolz berichtete, aus nur zwei Eiern, etwas Honig, Milch, Hirschhornsalz, Walnüssen und selbstgeschrotetem Buchweizenmehl gezaubert hatte.

Valentine sah ihrer Tante an, wie traurig sie es machte, dass sie noch heute zurück ins Elsass fahren würde, auch wenn sie Valentine beipflichtete: »O je, Sébastien ist Soldat und fortgegangen von zu Hause? Schlimm, schlimm. Das tut mir sehr leid. Na, deine Mutter wird sich aber freuen, dich wiederzusehen. Noch etwas Kuchen? Grüß jedenfalls alle von mir, besonders deinen Bruder! Ich glaube, ich gebe dir ein Stück für ihn mit.«

Valentine blieb länger, als sie ursprünglich vorgehabt hatte. Sie half ihrer Tante noch mit dem Geschirr, dann nahm sie sie an der geöffneten Haustür fest in die Arme und gab ihr zum Abschied drei dicke Küsse.

Dann ging sie in Richtung der Buchhandlung, und mit jedem Schritt, den sie sich näherte, wurde ihr Herz wieder schwerer.

Die Kirchturmuhr von Sainte-Catherine schlug halb elf, als Valentine in die *Rue des Capucins* einbog und kurz darauf vor der *Librairie Rumot* anlangte. Ein wenig fürchtete sie sich davor, das Geschäft zu betreten. Hier, hinter diesen Türen, lag noch immer der Kummer und Schmerz, den sie hinter ihrer Entschlossenheit verborgen hatte. Und Valentine wusste, dass sie sich mit dem Betreten noch ein letztes Mal Yves vergegenwärtigte und die gemeinsam verbrachte Zeit, die ihr im Nachgang so furchtbar kurz vorkam.

Auch von ihm wollte sie sich verabschieden, um dann endlich gefasst nach vorne blicken zu können, einem neuen Anfang entgegen.

Die altbekannte Türglocke ertönte, und ein gezeichneter Monsieur Rumot sah auf. Als er Valentine erkannte, lächelte er.

»Mademoiselle Steinbach, bonjour. Wie schön, dass Sie vorbeischauen. Wie geht es Ihnen?«

Mit diesen Worten kam er hinter dem Verkaufstresen hervor und eilte zu ihr, ergriff ihre Hände und blickte sie mit Augen an, denen ein Teil ihres früheren Lichts abhandengekommen zu sein schien. Dann erst entdeckte er ihr Gepäck.

»Wollen Sie verreisen?«

»Ich werde Honfleur verlassen und zurück ins Elsass fahren zu meinen Eltern«, erklärte Valentine. »Ich bin hier, um mich von Ihnen zu verabschieden.«

»Oh«, entgegnete Monsieur Rumot überrascht. »Wie bedauerlich. Sie werden mir fehlen.«

»Sie mir auch, Monsieur, Sie und dieser wunderbare Buchladen. Aber ich muss fort. Mich hält hier nichts mehr.«

Er nickte verständnisvoll, das Lächeln verging. »Es sind die Bücher, die mich noch ein wenig am Leben halten. Sie sind wie Freunde, die einen mit tröstlichen Worten umhüllen und aufrichten«, sagte er. »In diese Welt gehört auch mein Sohn. Ich spüre noch immer seine Anwesenheit.«

Valentine atmete tief durch, dann öffnete sie ihre Umhängetasche und zog ein in Papier eingeschlagenes Paket hervor.

»Was ist das?«, wunderte sich Monsieur Rumot.

»Ihre Leihgabe.«

»Eine Leihgabe?«

»Ja. Es ist der Bildband von Paris, den Yves mir geborgt hatte, erinnern Sie sich nicht mehr?«

Sein Gesicht hellte sich auf. »Ach, natürlich.« Er schob das Buch weit von sich. »Behalten Sie es, meine liebe Valentine, es soll Ihnen Erinnerung und Trost sein. Wir alle brauchen etwas, um der Toten zu gedenken, nicht wahr?«

»Sind Sie sich sicher?« Tränen liefen ihr hinab, als Monsieur Rumot nickte und sie an sich drückte.

Sie hielten sich fest, als hätten sie nur auf diesen Moment gewartet, um ihrer Trauer gemeinsam Ausdruck zu geben. Weinten, bis sich beide mühsam beherrscht die Augen trockneten und herzlich verabschiedeten.

Zwanzig Minuten später erreichte Valentine den Bahnhof, wo man ihr mitteilte, dass der Zug eine außerordentliche Verspätung habe.

»Es gab gewisse Probleme auf den Schienen«, erklärte der Beamte, »auf der Strecke zwischen Houlgate und Deauville hat es eine Explosion gegeben. Es kann ein wenig dauern, bis der Zugverkehr wiederaufgenommen wird.«

»Wie lange denken Sie, braucht es?«

»Oh, das kann ich nicht sagen. Zwei, drei Stunden vielleicht, womöglich aber auch den ganzen Tag.«

Valentine bedankte sich und setzte sich auf eine Holzbank, beobachtete Menschen und Züge, die aus Richtung Le Havre einfuhren, Wolken aus Dampf und Ruß. Am Ende der Halle erkannte sie den Mann von der Gestapo mit dem verdächtig belanglosen Namen Hermann Schmidt, der bei ihrer Ankunft in Honfleur das Gepäck durchsuchen und ihre Gastgeschenke für Onkel und Tante beschlagnahmen ließ. Alles schien sich heute zu wiederholen, wie in einem Film, den man rückwärts abspulte. Nur dass sie dieses Mal von ihm unbehelligt blieb.

Die große Bahnhofsuhr zeigte zwanzig nach elf. Ein starker Windstoß fuhr durch die Bäume und wirbelte gelbbraunes Laub durch die Halle und vor ihre Füße.

Valentine drückte den Bildband an sich und dachte an Paris, bevor sie sich gerade aufsetzte und sich darauf konzentrierte, gedanklich all die Dinge aufzuzählen, die sie nach ihrer Ankunft im Elsass tun wollte.

# 27

Am Morgen hatte es Yves nicht lange im Bett gehalten, obwohl er die ganze Nacht kaum ein Auge zugetan hatte – wenigstens kam es ihm jetzt so vor, wenn er an den von wirren Traumbildern zerrissenen Schlaf zurückdachte. Noch lange bevor sich die ersten Sonnenstrahlen am Horizont dieses klaren Herbsttages zeigten, war er aufgestanden, angetrieben von derselben unruhigen Stimmung, die ihn erfasst hatte, seitdem er gestern Abend in der Hafenkneipe das Stück von Satie in sich wiederentdeckt hatte.

Es war ein Gefühl von Verwunderung, wie das wiedererweckte Bewusstsein eines greisen Mannes, dem man die altersbedingte Umnachtung mit einem Zaubertrank ausgetrieben hatte. Und der nun da stand und sich an alles erinnerte, der sein Leben vor seinem geistigen Auge vorüberziehen sah, bevor er starb.

Doch Yves lebte, atmete, spürte sich, fühlte sich hingezogen zu dem Ort, an den er fahren musste, um alles leibhaftig bestätigt zu sehen, was er in der vorherigen Nacht in der Musik wiedergefunden hatte.

Honfleur.

Die Sonne verteilte bereits die ersten funkelnden Strahlen über den Wellen des Atlantiks, da hörte Yves Geräusche unten in der Küche. Sicher war es Madame Nizou, die für gewöhnlich immer als Erste aufstand, um das Frühstück herzurichten. Yves stieß sich vom Fensterrahmen ab, an den er sich gelehnt und seine neue Welt beobachtet hatte, strich sein Hemd glatt und ging hinunter. Doch es war nicht ihre Mutter, es war Binette, die Geschirr in den Schrank räumte. Sie sah ihn überrascht an, als er eintrat.

»Du bist schon auf?«

Yves nickte. Vielleicht war es gut, dass er es ihr als Erstes sagen konnte, auch wenn es ihm nicht leichtfiel. Er schloss die Tür, ging zu ihr und fasste sie am Arm. In all den Wochen hatte er sie nie berührt, nicht so. Natürlich, mal ein Kuss auf die Wange zur Begrüßung oder zum Abschied – einmal sogar ein längerer mit fester Umarmung, als sie vor wenigen Wochen ihren zwanzigsten Geburtstag gefeiert hatte –, aber das hier und jetzt war anders.

Er wusste, was sie für ihn empfand. Sie hatte es nie gesagt, aber er konnte es spüren. Und nun würde er sich von ihr trennen, ohne dass sie jemals zusammen gewesen waren? Nein, sie hatte ihr Herz an Émile verschenkt, doch er war nicht Émile, war es nie gewesen. Yves hatte ein eigenes Leben, eine eigene Liebe, und die hieß Valentine.

»Binette, ich heiße Yves Rumot und stamme aus Honfleur. Meine Mutter ist schont seit vielen Jahren tot, mein Vater hat eine Buchhandlung in der *Rue des Capucins*, wo ich auch arbeite. Ich muss zurück, ich werde euch verlassen, noch heute.«

Binette ließ einen kleinen Zinnteller fallen, den sie eben hatte wegräumen wollen. »Yves …?«, stammelte sie nur. »Aber woher weißt du das so plötzlich …?«

»Ich kann es dir nicht sagen. Ich habe gestern diese Melodie im Kopf gehabt, weißt du noch, und dann habe ich sie auf dem Klavier gespielt, und plötzlich war alles wieder da.«

Binette war blass geworden, löste sich von Yves und ließ sich am Küchentisch nieder. Ihre Stimme klang bedrückt. »Klavier? Du spielst Klavier? Aber wo hast du gespielt?«

»In Luc-sur-Mer am Hafen, dort ist ein Bistro, wo eines steht. Es war Zufall.«

»Du willst gehen?«

Yves nickte. »Ich muss.«

»Kommst du zurück?«

Er schwieg. Dann sagte er leise: »Ich gehöre nicht hierher. Mein Leben wartet in Honfleur auf mich. Ich weiß, was du für mich empfindest, doch ich kann es nicht erwidern. Ich werde nie vergessen, was ihr und vor allem was du für mich getan hast, aber ich … ich … Binette, es gibt jemanden, der auf mich wartet und den ich liebe. Ich habe es immer geahnt, aber nun weiß ich es.«

Binette sah ihn an, beinahe regungslos. »Wie heißt sie?«, fragte sie leise.

In diesem Moment öffnete sich die Tür, und Madame Nizou kam herein. »Guten Morgen. Was ist denn hier los? Ich habe etwas gehört. Ist etwas heruntergefallen?«

Yves trat stramm in die Pedale. Auch wenn der Tag die Kühle der Nacht noch nicht gänzlich vertrieben hatte, so barg die Herbstsonne bereits genügend Kraft in sich, ihn zum Schwitzen zu bringen. Er fuhr auf dem alten Fahrrad von Monsieur Nizou die Küstenstraße von Luc-sur-Mer in Richtung Ouistreham entlang, wo die Orne den Atlantik mit weit geöffneten Armen begrüßte.

Sie hatten ihn verstanden. Und auch wenn sie zuerst genauso betroffen und bestürzt wie Binette darauf reagiert hatten, dass er sie verlassen wollte, so freuten die Nizous sich schließlich für ihn, dass er sein Gedächtnis nach all den Monaten in

Ungewissheit über seine Herkunft und dem, was geschehen war, wiedererlangt hatte.

Yves hatte sich überschwänglich bei den Nizous bedankt. Nur er wusste, welches Risiko die kleine Familie eingegangen war, indem sie einen, der für die Résistance gearbeitet hatte, bei sich untergebracht und versteckt hatte. Dennoch verlor er darüber kein Wort. Je weniger sie wussten, desto besser für sie und ihn und die »Sache«, sofern diese noch existierte, denn auch das konnte Yves nicht sagen.

Sie hatten ihn nacheinander in die Arme geschlossen und ihm viel Glück gewünscht. Nur Binette war still gewesen, hatte ihm lediglich einen Kuss auf die Wange gedrückt und sich wieder am Küchentisch niedergelassen, wo sie sitzen geblieben war, bis Yves mit ihrem Vater das Haus verließ, um dessen Fahrrad aus dem Schuppen zu holen.

Erst hier gab Yves ihm zu verstehen, dass der Vater gar nicht so falschgelegen hatte, da er, Yves, in gewisser Hinsicht tatsächlich etwas ausgefressen hatte. Und dass es aus diesem Grunde besser sei, er würde sich hier in naher Zukunft nicht mehr blicken lassen, um niemanden unnötig zu gefährden. Henry Nizou hatte mit ernster Miene zugehört. In seinem Gesicht lag etwas wie die Bestätigung einer von ihm lange gehegten Vermutung. Groll war darin nicht zu lesen. Er drückte Yves noch einmal fest die Hand und sagte ihm, dass er das Fahrrad behalten könne, es sei alt und er besäße ohnehin noch ein zweites.

»Nein«, widersprach ihm Yves. »Ich werde es eines Tages zurückbringen!«

Dann hatte er sich auf den Sattel geschwungen und war aus der Hofeinfahrt hinaus auf den Weg gerollt, der zur Küste hinunterführte – der Weg, der ihn nach Honfleur zurückbringen sollte.

Von Ouistreham war Yves die Ornebucht landeinwärts in Richtung Caen gefahren, wo er bei Bénouville den Fluss überquerte und danach wieder aufs Meer zuhielt. Das Fahrrad war etwas schwergängig – es quietschte eine leise Melodie, etwas Schmiere hätte ihm bestimmt gutgetan –, aber in Yves' Ohren klang es wie Heimkommen.

Die Sehnsucht nach Valentine gab ihm Antrieb, er freute sich am Fahrtwind und an der Landschaft. Eben hörte er die Kirchenglocke von Sallenelles, dem Örtchen rechts der Orne, das er gerade hinter sich gelassen hatte, neunmal schlagen. Um ein Uhr, spätestens um halb zwei wäre er in Honfleur. Der Wind frischte auf, trug den Geruch abgeernteter Äcker herüber, zwei Möwen stritten sich um einen Fisch.

Yves fühlte sich frei und kam sich wie jemand vor, der nach langen Jahren fern der Heimat nun bald nach Hause kommen würde, auch wenn es in Wirklichkeit doch nur drei Monate und gerade einmal sechzig Kilometer gewesen waren. Er wollte Valentine spüren, riechen, berühren, küssen und nicht mehr loslassen! Er wollte alles nachholen, was er nicht hatte tun können.

Wie sie wohl reagieren würde? Sie musste ihn doch für tot halten. Alle mussten ihn für tot halten – auch sein Vater. Und die Besatzer. Es hatte nicht nur Nachteile, gestorben zu sein, auch wenn es das Leid der anderen nicht im mindesten aufwog. Aber nun würde alles wieder gut werden!

Übermütig grüßte er einen Bauern, der ihm auf der Küstenstraße mit seinem Pferdewagen entgegenkam, und begann, gerade als sich eine kleine Wolke vor die Sonne schob, die Melodie des Liedes von Erik Satie zu pfeifen, das ihm diesen Augenblick und alles, was bald kommen würde, geschenkt hatte.

Kurz vor Deauville sah er eine schmale Rauchsäule, die in den Himmel stieg und von den Bahngleisen zu kommen schien. Aus Furcht, dass dort sicher auch Soldaten waren, beugte er sich tiefer über die Lenkstange und trat in die Pedale, bis ihm die Waden schmerzten. Am Strand von Villerville musste er eine kleine Pause einlegen.

Endlich, nach beinahe vier Stunden Fahrt, passierte er Madame Petits Haus. Sein Herz begann, heftig in der Brust zu trommeln. Er dachte an Valentine und an die letzte Nacht, die er hier gemeinsam mit ihr verbracht hatte. Die Erinnerung trieb ihn an.

Bald erreichte er das Ortsschild von Honfleur und näherte sich der *Rue des Capucins*.

Das Fahrrad lehnte Yves gegen die Hauswand in einer kleinen Seitengasse, dann blickte er sich vorsichtig um. Bis hierher war alles glattgelaufen, so glatt, dass er während der Fahrt beinahe vergessen hatte, wie sehr er auf der Hut sein musste. Am liebsten wäre er sofort in die Redaktion des *Miroir Honfleuraise* gestürmt, hätte Valentine überrascht, sie in die Arme geschlossen und nicht mehr aufgehört zu küssen. Er hatte genügend Zeit gehabt, sich ihr zuerst entsetztes, dann fassungslos glückliches Gesicht auszumalen. Doch kaum hatte er die Stadtgrenze von Honfleur passiert, war dieser Traum mehr und mehr verblasst, waren seine Sinne zurückgekommen, die er sich in den Monaten des Widerstandes angeeignet hatte.

Zuerst musste er die Lage sondieren, und sein Vater, nach dem er sich nicht minder sehnte, war der einzige Mensch, der ihm dabei helfen konnte.

Auf der *Rue des Capucins* war niemand zu sehen, nur ein Fußgänger und eine Gruppe Kinder, die kurz darauf aus Yves' Blickfeld verschwanden. Er wartete ein paar Minuten ab, bis er sicher war, dass niemand ihn beobachten würde, dann huschte er um die Ecke und spähte durch das Schaufenster der *Librairie Rumot*. Sie war menschenleer, so dass er sie sofort betrat.

Sein Vater war gerade dabei, einen Stapel Bücher in ein Regal zu sortieren, die ihm nacheinander aus der Hand glitten und auf den Boden fielen, als er sah, wer soeben die Türglocke zum Klingen gebracht hatte. Seine Augen waren aufgerissen, das Gesicht schlagartig blass geworden, als habe er einen Geist gesehen.

»Yves?«, stammelte er, bevor ihm die Beine versagten.

Yves sprang vor, um ihn davor zu bewahren, zu Boden zu gehen.

Erst mit einiger Verzögerung schien Monsieur Rumot zu begreifen, dass er kein Gespenst gesehen hatte, sondern dass ihn sein eigener Sohn in den Armen hielt.

»Ja, ich lebe«, erklärte Yves und gab einen kurzen Bericht über die missglückte Flucht. »Ich konnte wegtauchen, als man das Boot beschoss, und bin geschwommen, bis mir das Bewusstsein schwand. Man hat mich am Strand gefunden, mehrere Kilometer vom Ort des Geschehens entfernt. Aber ich hatte mein Gedächtnis verloren. Bis gestern.«

Er drückte seinen Vater an sich und spürte, dass dieser stark an Gewicht verloren hatte, was ihm die Tränen in die Augen trieb.

Eine Weile saßen sie auf dem Fußboden und hielten sich fest umschlungen.

»Wer hat dich gefunden?«, fragte sein Vater schließlich, dem die Bodenlage unangenehm zu werden schien. Er stützte sich auf seinen Sohn und stand auf.

»Gute Leute aus Luc-sur-Mer.«

»Aus Luc-sur-Mer?«, wunderte sich Yves' Vater. »Das ist ja fast sechzig Kilometer entfernt.«

»Die Strömung ist nicht zu unterschätzen, und sie haben uns weit draußen erwischt.«

»Die anderen sind alle tot, nicht wahr? Man hat das zerschossene Wrack gefunden, am Strand von Deauville.«

Yves nickte wortlos.

»Gott, Junge«, stammelte Monsieur Rumot und küsste ihn im neuen Überschwang auf die Stirn. »Du hast Glück gehabt. Auch hier in Honfleur ist kaum noch jemand übrig. Lediglich ein paar Frauen, die sich inzwischen über eine landesweite Fluchthilfe organisieren. Vielleicht können sie auch dich wegbringen? Hier kannst du nicht bleiben.«

Yves schüttelte den Kopf. »Ich habe in der Wohnung noch einen gefälschten Pass für Notfälle versteckt. Damit werde ich mich nach Paris durchschlagen. Aber zuerst muss ich Valentine sehen. Ich kann sie nicht länger im Ungewissen lassen und hoffe, dass sie mit mir kommt. Als meine Frau. Bitte, geh in die Redaktion und sag ihr, dass ich hier auf sie warte.«

Sein Vater sah ihn lange an, dann seufzte er. »Das geht nicht. Sie ist fort.«

»Was meinst du?«, fragte Yves und hielt unwillkürlich den Atem an. »Ist ihr etwas zugestoßen?«

»Nein, nein, das nicht, aber sie ist auf dem Weg zurück ins Elsass zu ihren Eltern. Gerade heute Morgen hat sie sich verabschiedet.«

»Heute? Wann?« Er sah auf seine Armbanduhr. Es war halb zwei.

»Yves, bitte, sei doch vernünftig. Der Zug ist doch längst abgefahren. Du darfst nicht aus dem Haus. Es ist viel zu gefährlich.«

»Verflucht, nein! Sie denkt, ich sei tot, so wie alle anderen!«

»Und was, wenn nicht? Yves, ich könnte es nicht ertragen, dich ein zweites Mal zu verlieren.« Die Stimme seines Vaters war brüchig, hatte einen flehenden und verzweifelten Unterton angenommen.

»Ich muss es zumindest versuchen. Ich liebe sie, verstehst du das?« Yves nahm seinen Vater noch einmal in den Arm und stürmte hinaus zum Fahrrad von Monsieur Nizou.

Er hatte das Gefühl, seine Lungen würden bersten. Das Blut pochte ihm bis in die Schläfen, mit solcher Geschwindigkeit fuhr er zum Bahnhof, über den Vorplatz und bis zum Eingang des hohen Gebäudes. Eine ältere Dame machte kopfschüttelnd einen erschrockenen Schritt zur Seite, als er an ihr vorbeischoss, aus dem Sattel sprang und das Fahrrad achtlos gegen eine Laterne lehnte. Er stürmte weiter, stieß die Tür zum Bahnhof auf, sah sich um. War sie hier? Er konnte sie nicht ausmachen. Ein Pfiff ertönte, ein Zug fuhr an. Yves eilte weiter zum Schalter. »Von welchem Gleis geht der Zug nach Rouen?«

»Rouen? Monsieur, der fährt gerade auf Gleis zwei ab.«

Yves sah hinüber zu besagtem Gleis, wo ein Zug sich, die Lok in Dampfwolken gehüllt, in Bewegung setzte.

»Mein Gott! Valentine!«, stieß Yves aus und wollte eben hinüberlaufen, da schrak er zusammen. Eine Hand hatte ihn mit eisernem Griff gepackt. Überrascht und empört drehte er sich um und blickte in das emotionslose Gesicht eines Mannes im Ledermantel und mit breitkrempigem Hut. Hinter ihm hatten sich zwei Soldaten mit griffbereiten Pistolen aufgebaut.

»*Bonjour, Monsieur.* Wohin so eilig? Ihren Ausweis bitte!«

»Den habe ich nicht bei mir, Monsieur. Ich muss nur kurz zu diesem Zug, ich …«

»Ihr Name?«

Yves hätte diesem Mann am liebsten einen Schlag ins Gesicht versetzt. Doch die beiden Bewaffneten hielten ihre Maschinengewehre bereits fest umklammert und fixierten ihn mit starrem Blick. Im Hintergrund hörte er, wie der Zug langsam rollend den Bahnhof verließ. Er stöhnte auf.

»Ihr Name, wird's bald!«, bellte ihn der Mann an, dessen Hand sich noch fester um Yves' Arm klammerte.

»Patrick Fouchard«, sagte er in Anlehnung an den Namen seines Notfallpasses. »Mein Name ist Patrick Fouchard.«

Die Augen des Deutschen blitzten kurz auf, ein kaltes Lächeln huschte über sein Gesicht. »Das können Sie dem Pfarrer erzählen, aber nicht mir. Ich vergesse niemals ein Gesicht, wissen Sie, Monsieur Rumot. Ich denke, Sie begleiten uns jetzt besser. Wir hätten da ein paar Fragen an Sie.«

Die letzten Waggons verließen den Bahnhof. Und während ihn die Männer abführten, wand sich Yves hilflos in ihren Griffen, drehte immer wieder seinen Kopf, warf verzweifelte Blicke zurück.

*Valentine!*

Es war ihr Name, der ihn durch die nächsten Stunden trug, als man ihn befragte wie einen Schwerverbrecher. Ihr Gesicht geleitete ihn durch die Tage, in denen er weiter nach *Fort Montluc* gebracht wurde, wo er jeden Morgen damit rechnete, mitsamt den anderen Häftlingen an eine Wand gestellt und erschossen zu werden.

Doch nichts dergleichen geschah.

Als er schließlich begann, sich mit seinem Schicksal zu arrangieren und lange Briefe an Valentine und an seinen Vater zu schreiben, die niemand abholte, ahnte er nicht, dass insgesamt beinahe zwei Jahre vergehen sollten, bis die alliierten Truppen am Strand der Normandie landen würden. Die Résistance rief in Paris zu einem Streik auf, die Bevölkerung erhob sich nach und nach gegen die Besatzer. Pariser Widerstandskämpfer lieferten sich Straßenschlachten mit den deutschen Soldaten, darunter auch Didier und Antoine, der bei einem Angriff auf eine Wagenkolonne sein Leben ließ.

Vier Tage bevor am 25. August 1944 die französische Panzerdivision an der Spitze der amerikanischen Verbände in die Stadt einmarschierte und man die Trikolore auf Eiffelturm und Arc de Triomphe hisste, bemerkte Yves, dass es plötzlich still geworden war in den Räumen des Gefängnisses. Doch es sollten noch drei weitere Tage vergehen, bis jemand den Riegel seiner Zelle zurückschob und ihn mit einer Überschwänglichkeit umarmte, die ihm nach den Monaten der Drangsalierungen seltsam grotesk vorkam.

# 2. Teil

*La mer*
*les a bercés*
*le long des golfes clairs*
*et d' une chanson d' amour.*
*La mer*
*a bercé mon cœur pour la vie.*

* * *

Das Meer
hat sie gewiegt
in hellen Buchten einher
mit einem Liebeslied.
Das Meer
hat mein Herz gewiegt
für mein Leben.

*Auszug aus: »La mer« von Charles Trenet (1946)*

# *1*

26. März, 23.58 Uhr
**Betreff:** Fragen ...

Liebe Sophie,
ist es wirklich schon Ende März?
Als wir das Telefonat beendet hatten, blieb ein Gefühl der Vertrautheit, und ich war mir sicher, dass wir den Kontakt aufrechterhalten. Trotzdem ist es nicht geschehen, und ich will es mir nur so erklären, dass wir beide viel zu tun haben.
Ich habe selten so oft über eine Geschichte nachgedacht wie über die von Valentine und Yves.
Du musst wissen, dass Du damit ein ganzes Familiengefüge, ja, eine komplette immer wieder aufs Neue erzählte Episode auf den Kopf gestellt hast, in der Valentine die Hauptschuld an dem Unglück trägt. Am Ende hat es fast den Eindruck auf mich gemacht, als gäbe ihr meine lästernde Verwandtschaft sogar Schuld am allgemeinen Verfall der Sitten, der Verrohung der Welt und manchmal auch daran, dass alle seit diesem Schock, den sie unserer Familie versetzt hat, nicht mehr glücklich leben können.
Und jetzt hast Du mir gezeigt, dass das alles so nicht stimmt. Zumindest was die Motivation für den Ehebruch meines Großvaters betrifft. Dabei hatte Valentine nichts anderes getan, als ihrer verloren geglaubten Liebe zu folgen. Und genau das macht den Unterschied zwischen Vorsätzlichkeit und Schicksal.
Ist es möglich, dass sich eine ganze Familie lieber für eine simple Unwahrheit entscheidet anstatt für die unbequeme Wahrheit?

Schreibst Du mir, liebe Sophie? Ich brauche Deine Geschichte, Valentines Geschichte, um mein Leben neu zu sortieren. Alleine gelingt es mir nicht.
Liebe Grüße,
Nicolas

PS: Es gibt noch etwas, was mich umtreibt. Ich frage mich nämlich, warum Yves Valentine nach seiner Haftentlassung nicht gleich aufgesucht hat. Hätte er ihr nicht nachreisen müssen? Sie musste ja noch immer glauben, er sei tot! Stattdessen ist er, wenn ich mich recht an die Erzählungen an diversen Kaffeetischen erinnere, direkt nach Luc-sur-Mer gefahren, wo er sich in die Arme seiner künftigen Frau stürzte und es kaum abwarten konnte, sie zu heiraten.

27. März, 6.20 Uhr
**Betreff:** Re: Fragen …

Lieber Nicolas,
Du bist ein misstrauischer Mensch, nicht wahr? Anders kann ich es mir nicht erklären, dass du nach all den Stunden, die wir gemeinsam in der Vergangenheit, in Valentines und Yves' Geschichte verbracht haben, noch immer einen Haken suchst.
Zumindest meine ich, es zwischen den Zeilen Deines »P.S.« lesen zu können. Hätte Yves nicht eigentlich … Ja, warum Luc-sur-Mer und nicht das Elsass?
Bestimmt gab es einen Grund, warum Yves schließlich Deine Großmutter heiratete statt Valentine. Aber ich kann ihn dir nicht sagen. Denn die Erzählung meiner Großtante hat bei der Rückkehr ins Elsass aufgehört. Aber eines weiß ich sicher: Sie hatte immer geglaubt, er sei tot. Bis 1950.
Das Lied ist mein einziger Hinweis darauf, dass Yves sich nach ihr gesehnt haben musste. *Pour Valentine*, geschrieben 1945. Zwei Jahre nachdem sie sich aus den Augen verloren, und fünf Jahre bevor sie sich wiedergesehen hatten.
Was mag dazwischen geschehen sein?

Ich weiß es nicht. Leider.
Liebe Grüße,
Sophie

PS: Schön, dass Du Dich gemeldet hast. Ich habe unsere Korrespondenz vermisst.

*Zwanzig Minuten später*
**Betreff:** Re: Fragen

Dann sollten wir telefonieren, was meinst Du? Um über die Vergangenheit zu reden. Oder über die Gegenwart.
Mir ist aufgefallen, dass ich mehr über Valentine weiß als über Dich! Dass Du Graphikerin geworden bist statt Kunstmalerin, gerne früh aufstehst und einen Mann hast, der nicht immer anwesend ist, das weiß ich. Auch dass Du keine Kinder hast. Und dass Dich die Geschichte von Yves und Valentine genauso beschäftigt wie mich. Zumindest scheint es mir so.
Möchtest du mehr erzählen? Ich meine: mehr über Dich?
Wie wäre es morgen Abend. Oder schon heute?
Liebe Grüße,
Nicolas

*Acht Minuten später*
**Betreff:** Re: Fragen

Nicolas,
das ist eine schöne Idee, aber es wird leider nicht gehen. Heute Abend fahre ich an die Ostsee. Zwei Tage. In eine nette kleine Pension, in der wir immer wohnen, wenn wir dort sind. Eigentlich hatte es eine Reise nach Honfleur werden sollen, aber die Dinge laufen nicht immer so, wie man es möchte.

Etwas stimmt nicht mit meinem Leben. Es ist, als gleite es immerzu auf den Wegen der anderen, an meinen Wünschen und Träumen vorbei. Aber vielleicht war es schon immer so, und ich habe es einfach nur nicht bemerkt …
Ich melde mich, wenn ich wieder zurück bin.
Herzlich,
Deine Sophie

PS: Und Du? Architekt mit Wunsch, übers Meer zu segeln. Und ich weiß, dass Du alleine nach Nizza gefahren bist, als Du Dich erholen wolltest. Mehr allerdings auch noch nicht!

*Sechs Minuten später*
**Betreff:** Re: Fragen

Ostsee statt Honfleur? Immerhin weiß ich nun, dass es keine eingedeichte Pfütze ist! ☺
Glaub an Deine Träume. Bitte. Lass sie Dir nicht nehmen. Ich selbst habe inzwischen begonnen, meine eigenen endlich zu leben. Der Grund, warum ich in den letzten Monaten so viel zu tun hatte, war, dass ich meine Firma verkauft habe. Ich hatte erkannt, dass das Leben zu wertvoll ist, um den größten Teil davon mit Arbeit zu verbringen. Und dass man sich am Ende immer nach dem sehnen wird, was man sich nicht erfüllt hat, obwohl man es hätte machen können. Also habe ich losgelassen und fühle mich nun wie befreit!
Im Juli werde ich eine Weltumsegelung machen. Der Eigner der Jacht brauchte noch jemanden für die Besatzung, und ich habe mich gemeldet. Wir segeln die Barfußroute, also möglichst am Äquator entlang. Von den Balearen bis nach Südafrika und über den Südpazifik bis hinein in den Indischen Ozean. Vier Jahre lang nur Freiheit, fremde Länder und das Meer.
Und was ist Dein Traum, Sophie? Vielleicht sogar ein Leben in Honfleur?
Liebe Grüße,
Nicolas

PS: Ich wäre viel lieber mit einer Frau nach Nizza gefahren. Aber meine Freundin hatte sich im vergangenen Sommer von mir getrennt, weil sie sich einen Mann wünschte, der weniger arbeitet und mehr Sinn für die angenehmen Seiten des Lebens zeigt. Und nun, da ich ihren Ansprüchen genügte, wollte ich sie nicht mehr. Erstaunlich, nicht wahr?

*Dreißig Minuten später*
**Betreff:** Re: Fragen

Lieber Nicolas,
ich muss zugeben, dass ich erst schockiert, dann überrascht und schließlich begeistert war. Gratuliere! Ich wünsche Dir, dass Du mit der Weltumsegelung Deinen Traum genauso erfüllst, wie Du es Dir gewünscht hast.
Doch was kommt danach, wenn Du wieder zu Hause bist? Wovon willst Du leben?
Ich weiß, es ist eine dumme Frage, und wer sie stellt, ist ein Spießer. Aber so bin ich nun einmal. Immerzu frage ich nach Konsequenzen, nach Folgen.
Du wolltest wissen, was mein Traum ist? Dass ich gerne malen und damit mein Geld verdienen würde, habe ich ja schon erzählt. Ein eigenes Atelier, irgendwo in einem Landstrich, der mir guttut. Aber Honfleur? Ja, vielleicht sogar Honfleur. Der Ort zieht mich an, und ich sehne mich danach, bald wieder ein paar Tage dort zu verbringen.
Aber dort zu arbeiten? Das wäre doch nur wieder ein fremder Traum, der meiner Großtante Valentine. Und was ist mit meiner Beziehung, was mit meinem Kinderwunsch?
Ich glaube, mein Problem ist, dass ich all diese Dinge wahrscheinlich nicht miteinander vereinbaren kann.
Liebe Grüße,
Sophie

*Drei Minuten später*
**Betreff:** Re: Fragen

Einfach tun, Sophie, ohne über die Folgen nachzudenken, einfach aus dem Bauch heraus. Sonst ist der Schritt schon vorbei, bevor man ihn gemacht hat.
Lass Dir das mal durch den Kopf gehen.

Es war schon spät, als sie in Travemünde ankamen. Die Fahrt war schweigsam verlaufen, sie hatten Radio gehört. Eine Sendung, in der ein quirliger Moderator die Lieder an den schönsten Stellen unterbrach.

Sophie hatte sich auf dem Beifahrersitz zurückgelehnt und darüber nachgedacht, wie seltsam es doch war, in Nicolas jemanden gefunden zu haben, der sich mit ähnlichen Problemen herumschlug wie sie. Der lange an seinen Träumen vorbeigelebt hatte, ohne seine Existenz zu hinterfragen, und der sich nun – im Gegensatz zu ihr – traute, einen anderen, eigenen Weg zu gehen.

Nicolas hatte sein Architekturbüro verkauft. Einfach so, als sei es ganz leicht gewesen und nicht eine Entscheidung nach vielen Jahren im Hamsterrad. Er wollte sogar eine Weltumsegelung machen!

Ganz sicher würde sie ihn vermissen. Irgendwie hatte sie geglaubt, sie würden sich näher kennenlernen. Freunde sein – oder vielleicht sogar enge Vertraute?

All die Worte, die sie gewechselt hatten, die Einsichten, die sie miteinander teilten, hatten sie berührt. Nicolas war ihr wichtig geworden.

Sophie dachte an ihre erste Begegnung. An das Lied, das

er in der Kirche gespielt und das sie tief im Herzen berührt hatte. An seinen Blick, als er aufsah, direkt in ihre Augen. An seine Weigerung, an den weiteren Trauerfeierlichkeiten teilzunehmen. Obwohl er schließlich doch ins *Bellevue* gekommen war. Nur, um ihr eine Kopie des Liedes zu geben und dann auf schnellstem Weg wieder zu verschwinden.

Nicolas war kein Mann, der sich verbiegen ließ. Für Sophie verkörperte er eine Freiheit, eine Unbändigkeit, die sie bewunderte. Wie gerne würde sie sich hinstellen und ihren Beruf aufgeben, der sie tagein tagaus vor Computermonitore zwang. Oder zumindest weniger Stunden darin arbeiten. Sich stattdessen eine neue Staffelei kaufen, Pinsel und Farben. Und dann?

Oliver würde sich freuen, er wollte ohnehin schnellstmöglich Kinder haben. Er verdiente inzwischen genug, könnte eine Familie gut ernähren. Die Malerei würde zum Hobby werden, während sie die Kinder auf die Welt brachte und großzog. Aber war es das, was sie wirklich wollte? Emotional und finanziell abhängig sein?

Wollte sie überhaupt Kinder mit Oliver?

Sophie sah ihn von der Seite an. Seine Hände lagen ruhig auf dem Lenkrad, der Blick war konzentriert, die Lippen leicht gespitzt.

Sein Anblick war so vertraut. Sie kannte jede Macke, jede Bewegung, wusste, was er gerne aß und was nicht. Wie lange kannten sie sich schon? Zehn Jahre? Es kam ihr vor wie eine Ewigkeit. Die Zukunft wäre viermal so lang. Vierzig Jahre. Familiengründung, Haus, Hund und Oliver als fürsorglicher Vater, wenn er von der Arbeit kam. Alles glatt, geordnet, vorhersehbar. Ihr wurde schwindelig.

Hastig wandte Sophie den Kopf ab, ließ Felder und Raststätten an ihren Augen vorbeiziehen. Dachte, dass sie undankbar war. Eine Prinzessin auf der Erbse, die das, was sie hatte, nicht schätzte. Aber sie ahnte, dass sie etwas ändern musste, wenn der Schwindel nicht Oberhand gewinnen sollte.

Sie hatten wie immer ein Zimmer mit Meerblick. Es war neu gestaltet worden, das einfache Mobiliar farblich abgestimmt mit Tapeten, Gardinen und Teppichen in Gelb und Blau. An den Wänden hingen goldgerahmte Ölbilder mit düsteren Landschaften und stürmischem Meer.

Sophie stellte ihr Gepäck ab und zog die Gardinen zurück. Auf der Promenade kämpften die Laternen mit dem diesigen Grau des vergehenden Tages.

»Gehen wir ins Bella Vista?«

Warum fragte er? Seit Jahren war es das, was sie als Erstes taten.

»Ach, lass uns doch woanders hingehen«, bat sie. »Am Hafen gibt es wunderbare Fischrestaurants.«

»Fisch bekommen wir doch auch beim Italiener. Der ist dort mindestens genauso gut.«

»Aber darum geht es doch nicht. Ich möchte endlich etwas anderes machen als sonst. Etwas Neues ausprobieren. Wir könnten nach dem Essen noch in eine Bar gehen. Ich möchte etwas Verrücktes machen, eine Zigarette rauchen!«

»Du rauchst doch gar nicht.« Er sah sie mit leicht irritiertem Blick an. »Eigentlich hatte ich mich schon auf die *Tagliatelle al salmone* gefreut.«

*Tagliatelle al salmone*, die Nummer 39 auf der Karte. Seit Jahren hatte er nichts anderes bestellt, obwohl das Restaurant ein hervorragendes Wochenmenü mit wechselnden Gerichten hatte. Er hatte nur von Sophies Teller gekostet, wenn sie Barschfilet aß, hausgemachte Gnocchi oder Saltimbocca mit Spargelgemüse. Dazu hatten sie Rosé Chiaretto getrunken und zum Schluss einen Cappuccino.

Es war ihr vorher nie unangenehm aufgefallen, gehörte zu einer liebgewonnenen Routine, an der sie sich jetzt plötzlich stieß.

»Oliver, findest du das alles nicht furchtbar langweilig? Es ist irgendwie beklemmend, wenn man immer nur dasselbe macht und isst.«

»Ich habe unser Leben immer als etwas Besonderes empfunden!« Er sah sie verärgert an. »Und bislang hatte ich gedacht, es ginge dir ähnlich.«

Normalerweise hätte sie nun versucht, ihn zu beschwichtigen. Aber dieses Mal verschränkte sie nur die Arme und funkelte ihn an.

Er schüttelte den Kopf. »Du bist immer noch wütend auf mich, nicht wahr? Weil wir nach Travemünde gefahren sind statt nach Honfleur.«

»Auch.« Sophie nickte. Seit Oliver ihr gebeichtet hatte, dass er nicht einen einzigen Tag freibekam und sich eine Reise in die Normandie nicht lohne, hatte es an ihr genagt. Aber sie hatte geschwiegen. Ihr Vater hatte ständig unzufriedene Frauen gehasst. Nörglerinnen hatte er sie genannt, Xanthippen. »Du hattest es an Silvester versprochen, und ich hatte mich so darauf gefreut. Ich will nicht ständig an dieselben Orte fahren und immer dasselbe Restaurant besuchen. Es macht mich wahnsinnig!«

Ihre Worte klangen hart, als seien es Ohrfeigen, doch es war befreiend.

»Das wusste ich nicht.« Oliver sah nun ehrlich verletzt aus. »Ich dachte immer, es gefällt dir. Warum hast du nie etwas gesagt?«

»Habe ich. Aber du scheinst es nicht hören zu wollen.«

»Vielleicht warst du nur nicht eindringlich genug?«

Sophie atmete tief durch und setzte sich auf das Bett, auf dem wie immer ein Willkommensgruß des Hotels lag: eine Karte mit zwei Marzipanherzen. Seufzend packte sie eines der beiden aus der rotglänzenden Folie und schob es sich in den Mund. *Das* hatte sie auch noch nie gemacht. Immer hatten sie es gemeinsam verzehrt. Nach dem Abendessen, bevor sie schlafen gingen.

»Gut«, sagte sie schließlich. »Dann sage ich es jetzt, ganz laut: Ich möchte heute Abend im *Fishermen's friend* essen.«

»In Ordnung, die haben sicher auch *Tagliatelle salmone*!«

Sie sah ihn entsetzt an, doch er grinste, setzte sich dann neben sie aufs Bett und legte seinen Arm um ihre Schultern.

»Es war ein Scherz, Sophie! Du hast recht, wir sollten flexibler werden. Und wenn es dich so glücklich macht, dass wir heute mal woanders essen gehen, dann tun wir das eben.«

»Und es stört dich wirklich nicht?«

»Nein, nein, alles gut!«

Er hatte es schnell gesagt, zu schnell. Aber sie hatte keine Lust, weiter nachzufragen.

Am nächsten Morgen war der Himmel stahlblau. Als Sophie den Vorhang aufzog, erhob sich die Sonne über dem Horizont des Priwalls und tauchte das Meer in glühendes Orange.

Während aus dem Badezimmer das Geräusch einer aufgedrehten Dusche erklang, öffnete sie das Fenster und lehnte sich hinaus. Sie blickte über die langgestreckte Promenade bis zu den Stegen, die wie kleine Straßen ins Wasser ragten. Ein breiter Sandstrand schmiegte sich entlang des nördlichen Ortsteils bis hin zum Brodtener Ufer. Da, wo die Küste steil abfiel und die Gezeiten Stück für Stück Land abtrugen, war die Gegend rauer, unbändiger. Wenn sie dort war, fühlte sie sich in alte Zeiten versetzt, als es noch Seeräuber gab und Angler mit hochgekrempelten Hosen ins Wasser wateten, um ihr Abendbrot zu fangen. Wer mochte, nahm den Weg über das Kliff, durch Wälder hindurch und Wiesenabschnitte, von denen man einen wunderbaren Panoramablick über die Lübecker Bucht hatte. Den unteren Weg am Wasser entlang aber mochte Sophie am liebsten. Hier gingen die Muschelsammler und Steinesucher. Menschen, die die Wildheit der schäumenden Brandung liebten und nach Donnerkeilen suchten, die der Legende nach Zeus auf die Erde geschleudert hatte, in Wahrheit aber Fossilien waren, die von urzeitlichen Tintenfischen stammten.

Aber in Olivers Plänen war das Brodtener Ufer nicht vorgesehen.

»Liebes, wir haben doch nur zwei Tage«, hatte er am Abend gesagt. »Die möchte ich im Ort verbringen.«

»Dann am Sonntag.«

»Da machen wir den Fahrradausflug nach Warnsdorf.«

»Das haben wir das letzte Mal schon gemacht«, hatte sie erwidert. Und da sie wusste, dass er nicht gerne durch den unwegsamen unteren Teil watete, suchte sie nach einem Kompromiss. »Wir können auch gerne den Fahrradweg nehmen und am Café Hermannshöhe Pause machen.«

Er hatte gelächelt und über den Tisch nach ihrer Hand gegriffen. Doch seine Stimme zeigte, dass sein Entschluss bereits feststand. »Nein, Sophie, jetzt bin ich wieder dran mit Wünschen.«

Sophie seufzte ergeben.

Ihr fiel auf, dass ihre Mutter auch immer so reagiert hatte, wenn der Vater einen ernsten Ton anschlug. Sophie hatte immer gedacht, sie sei anders, mutiger. Doch sie musste erkennen, dass das so nicht stimmte. Oliver hatte irgendwann die Führung übernommen. Und sie hatte es geschehen lassen. Nichts hatte sich daran geändert. Gar nichts.

Mit einem verärgerten Schnalzen schloss sie das Fenster. In diesem Moment wurde die Dusche abgedreht. Gleich würde Oliver mit einem Handtuch um die Hüften herauskommen, das feuchtglänzende Haar zurückstreichen und sie in den Arm nehmen. So wie immer. Dann würden sie Sex haben und danach frühstücken gehen und sich schließlich auf den Weg in Richtung Hafen machen.

Augenblicklich schnürte sich Sophies Hals zu. Alles in ihr begann, sich gegen die unausbleiblichen Berührungen zu sträuben. Hatte sie ihm jemals gesagt, dass sie von aufschäumender Leidenschaft träumte statt von ritualisiertem Beisammensein?

Mit plötzlich aufsteigender Hektik griff sie nach dem kleinen Block, der auf einem der Nachttische lag, und schrieb:

Ich bin spazieren gegangen. Geh ruhig vor, wir treffen uns um zwölf Uhr an der kleinen Priwallfähre.
Bitte nicht böse sein, aber ich muss mal durchatmen!
Kuss,
Sophie

Dann lief sie hinaus, eilte die Promenade entlang bis zum Strandweg, über dem das immer steiler werdende Kliff aufragte. Die Brandung kam bis wenige Meter heran, am Ufersaum lagen Steine, Muscheln und Treibgut. Felsen und Lehmbrocken versperrten den Weg und mussten überklettert werden, seit Jahren brachen immer größere Landmassen herab, fast ein

Meter jährlich. Vor nicht allzu langer Zeit hatte an dieser Stelle noch ein Haus gestanden, nun säumten alte Kanalrohre und Fensterkreuze den Weg.

Anfangs hatte Sophie den Blick noch auf die ungezähmte Landschaft gerichtet und überrascht festgestellt, dass ihr nie aufgefallen war, wie ähnlich sie in ihrer Wildheit der normannischen Küste war. Doch je weiter sie ging, desto mehr setzte sie ihre Schritte automatisch, als sei sie eine Schlafwandlerin, tief in Gedanken versunken.

Ob Oliver wohl sehr wütend auf sie war? Sophie straffte die Schultern.

Jetzt fiel ihr auf, dass sie in der Normandie eine ganz andere gewesen war als hier. Selbstbewusster. Freier im Handeln und im Denken. In Honfleur hatte sie ganz spontan über ihren Tag entscheiden können. Ohne schlechtes Gewissen.

Ihr ganzes Leben war ein einziger Kompromiss.

Aber was wollte sie wirklich?

Sophie hielt inne und setzte sich auf einen der am Boden liegenden Bäume, die vom abbröckelnden Ufer heruntergestürzt waren. Dann brach sie einen trockenen Ast vom Stamm und malte eine 1 in den Sand.

Die Freiheit, ja, das war wohl das Allererste. Und damit meinte sie vor allem die Freiheit, selbstbestimmt zu leben. Ohne sich für das Eigene rechtfertigen zu müssen, ohne es für jemand anderen über einen Kompromiss hinaus zu verbiegen. Wie sie bislang gelebt hatte, war fremdbestimmt gewesen. Aus einem Verlangen nach Sicherheit heraus, vielleicht auch aus Bequemlichkeit. Damit sollte endlich Schluss sein. Ab heute, so nahm sie sich vor, wollte sie öfter Dinge tun, die sie glücklich machten. Sie alleine. So wie dieser Spaziergang am Brodtener Ufer. Auch wenn es Oliver nicht gefallen würde.

Sophie reckte das Gesicht in den Wind, der immer heftiger an ihrem Haar zerrte. Eine Gruppe Jugendlicher kam vorbei, ein Mädchen zog ihre Schuhe aus und lief lachend und kreischend durchs Wasser, dass es nur so spritzte. Sie nahmen keine Notiz von Sophie, alberten herum und kletterten dann auf nackten Füßen die steile Böschung hinauf. Dabei hielten sie sich an heraushängenden Wurzeln und herabgerutschten Büschen fest, bis sie den oberen Rand erreichten und schließlich einer nach dem anderen aus ihrem Blickfeld verschwanden.

»Mehr Spontaneität zulassen«, flüsterte Sophie und schrieb eine 2 in den Sand.

Als sie Oliver kennengelernt hatte, war sie noch jung gewesen und unerfahren. Sein weltmännisches Auftreten hatte sie beeindruckt, die Art, wie er mit anderen Menschen umging. Gewinnend, freundlich, zugewandt. Erst viel später hatte sie erkannt, dass sich dahinter eine empfindsame Seele verbarg, die damit vor allem Anerkennung suchte, und daraus ebenso Sicherheit schöpfte wie aus der Routine des Alltags, die immer mehr zum Rückzug wurde. Olivers Furcht vor dem Unvorhergesehenen hatte sie berührt. Und sie hatte es als ihre Aufgabe gesehen, ihm auf ihre Weise ein Stück Sicherheit zurückzugeben, indem sie in allem berechenbar blieb.

Irgendwann im Laufe der Jahre war mit zunehmender Berechenbarkeit auch die Liebe stiller geworden. War zu einer kalkulierbaren Größe geworden, in der kein Raum mehr für Leidenschaft blieb.

Sophie seufzte und sah einer Möwe nach, die in Kreisen über den Himmel flog, um sich dann mit einem Kreischen auf dem Wasser niederzulassen. Ein seltsames Flimmern trieb durch ihre Brust, und sie musste wieder an Nicolas denken, der irgendetwas in ihr zum Schwingen gebracht hatte, das sie längst vergraben glaubte. Plötzlich erkannte Sophie, dass sie vor allem Lebendigkeit vermisste und Leidenschaft. Die Begegnung im November, die Mails, das Telefonat, Nicolas verrückter Traum, die Welt zu umsegeln. Das alles hatte etwas in ihr ausgelöst, das Oliver niemals in ihr berührt hatte.

Zögernd malte sie eine 3. Dieser Punkt galt der Liebe.

Sophie dachte an die Schilderungen von Valentine und an die leuchtenden Augen, wenn sie von Yves erzählt hatte. Die tiefe Zuneigung zwischen den beiden schien mit den Jahren unverändert. Sie war vielleicht ein wenig sanfter geworden, tiefer. Aber die innere Glut, die hatte bis zuletzt gebrannt. Zumindest hatte ihre Großtante das immer behauptet. Aber war es wirklich so gewesen? Yves war zum Zeitpunkt der Erzählungen bereits seit mehr als fünfzehn Jahren verstorben, ein Herzinfarkt mit neunundsiebzig.

War diese über Jahre unverändert leidenschaftliche Liebe nicht ein Produkt der Phantasie und in Wahrheit nur Resultat einer Sehnsucht nach der Vergangenheit?

Sophies Alltag war ernüchternd, manchmal sogar aufreibend normal – jedenfalls hatte er nichts mit den Romangespinsten zu tun, die sich allzu sehnsüchtige Autoren ausdachten.

Aber wäre es mit Nicolas anders?

Mit einem Satz sprang Sophie auf und warf den Ast beiseite.

Das war ein Punkt, auf den es keine Antwort geben würde. Selbst wenn sie Oliver nicht leidenschaftlich liebte, so war er doch ein wichtiger Mann in ihrem Leben, der einen festen Platz in ihrem Herzen einnahm und ihr etwas gab, was ihr ebenfalls wichtig war: Geborgenheit und Halt. Etwas, das Nicolas, dessen größte Sehnsucht eine Weltumsegelung war, einer Frau niemals würde geben können.

Mit raschen Schritten lief sie den Strandweg zurück, dann

entlang der Promenade, an der Mole vorbei bis zum Hafen. Es war noch nicht zwölf, aber sie wusste, wo sie Oliver finden würde. Und tatsächlich. Er saß kerzengerade an einem der Tische des Café Niederegger und sah ihr mit zusammengezogenen Augenbrauen entgegen.

»Ich werde mein Leben verändern!«, sagte sie fest, bevor er seine Stimme erheben konnte. »Ich will weniger arbeiten und mich mehr der Malerei widmen.«

Oliver sah sie aufmerksam an. Forschte in ihren Zügen, ob es wohl noch etwas gab, das sie verkünden würde. Doch als sie nur noch einmal nachdrücklich nickte und dann neben ihm Platz nahm, schienen sich seine Muskeln zu entspannen.

Vorsichtig tastete er nach ihrer Hand. »Ist gut, Liebes. Aber jage mir bitte nie wieder einen solchen Schrecken ein!«

# 2

2. April, 18.32 Uhr
**Betreff:** Überraschung!

Liebe Sophie,
hattest Du ein paar schöne Tage an der Ostsee?
Ich bin in der Zwischenzeit nicht untätig gewesen. Ja, Du hattest recht gehabt, ich WAR misstrauisch. Wie konnte es sein, dass Deine Großtante von der Liebe des Jahrhunderts erzählte, während meine gesamte Familie am Boden zerstört und sich einig war, dass Yves und Binette gerade deswegen füreinander bestimmt waren, weil sie ihn gerettet hatte. Und dass Yves den Engel der Barmherzigkeit, mit dem er obendrein noch drei gemeinsame Kinder hatte, mit Füßen trat, weil irgendeine dahergelaufene … nun, ich wiederhole mich.
Also machte ich mich auf Spurensuche. Ja, Du liest richtig. Für Dich war vielleicht der Beweis der Rechtmäßigkeit dieser Affäre allein damit schon erbracht, dass die beiden eine intensive Vergangenheit hatten. Aber ich wollte mehr wissen, die Widersprüche klären. Also bin ich am Samstag nach Honfleur gefahren und habe mich umgehört.
Na, neugierig geworden? ☺
Alles Liebe,
Nicolas

*Eine halbe Stunde später*
**Betreff:** Re: Überraschung!

Lieber Nicolas,
tu das nie wieder. Schreibe mir nicht solche Sachen, um dann mittendrin aufzuhören. Was hast Du erfahren? Und vor allem von wem?
Herzlicher Gruß,
Sophie

*Zwei Minuten später*
**Betreff:** Re: Überraschung!

Meine liebe Sophie,
ich habe alles erfahren.
Zumindest das, was in die Zeit fällt, in der mein Großvater das Lied geschrieben hat. Der jetzige Besitzer der *Librairie Rumot* war dort in den fünfziger Jahren als Lehrling eingestellt worden. Yves und er hatten ein vertrauliches Verhältnis gehabt, ihm hat er alles erzählt. Du möchtest mehr wissen? Also gut. Aber nicht per Mail. Lass uns telefonieren. Ich vermisse Deine Stimme.
Dein Nicolas

*Am nächsten Morgen*
3. April, 6.58 Uhr
**Betreff:** Re: Überraschung!

Lieber Nicolas,
ich muss gestehen, dass ich nervös bin. Aus mehreren Gründen. Der eine ist, dass ich mich darauf freue, endlich zu verstehen, was damals passiert ist. Der andere ist schwer zu erklären.
Ich habe meinem Mann nichts von unserem ersten Telefonat erzählt. Was eigentlich nicht weiter schlimm wäre, schließlich war es nur ein Austausch

von Informationen. Nun aber fühlt es sich seltsam an, wenn ich mich an den Küchentisch setze, mit Kerzen und Wein, um mit Dir zu plaudern. Ich weiß, ich werde dabei ein furchtbar schlechtes Gewissen haben, immer wieder in Richtung Tür gucken und angespannt darauf lauschen, ob ein Schlüssel in der Haustür zu hören ist.
Die einfachste Lösung wäre, ihm von unseren Gesprächen und Mails zu erzählen. Aber ich ringe gerade um ein wenig mehr Eigenständigkeit. Verstehst Du, was ich meine?
Und nun meine Bitte: Schreib mir, was Du herausgefunden hast. In Ordnung?
Liebe Grüße,
Sophie

*Drei Tage später*
6. April, 15.12 Uhr
**Betreff:** Mut

Hallo, Sophie,
ich habe lange darüber nachgedacht und auch schon damit begonnen, es aufzuschreiben. Allerdings habe ich feststellen müssen, dass ich vielleicht ein einigermaßen guter Pianist bin, aber leider kein guter Schreiber. Abgesehen davon kann ich Deine Gründe nicht ganz nachvollziehen – Was spricht dagegen, mit einem guten Freund zu telefonieren?
Du kannst mich gerne anrufen.
Es grüßt Nicolas

Es war schön, seine Stimme zu hören. Volltönend und weich drang sie durch den Hörer. Nicolas hatte recht mit dem, was er geschrieben hatte, und dennoch hatte sie Oliver nichts davon erzählen mögen. Nicht, weil sie etwas zu verheimlichen hätte. Sondern weil Oliver sicher mehr hineinlegen würde als nötig.

»Du hast dich umgehört?«, fragte sie.

»Ja. Ich bin nach Honfleur gefahren. Dort habe ich jemanden getroffen, der Yves noch aus der Zeit nach der Besatzung kannte.« Er machte eine kunstvolle Pause, und nachdem sie nichts weiter dazu sagte, fuhr er fort. »Ein Jahr nachdem Yves die Buchhandlung seines Vaters übernommen hatte, hat er auch einen Lehrling eingestellt, Cederic Rousset. Dieser führt seit langem die Geschäfte der ehemaligen *Librairie Rumot*, und es war reines Glück, dass ich ihn traf, denn er hat in diesen Tagen die Buchhandlung an seine Enkelin übergeben. Er konnte mir einiges erzählen. Er war, als mein Großvater niemanden sonst hatte, sein engster Vertrauter.«

»Was hat er gesagt?«

»Er meinte, dass das Schicksal eine seltsame Wendung genommen habe. Und ich muss zugeben, dass es mich noch einmal mehr berührt hat. Denn wenn es gerecht zugegangen wäre, wie man es sich vom Schicksal doch des Öfteren erhofft, dann hätten sich Valentine und Yves direkt nach dem Krieg wiedertreffen und heiraten müssen. Doch es hat einen unerwarteten Widersacher gegeben.«

»Einen Widersacher?«, fragte Sophie erstaunt. »Nun spann mich doch nicht so auf die Folter!«

»Also gut. Cederic Rousset ist inzwischen über siebzig Jahre alt«, erklärte Nicolas, »aber sein Gedächtnis ist noch erstaunlich gut. Zumindest das Langzeitgedächtnis, wie er mir erklärte, und ich musste ihm recht geben, denn erstaunlicherweise wusste er noch fast jedes Detail. So erinnerte er sich etwa daran, dass Yves sich ihm in der prekären Situation um Valentine und Binette anvertraute und von dem Moment berichtete, in dem die Résistance die Gefängnistüren öffnete und er sich auf die Reise zurück in die Heimat machte.«

Nach zwei Jahren der Haft in einem Gefängnis vor den Toren Lyons stand er endlich wieder in Honfleur, mit zerrissener Kleidung, aber voller Hoffnung auf ein Wiedersehen mit seinem Vater, den Freunden und Bekannten – nur um festzustellen, dass niemand von ihnen mehr da war.

Die Buchhandlung lag verwaist, weil Monsieur Rumot sich nur wenige Monate zuvor wegen Herzproblemen in ein Krankenhaus hatte einweisen lassen, wo er sich von einer fürsorglichen Schwester, die die Betten zudem für die Soldaten brauchte, ein Medikament geben ließ, das ihn von seinem Kummer um den verlorenen Sohn erlöste.

Yves' Freunde waren in alle Himmelsrichtungen zerstreut. Madame Petits Haus war zerstört. Und als er sich nach Valentines Heimatadresse erkundigen wollte, fand er die Redaktion des *Miroir Honfleuraise* geschlossen. Selbst dessen Leiter, Victor Beyer, war, wenn man den Gerüchten Glauben schenken sollte, aus dem Ort geflohen. Er, einer der bekanntesten Kollaborateure, habe der Verfolgung der entfesselten Bevölkerung entgehen wollen, die nun jedem, der auch nur im Entferntesten mit den Deutschen zu tun gehabt hatte, das Leid der vergangenen Jahre heimzahlte.

Die eigene Stadt erschien Yves plötzlich fremd, bis er – mehr wegen eines ehemals gegebenen Versprechens gegenüber seinem Vater als aus innerem Antrieb – die *Librairie Rumot* wieder öffnete.

Während er die Regale abstaubte und erste Handlungsreisende der Verlage empfing, versuchte er, sich daran zu erinnern, wie der kleine Ort hieß, aus dem Valentine stammte, indem er

Zeichnungen aus Reiseführern mit ihren Erzählungen abglich. Doch so sehr er mit dem Finger über die Landkarten fuhr, er blieb immer in den Vogesen hängen – und bei Sélestat.

Hatte sein Gedächtnis während der vergangenen Jahre Schaden genommen?

So schrieb er dem Bürgermeisteramt von Sélestat von seinem Anliegen, er würde sich freuen, wenn man ihm hier weiterhelfe. Und als er der Dame beim Fernmeldeamt den Namen Steinbach nannte, hörte er sie eifrig in Seiten blättern, um ihm am Ende der Suche die Telefonnummer des Rathauses des gleichnamigen Ortes zu nennen. Eine Familie Steinbach, wenn es denn so eine in der Nähe von Sélestat gäbe, hätte zumindest zu Zeiten der letzten Auflage keinen Telefonanschluss.

Jeden Abend legte Yves sich einen Teil des eingenommenen Geldes beiseite. Damit würde er, wenn er genügend beisammen hätte, ins Elsass fahren, um jeden noch so kleinen Ort zu durchkämmen, bis er Valentine gefunden hätte.

Es waren drei Wochen seit der Wiedereröffnung vergangen, als endlich ein bekanntes Gesicht, begleitet vom Läuten des Türglöckchens, den Laden betrat: Arianne Leloup. Man hatte ihr die Haare geschoren, wie man trotz des Kopftuches deutlich erkennen konnte. So, wie man es mit allen Frauen gemacht hatte, die sich während der Besatzerzeit mit deutschen Soldaten eingelassen hatten. Horizontale Kollaboration hatte man es genannt und dabei auch diejenigen Frauen bestraft, die sich ernsthaft verliebt hatten. So trug auch sie den Kopf erhoben, mit der Würde einer zu Unrecht Misshandelten.

»Wie schön, dass der Buchladen wieder eröffnet hat«, sagte sie zur Begrüßung. »Sie glauben ja gar nicht, wie ich dieses Bimmeln vermisst habe!«

»Arianne?«

Sie lächelte zaghaft, als wolle sie sich versichern, ob das Interesse freundlicher Natur war. Dann strahlte sie plötzlich über das ganze Gesicht.

»Yves, ich hätte dich beinahe nicht erkannt! Wir alle dachten, du seiest tot!«

Er strich sich über den Bart, den er sich hatte wachsen lassen, und reichte ihr dann verlegen die Hand. »Bin ich nicht! Wie geht es dir?«

Sie lächelte bitter und wischte sich eine Träne aus dem Augenwinkel. Dann schüttelte sie den Kopf, als wolle sie nichts dazu sagen.

Er nickte verständnisvoll. »Sag, weißt du, wo ich Valentine finde?«

»Sie ist in ihrer Heimat, zumindest hatte sie uns einen Brief in die Redaktion geschrieben. Das war Weihnachten 1942.«

»Hast du den Brief noch? Kennst du die Adresse?«

Sie legte den Kopf schief und schloss die Augen, als suche sie hinter den Lidern eine Antwort. Dann schüttelte sie bedauernd den Kopf. »Nein. Ich kann mich nicht erinnern. Aber sicher kann dir Victor Beyer weiterhelfen.«

»Victor Beyer? Ich dachte, er sei geflohen.«

Sie beugte sich verschwörerisch vor. »Ja, aber nur ein paar Kilometer weiter. Er wohnt am Stadtrand von Foulbec, in *Les clos Bertrand.* Nummer zwölf.«

Noch am selben Nachmittag hatte Yves den Laden geschlossen und war auf Papas altes Fahrrad gestiegen. Damit fuhr er zu dem kleinen, heruntergewirtschafteten Haus am Stadtrand von Foulbec, in dem Victor untergekommen war, nur etwa eine halbe Stunde von Honfleur entfernt.

Am Briefkasten war kein Name zu lesen, nur eine Zwölf aus Metall hing schief daran herunter und weinte rostige Tränen.

Yves lehnte das Fahrrad an den Zaun und schob das niedrige Gartentor auf; sein Herz ging schneller. Eine Katze, die wohl irgendwo im Schatten der Bäume auf Mäusejagd gewesen war, schreckte auf, huschte davon und verschwand aus seinem Blickfeld. Yves nahm den Weg zum Eingang durch wuchernde Stauden und Unkräuter und klopfte mehrmals, bis die Tür einen Spaltbreit geöffnet wurde.

Eine missgelaunte Stimme fragte: »Was wollen Sie?«

»Monsieur Beyer?«

»Wer will das wissen?«

»Mein Name ist Rumot, Yves Rumot. Ich denke, Sie erinnern sich noch an mich. Mein Vater hatte den Buchladen in der *Rue des Capucins* in Honfleur.«

»Hieß es nicht, Sie seien tot?« Nach einem kurzen Augenblick – beinahe kam es Yves so vor, als habe Monsieur Beyer abgewogen, ob es nicht besser wäre, ihm einfach wieder die Tür vor der Nase zuzuschlagen – machte er diese etwas weiter auf. Yves erblickte einen abgemagerten und sehr gealterten Mann im speckigen Unterhemd, weit entfernt von dem Monsieur Beyer, Chefredakteur des *Miroir Honfleuraise*, der er einmal gewesen war. Aus der Tür drang der verführerische Duft frisch gebackenen Kuchens, und eine Frauenstimme sang leise ein fröhliches Phantasielied, das sich mit dem Klappern von Geschirr vermischte.

»Woher haben Sie diese Adresse?«, knurrte er.

»Spielt das eine Rolle?«

»Wahrscheinlich nicht, denn jetzt haben Sie mich ja gefunden. Wollen Sie sich auch an mir rächen? Oder wollen Sie mich gleich als Vaterlandsverräter erschießen? Nur zu, ich habe nichts mehr zu verlieren.«

»Nein, das will ich nicht«, gab Yves zurück und setzte ein

harmloses Lächeln auf, in der Hoffnung, Victor würde ihn als vertrauenswürdig einstufen.

»Sie haben mir meine Zeitung weggenommen und mich auf die Straße gesetzt wie einen diebischen Druckerlehrling«, ereiferte sich dieser dann. »Mich, der sich jahrzehntelang für das Blatt starkgemacht hat, der stets nur den Fortbestand des Unternehmens im Sinn hatte. Alles haben sie mir genommen. Mein Leben, meinen Beruf, mein Geld, mein Heim. Sie haben mich rausgeschmissen und enteignet. Sehen Sie doch, wie wir hier hausen! Sogar aus Honfleur musste ich wegziehen, weil sie mich auf der Straße angespuckt haben. Und wissen Sie, was ich heute mache? Ich habe studiert, bin über sechzig und jetzt schaufele ich Kuhscheiße weg und schleppe Kisten! Das ist der Dank.«

Yves blickte ihn an und biss sich auf die Zunge. Sollte er dem jammernden Monsieur Beyer, dem ehemaligen Leiter einer Kollaborationszeitung, sagen, dass seine Leiden klein waren im Vergleich zu dem, was die Menschen angerichtet hatten, die mit den Besatzern kollaboriert hatten, Menschen wie er?

Sollte er ihm sagen, dass das alles schon vielleicht viel früher hätte vorbei sein können, wenn es weniger schweigende Feiglinge wie ihn gegeben hätte, die nur auf ihren Vorteil bedacht gewesen waren? Statt seine Möglichkeiten zu nutzen und Menschen wie Petit, Archibald und all die Damen des Ortes, die Flüchtige verbargen, zu unterstützen?

Ja, Yves konnte verstehen, warum man sich an Menschen wie Victor Beyer rächen wollte, warum sie ihn anspuckten, wenn man selbst noch schlimmer gelitten hatte als er, wenn man sich aufgelehnt hatte gegen das Unrecht und dafür hart bestraft worden war; wohingegen diejenigen, die mitgelaufen waren, sich lautstark darüber beklagten, in welchem Zustand sie nun lebten.

»Jeder hat seine Last zu tragen, Monsieur«, sagte Yves in ruhigem Ton. »Ich bin allerdings nicht hier, weil ich mit Ihnen über Gerechtigkeit diskutieren will, sondern, weil ich Sie um etwas bitten möchte.«

Victor Beyer schob seine hagere Gestalt ein Stück in die Mittagssonne. Jetzt blickte er Yves fragend und skeptisch mit zusammengekniffenen Augen an.

»Es geht um Ihre Nichte.«

»Um Valentine?«

»Ja, so ist es. Ich will sie wiedersehen, ihr sagen, dass ich noch lebe. Das Einzige, was ich weiß, ist, dass sie aus einem kleinen Ort in der Nähe von Sélestat kommt, aber ich habe den Namen vergessen, und Sie können ihn mir sicher sagen.«

»Ach, kann ich das?« Monsieur Beyer trat vollends ins Freie und strich sich das strähnige Haar zurück. In diesem Augenblick, als er in das hoffnungsvolle Gesicht des jungen Mannes sah, muss ihm so etwas wie Rache durch den Kopf gegangen sein. Als er den Mund öffnete, um Yves zu antworten, blitzte für einen kleinen Moment die Erinnerung an das letzte Gespräch mit Valentine auf, die ihn seiner Meinung nach so schändlich im Stich gelassen hatte. Und als er nun sprach, brach sein gesamter Unwillen, ihr ein erfülltes Leben zu gönnen, hervor.

»Es tut mir leid, dass ich Ihnen keine bessere Nachricht mitteilen kann«, sagte er mit mühsam zurückgenommener Genugtuung, »aber Valentine ist tot, mitsamt der Familie. Ein Angriff der letzten Tage, verstehen Sie? Einer der verzweifelten Versuche der Deutschen, das Elsass zu halten.« Er nickte mit Nachdruck, tat einen besorgten Blick hinter sich in die Wohnung, wo das Singen plötzlich aufgehört hatte. »Mehr kann ich Ihnen nicht sagen!«, zischte er, während er die Tür langsam schloss, »das werden Sie sicher verstehen!«

Yves war wie betäubt, stieg langsam auf das Fahrrad, als stünde er unter dem Einfluss von starken Medikamenten.

Hatte er es geahnt, hatte er es kommen sehen? Warum nur war er so ruhig? Warum fühlte er nichts, rein gar nichts außer einer vollkommenen Leere?

Er betrachtete seine zitternden Hände, die er von Zeit zu Zeit vom Fahrradlenker löste, um sich den brennenden Schweiß aus den Augen zu wischen, der ihm trotz der niedrigen Temperaturen von der Stirn strömte. Es fühlte sich an, als seien es nicht seine eigenen Hände, sondern die eines fremden Körpers, in dem er zur Strafe wohnen musste. Er spürte seine Beine nicht, obwohl er, seitdem er von Victor Beyers Haus grußlos davongerast war, keine Pause eingelegt hatte und aus der Ferne schon die Dächer von Honfleur ausmachen konnte.

In seinem Kopf kreiste fortwährend ein zäher Fluss von Gedanken, Bildern und Erinnerungen, die sich wie Lava in seinen Schädel brannten. Er kannte dieses Gefühl der Aufgabe, des Annehmens eines ungewissen Schicksals. Irgendwann löste es die ständige Angst ab. Er hatte es gespürt, immer, wenn nachts die Schreie durch das alte Gefängnis in Lyon gehallt waren, weil sie wieder einen aus der Résistance zusammenschlugen oder auf den Bock legten, oder weil sie ihn zur Exekution abholten, so wie sie es mit Jean Moulin, Raymond Aubrac, Charles Delestraint und vielen anderen großen Mitgliedern und Führern der Résistance zuvor bereits gemacht hatten. Die Schergen der Miliz hatten ihr Werk stets so verrichtetet, dass es jeder der andern Insassen hören musste, so als wollten die kollaborierenden Folterknechte der *Milice française* den Häftlingen damit vermitteln, dass es jederzeit jeden treffen könne und es besser wäre zu sagen, was man wusste.

Das Einzige, was ihm am Leben gehalten hatte, war der Gedanke an Valentine gewesen.

Und nun war sie tot.

Ein großer heller Schlag, ein lächerlicher Augenblick nur, und das, woran Yves sich in den Monaten seiner leidvollen Gefangenschaft geklammert hatte, war zu Schutt und Asche verbrannt.

Die Tage vergingen wie in Trance. Noch immer betäubt, lebte Yves sein Leben nur deshalb, weil er seinem Vater einst versprochen hatte, das Geschäft weiterzubetreiben. Er führte die *Librairie*, konnte sich jedoch nicht einmal über die stetig steigende Nachfrage nach Büchern erfreuen, vor allem nach denjenigen, die so lange nicht hatten gelesen und schon gar nicht hatten verkauft werden dürfen. Vielleicht aber war es ebendiese Regelmäßigkeit, dieser feste Tagesablauf, die Erwartungen der Kunden und dieser Laden mit seinen festen Öffnungszeiten, was ihn nicht gänzlich verzweifeln ließ. Das Lager im Hof und die Bücher im Zimmer seines verstorbenen Vaters, das über und über damit vollgestopft war – all das war das Letzte, das ihm der Krieg und die vergangenen Jahre an Gewohntem gelassen hatten.

Oder waren es das Klavier und das Lied?

Nachdem sich kein rechtmäßiger Erbe finden ließ, hatte er das Klavier aus dem Haus von Madame Petit schaffen lassen und es in vielen Nächten Arbeit repariert und neu gestimmt.

Jeden Abend, wenn das Türglöckchen zum letzten Mal geklingelt hatte und Yves den Schlüssel herumdrehte, noch einmal die Klinke herunterdrückte und an der Tür rüttelte, so wie es sein Vater all die langen Jahre Abend für Abend getan hatte, zog er die Schublade des alten Verkaufstresens auf und holte die Notenblätter hervor, auf die er die Komposition übertragen hatte, die nur noch als verstaubte, stockfleckige Fetzen auf dem Boden des Hauses von Madame Petit gelegen hatten.

Dann setzte er sich ans alte Klavier, entzündete die beiden Kerzen, die ihm an geschwungenen Messingarmen stundenlang treu das Licht hielten, und ließ seinen ganzen tiefen Schmerz in die Musik einfließen, die in seinem Herzen wohnte und die er befreite, indem er sie niederschrieb.

Wenn man zu dieser Zeit des Nachts durch die *Rue des Capucins* oder eine der angrenzenden Gassen spazieren ging, dann war die Luft erfüllt von zarten Tönen, von Klängen, die voller Wehmut und Sehnsucht steckten, die jeden ergriffen und innehalten ließen, bevor man weiterging, um sich später seltsam berührt ins Bett zu begeben.

Dann, nachdem er die Weihnachtstage in aller Stille und mit dem Gedanken an Valentine verbracht hatte, war es vollendet. Er spielte das Lied für Valentine ein letztes Mal, klappte den Deckel des Klaviers zu und steckte die Notenblätter in einen Umschlag, den er verschloss und in den Tresen legte. Am nächsten Morgen – es war ein Sonntag im Januar 1945 – nahm er sich vor, Monsieur Nizou von dem ersparten Geld ein neues Fahrrad zu kaufen und es ihm zurückzubringen, so, wie er es vor langer Zeit versprochen hatte.

Dann blies er die Kerzen aus und ging schlafen.

Bereits eine Woche später schob er gleich nach Sonnenaufgang das neu erworbene Fahrrad aus dem Hof und fuhr los. Die Deutschen waren aus der Normandie verschwunden, aber noch immer fuhren Militärfahrzeuge umher und kontrollierten an Straßenposten die Ausweise verdächtiger Personen. Die Uniformen waren fester Bestandteil des Lebens geblieben, doch waren es wenigstens die der Alliierten, und es atmete sich plötzlich freier.

Yves bemerkte, wie lange er nicht mehr Fahrrad gefahren war, ja, wie lange er sich nicht mehr bewegt hatte außer vom Bett in den Buchladen, vom Buchladen ins Bett und einige mal in den Ort, um das Nötigste zu besorgen. Die letzte Fahrt war die zu Victor Beyer nach Foulbec gewesen. Schon bald nach dem Verlassen Honfleurs, als er den Feldweg am Meer entlang in Richtung Luc-sur-mer nahm, brannten ihm die Oberschenkel. Ab und an erfasste ihn ein ablandiger Wind und blies ihm schräg ins Gesicht.

Es fühlte sich seltsam an, diesen Weg zurückzufahren, den er nie hatte beschreiten wollen, zurück an die Stelle, wo er als Schiffbrüchiger an Land gespült worden, wo er dem Tod nur knapp entgangen war – und wo in den letzten Kriegstagen Zigtausende Soldaten ihr Leben lassen mussten. Je weiter er sich Caen näherte, desto stärker wurde das Ausmaß der Zerstörungen. Immer wieder hielt er an und blieb erstarrt vor den Zeugen der erbitterten Kämpfe stehen: vor zerbombten Dörfern und Brücken, vor ganzen Landstrichen, die in Schutt und Asche lagen. Und überall Menschen, die die Überreste des Grauens wegschafften und Zerstörtes wieder aufbauten.

Endlich erreichte er Luc-sur-Mer. Er fuhr über die Reste der Promenade, durch die zerfetzten Gassen der Stadt, dann wieder hinaus in Richtung Küste. Die Anhöhe hinauf, wo die Werkstatt und das Haus von Monsieur Nizou standen, die zu seiner Erleichterung bis auf eine Reihe von Einschusslöchern unversehrt geblieben waren.

Als er ausrollen ließ und in die Einfahrt zum Hof einbog, musste er stark bremsen. Inmitten flatternder Wäsche, die an Leinen hing, die vom Haus bis zu einem großen Balken am

Zaun reichten, starrte ihn Binette mit weit aufgerissenen Augen ungläubig an. Sie war dünn geworden, so wie die meisten anderen auch, aber hübsch war sie immer noch, und ihre Augen glänzten. Sie warf eine Arbeitshose zurück in den Weidenkorb, der voll mit weiteren Wäschestücken zu ihren Füßen stand, rieb sich nervös die Hände und trat auf den Hof.

»Yves? Bist du das wirklich?«

Yves stieg ab und kam ihr mit dem Fahrrad entgegen. »Ja.« Er lächelte. »Ich wollte deinem Vater sein Fahrrad zurückbringen.«

»Aber das ist ja gar nicht sein Fahrrad.«

»Nein, das alte ist leider abhandengekommen. Aber das hier fährt noch viel besser.«

Nun lächelte sie auch. »Ich dachte, du seiest tot. Frag mich nicht, warum, aber ich habe oft von dir geträumt.« Jetzt war sie bei ihm angelangt und berührte seine Hand.

»Wie du siehst, lebe ich noch.«

Da nahm Binette ihn überschwänglich in die Arme und drückte ihn einige Sekunden lang fest an sich. »Es ist schön, dich wiederzusehen, Yves«, flüsterte sie ihm ins Ohr, bevor sie sich von ihm löste und ihre Bluse glattstrich.

Es war irgendwie tröstlich, diese Wärme, die von ihr ausging. Nach all den Jahren der Einsamkeit, Trauer und Trostlosigkeit berührte es ihn tief im Inneren. Er sah über das weite Land, die Dünen bis hin zum Meer und spürte, wie sich etwas in ihm löste.

»Maman ist auf dem Markt«, sagte Binette, »und Papa hilft den Engländern bei der Instandsetzung einer Brücke. Willst du etwas trinken? Du bist ja noch immer ganz außer Atem und siehst aus, als könntest du etwas vertragen.«

War es das Gefühl von Heimkommen, das Yves in diesem

Moment ergriff? Er hatte sich diese Frage anfangs oft gestellt und später vergessen, weil er nie eine Antwort darauf gefunden hatte. Binette war nicht die große Liebe, würde es nie sein, aber es fühlte sich gut an. Sie strahlte diese Art unauffälliger weiblicher Geborgenheit aus, die auch dem hartgesottensten Mann irgendwann fehlte. Vielleicht war Binette der ruhende menschliche Pol inmitten einer sich auflösenden Welt, die nie wieder so sein würde, wie sie einmal war. Vielleicht war sie mit ihren Gefühlen, die sie Yves noch immer in unverminderter Stärke entgegenbrachte, der Anfang von etwas Neuem, der gute Grund für eine Familie und eine Zukunft mit vielen heiteren Stunden und vielleicht mit wachsender Liebe aus Respekt und Zuneigung.

Yves schob das Fahrrad in die Werkstatt und stellte es dort ab, wo er das alte vor Monaten vorgefunden hatte. »Gut«, sagte er zu Binette, »lass uns hineingehen und auf deine Eltern warten. Etwas zu trinken würde ich wirklich nicht ablehnen.«

Yves Rumot heiratete Binette Nizou im Mai 1945 in der kleinen Stadtkirche von Luc-sur-Mer, ein Jahr nach der Befreiung Frankreichs und zwei Wochen nachdem die Deutschen in Reims und Berlin bedingungslos kapituliert hatten. Der Zweite Weltkrieg war nun endgültig vorbei. Yves holte Binette zu sich nach Honfleur, wo sie in die Wohnung über dem Buchladen seines Vaters zogen, in dem sie ihm im ersten Jahr gemeinsam mit dem neuen Lehrling Cederic zur Hand ging, bevor sie schwanger wurde und ihm im Frühjahr 1947 einen Sohn schenkte. Sie benannten ihn nach Yves' Vater.

Bald darauf suchten sie sich eine andere Wohnung in Honfleur, denn Binette war bereits ein dreiviertel Jahr nach der Geburt des ersten Kindes erneut schwanger, wieder mit einem

Sohn. Darüber hinaus lief der Buchladen so gut, dass dies ohnehin notwendig gewesen wäre, denn Yves musste das obere Stockwerk, worin sich die Wohnung befunden hatte, umbauen lassen, um die Ladenfläche zu vergrößern. Ende 1949 hatte er zwei Angestellte. Er hatte das ehemals verträumte Geschäft um einen Musikalienhandel erweitert und sich mit seiner formidablen Auswahl an Bildbänden weit über die Grenzen Honfleurs hinaus einen Namen gemacht.

Das wachsende Unternehmen und seine Familie hielten ihn auf Trab. Und als Binette ihm im Frühjahr 1950 mitteilte, dass sie schon wieder guter Hoffnung sei, freute er sich. Doch er hoffte zugleich, dass diese Art von Freude sich nicht mehr wiederholen würde, denn gerade hatte er in Honfleur noch einen zweiten Laden eröffnet – es war der des einzigen Konkurrenten gewesen, der aus Altersgründen das Geschäft aufgab –, in den er den Musikalienhandel mitsamt Klavier ausgelagert hatte. So konnte er noch mehr Platz für Bücher in der *Rue des Capucins* schaffen, deren Nachfrage mit dem Eintreffen der ersten Touristen weiter gestiegen war.

Resümierte er, konnte er sich nicht erlauben zu klagen. Er war zu Wohlstand gelangt, Vater von zwei und in Kürze von hoffentlich drei gesunden Kindern, mit einer treusorgenden Frau verheiratet, die ihn nach Kräften unterstützte, wo sie nur konnte. Und doch war er manchmal müde vom Alltag, so dass er sich immer öfter nach Ruhe sehnte, die er an vielen Abenden vor dem neuerworbenen Fernsehgerät fand, das einen bedeutenden Platz im Wohnzimmer einnahm.

Am Abend des 7. Mai 1950 setzte sich Yves Rumot vor den Fernseher, zündete sich eine Pfeife an und nippte an einem Glas Calvados. Morgen, am Tag des Sieges über das nationalsozialistische Deutschland, waren die Geschäfte geschlossen, und er freute sich auf den freien Tag. Binette brachte gerade die Kinder ins Bett und würde gleich zu ihm kommen, hatte sie versprochen.

Im Fernsehen flimmerte eine Reportage, die ihn aufhorchen ließ. Anlässlich des sechsten Jahrestages der Befreiung kündigte ein Sprecher eine Dokumentation zu Ehren der Frauen in der Résistance an, die sich den Nazis genauso forsch und mutig entgegengestellt hatten wie die Männer, aber von den Deutschen aufgrund ihres Geschlechtes glücklicherweise oft unterschätzt worden waren.

Yves erhob sich mit Glas und Zigarette in der Hand und drehte den Lautstärkeregler etwas weiter auf. Er hatte sich kaum wieder im Sessel niedergelassen, da meinte er, das Herz müsse ihm stehenbleiben. Das Glas rutschte ihm aus der Hand und fiel auf den Boden, wo es zerschellte. Im Fernsehen wurde eine Frau interviewt, die selbst in der Résistance aktiv gewesen war und jetzt ein vielbeachtetes Buch darüber geschrieben hatte.

»Ist etwas passiert, Liebster?«, rief Binette vom Türrahmen aus und strich sich dabei mit beiden Händen über den sichtbar runden Bauch; sie musste den Lärm gehört haben. Als ihr Mann nicht reagierte, fragte sie: »Yves, was ist denn los? Geht es dir gut? Du siehst aus, als hättest du einen Geist gesehen.«

Yves Rumot *hatte* einen Geist gesehen. Zumindest musste er das annehmen, denn die Frau, die dort vor seinen Augen im Fernsehen über die organisierte Flüchtlingshilfe und von den tapferen Damen Honfleurs erzählte, war niemand anders als Valentine.

*Seine* Valentine.

# 3

Oliver hatte sie doch tatsächlich überrascht! Am Morgen war er früh in die Bank gegangen, nachdem er ihr leise und mit einem Kuss zum Geburtstag gratuliert hatte. Auf dem Esstisch hatte ein großer Blumenstrauß gestanden, sonst nichts. Aber jetzt, als Sophie, müde von der Arbeit, ihre Jacke an die Garderobe gehängt hatte, hatte er ihr die Augen zugehalten und sie ins Esszimmer geführt, das über und über mit Kerzen dekoriert war und mit einem ganzen Bündel heliumgefüllter Luftballons in Herzform, die in einem unsichtbaren Luftstrom hin- und herschwankten.

»Setz dich, und lass dich verwöhnen«, hatte er gesagt und ihr einen Weißwein gereicht, dessen Kühle das Glas beschlagen ließ. Dann war er in der angrenzenden Küche verschwunden und mit einer Platte Meeresfrüchte herausgekommen, die er bei einem der teuersten Feinkostläden Hamburgs bestellt hatte, wie man auf den eingesteckten Fähnchen sehen konnte. »Nimm es als Entschuldigung und Versprechen, bald nach Honfleur zu fahren.«

Es hatte wunderbar geschmeckt. Sie hatten mit Zitrone bespritzte Austern geschlürft und Crevetten gepult. Dazu gab es Jakobsmuscheln und auf Reis gebettete Rotbarbenfilets mit delikater Sauce. Dann hatte er den Tisch abgeräumt und sich mit zwei Gläsern Champagner wieder zu ihr gesetzt.

»Zum Wohl, Sophie«, sagte er. »Auf deinen Geburtstag und auf unsere Ehe. Du bist die allerbeste Frau, die man sich nur wünschen kann. Und ich möchte, dass du weißt, dass ich dich sehr liebe.«

Er hielt er ihr ein buntverpacktes Geschenk entgegen und strahlte über das ganze Gesicht. »Na los, mach schon auf!«

Behutsam löste Sophie die Schleife und entfernte das Papier. »Ölfarben!«, rief sie aus und betrachtete gerührt den mit schmalen Schubladen versehenen Holzkasten, das umfangreiche Sortiment. Farben in zahlreichen Nuancen, in vier zweireihigen Etagen übereinander. »Das ist ja unglaublich ...«

»Die Staffelei ist schon bestellt, sie kam leider nicht rechtzeitig.« Oliver lächelte sie zärtlich an. »Ich habe lange über unser letztes Gespräch nachgedacht. Und darüber, dass du dich für unser gemeinsames Leben verbiegst. Das möchte ich nicht. Ich will, dass du glücklich bist!«

»Oh!« In einer verlegenen Geste strich sie ihr Haar hinters Ohr. Sie fragte sich, wann sie sich das letzte Mal so gut gefühlt hatte. Das Telefonat mit Nicolas hatte sie an die Härte des Schicksals erinnert, an die Begrenztheit ehelicher Gefühle. Nun aber erschien alles plötzlich in einem anderen Licht, alle Sorgen waren mit einem Schlag vergessen. Die Zukunft war nun, da Oliver sie verstanden und sie und ihre Träume ernst genommen hatte, wieder hell erleuchtet. »Ich danke dir!«

»Gerne, mein Schatz«, sagte er schmunzelnd. »Und das ist noch nicht alles! Ich habe mich mit deinem Vorgesetzten getroffen und mit ihm gesprochen. Er ist einverstanden.«

»Womit?«

»Damit, dass du nur noch drei Tage in der Woche arbeitest.«

Er blickte sie freudestrahlend an, die Augenbrauen hochgezogen, als warte er auf den verdienten Applaus. Und als sie wie erstarrt auf ihrem Stuhl verharrte, stand er auf, umrundete den Tisch und drückte sie an sich.

Sophie schüttelte ihn ab. »Oliver, du hast mit meinem Chef gesprochen?« Sie versuchte, sich zu erinnern, ob irgendetwas Auffälliges an dessen Verhalten gewesen war. Die ganze Mannschaft hatte sich heute Nachmittag im Konferenzraum versammelt und den Kuchen gegessen, den Sophie in alter Tradition mitgebracht hatte. Der Leiter der Agentur hatte ihr zugezwinkert, und im Nachklang hatte es etwas Verschwörerisches gehabt.

»Ja, er lässt herzlich grüßen und ausrichten, dass er vollstes Verständnis für deine Lage hat.«

»Aber warum hast du das getan?«

»Weil ich dir einen langgehegten Wunsch erfüllen wollte!«

»Nein!« Sie hatte es mit einer Heftigkeit gesagt, vor der sie selbst erschrak. Aber die Gefühle, die nun aus ihr herausbrachen, waren nicht mehr aufzuhalten: Enttäuschung, Widerstand, Wut, Befreiung. »Nein«, wiederholte sie, dieses Mal ruhig und sicher. »Du hast mir keinen Wunsch erfüllt, du hast ihn für mich übernommen. Ich will nicht, dass du derartig über mein Leben bestimmst. Ich möchte selbst entscheiden, was ich tue und was nicht.«

»Aber Sophie, ich habe es doch nur gut gemeint! Du bist meine Frau, und ich liebe dich. Ich will, dass es dir wieder bessergeht!«

»Hättest du mir das nicht selbst überlassen können? Stattdessen nimmst du mein Leben in die Hand, als sei ich ein kleines, dummes Mädchen. Ich bin eine erwachsene Frau!«

Er hob beschwichtigend und sichtlich gekränkt die Hände. »Ja, natürlich bist du das. Aber ehrlich gesagt, hätte ich jetzt ein bisschen mehr Freude erwartet. Immerhin hast du das bekommen, was du immer wolltest. Soll das etwa der Dank dafür sein?«

Er verstand sie nicht, und das machte es noch schlimmer.

Sophie rang um Worte, wunderte sich, dass ihre Stimme noch immer ruhig klang, als sie weitersprach. »Oliver, darum geht es doch gar nicht. Ich wollte selbst mit meinem Chef sprechen. Du entmündigst mich, wenn du mir das abnimmst.«

»So ein Unsinn. Im Gegensatz zu dir hat Herr Marquard meinen Einsatz für dich gelobt. Er hat sogar gefragt, ob du wüsstest, was für einen tollen Ehemann du da an deiner Seite hättest!«

»Man kann andere auch mit seiner Hilfsbereitschaft ersticken!« Jetzt hatte sie es doch herausgeschrien.

Oliver lachte auf und verschränkte die Arme. »Ich kenne eine Menge Frauen, die sich darüber freuen würden, wenn sich der Mann derart fürsorglich verhält. Aber du …«

»So eine wie Julia, deine Kollegin?« Das war ihr herausgerutscht, und noch im selben Moment wünschte sie, sie könne die Worte wieder einfangen. »Es tut mir leid, das wollte ich nicht …«

Oliver starrte sie an. Seine Mundwinkel zuckten, dann setzte er zu einer Erwiderung an.

»Nein, lass nur«, unterbrach sie ihn. »Ich glaube, es ist besser, wir lassen das an dieser Stelle. Es führt zu nichts …«

»Doch, du hast vollkommen recht. Mit Julia ist es wesentlich unkomplizierter. Sieh mich nicht so an, ich habe nichts mit ihr. Aber ich genieße es, dass jemand lacht, wenn ich etwas erzähle, und dass sich jemand freut, wenn ich nachfrage, wie es ihm geht. Bei dir habe ich irgendwie das Gefühl, dass ich es nicht recht machen kann, egal, was ich tue. Aber betrügen würde ich dich niemals, und das weißt du auch!«

»Würdest du es denn tun, wenn du dich in jemand anderen verliebst? Ich meine so richtig.«

»Nein. Niemals! Damals, als wir vor den Traualtar getreten

sind, habe ich mich entschieden. Und dazu stehe ich. In guten wie in schlechten Zeiten.«

Sophie schüttelte den Kopf. »Das ehrt dich«, sagte sie. »Aber ist es auch richtig?«

»Wie meinst du das?« Oliver war sichtlich erschrocken. »Du hast dich irgendwie verändert seit dieser Sache mit Valentine. Es ist, als hätte ich eine andere Frau an meiner Seite.«

»Die Frau, die du siehst, bin ich. Das ist mein wahres Gesicht.«

»Und das andere? Das Gesicht, welches ich seit mehr als zehn Jahren kenne? Wer ist die Frau, die ich geheiratet habe?«

»Das bin auch ich, aber nur ein Teil davon. Den Rest habe ich wohl irgendwo auf dem Weg verloren.« Sie drehte das Glas zwischen den Händen, dann trank sie einen Schluck. Es schmeckte schal. »Mein ganzes Leben lang wollte ich anderen gefallen, es ihnen recht machen. Ich bin gar nicht erst auf die Idee gekommen, dass es einen eigenen Weg für mich gibt. Einen, der es mir erlaubt, so zu sein, wie ich bin, auch wenn es vielleicht unbequem sein mag. Valentines Geschichte hat mich daran erinnert, dass es sich lohnt, für das Glück zu kämpfen.«

»Und wie sieht dieses Glück deiner Meinung nach aus?«

Sophie starrte auf den Blumenstrauß. Bauernrosen mit Schneeball. So, wie in jedem Jahr, aber sie mochte diese Blumen. Natürlich gab es auch Dinge, die sie bei aller Routine liebgewonnen hatte und nicht missen wollte.

»Ich bin noch dabei, es herauszufinden«, sagte sie seltsam matt. »Sieh mal, ich will dich nicht verlieren. Aber wir müssen einen Weg finden, wie wir beide glücklich werden können. Auf gleicher Augenhöhe.«

»Und was ist, wenn wir Kinder bekommen? Heißt Augenhöhe für dich, dass ich meine Arbeit gefährde, damit du in aller Ruhe deinem Hobby nachgehen kannst?«

»Oliver, das ist nicht fair!«

»Doch, Sophie, und wo wir gerade bei Fairness sind: Du fragst mich nach Julia. Ist es nicht eher so, dass du jemand anderen hast?« Seine Augen blitzten. Und als sie nicht sofort antwortete, lachte er schroff auf. »Ich habe es gewusst.«

Die Rollen des Koffers rumpelten über das Kopfsteinpflaster. Je näher sie ihrem Elternhaus kam, desto stärker wuchs ihre Freude. Das war nicht immer so gewesen. Lange hatte sie die Besuche in der Heimat vermieden. Doch seit Sophie erfahren hatte, dass ihr Vater starke Herzprobleme hatte, war das Bedürfnis gestiegen, sie bald wiederzusehen.

Und nun war sie hier und fühlte sich plötzlich wieder wie ein kleines Mädchen.

Vor drei Jahren war sie das letzte Mal in Colmar gewesen. Oliver hatte sie begleitet, und sie hatten wundervolle Tage verbracht.

Sie waren durch die blumengeschmückte Altstadt gebummelt, hatten die farbenprächtigen Fachwerkhäuser bewundert, deren erstes Stockwerk zumeist über das Erdgeschoss hinausragte, die reichverzierten Fassaden. Sophie hatte ihm alles gezeigt, was er sehen wollte: Weinstuben und Bisquiterien, das Restaurant *La nouvelle Auberge* im benachbarten Wihr-au-Val und die Fromagerie in der *Rue Saint-Nicolas*. Hand in Hand waren sie über den Markt an der *Place Saint-Joseph* geschlendert, wo sich Obst, Gemüse, Käse und Nüsse türmten und es nach gebratenen Hähnchen und Merguez-Würstchen roch. An ihrem letzten Tag hatten sie eine Kahnfahrt durch das Gerberviertel gemacht und waren vom Regen überrascht worden. Eng umschlungen hatten sie unter einem aufgespannten Regenschirm gesessen und die Nähe des anderen genossen.

Was war seitdem geschehen? Wann war der Zeitpunkt gewesen, als die Zuneigung einengend wurde?

Sophie hielt inne und sah über die Brücke der *Rue Turenne*, wo sie sich mit Blick auf die im Wasser spiegelnde Blütenpracht geschworen hatten, einander immer zu achten und zu respektieren.

Unwillkürlich sog sie die Luft ein. War ihre Liebe wirklich dazu verdammt, in Erstarrung und Belanglosigkeit zu münden?

Sophie dachte an den vergangenen Streit und hatte plötzlich ein furchtbar schlechtes Gewissen. Sie war ihm nachgeeilt, als er aus dem Zimmer gelaufen war, hatte ihm versichert, dass es niemand anderen gab als ihn. Nur einen guten Freund, mit dem sie ab und an telefonierte, um sich Valentines Geschichte zu erzählen. Oliver hatte ihr geglaubt, sie hatten einander in die Arme genommen und sich gehalten, als seien sie am Ertrinken. Aber irgendetwas war zerbrochen.

Mit ihrem Ausbruch hatte sie Oliver überrascht, ihn an der Wurzel seines Seins gepackt. Dort getroffen, wo er am verletzlichsten war. In aller Stille war sie von seinen Lebensplänen abgerückt und hatte sich schließlich mit einem Knall aus der engen Umklammerung befreit. Hatte sich eine Vision von der Zukunft erkämpft, während sein Leben ohne jede Vorwarnung im Ungewissen lag.

Hastig holte sie ihr Smartphone aus der Tasche und schrieb ihm eine SMS.

Ich bin in Colmar angekommen. Mir geht es gut. Verzeih mir.

Ihre Mutter Louise empfing sie mit Freudentränen in den Augen. »Hätte ich gewusst, dass du jetzt schon kommst, hätte ich mir etwas anderes angezogen«, sagte sie und strich sich über die geblümte Kittelschürze.

»Ich habe dir doch erzählt, dass ich gegen drei Uhr da bin«, erwiderte Sophie. Sie kannte ihre Mutter nicht anders, immer ein wenig in Eile. Schmunzelnd stellte sie ihren Koffer ab, ließ sich in den Arm nehmen und dann ausgiebig begutachten.

»Du bist so dünn geworden!«

»Ach was, Mama, das sieht nur so aus.«

Noch einmal drückte ihre Mutter sie an sich. Sophie spürte den weichen, runden Körper und fühlte, wie all ihre Anspannung auf einmal von ihr abfiel.

Mit einem beherzten Griff nahm Louise ihr den Koffer ab und trat einen Schritt zurück ins Haus. »Wie lange bleibst du?«

»Zwei Tage, vielleicht drei.«

»Wie schön, endlich bist du wieder hier!«

Sophie atmete den Duft frisch gebrühten Kaffees ein und folgte ihrer Mutter in den engen Flur, an der Treppe vorbei in die Küche, wo ihr Vater Arthur vor einer großen geblümten Tasse saß und Patiencen legte. Er blickte auf, versuchte aufzustehen, hielt sich den schmerzenden Rücken und blieb sitzen, während Sophie ihn herzlich umarmte. Dann erzählte er von den Ergebnissen der ärztlichen Untersuchungen, während Louise hinauseilte, um sich umzuziehen.

Wenige Minuten später war sie zurück, ihr Hals verschwand fast vollständig im Kragen ihrer Rüschenbluse. Sie lächelte und hob eine Tortenplatte vom Buffet, die mit einer buntbestickten Gazehaube bedeckt war.

»Eine Rhabarbertarte. Die magst du doch so gerne, Sophie, nicht wahr?«

»Gibt es denn keinen Gugelhupf?«, murrte Arthur.

»Es gibt auch andere Kuchen«, erklärte Louise seelenruhig und mit ungewohnter Entschlossenheit. Sie goss Sophie den aufgebrühten Kaffee in die Tasse und schob ihr eine Dose Kondensmilch zu. »Erzähl, wie geht es dir? Und was macht Oliver so? Konnte er nicht mitkommen? Ich hätte ihn so gerne einmal wiedergesehen.«

»Wird Zeit, dass ihr langsam Kinder bekommt«, warf ihr Vater ein. »Ihr werdet auch nicht jünger!«

»Ach, lass doch, Arthur!« Ihre Mutter schüttelte verärgert den Kopf. »Hör nicht auf ihn. Wie geht es dir, mein Engel?«

Sophie antwortete ausweichend und erzählte dann noch einmal von Valentines Beerdigung – dieses Mal ausführlicher als am Telefon. »Ich habe inzwischen Nicolas, Yves' Enkel, ein wenig näher kennengelernt.«

»Aus der Familie der Rumots?«

»Ja, der junge Mann am Klavier in der Kirche. Das hatte ich dir doch erzählt.«

Louise riss die Augen auf. »Ach, das war Yves' Enkel? Das ist erstaunlich.« Sie nahm die Haube vom Kuchen und schnitt die Tarte mit dem Messer in gleichmäßige Stücke. »Ach, wie gerne wäre ich dabei gewesen, jetzt noch umso mehr. Aber du weißt ja, Papa ist ohne mich vollkommen hilflos. An weite Reisen ist überhaupt nicht mehr zu denken.«

Ihr Blick glitt zu Arthur, der mit einem warnenden Schnalzen einen Kuchenkrümel auflas und ihn in den Mund steckte. »Es sind genügend Leute dort gewesen«, brummte er kauend. »Sie wird uns schon nicht vermisst haben.«

»Trotzdem. Diesen Nicolas hätte ich gerne kennengelernt. Bislang hat sich noch nie jemand von den Rumots für Valentine interessiert, zumindest nicht im Guten. Wie ist er denn so?«

»Nett«, sagte Sophie und merkte, dass sie rot wurde. »Und stellt euch vor, er möchte mehr über Yves und Valentine wissen. Mehr, als ich ihm erzählen konnte. Nachdem er sich anfangs dagegen gesträubt hatte, ist er plötzlich davon beseelt, die ganze Wahrheit über die beiden herauszufinden.«

»Die Wahrheit über Valentine und Yves …« Louise ließ das Messer sinken und sah mit verträumtem Blick durchs Fenster zu dem bedeckten Himmel. »Lang genug hat es ja gedauert. Valentine hätte sich gefreut, wenn irgendeiner von den Sturköpfen schon früher darauf gekommen wäre. Aber nein, stattdessen haben sie an ihrer Version festgehalten, das war ja auch viel bequemer. Mein Vater hat mir oft erzählt, wie sehr Valentine darunter gelitten hatte. Er hat mir sogar …« Sie stockte, legte das Messer beiseite. »Ich meine mich zu erinnern, dass er sogar noch einen Brief von ihr aufgehoben hat. Aus der Zeit, als sie wieder mit Yves …«

Sie sprang auf, dass der Tisch wackelte.

»Louise!«, rief der Vater aus und griff nach der Kaffeetasse, deren Inhalt über den Rand geschwappt war. Doch seine Frau war bereits aus dem Zimmer.

Kurz darauf kam sie mit einer Kiste zurück. »Sieh mal hier. Erinnerungen aus dem Krieg. Das meiste sind Fotos von damals und Ausweise. Aber da müsste eigentlich auch ein Brief von ihr dabei sein.«

Sophie starrte auf die schlichte graue Pappschachtel. Ihr Herz begann heftig zu klopfen. »Ein Brief von Valentine?«

»Ja, ich habe ihn ihr immer mal geben wollen, aber nun ist sie ja leider verstorben.«

Louise hob den Deckel ab und betrachtete die Bündel stockfleckigen Papiers, zog eines nach dem anderen hervor und drapierte sie zwischen Kaffeetassen und Dosenmilch. Der Einberufungsbefehl, Briefe der Mutter an die Front. Ein Ausweis, auf dem man unter der Rubrik Staatsangehörigkeit *Elsässer* eingetragen hatte. Ein Foto des Rückkehrers neben seinen Eltern. Steif und starr, der Blick nach vorne zur Kamera gerichtet, wohingegen Sébastiens Mutter lächelte und die Hand ihres Sohnes fest umklammert hielt, als wolle sie diese nie wieder loslassen.

»Es muss eine schlimme Zeit gewesen sein, damals, selbst als Frankreich längst befreit war«, sagte Louise. »Valentine hat oft von den ersten Wochen erzählt, als die Amerikaner ins Elsass kamen. Zuerst haben sie die Städte verwüstet und die Frauen missbraucht, weil sie glaubten, es seien Deutsche. Und dann schenkten sie aus lauter Verlegenheit Kaugummis, Zigaretten und Fleisch in Konservenbüchsen. Und Toilettenpapier, was in der damaligen Zeit ein unglaublicher Luxus war.«

»Louise!« Arthur schlug mit der flachen Hand auf den Tisch. Sein Gesicht legte sich in strenge Falten. »Würdest du die Freundlichkeit haben, mir endlich vom Kuchen aufzutun und mich essen zu lassen, bevor du über Klopapier sprichst?«

Noch vor wenigen Jahren hätte ihre Mutter genickt und ihm schweigend seinen Wunsch erfüllt. Doch irgendetwas im Gefüge der beiden schien sich durch seine Krankheit verändert zu haben.

»Ach, lass mich doch«, erklärte Louise ruhig und schob ihrem Mann den Kuchenheber hin, während sie fortfuhr, aus den Erinnerungen ihrer Tante zu erzählen. »Damals«, sagte sie gedankenverloren, »hatte Valentine das Haus ihrer Eltern in *Saint-Pierre-Bois* kaum verlassen, um dem Chaos zu entgehen, das nach dem Ende des Krieges ausbrach. Sie hatte während der letzten zwei Jahre im Verborgenen für eine Elsässer Organisation der Résistance gearbeitet, die Verfolgten zur Flucht über die Vogesen in die Schweiz verhalf. Und weil die damals einsetzenden Säuberungsaktionen auch den jungen Männern galten, die die deutsche Wehrmacht 1942 für den Kampf im Osten zwangsrekrutiert hatte, verschaffte Valentine ihrem Bruder Sébastien eine Unterkunft in der Schweiz.«

»Dass man die Zwangsrekrutierten bei ihrer Rückkehr als Verräter verfolgte, war wirklich eine Schande«, ließ Arthur verlauten, der sich inzwischen selbst bedient hatte und energisch mit der Gabel in die Tarte stieß. »Sie hatten ja keine andere Chance gehabt. Auf Kriegsdienstverweigerung stand Sippenhaft. Und als sie dem Irrsinn endlich entkommen waren, wurden sie zur Belohnung auch noch mit Gewaltandrohungen und Anfeindungen empfangen.«

»Ja«, stimmte Louise zu. »Selbst Sébastien, der vor Kriegsende desertiert war und für die Befreiung Colmars aufseiten der Franzosen gekämpft hatte, war dem blindwütigen Hass auf alles Deutsche ausgesetzt. Niemand fragte mehr nach, wer welcher Gesinnung war. Zuerst wurde geschossen. Die Befreiten waren wie entfesselt, rächten sich für alles, was ihnen in den vergangenen Jahren angetan worden war. Valentine hat das vorausgeahnt. Zum Glück für Sébastien, der rechtzeitig ausgewandert war, so dass ihm zumindest dieses Leid erspart blieb.«

Sophie nickte. Elsass, das ewig zerrissene Land. Manchmal fragte sie sich, ob sie dieses Erbe in sich trug, wenn sie sich unfähig fand, sich zwischen zwei Dingen zu entscheiden.

»Sébastien hat nur selten darüber gesprochen«, fuhr Louise fort. »Er hatte sich dazu entschlossen, das Grauen einfach zu verdrängen. ›Redde m'r nimm devun‹, hat er immer nur geantwortet. Gewisse Themen sollte man besser ruhen lassen.«

»Und Valentine?«

»Die konnte nicht still bleiben und das Unrecht ertragen. Stattdessen begann sie, für die Rechte der Kriegsheimkehrer zu kämpfen und dafür zu sorgen, dass man die besondere Situation der *Malgré-nous*, wie man sie nannte, auch im restlichen Frankreich begriff. Gleich nach dem Krieg hat sie eine Stelle als Journalistin für die *Dèrniere Nouvelle d'Alsace* angenommen, einer Zeitung, die es sich zur Aufgabe gemacht hatte, die deutsche und die französische Bevölkerung im Elsass zu versöhnen. Und da sie auch ein vielbeachtetes Buch über die Frauen in der Résistance geschrieben hatte, lud das RTF sie eines Tages zu einer landesweit ausgestrahlten Dokumentation ein, in der sie über dieses Thema referieren sollte. So kam es, dass auch Yves auf sie aufmerksam wurde. Er muss gedacht haben, ein Geist sitze ihm gegenüber im Fernsehen. Doch er hat keine Sekunde daran gezweifelt, dass es seine Valentine war, die hier von Fluchtwegen und Passfälschungen berichtete.«

»Ja, davon hatte Nicolas berichtet.« Sophie setzte sich gerade. »Bis zu dem Teil der Geschichte hat Yves sich einem seiner Angestellten anvertraut. Aber seit er Valentine im Fernsehen entdeckt hatte, soll er nie wieder mit jemandem darüber gesprochen haben.«

»Aber Valentine hat mir davon berichtet«, meinte Louise und trank von ihrem Kaffee. »Sie sagte, Yves habe vor dem Fernseher gesessen und mit sich gerungen, ob er mit ihr Kontakt aufnehmen sollte oder nicht. Er schien geahnt zu haben, dass es das Schicksal noch einmal herausfordern würde. In dem Moment, als er Valentine sah, spürte er wieder all die Liebe, die er damals für sie empfunden hatte. Doch da war auch Binette, seine Ehefrau, schwanger mit dem dritten Kind.«

»Aber er hat sich doch bei ihr gemeldet, nicht wahr?«

»Anfangs hat er noch gedacht, dass er diesen Punkt seiner Vergangenheit besser ruhen lassen sollte. Das aber änderte sich abrupt, als Valentine mit feuchten Augen von einem furchtbaren persönlichen Verlust sprach, bei dem ein ihr sehr nahestehender Mensch ums Leben gekommen sei. Nur zwei Tage später hatte Yves ihre Adresse ausfindig gemacht und einen Brief geschrieben, um sie wissen zu lassen, dass er noch lebe. Und damit eine Tür aufgestoßen, die sowohl höchstes Glück als auch schlimmstes Unglück bedeuten sollte.«

# 4

Honfleur, den *9*. Mai *1950*

Meine liebe Valentine,

in all den Jahren hatte ich mich daran gewöhnt, oder besser gesagt, damit arrangiert, dass Du tot bist. Das erklärt wohl auch, dass es eine Weile gedauert hat, bis ich endlich erkannt habe, wer mir dort aus dem Fernseher entgegenblickt und derart klug und engagiert über das Thema ›Frauen in der Résistance‹ referiert. Minutenlang habe ich geglaubt zu träumen. Ich dachte, mein Verstand sei einer Wahnvorstellung erlegen, bis ich begriff, dass es die Realität war.

Valentine, meine Valentine lebt!

Bei Gott, wie schön Du bist! Die vergangenen acht Jahre haben Dich noch schöner gemacht.

Und auch ich lebe, Yves Rumot, erinnerst Du Dich an mich? An unsere kurze, aber intensive Zeit?

Sicher hast Du ebenfalls bis heute gedacht, ich sei tot. Von Gewehrkugeln getroffen wie all die anderen, deren Leben auf dem Atlantik zwischen Frankreich und England ein Ende nahm. Doch das Schicksal hatte mich in jener stürmischen Nacht, als das Fluchtboot von der Küstenwache angegriffen worden war, verschont. Es ist mir gelungen, ungesehen von Bord zu kommen und unter den Suchscheinwerfern wegzutauchen. Am nächsten Tag hat mich eine Schreinerstochter am Strand von Luc-sur-Mer gefunden und in ihrer Familie aufgenommen. Doch als ich endlich nach Monaten der Amnesie meine Erinnerungen wiederfand und zurück nach Honfleur fuhr, um Dich in die Arme zu schließen, warst Du schon

weg. Noch am selben Tag wurde ich verhaftet, man brachte mich nach Fort Luc, wo ich zusammen mit anderen Mitgliedern der Résistance in eine Zelle gesteckt wurde.
Valentine, in all der Zeit hat Dein Bild mich am Leben erhalten. Der Gedanke, dass wir uns irgendwann einmal wiedersehen. Doch als ich mich nach meiner Befreiung nach Deiner Adresse erkundigen wollte, behauptete Dein Onkel, Du seiest tot. Umgekommen bei einem der letzten Angriffe der Deutschen. Und mit Dir Deine gesamte Familie.
Ich habe mich in den letzten Stunden gefragt, warum er das wohl getan hat. Warum er uns lieber Leid zufügen wollte, statt uns das Glück des Wiedersehens zu gönnen. Vielleicht war es ihm, der inzwischen zu einer jämmerlichen Gestalt verkommen war, eine Genugtuung gewesen, mich stellvertretend für alle Widerstandskämpfer für die Umstände zu bestrafen, in die er nun geraten war. Wären wir ohne diese Lüge glücklich geworden? Hättest Du auf meine letzte Frage, ob Du mich nach meiner Rückkehr heiraten würdest, mit »Ja« geantwortet?
Ach, verzeih mir, wenn ich Dich mit meinen Sentimentalitäten behellige. Die Zeiten sind inzwischen andere. Wir mussten unsere Leben alleine weiterführen.
Wie ist es Dir in den Jahren ergangen? Hast Du eine Familie gegründet, einen netten Mann gefunden, der Dich liebt und umsorgt? Ich habe damals, da mein Vater in den letzten Kriegsmonaten verstorben war, den Buchladen in der Rue des Capucins übernommen. Er ist vollkommen neu gestaltet, Du würdest ihn nicht wiedererkennen. Mit Bildbänden und Musikalien. Und mit einer stark erweiterten Sammlung von Originalen des Komponisten Erik Satie. Und – ja, ich habe geheiratet. Sie heißt Binette und ist die junge Schreinerstochter, die mich damals am Strand von Luc-sur-Mer gefunden hatte. Wie das Leben manchmal spielt, ist wirklich unergründlich und seltsam, nicht wahr? Wir haben zwei Kinder zusammen, Jean und Luc, das dritte ist unterwegs. Wie Du am

Absender erkennen kannst, wohne ich noch immer in Honfleur, allerdings in einem größeren Haus ganz in der Nähe des alten Hafens, denn die ehemalige Wohnung im ersten Stock der Rue des Capucins ist zu eng geworden für eine Familie wie die unsere.
Ich bin so froh, dass es Dich noch gibt und dass Du diese schreckliche Zeit überlebt hast. Wie gerne würde ich Dich wiedersehen, Valentine.
Magst Du mir schreiben, ganz bald?

Dein Yves

PS: Ich habe das Lied nicht vergessen, um dessen Spiel Du mich in Madame Petits Haus gebeten hast. Ich habe es weiterkomponiert, als ich glaubte, Dich für immer verloren zu haben. Es ist vollendet.

Valentine ließ den Brief sinken und erhob sich langsam von ihrem Stuhl.

Was sollte sie fühlen?

Sie ging zum offenen Fenster und blickte hinaus, ohne die Straßenkehrer wahrzunehmen, die die Spuren der Paraden und Festivitäten anlässlich des Siegstages beseitigten. Ihre Wohnung, die sie seit vier Jahren bezogen hatte, lag im Herzen von Straßburg, ganz in der Nähe der *Rue de la Nuée Bleue*, wo sie seit geraumer Zeit als Redakteurin der *Dernières Nouvelles d'Alsace* tätig war.

Ja, was sollte sie fühlen? Sie wollte jubeln vor Freude, dass Yves noch lebte, und dennoch löste sein Brief auch eine tiefe Trauer aus, deren Heftigkeit sie erstaunte.

»*Yves Rumot, erinnerst Du Dich an mich?*«, hatte er geschrieben, als sei das Gedenken an ihn nicht derart tief in ihr verankert, dass es seitdem keinem anderen Mann gelungen war, sich ihr über ein Abendessen oder einen Spaziergang hinaus zu nähern.

»Natürlich erinnere ich mich, Yves, mein Liebster!«, flüsterte sie, während ihr Blick einem Papierfähnchen folgte, das eine Böe über den Platz trug.

Der warme Augustwind fröstelte sie, sie schlug die Arme um ihren Körper und atmete schwer aus. Ihr war, als habe sie vollkommen überraschend einen unermesslichen Reichtum geschenkt bekommen, über dessen Ausmaß sie sich nur aus der Ferne würde freuen dürfen.

Yves lebte. Und er war verheiratet.

Acht Jahre war es her, dass sie sich zum letzten Mal gesehen hatten; acht Jahre! Eine Vergangenheit ohne Inhalt. Und nun kam heraus, dass sie beide leibhaftig existierten und nicht nur in mühsam verdrängten Erinnerungen.

Wie sollten sie sich fortan begegnen? Als Freunde? Gute Bekannte, die sich manchmal schrieben oder gegenseitig besuchten?

Aus seinen Zeilen las sie, dass es ihm ebenso schwerfallen würde wie ihr. Ahnte er nicht, was eine Begegnung bei ihr, bei ihnen beiden auszulösen vermochte?

Der Entschluss, den sie nun fasste, kam so plötzlich über sie, dass es ihr vorkam, als habe sie keinen Einfluss auf ihre Entscheidung gehabt, als füge sie sich lediglich einer unabdingbaren Notwendigkeit. Nein, sie würde ihm nicht antworten. Sondern nach Honfleur fahren, um ihn zu sehen. Einfach so, ohne ihn anzusprechen, ihn lediglich ganz heimlich aus der Ferne betrachten, ihm einmal wieder nahe sein. Mehr würde sie sich nicht gestatten.

Nicht die Hoffnung auf ein Ergebnis dieser Reise trieb Valentine an, dafür nahm sie Yves' Familienstand viel zu ernst. Es war allein die Sehnsucht, die sie antrieb, sich der wundervollen Kulisse und dem Hauptdarsteller im bedeutendsten Bühnenstück ihres Lebens ein letztes Mal zu nähern.

Noch am selben Abend rief Valentine den Chefredakteur an, den sie gut genug kannte, um ihn auf seinem Privatanschluss stören zu dürfen, und bat um ein paar freie Tage. Da sie seit Jahren auf jeglichen Urlaub verzichtet hatte und sich ihr Vorgesetzter bereits seit langem ums Wohlbefinden seiner besten und emsigsten Redakteurin sorgte, zeigte er sich höchst erfreut, dass Valentine scheinbar endlich zur Vernunft gekommen war, und gab ihr für die gesamte nächste Woche frei.

Und so stieg Valentine gleich am nächsten Morgen, es war der zweite Freitag im Mai 1950, in ein Taxi zum Bahnhof und nahm den Frühzug in Richtung Paris, von wo aus sie weiter bis nach Honfleur fahren würde, um dort noch am späten Nachmittag – nach einer achtstündigen Fahrt – einzutreffen.

Seitdem sie in Paris in den Nahverkehrszug gestiegen war, sah Valentine sich umgeben von Ausflüglern, die sich mit riesigen Hüten und großen Sonnenbrillen auf den Sitzbänken drängten. Mit ihnen fuhr eine Sehnsucht nach Unbeschwertheit, nach Chansons und Jazz, nach einer Brise warmen Seewinds.

Wenn man aus dem Zugfenster schaute, waren noch immer die Schäden des Krieges zu sehen. Aber die Bäume schienen grüner, die Felder fetter und die Häuser farbenfroher als damals, als Valentine zum ersten Mal von Sélestat in die Normandie aufgebrochen war. Es kam ihr so vor, als hätte sich das ganze Land dazu entschlossen, nach vorne zu blicken. Und je weiter sie in den Norden kam, desto mehr ließ sie sich davon anstecken.

Um zwanzig Minuten vor fünf rollte ihr Zug in Honfleur ein. Valentine schloss sich dem Strom der Menschen an, der durch die lichtdurchflutete Bahnhofshalle in Richtung Ausgang strebte. Unvermittelt überkam sie dieselbe innere Unruhe, die sie erfasst hatte, als sie Yves' Brief aus dem Postkasten gezogen hatte. Hier, unweit des Ortskerns, lebte er mit seiner kleinen Familie und mit einer Frau, die sicher ganz bezaubernd war.

Valentine nahm ein Tuch hervor und band es sich um den Kopf, dann setzte sie eine Sonnenbrille auf, damit niemand sie erkannte. Erst wartete sie, bis ihr Herz langsam wieder ruhiger wurde; schritt dann durch die altbekannten Straßen und Gassen und erinnerte sich an die schönen Dinge, die ihr hier widerfahren waren. Am Haus von Madame Chevalliers Schwester, in deren Dachwohnung sie gelebt hatte, machte sie einen Schlenker, suchte dann das Redaktionsgebäude auf, in dessen Räumen man noch immer dieselbe Zeitung untergebracht hatte, nur dass der Besitzer nun ein anderer war.

Als sie schließlich am *Vieux bassin* anlangte und wieder die malerischen Fassaden der Häuser erblickte, die den alten Hafen umsäumten, ergriff sie dieselbe Vorfreude, die sie empfunden hatte, als alles noch so neu, so herrlich anders gewesen war. Und weil sie sich erst einmal ausruhen wollte, bevor sie sich dem anderen Teil ihrer Vergangenheit näherte, nahm sie sich ein Zimmer mit Hafenblick in einem der hübschen Hotels am Kai. Sie aß eine Platte mit Meeresfrüchten zu Abend, gönnte sich zwei Gläser Wein und ging früh zu Bett.

Am nächsten Morgen stand sie zeitig auf – sie hätte ohnehin nicht mehr länger schlafen können – und nahm das Frühstück draußen an einem der grünlackierten, verzierten Metalltische ein. Es war ein warmer Frühsommertag, die Sonne strahlte vom fast wolkenlosen Himmel. Valentine setzte ihre Sonnenbrille auf, während sie das Croissant in ihren *Café au lait* tunkte. Sie beobachtete die vorbeischlendernden Menschen, meinte, manche der Gesichter zu erkennen und zog das Kopftuch ein Stückchen tiefer. In einiger Entfernung ertönte der wohlbekannte Klang von *Sainte-Catherine*; es war halb zehn. Valentine nippte am Kaffee, lehnte sich zurück und schloss die Augen für einen Moment.

Dann stand sie auf und machte sich auf den Weg.

Jeder Schritt in Richtung der *Rue des Capucins* brachte die Aufregung in ihr Herz zurück, und als sie schließlich in die enge Straße einbog, schlug es ihr bis zum Hals.

An der gegenüberliegenden Ecke blieb sie schließlich stehen und betrachtete den Buchladen. Er hatte sich tatsächlich stark verändert. Das Haus erkannte sie wieder, die Fenster, die Holzläden mit den Lamellen, die, wann immer die Sonne günstig stand, die Räume mit Fächern aus Licht verzierten und den feinen, tanzenden Staub sichtbar machten. Doch sie waren neu gestrichen worden, leuchteten in Azurblau, und auch das alte Grau der Fassade war einem strahlendem Weiß gewichen, das einladend wirkte. Über der ganzen Front prangte statt des ehemaligen, immer ein wenig nüchtern anmutenden Firmennamens nun der Schriftzug *Librairie Rumot* in einer modernen Typographie.

Es war erst Viertel vor zehn, und doch befanden sich bereits mehrere Kunden im Laden. Ein Mann in hellem Anzug, eine Mappe unter den Arm geklemmt, kam pfeifend die Straße entlang, stoppte und betrachtete einen Moment die Auslagen. Valentine durchfuhr ein wehmütiger Schauder, als er schließlich die Tür des Buchladens öffnete; es war dasselbe alte Türglöckchen. Nicht alles war neu, manches blieb vermutlich für immer.

Nun hielt es sie nicht mehr an der gegenüberliegenden Ecke.

Sie überquerte die Straße, ging hinüber und stand jetzt selbst vor den Schaufenstern. Vorsichtig spähte sie hinein.

Der Verkaufstresen war noch immer dort, wo er damals gestanden hatte, nur die Kasse schien neu zu sein. Weiter hinten war eine Treppe eingelassen, die in den oberen Stock führte. Dorthin, wo früher die Wohnung von Yves und seinem Vater gewesen war.

Ein Mann kam gerade herunter, begleitet von einem Kunden. Mit großen Schritten durchquerte er den Laden in Richtung Kasse. War es Yves?

Valentine schluckte und kam sich vor wie ein junges Mädchen vor seinem allerersten Rendezvous. Am liebsten hätte sie ihre Nase fest an die Scheibe gedrückt, um besser sehen zu können, was drinnen vor sich ging. Sollte sie doch hineingehen? Sie würde ihn auch nicht ansprechen. Nur ein wenig umsehen.

Das Glöckchen ertönte. Eine Frau und ein Mädchen von vielleicht vierzehn Jahren traten heraus. Valentine nahm die Klinke aus den Händen der Frau und trat ins Innere, um sich sofort hinter einem der Bücherregale zu verbergen. Sie stellte sich neben eine Kundin, die sich in einen der Bildbände versenkt hatte.

Auch Valentine zog einen hervor, ohne auf den Titel zu achten, und blätterte scheinbar interessiert darin herum. Dabei spähte sie über den Buchrand, um nach dem Mann zu sehen, an dessen Verkaufstresen sie eben noch mit gesenktem Kopf vorbeimarschiert war.

Ein heftiger Stich durchfuhr ihr Herz. Freude und Aufregung kämpften gleichermaßen um einen Platz in ihrer Brust. Es war tatsächlich Yves, Yves Rumot, der dort drüben dem Mann mit der Mappe soeben ein kleines Büchlein und das Wechselgeld aushändigte.

Valentine drehte sich mit dem Gesicht zum Bücherregal, schloss die Augen, atmete tief durch. Hatte er sie gesehen? Als sie die Lider wieder öffnete, war die Frau neben ihr verschwunden. Sie hörte das Türglöckchen, kurze Wortfetzen, der Mann und die Kundin schienen den Laden gemeinsam zu verlassen. Dann war es still.

»Sie interessieren sich für Rennwagen?«

Hastig ließ Valentine den Bildband sinken und wandte sich um. Yves stand vor ihr, die Hände fuhren hastig über sein etwas lichter gewordenes Haar. Er riss die Augen auf.

»Valentine?« Es war nur eine vorsichtige Frage, die in einem Ausruf mündete. »Mein Gott, du bist es wirklich! Valentine!«

Eine Weile sagten sie nichts, blickten sich nur an.

Endlich brach er das Schweigen. »Ich hatte gehofft, dass du kommen wirst. So viele Jahre ...« Er kam näher, nahm sie in den Arm.

Eine Welle des Glücks durchflutete sie. Es fühlte sich so gut an, so, als sei sie endlich angekommen. Hastig trat sie einen Schritt zurück.

»Eigentlich wollte ich nur ganz kurz ...«

Er lächelte »Ich freue mich, dass du hier bist.«

»Die *Librairie* ist wunderschön geworden.«

»Gefällt sie dir?«

»Ja, sehr. Sie wirkt viel geräumiger als vorher.«

»Wenn du willst, dann zeige ich dir das Obergeschoss.«

Plötzlich ertönte das Türglöckchen. Ein kleiner Junge von vielleicht vier Jahren stürmte voran. »Papa, schau, ich habe einen Stein gefunden, der aussieht wie eine Wolke.«

Yves bückte sich, betrachtete den Stein und lobte ihn für seinen Schatz. »Der sieht sehr interessant aus, Jean. Wo hast du ihn gefunden?«

»Am Strand«, gab der Kleine stolz zurück und steckte den Stein in seine Hosentasche.

Als Valentine wieder aufsah, stand eine Frau vor ihr, vielleicht Mitte zwanzig, sie hielt ein weiteres Kind an der Hand. Der Bauch weit vorgestreckt, als sei die Niederkunft nicht mehr fern. Verwundert sah sie von Yves zu Valentine und wieder zurück.

»Binette«, sagte Yves. Er richtete sich auf und lächelte ihr zu. »Darf ich vorstellen? Das ist Valentine Steinbach.«

»Die Frau aus dem Fernsehen?« Binette erblasste, und als Yves nickte, trat sie einen Schritt auf Valentine zu. »Angenehm«, sagte sie und streckte ihr die Hand hin. »Schön, Sie endlich kennenzulernen. Yves hat nicht viel von Ihnen erzählt, aber es war ihm anzumerken, dass Sie ihm wichtig sind. Bleiben Sie länger?«

»Nein, ich hatte nur das spontane Bedürfnis, hierherzufahren, als sich … Aber nein, ich möchte nicht …«

»Nun kommen Sie schon. Ich möchte, dass Sie heute Abend unser Gast sind.« Binette, deren Gesicht wieder eine gesunde Farbe angenommen hatte, sah sie offen an. »Ich möchte, dass Sie mit uns essen und dass Yves und Sie sich über die alten Zeiten austauschen und sich alles erzählen, was es zu erzählen gibt.«

Überrascht und auch ein wenig verlegen sah Valentine zu Yves. Dieser nickte, ohne eine Regung zu zeigen.

»Bitte, tun Sie mir den Gefallen«, sagte Binette mit Nachdruck.

»Ja, wenn Sie wirklich möchten, komme ich gerne.«

»Gut«, antwortete Binette. Dann rief sie nach ihrem Sohn, der sich zwischen den Regalen versteckt hatte. »Sie müssen nicht glauben, dass es mir etwas ausmacht, die erste große Liebe meines Mannes am Tisch sitzen zu haben«, sagte sie seltsam energisch, während sie beide Söhne an den Händen griff. »Ganz im Gegenteil, es erleichtert mich, dass Sie gekommen sind. Nun hat dieses Traumgespinst, das uns seit Anbeginn verfolgt, endlich ein Gesicht bekommen.«

Der Abend verlief eigenartig. Valentine ließ sich von Binette, die sich zurechtgemacht hatte wie zu einer Gala, durch die geräumige Wohnung führen, scherzte mit den beiden Buben und setzte sich schließlich an den hübsch gedeckten Tisch.

Beim Essen war Yves seltsam still und aß nur wenig. Binette hingegen zeigte sich als äußerst aufmerksame, fröhlich plaudernde Gastgeberin, die alles daransetzte, einen guten Eindruck zu hinterlassen. Wobei Valentine mutmaßte, dass diese Vorstellung nicht ihr galt, sondern ihrem Mann, dem wohl aufgehen sollte, welch fleißige, hübsche und eloquente Frau er doch geheiratet hatte.

Valentine hatte geduldig zugehört, während die Gastgeberin am Tisch von ihrem harmonischen Familienleben erzählt hatte. Und als sich Binette bei einem Glas Cognac danach erkundigte, was genau sie beruflich mache, wo sie wohne und wie es zu dem Interview gekommen sei, das man im Fernsehen hatte sehen können, war ihre Antwort mechanisch gewesen.

Mit einem unmerklichen Seufzer hatte Binette vernommen, dass es niemanden gab, der im Elsass auf Valentine wartete. Dann hatte sie das Thema gewechselt und Yves aufgefordert, über die alten Zeiten zu sprechen. Yves war dem zögernd nachgekommen. Immer wieder hatte er nach dem Cognac gegriffen, bevor er Binettes Wunsch entsprach und Erinnerungen beschwor, die eigentlich nur ihm und Valentine gehörten. Als seine Antworten immer kürzer wurden und seine Blicke immer flehender, entschied Valentine, sich nun zu verabschieden.

»Es tut mir leid, aber ich muss morgen früh wieder zurück nach Straßburg«, sagte sie, nachdem sie sich lobend über das Essen geäußert und für die Gastfreundschaft bedankt hatte.

»Kommen Sie bald wieder nach Honfleur?« Binette lächelte, doch ihre Augen blieben wachsam.

»Ich denke nicht. Aber es war schön, nach all den Jahren wieder einmal hier gewesen zu sein.« Valentine wollte Yves die Hand reichen, doch dieser schüttelte den Kopf und nahm seinen Mantel.

»Es ist schon spät. Ich begleite dich zum Hotel.«

Damit nahm er ihren Arm und führte sie hinaus in die Nachtluft, ohne sich noch einmal zu seiner Ehefrau umzuwenden.

Die Luft war noch immer warm, vom Meer wehte eine sanfte Brise, die den Geruch nach Algen mit sich trug.

»Warum fährst du morgen schon wieder?«, fragte er, als sie den Hafen fast erreicht hatten.

Ein Auto fuhr an ihnen vorbei, aus einem Haus drang helles Lachen.

»Warum sollte ich länger bleiben?«

Yves blieb stehen und sah sie an.

»Es gibt doch tatsächlich noch viel zu erzählen«, sagte er und lächelte vorsichtig. »Ich meine, Dinge, die nur uns etwas angehen.«

»Ich glaube nicht, dass das eine gute Idee ist«, flüsterte Valentine.

»Du meinst wegen Binette? Ich hätte es nicht zulassen sollen, dass sie dich so ausfragt.«

»Aber ich verstehe sie. Es ist bestimmt nicht leicht, wenn man sieht, wie …«

»Wie zwei sich treffen, die niemals aufgehört haben, sich zu lieben?«

Sie erstarrte. Ja, das war es: Sie liebten sich noch immer. Die Intensität dieses Gefühls war so greifbar, dass es auch für Außenstehende zu spüren sein musste.

Er nahm sie in den Arm. Sein Gesicht näherte sich dem ihren. Sie schrak zurück.

»Yves, das geht nicht«, wisperte sie.

»Ich weiß.« Mit einem tiefen Seufzen ließ er sie los und setzte den Weg fort, schweigsam, bis sie vor ihrem Hotel ankamen.

»Sehen wir uns irgendwann wieder?«

»Nein.«

Er nickte traurig, hob dann die Hand zum Gruß und wollte sich gerade umdrehen, als er noch einmal innehielt. »Hättest du damals ›Ja‹ gesagt?«

Eine seiner blonden Locken fiel ihm auf die Stirn. In diesem Moment erinnerte er Valentine an den jungen Mann, der vor vielen Jahren auf der gegenüberliegenden Straßenseite neben seinem Fahrrad gewartet hatte, einen Fuß lässig gegen die Hauswand gestellt und eine Zigarette rauchend. Sie dachte an die Sommersprossen, die sich noch heute zu Dutzenden über sein Gesicht verteilten.

»Ich muss gehen«, sagte sie statt einer Antwort.

»Aber Valentine …«

»Adieu, meine Liebe.«

Dann trat sie durch die Hoteltür, während ihr die Tränen schon die Wangen hinabliefen.

In all den Jahren hatte sich an ihrer beider Gefühlen nichts verändert, das wusste sie jetzt mit Gewissheit.

Und er wusste es auch.

# 5

Erst am Abend kam Sophie dazu, den Brief aus der Schachtel zu begutachten.

Sie saß in ihrem alten Jugendzimmer, aus dem inzwischen ein Wäscheraum geworden war, auf einer Ausziehcouch mit blütenweißer Bettwäsche. Dort, wo einst ihre Staffelei gestanden hatte, stand jetzt ein Bügelbrett. Ihre Bilder hatte Louise seitlich an den Schrank gelehnt.

Unschlüssig strich sie über den grauen Pappdeckel.

Oliver hatte nicht auf ihre SMS geantwortet, er schien noch immer gekränkt zu sein. Es hatte ihr einen Stich gegeben, doch dann überwog der Stolz. Wenn er sie wirklich liebte, dann würde er sie so mögen, wie sie tatsächlich war. Ohne Fassade. Mit all ihren Eigenarten, Gefühlen und Wünschen. Valentine hatte einmal gesagt, dass es in der Liebe nicht darum ging, eine möglichst große Schnittmenge zu bekommen, sondern eine möglichst intensive.

»Jemanden mit seiner Andersartigkeit lieben zu können erfordert Mut und Selbstvertrauen. Doch nur so kann es gelingen, die Leidenschaft füreinander zu bewahren.«

Valentine. Wie gerne hätte sie jetzt mit ihr über das Wesen der Liebe geredet. Und darüber, ob man sich besser trennen sollte, wenn man Liebe und Leidenschaft nicht mehr zusammenbekam.

Sophie erschrak über den Gedanken. Wollte sie sich wirklich von Oliver trennen?

Mit einem Seufzen widmete sie sich dem Inhalt der Schachtel. Sébastiens Bilder, die alten Dokumente und schließlich Valentines Brief an ihren Bruder.

Sophie erkannte ihre Schrift auf dem Umschlag, die sich in all den Jahren nicht verändert hatte. Mädchenhaft und dennoch energisch hatte sie Sébastiens Adresse notiert.

Mit roten Wangen zog Sophie den Brief hervor. Dann stockte ihr Herz. Ein Foto rutschte aus den Seiten heraus. Es war ein Bild von Valentine und Yves!

Sie saßen auf einer Mauer, im Hintergrund sich im Wasser spiegelnde Fassaden. Valentines Haar fiel ihr in weichen Wellen bis zum Kinn, sie trug ein blaues Trägerkleid mit weit ausgestelltem Rock. Yves, elegant in weißem Hemd mit Krawatte und Pullunder, hatte seinen Arm um ihre Schultern gelegt.

Glücklich sehen sie aus, dachte Sophie. Dann fotografierte sie das Bild mit ihrem Smartphone ab und öffnete das Mailprogramm.

28. April, 21.32 Uhr
**Betreff:** Foto!

Lieber Nicolas,
sieh mal, was ich gefunden habe: Ein Bild von Valentine und Yves! Es muss in Honfleur aufgenommen worden sein, ich meine die Schieferhäuser am Hafen wiederzuerkennen.
Auf der Rückseite steht etwas mit Bleistift geschrieben:
*1954, mit meinem Schatz*
Es lag in einer Schachtel mit Erinnerungen ihres Bruders Sébastien. Habe ich Dir schon erzählt, dass er mein Opa ist?
Alles Liebe,
Sophie
*Von meinem Smartphone gesendet*

*Acht Minuten später*
**Betreff:** Re: Foto!

Sophie, sie sieht Dir ähnlich! Nur die Haare sind heller und ganz im Stil der fünfziger Jahre. Wie glücklich sie aussehen … Woher hast Du die Schachtel? Lag sie womöglich all die Jahre auf irgendeinem Dachboden, wie Yves' Kompositionen auf meinem? Hast Du den Brief schon gelesen?
Ganz liebe Grüße,
Nicolas

PS: Sophie, Du hast mir nie erzählt, dass Sébastien Dein Opa ist. Also hat er den Krieg überlebt! Aber natürlich, Valentine war ja Deine Großtante … ich hätte es mir eigentlich denken können. So habe ich mir ganz umsonst Sorgen um seinen Verbleib gemacht.

*Fünfzehn Minuten später*
**Betreff:** Re: Foto!

Lieber Nicolas,
habe ich Dir das tatsächlich nie erzählt? Vielleicht liegt es daran, dass er schon vor vielen Jahren gestorben ist und dass ich ihn nie richtig kennengelernt habe.
Die Schachtel mit dem Foto lag im Haus meiner Eltern. Ja, Du hast richtig gelesen, ich bin nach Colmar gefahren. Alleine. Und nun stöbere ich in den Erinnerungen meines Großvaters, die man hier aufbewahrt hat. All die Jahre lang, nach seinem Tod.
Der Brief trägt seine Colmarer Adresse. Du musst wissen, dass Sébastien erst nach 1953 zurück ins Elsass gezogen ist, als man die *Malgrés-nous* rehabilitierte. Gemeinsam mit seiner Frau Colette, die er in der Schweiz kennengelernt hatte, und mit seiner 1952 geborenen Tochter Louise, meiner Mutter.
So, jetzt kennst Du meine Familiengeschichte.
Und nun zu dem Brief: Es ist eigenartig. Noch immer traue ich mich nicht,

darin zu lesen. Nicht aus Angst, ihre Privatsphäre zu verletzen – sie hätte ihn mir sicher selbst gezeigt –, sondern aus Angst, vor dem, was sie schreibt.

Valentines Geschichte beginnt, mein Leben zu beeinflussen. Nein, anders: Sie hat es bereits beeinflusst, noch bevor ich es bemerkt hatte.

Alles Liebe,

Sophie

*Von meinem Smartphone gesendet*

*Drei Minuten später*

**Betreff:** Re: Foto!

Sophie, kann ich dich sprechen? Bitte gib mir deine Mobilnummer, ich habe nur die aus Hamburg.

Nicht einmal eine Minute nachdem sie ihm ihre Kontaktdaten gesendet hatte, rief er an.

»Das ist ja unglaublich«, sagte er ohne Einleitung. »Ein Brief von Valentine.« Dann wurde er ernst. »Geht es dir gut? Warum bist du alleine nach Colmar gefahren?«

»Ich musste mal raus«, antwortete Sophie ausweichend. Mit Nicolas wollte sie nun wirklich nicht über ihre Eheprobleme reden. »Außerdem hatte ich gehofft, dass meine Eltern mir mehr über Valentine erzählen können.« In wenigen Worten fasste sie zusammen, was sie an diesem Abend erfahren hatte. »Dieser Brief hier könnte eine weitere Lücke schließen.«

»Magst du ihn mir vorlesen? Ich bin ganz gespannt, was sie schreibt.«

Sophie strich über das vergilbte Papier. »Gerne«, sagte sie, froh, dass er bei ihr war, zumindest am Telefon. Dann begann sie laut zu lesen.

Lisieux, 10. Oktober 1955

Mein lieber Sébastien,

es ist etwas ganz Furchtbares geschehen, das ich mir von der Seele schreiben muss, bevor ich es Gott überantworte. Du bist der Einzige, der mich versteht, der mir zuhört, der mich niemals verurteilen würde, ohne alle Umstände zu kennen.
Wie Du ja weißt, gab es in meinem Leben einen Mann, Yves Rumot, den ich bereits aus meiner Zeit in Honfleur kannte. Ich habe Dir von ihm erzählt, und auch, dass ich ihn wiedergesehen habe. Schon damals hattest Du bemerkt, dass etwas zwischen Yves und mir entstanden ist, was man wohl als Funkenschlag bezeichnen kann oder als schicksalhafte Begegnung. Zumindest hattest Du mir von weiteren Treffen dringend abgeraten, ebenso wie die meisten anderen, die mir nahestehen.
Hast Du damals schon geahnt, dass ich diese wohlgemeinten Mahnungen nicht befolgen würde?
Wenn dem so war, dann hast Du recht behalten. Diesen Mann in meinem Leben gibt es noch immer. Das erste Wiedersehen ist nicht ohne Folgen geblieben. Wir haben schnell gespürt, dass unsere Liebe nichts von ihrer Kraft verloren hatte. Ja, Sébastien, wir liebten uns nach all den Jahren, nach allem, was sich mittlerweile zwischen uns gestellt hatte, noch immer. Aber ich wusste, dass es eigentlich unmöglich war – ein verheirateter Mann mit drei kleinen Kindern …
Vielleicht erinnerst Du Dich, wie verzweifelt ich nach diesem kurzen Treffen war. Immer wieder träumte ich davon, ich wäre damals aufgewacht, in jener letzten Nacht, und hätte ihn davon abgehalten, ins Boot zu steigen. Und was wäre geschehen, wenn ich meine Suche nach ihm ausgedehnt hätte, bis nach Luc-sur-Mer? Oder hätte ich besser in Honfleur bleiben sollen, statt zurück ins Elsass zu fahren, wo ich meiner Mutter eine Stütze sein wollte?
Jede Minute quälten mich diese Fragen. Ich stellte mir vor, dass wir

ein schönes Leben gehabt hätten. Sicher wären wir verheiratet und hätten viele Kinder bekommen, mindestens drei oder vier.
Als ich diese Gedanken, das ewige Kreisen um verpasste Chancen, nicht mehr aushielt, vergrub ich mich noch mehr in meinen Beruf als je zuvor. Ich arbeitete, bis mir die Augen zufielen, hoffte, Yves endlich vergessen zu können, während ich mir keine Zeit mehr ließ, zu denken oder gar zu fühlen.
Gerade als ich meinte, mich in meinem Leben ohne Yves arrangieren zu können, hat er mich um ein weiteres Treffen gebeten. Er sagte, wir müssten uns aussprechen. Man könne es nicht einfach so im Raum stehen lassen, so tun, als wäre nichts geschehen. Immerhin hätten wir uns seit Jahren nicht gesehen und voneinander geglaubt, wir seien tot. Solle man all das ignorieren aus falsch verstandener Rücksicht, statt das Wiedersehen zu feiern? Wenigstens ein Mal. Bei einem Abendessen und einer guten Flasche Bordeaux.
Vielleicht hätte ich ablehnen, vielleicht mich schon früh dagegen sperren sollen, aber die Sehnsucht, ihn noch einmal zu sehen – wirklich nur einen Abend lang –, war einfach zu groß.
Darum stimmte ich zu, und Yves besuchte mich in Straßburg. Ich denke, dass seine Frau, der er ganz offen von dieser Reise erzählt hatte, schon damals ahnte, was geschehen würde. Wahrscheinlich noch eher als ich selbst.
Das war im Oktober des Jahres 1950. Die Herbststürme hatten damit begonnen, das Laub von den Bäumen zu tragen, und als er seinen Wagen vor meiner Wohnung parkte, war der Himmel klarblau.
»Erinnerst du dich an unser Spiel?«, hatte er gefragt, als wir uns zwischen Amuse gueule und Dessert alles erzählten, was es zu erzählen gab. »Wir tun einfach so, als gäbe es keine Gegenwart, und reden von unseren Wünschen und Sehnsüchten.«
Aus einem Abend wurden drei. Es war wie früher, als wären wir noch einmal zwanzig, als wäre all das, was in der Zwischenzeit geschehen ist, niemals passiert, als hätten wir dem Schicksal heimlich verlorene Jahre wieder abgeluchst.

Am letzten Abend haben wir uns geküsst. So, als sei es folgerichtig, ein Ausdruck unserer rasch gewachsenen Nähe. Ein Kuss nur, der die Gesinnung unserer Herzen verriet. Doch am nächsten Morgen fühlte ich mich verkatert. Mich überkamen das schlechte Gewissen und starke Zweifel. Ich wusste, dass es falsch war, was wir taten, aber warum um alles in der Welt fühlte es sich dann so richtig an? Yves ging es genauso wie mir.
Zum Abschied beschwor er, dass nicht falsch sei, was nicht falsch sein könne, denn dann wäre die unermessliche Liebe, die wir füreinander empfänden, ebenfalls ein Fehler und unsere Herzen würden lügen. Dann fuhr er wieder fort in Richtung Honfleur, heim zu seiner Familie. Ohne dass er es ausgesprochen hätte, wusste ich, dass diese Liebe nur würde existieren können, wenn er auch gleichzeitig der Ehemann von Binette und der Vater seiner Kinder sei, und dass er seine Frau niemals verlassen würde.
Sébastien, ich hätte das Ganze nach diesem ersten Treffen, nach dieser Nacht, beenden können – doch hätte ich es auch tun müssen? Kannst Du verstehen, warum ich es nicht tat? Und Yves genauso wenig? Kannst Du verstehen, dass wir uns seitdem weiter trafen?
Mal besuchte ich ihn, mal kam er nach Straßburg, wo unsere Liebe, unser gemeinsames Leben freier, ungezwungener und vor allem unbeobachteter war als in der Normandie.
Binette wusste von uns. Auch wenn wir Orte wählten, an denen man uns nicht erkannte, niemals Honfleur, meist Deauville oder Cabourg. Aber Frauen haben für so etwas eine Antenne, und Honfleur ist ein kleiner Ort. Auch wenn wir uns bemühten, die Fassade der Familie Rumot zu bewahren, so wurde getuschelt, warum der junge Buchhändler an manchen Tagen nach Ladenschluss in sein Auto stieg, statt die wenigen Meter nach Hause zu Fuß zu gehen. Und dennoch blieb Binette über Jahre still. Begnügte sich mit der Rolle der Ehefrau und Mutter, in der Gewissheit, einen Mann zu haben, der immer bei ihr bleiben würde, egal, was geschah. Der

sie gut versorgte und auch liebte, wie man ein Familienmitglied liebt. Der ihr zur Seite stand und mit ihr den Alltag meisterte. Auch wenn sein Herz für eine andere schlug.
Fünf Jahre lang ging es gut.
Ich weiß nicht, was der Anlass gewesen ist, was sie dazu gebracht hat, nach all der Zeit aufzubegehren. Aber als sie es tat, habe ich nur allzu gut verstanden, was in ihr vorgegangen ist. Schon damals hatte ich mir vorgestellt, wie es sich anfühlen müsse, wenn mir so etwas widerfahren wäre. Ich denke, ich wäre zu stolz gewesen, um es zu ertragen. Aber hätte ich mich wirklich in diesen Zeiten – und mit drei kleinen Kindern – von meinem Mann getrennt?
Nun also ist alles aus ihr hervorgebrochen. Der Schmerz, den Mann teilen zu müssen, nicht das Ziel seiner Sehnsüchte zu sein. Die Schmach, dass man über ihre Ehe redete. Binette hat Yves vor die Wahl gestellt, ›sie oder ich‹. Er sagte, er habe ihr erklärt, dass er sie schätze und respektiere, innig liebe wie eine Schwester, aber dass sie nicht seine große Liebe sei. Er wolle die Ehe nicht beenden, wolle weiter für seine Familie sorgen, aber er könne nicht aufhören, mich zu lieben. Er erklärte Binette, dass es für ihn kein ›Entweder-oder‹ gäbe, sondern nur ein ›Sowohl-als-auch‹.
Vor einer Woche hat man sie gefunden. Binette hatte drei Tage lang gewartet, ob er sich nicht doch für sie entscheiden würde, hatte am Abend zuvor sogar gedroht, ihn zu verlassen. Doch als Yves sie in die Arme genommen hatte, ohne an der Situation etwas zu ändern, hat sie sich das Leben genommen.
O Gott, ich wünschte, ich könnte alles ungeschehen machen. Aber wo hätte ich ansetzen sollen? Hätte ich mein Leben wegwerfen sollen, um ihres zu retten?
Ich erinnere mich genau an den Abend vor Yves Flucht. Er hatte mich gefragt, was ich tun würde, wenn ich ihn verlöre.
»Ich würde mich ins Meer stürzen«, hatte ich geantwortet. Ist es Ironie des Schicksals, dass nicht ich es tat, sondern sie?
Ich bin sofort in die Normandie gefahren. Nicht zu Yves, der

umringt von einer verzweifelten Familie und weinenden Kindern war. Es hätte ihm mehr geschadet als geholfen.
Aber ich bin in seiner Nähe. Wenn er mich brauchen sollte, bin ich da. Ich wohne in Lisieux, keine vierzig Kilometer entfernt. Dort gibt es ein Kloster, in dessen Gästetrakt man mich aufgenommen hat. Zumindest für eine Weile. Hier hoffe ich, meinen Seelenfrieden wiederzufinden.

Au revoir, mein lieber Sébastien, auf bald. Bete für mich und für Yves' Familie.

Deine Valentine

# 6

Sophie starrte auf die Zeilen und suchte nach Worten. Erst jetzt begriff sie, dass es nicht die Affäre gewesen war, welche die gesamte Familie gegen Valentine aufgebracht hatte, sondern deren Folgen.

»Binette hatte gehofft, Yves ganz für sich zu gewinnen«, sagte Nicolas in das Schweigen hinein. Seine Stimme drang ruhig und gedämpft durch den Hörer. So, als spreche er zu sich selbst. »Aber als sie erkannte, dass er sie niemals so lieben würde wie Valentine, ist sie an einem stürmischen Abend ins Meer gegangen. Einfach so, ohne Abschiedsbrief. Man hatte eine leere Flasche Calvados gefunden, mit der sie sich Mut angetrunken haben muss. Die Leute haben sofort angefangen zu suchen, aber es war zu spät. Am nächsten Morgen entdeckte man sie leblos am Strand, angeschwemmt mit der Flut.«

»Das ist ja furchtbar«, brach es endlich aus Sophie heraus.

»Du hast nichts davon gewusst?«

»Nein!«

»Dann spricht man in deiner Familie also auch nicht so gern über Vergangenes?« Nicolas lachte ein trockenes Lachen.

»Es scheint so«, murmelte Sophie. »Gott, was muss nur in allen vorgegangen sein. In Yves, Valentine, in den Kindern …«

»Mein Vater war gerade einmal zehn Jahre alt, als es geschah. Man hat ihn und seine Geschwister fortgeschafft und alle auf die Familie verteilt, kaum dass seine Mutter begraben war. Er ist bei einer entfernten Cousine aufgewachsen, die er vorher kaum kannte. Für ihn ist eine Welt zusammengebrochen und er sie hat bis heute nicht wieder vollkommen aufbauen können.«

»Man hat die Geschwister damals auseinandergerissen?«

»Ja. Zu dieser Zeit dachte man, Erziehung sei einzig Sache der Frauen«, erklärte Nicolas. »Yves hat um die Kinder gekämpft, wollte sie nicht hergeben, hatte sogar vorgebracht, er könne sich eine Haushälterin leisten und den Kindern eine gute Zukunft bieten, doch letztlich war der moralische Druck zu stark, der auf ihm lastete. Ich glaube sogar, Valentine hat angeboten, Yves bei der Betreuung beizustehen. Du kannst dir sicher vorstellen, was für ein entsetzter Aufschrei durch die gesamte Familie ging. Valentine sei die Unmoral in Person, ein Affront für alle guten und treuen Mütter und Ehefrauen. Eine kinderlose Emanze, die lieber arbeiten ging und anderen die Männer ausspannte, statt sich einen eigenen zu suchen. Also war es am Ende beschlossene Sache: Die Kinder sollten zu Verwandten und dort aufwachsen. Aber niemand wollte gleich drei Kinder aufnehmen, daher wurden sie verteilt. Die Familie wurde aufgelöst, was blieb, war der Hass auf Valentine.« Nicolas schwieg kurz, bevor er leise fortfuhr. »So denkt mein Vater bis heute. Valentine als gottlose Ehebrecherin, die das Familienglück auf dem Gewissen hat und damit auch sein ganz persönliches.«

»Aber es ist doch ungerecht, oder nicht?«, echauffierte sich Sophie, dabei kickte sie mit dem Fuß gegen eine Wäscheklammer, die vom Bügelbrett gefallen war. »Immerhin war es Yves gewesen, der den Kontakt wiederaufgenommen hatte.«

»Ja, das stimmt, aber wenn ein Mann fremdging, galt das als Kavaliersdelikt!«, widersprach Nicolas und setzte, als sie zu einer Erwiderung anhob, hastig nach: »Du darfst nicht vergessen, in welchen Zeiten es geschah. Die Ehe war heilig, und die Gattin sittliches und moralisches Rückgrat der Familie. Dies zu zerstören war immer die Schuld der von außen eindringenden Frau. Wobei manche hinter vorgehaltener Hand tuschelten, dass Binette egoistisch gehandelt hat, als sie sich dafür entschied, die Kinder diesem furchtbaren Leid auszusetzen, indem sie ihres beendete. Man erwartete von einer guten Mutter, dass sie es aushalten und die Affäre ihres Mannes stillschweigend tolerieren müsse.«

»Bin ich froh, dass ich heute lebe!«, entfuhr es Sophie. »Heute haben Frauen es wesentlich leichter.«

»Wirklich?« Nicolas lachte. »Manchmal denke ich, dass sich seitdem nur wenig verändert hat. In den Köpfen der Menschen ist noch immer der Wunsch nach ewiger Liebe bis ans Ende der Tage, oder nennen wir es lieber Illusion. Und ich kenne einige, die es vorziehen, die Augen davor zu verschließen, wenn etwas nicht stimmt, als den entscheidenden Schritt zu machen und sich zu trennen.«

Hatte er von ihr gesprochen? Sophie dachte an Oliver, an seine wohlmeinende Art. Wie könnte sie jemanden wie ihn, der die Ehe auf ganz altmodische Weise als einen lebenslangen Bund betrachtete, von sich stoßen? Obwohl sie sich so sehr nach etwas sehnte, das er ihr nicht geben konnte.

»Sophie, ist alles in Ordnung?« Nicolas Stimme war sanft.

»Ja«, gab sie zurück, obwohl es nicht der Wahrheit entsprach. Und als sie fortfuhr, bemühte sie sich, unbeschwert zu klingen. »Ich würde zu gerne wissen, wie es mit Valentine und Yves weiterging und wie sie es geschafft haben, mit dieser Schuld zu leben. Vielleicht haben sie sich mit dem Kauf des ehemaligen Hauses von Madame Petit eine Insel geschaffen, in der sie ganz sie selbst sein konnten.«

»Ich wünschte, ich wäre schon früher einmal dort hingefahren. Wie gerne hätte ich Valentine kennengelernt.«

Sophie nickte. Auch sie fragte sich, warum sie erst so spät dazu gekommen war, ihre Großtante zu besuchen. Warum niemand sich gefragt hatte, wie es ihr in Honfleur erging. Aber vielleicht war es auch nur das Leben, der Alltag, in dem man Menschen vergaß, die sich entfernten. Bis man sich ihrer erinnerte, wenn es längst zu spät war.

Zweimal war sie in Honfleur gewesen. Einmal als Kind zusammen mit der Familie – doch das war einfach zu lange her, um sich daran wirklich zu erinnern. Nur das Tosen des Meeres und die Aufregung, als sie einen Krebs im schlickigen Sand entdeckte, waren ihr im Gedächtnis haftengeblieben. Das zweite Mal im vergangenen Sommer, mit Anfang dreißig. Nur weil ihre Mutter Louise sie darum gebeten hatte, als diese spürte, dass Valentines Zustand nach einer Lungenentzündung besorgniserregend war, und weil sie nicht selbst fahren konnte, da die Gesundheit ihres Mannes Arthur ebenfalls stark beeinträchtigt war.

Sophie erinnerte sich, wie herzlich ihre Großtante sie empfangen hatte und wie agil sie noch wirkte, trotz verminderter Lungenfunktion. Jeden Nachmittag hatten sie im Klavierzimmer gesessen, bei weit aufgerissenen Terrassentüren, und auf den tosenden Atlantik geblickt. Dabei hatten sie Apfelblütentee getrunken, und Sophie hatte andächtig gelauscht, als Valentine die vergangenen Zeiten an sich vorüberziehen ließ.

»Wir hatten ein schönes Leben«, hatte ihre Großtante Valentine am letzten Abend erzählt. »Und auch wenn Yves seine Kinder kaum noch sah, fühlte er sich ihnen bis zu seinem Tod verbunden. Deshalb haben wir vereinbart, dass das Haus nach meinem Tod an sie gehen wird. Ich weiß, es ist nur ein Objekt, aber vielleicht wird es unsere Familien endlich miteinander versöhnen.«

Damals hatte sich Sophie nichts dabei gedacht, als die alte Dame feuchte Augen bekommen hatte. Erst als sie Yves' Familie zur Beerdigung einlud und fast nur Absagen bekam, ahnte sie, was in Valentine vorgegangen sein musste. Hatte sie geahnt, dass seine Kinder diese großzügige Geste, diese Bitte um Vergebung, nicht schätzen würden?

Plötzlich tauchte vor Sophies innerem Auge das Bild der Nonne auf, die vom Wesen der Sehnsucht gesprochen hatte, während der Wind Valentines Asche hinaus aufs Meer trug.

Sie faltete den Brief zusammen, dann fasste sie einen Entschluss, der ihr Herz augenblicklich stolpern ließ. »Hast du in den nächsten Tagen etwas vor?«

»Nein, warum?«

»Ich komme nach Honfleur.«

Noch vor dem Frühstück buchte Sophie ein Hotelzimmer und führte ein Telefonat mit Schwester Geneviève in Lisieux. Dann setzte sie ihre Eltern von den neuen Plänen in Kenntnis, was ihrer Mutter einen überraschten Blick entlockte, gefolgt von einem Lächeln. Sophies Vater hingegen hatte sorgenvoll den Kopf geschüttelt.

»Und was sagt Oliver dazu, dass du zu einem wildfremden Mann fährst?«

Seine Worte lösten in Sophies Brust ein unangenehmes Ziehen aus. Mehr, als ihr lieb war. »Ich will doch nur in die alte Heimat meiner Großtante«, entgegnete sie so barsch, als müsse sie ihre Entscheidung nochmals vor sich selbst rechtfertigen.

»Also, ich weiß nicht, mir gefällt das alles nicht. Du solltest nach Hause fahren zu deinem Mann. Solche Eskapaden tun deiner Ehe nicht gut.«

»Arthur!« Louise sah ihren Mann tadelnd an. »Nun lass sie doch. Deine Tochter ist erwachsen.« Dann zwinkerte sie Sophie zu. »Manchmal muss eine Frau auch eigenständige Entscheidungen treffen, nicht wahr?«, sagte sie in verschwörerischem Tonfall. »Sonst bleiben wir auf ewig nur eine Rippe Adams.«

Mit demselben Zwinkern schloss sie Sophie in die Arme, als es Zeit war, sich zu verabschieden. Dabei ließ sie Nicolas unbekannterweise Grüße ausrichten; sie schien noch immer hellauf begeistert, im Clan der starrsinnigen Rumots wenigstens eine Lichtgestalt ausgemacht zu haben.

Sophies Vater hingegen drückte seine Tochter nur kurz an sich, murrte ein »Denk an meine Worte!« und schärfte ihr ein, sie solle auf sich achtgeben, er traue dem Ganzen nicht. Dann küsste er sie auf die Stirn und ging zurück an den Frühstückstisch, um einen weiteren Kaffee mit Dosenmilch zu trinken, obwohl sein Arzt das sicherlich nicht gerne gesehen hätte.

Im selben Moment, als Sophie ihrer Mutter versicherte, dass es ihr ganz bestimmt nichts ausmachen würde, alleine zum Bahnhof zu gehen, ertönte das Geräusch einer eintreffenden SMS.

Erst als Sophie einige Schritte gegangen und das Elternhaus aus ihrem Blick verschwunden war, blieb sie stehen, stellte ihren Rollkoffer ab und zog das Handy aus ihrer Tasche. Mit Tränen in den Augen las sie die Nachricht.

Was immer Dich von mir weggetrieben hat, bitte komm bald wieder. Ich vermisse Dich.
In Liebe, Dein Oliver

# 7

Zu Beginn der Fahrt hatte Sophie aus dem Zugfenster gestarrt und die Landschaft an sich vorüberziehen lassen, ohne sie wirklich wahrzunehmen. Irgendwann hatte sie sich dazu gezwungen, die kreisenden Gedanken um ihre Ehe zu beenden, indem sie ein Buch zu lesen begann, das sie sich noch am Bahnhof gekauft hatte.

Immer wieder erwischte sie sich jedoch dabei, dass nur ihre Augen den Textzeilen folgten, während ihr Inneres an einem anderen Ort war und ihre Gedanken zu Nicolas abschweiften. Je mehr sich der Zug der Normandie näherte, desto nervöser wurde sie.

Er hatte ihr versprochen, sie in Deauville abzuholen. Gerne wäre Sophie in den schicksalhaften Bahnhof von Honfleur eingefahren, der so große Bedeutung im Leben von Valentine und Yves gehabt hatte, doch dieser war bereits 1977 stillgelegt worden. Und so saß sie kerzengerade am Fenster und beobachtete, wie sich der Zug durch den mondänen Küstenort in dessen Kopfbahnhof hineinbewegte, während ihr Herz immer schneller schlug.

Als der Zug zum Stillstand gekommen war, blieb sie kurz sitzen, atmete tief durch und nahm erst dann ihren Koffer von der Ablage, als sie sicher war, dass ihr Gesicht eine normale Farbe und der Atem eine angemessene Ruhe hatte. Dann stieg sie aus.

Auf dem Bahnsteig war Nicolas nicht zu sehen. Sophie

schritt das Gleis entlang in Richtung Ausgang, doch sie war nicht einmal fünfzig Meter weit gekommen, als jemand hinter ihr rief: »Sophie! Sag mal, träumst du?«

Sie drehte sich um, und da stand er vor ihr. Großgewachsen, dunkles Haar, ein verwegenes Lächeln auf den Lippen.

»Oh, bin ich tatsächlich an dir vorbeigelaufen?«, sagte sie verlegen.

Nicolas kam näher. »Schön, dich zu sehen!« Er gab ihr drei Begrüßungsküsse, und es kam ihr so vor, als hielte er beim letzten für einen kurzen Moment inne.

Seine Berührungen fühlten sich vertraut an. »Ich freue mich auch, hier zu sein«, stieß sie hervor. War dieses Knistern schon im November da gewesen?

»Bist du hungrig?«, fragte er, »gehen wir etwas essen?«

»Gerne.«

»Ich kenne ein schönes Restaurant außerhalb von Honfleur. Und danach bringe ich dich in dein Hotel. Welches hast du gebucht?«

Während sie ihm den Namen gab, wollte Nicolas mit einer Hand nach dem Rollkoffer greifen, doch Sophie schüttelte lächelnd den Kopf. »Lass nur, das mach ich schon.«

Zusammen gingen sie den Bahnsteig entlang in Richtung Ausgang, und während Nicolas davon berichtete, wie schön das kleine Restaurant sei, wo er einen Tisch für sie reserviert habe, spürte Sophie dem eigenartigen Gefühl von Nähe nach. Es war, als würde etwas zwischen ihnen pulsieren. Und dennoch schien es, als würde ihr Innerstes davonlaufen wollen, weil dieses Gefühl ihr gleichzeitig Angst machte.

Das Essen war köstlich. Inzwischen war es dunkel geworden. Ein heftiger Regen kam auf und prasselte gegen die Butzenscheiben des Restaurants. Sie saßen bei Kerzenschein und aßen Fisch in einer Sauce aus Calvados, Cidre und Sahne sowie Salzwiesenlamm mit Knoblauch und weißen Bohnen. Dabei erzählte Nicolas über die bevorstehende Weltumsegelung, und Sophie bemerkte, dass es ihr einen Stich gab. Zum ersten Mal gestand sie sich ein, dass sie mehr für ihn empfand, als ihr lieb war.

In plötzlicher Panik beobachtete sie ihn, während er sprach. Versuchte, ihre Gefühle, die bei seinem Anblick durcheinandergeraten waren, von dem zu trennen, was sie sah. Fühlte sie sich so hingezogen, weil die Geschichte von Valentine und Yves zu starken Einfluss auf ihr eigenes Leben gewann?

Nicolas gestikulierte mit den Armen, wenn er erzählte, seine grüngrauen Augen leuchteten, während er ihr auf dem Handy das Geräusch knarzender Seilwinden vorspielte und des Anschlagens schäumender Gischt. Sein Gesicht strahlte, als er von der Weite des Meeres sprach und von dessen Unberechenbarkeit, die ihm als Herausforderung und Wiege zugleich erschien.

»Das Leben ist ein Tanz«, sagte er und schaute sie an. »Wenn man stehen bleibt, verdorrt irgendwann die Seele.«

Sie senkte den Blick als Erstes. Wollte nicht, dass er noch tiefer in sie hineinsah und ihre Sehnsucht nach Liebe und Leidenschaft entdeckte.

»Komm mit mir, Sophie. Du bist doch nicht glücklich in deinem Leben, ich kann es spüren.«

Seine Hand schob sich über den Tisch, versuchte, ihre zu berühren, doch sie zuckte zurück.

»Mitkommen?« Sie sah wieder auf. Sein Körper war vorgeneigt, noch immer lag seine Hand auf ihrer Seite des Tisches.

»Ja. Wir könnten gemeinsam die Welt umsegeln. Weiße

Strände, Palmen, fremde Kulturen. Die Freiheit, das Leben gestalten, wie man möchte.«

»Vier Jahre lang auf einem Schiff?« Sie lachte, so absurd erschien ihr der Gedanke.

»Wir hätten bis Juli Zeit herauszufinden, ob es funktionieren kann. Mit uns, meine ich.« Seine Hand schob sich ein Stück weiter vor. »Seit ich dich zum ersten Mal gesehen habe, habe ich eine Verbindung gespürt. Ich habe es zuerst nicht wahrhaben wollen. Aber jetzt, wo ich dich wiedersehe, bin ich mir sicher. Ich will wissen, was es ist, herausfinden, ob wir beide …«

»Nicolas …« Sie hielt inne. Seine Leidenschaft war über den Tisch hinaus zu spüren, er schien förmlich von innen heraus zu brennen. »Ich kann nicht mit dir kommen«, sagte sie leise. »Dann würde ich doch wieder nur dem Traum eines anderen folgen.«

Nicolas lehnte sich zurück, erst sichtlich überrascht, dann nickte er. »Gut, Sophie, den Punkt kann ich verstehen. Auch wenn ich der Meinung bin, dass es sogar bereichernd sein kann, sich für die Träume anderer zu öffnen.«

Er schien noch etwas sagen zu wollen, dann atmete er nur tief ein, lächelte sie kurz an, zog schließlich seine Hand zurück und begann, schweigend seine Süßspeise zu löffeln.

Auch als er sie zum Hotel brachte, war seine mühsam beherrschte Zurückhaltung zu spüren. Mit ausgesprochener Höflichkeit wünschte er Sophie eine gute Nacht und verschwand dann im Dunkel der Straßen, ohne sich noch einmal nach ihr umzusehen.

Als Nicolas sie am nächsten Morgen in ihrem Hotel abholte, begrüßte er sie so fröhlich, als sei nichts geschehen.

Ein starker, auflandiger Wind peitschte über den Atlantik

und durch Honfleur; er brachte kräftige Schauer mit sich. Nicolas hatte Mühe, Sophie den Schirm über den Kopf zu halten, während er sie zur Beifahrerseite seines Wagens begleitete. Als er einstieg, rann ihm das Wasser die Stirn hinab; sein Trenchcoat war von dunklen Flecken übersät.

Er grinste. »Wenn ich diese Wettereskapaden nicht gewohnt wäre, würde ich mich jetzt ärgern. Oder ist das am Ende ein schlechtes Omen in Anbetracht dessen, wohin wir fahren?«

Nun musste auch Sophie lächeln, froh darüber, dass er nicht nachtragend zu sein schien. »Ich denke nicht. Und wenn ich mich recht entsinne, dann war das Wetter, als ich das letzte Mal in Honfleur war, noch weitaus schlechter und kühler als heute.«

Nicolas fädelte sich in den dichten Verkehr ein, der sie mit sich nahm, bis sie die Stadt verließen und auf die Landstraße fuhren.

Nach einigen Minuten kamen sie nach Équemauville und durchquerten das kleine Örtchen. Kaum dass sie dessen Ende erreicht hatten, wurde die Besiedlung dünner, bis die Häuser schließlich ganz verschwanden und nur noch vereinzelte Gehöfte zwischen den Feldern und Wäldern auftauchten. Langsam ebbte auch der Regen ab, und als sie einige Kilometer weitergefahren waren, riss die Wolkendecke plötzlich unvermittelt auf. Die Sonne, deren Strahlen sich ihren Weg durch den Dunst bahnten, malte einen Regenbogen an den Horizont, der sich kurz darauf auflöste und einem strahlendem Blau Platz machte. Der Himmel mutete nun wie frisch gewaschen an. Es war ein wundervolles Schauspiel aus Licht und Farben, das sich vor ihnen abspielte.

»Und du bist dir sicher, dass Schwester Geneviève mehr über die letzten Jahre von Valentine und Yves erzählen kann?«, erkundigte sich Nicolas, als er von der Landstraße in Richtung Stadtmitte abbog.

»Bestimmt. Sie hat sofort gewusst, wer am Telefon war, und sich daran erinnert, dass wir uns auf der Beerdigung kurz unterhalten haben. Sie hat gesagt, sie freue sich sehr, dass auch jemand aus der Familie Rumot dabei ist.«

»Aha«, sagte Nicolas trocken, aber er lächelte.

Lisieux lag nur etwa eine halbe Stunde entfernt und das Kloster der Karmeliterinnen, *Carmel de Lisieux*, inmitten der kleinen Stadt.

»Jahr für Jahr kommen Tausende von Pilger hierher, die die Reliquien der heiligen Thérèse bestaunen wollen«, erklärte Nicolas. »Ich selbst bin allerdings noch nie hier gewesen.«

Er verlangsamte seine Fahrt und suchte sich einen Parkplatz auf der Straße, die am Kloster vorbeiführte, schaltete den Motor aus und öffnete die Tür. Auch Sophie stieg aus und ließ ihren Blick über das alte Gemäuer schweifen, in dessen buchsbaumgesäumtem Vorgarten unzählige Blumen und Sträucher blühten und einen betörenden Duft herantrugen. Dahinter erhob sich eine kleine, verspielte Kapelle, vor der vereinzelt Menschen herumstanden, und rechts und links je ein langgezogenes Gebäude in schlichtem klassizistischem Stil.

»Ich habe gar nicht gewusst, wie viel Schönheit und Ruhe das Kloster ausstrahlt«, staunte Nicolas.

Sophie nickte. Sie atmete tief durch, dann schritt sie mit Nicolas vorbei an einem Meer aus duftenden Pfingstrosen, Hunderten von Schmuckkörbchen in leuchtenden Farben, wundervollen Wildorchideen, die mit unzähligen anderen Frühlingsblumen um den Blick des Betrachters buhlten.

Nachdem sie die Anlage hinter sich gelassen hatten, erreichten sie ein großes Tor. Es stand offen und führte in einer

Verlängerung des Weges direkt zur dem Kloster zugehörigen Kapelle. Rechts davon zweigte ein kleinerer Weg ab zum nichtöffentlichen Teil des Klosters. Der Eingang lag im Schatten, helle Sonnenbalken legten sich darüber, unterbrochen nur von den Konturen umstehender Bäume.

Sophie klopfte, und kurz darauf öffnete sich die Tür. Eine Nonne in der schwarzen Tracht der Karmeliterinnen öffnete und bat sie, nachdem sie ihren Namen genannt hatten, zu warten. Die Tür wurde wieder verschlossen, doch einige Minuten später erschien Schwester Geneviève und strahlte beide aus einem unglaublich faltigen, aber umso freundlicheren Gesicht an.

»Ich freue mich sehr, dass Sie beide gekommen sind, und würde Sie gerne hereinbitten, aber das Innere unseres Klosters darf man nur als Mitglied unseres Ordens betreten. Lassen Sie uns doch stattdessen in den Klostergarten gehen.«

»Danke, dass Sie sich die Zeit für uns nehmen, Schwester«, sagte Sophie, doch die Angesprochene lächelte nur.

»Wissen Sie, Gott, der Herr, teilt uns unsere Zeit zu. Niemand weiß, wie viel er von Ihm zugestanden bekommt, darum ist es unsere Pflicht, jeden Tag so zu nutzen, als wäre es unser letzter. Vor allem wenn es darum geht, Gutes zu tun, und noch mehr, wenn es darum geht, altes Unrecht wettzumachen. Und ich denke, das ist hier der Fall.«

Wie selbstverständlich ergriff Geneviève Sophies Arm, hakte sie unter und geleitete sie wieder aus dem Kloster hinaus, zurück ins Blumenmeer. Nicolas folgte den beiden und setzte sich neben sie auf einer der Bänke inmitten des satten Maigrüns, das sie umgab. Ein Rotkehlchen kam heran, pausierte auf dem Ast eines weißblühenden Kirschlorbeers und beäugte die kleine Gruppe unter sich neugierig, bevor es zweimal tschilpte und weiterflog.

Geneviève legte beide Hände auf die von Sophie und blickte sie mit kristallklaren Augen an, denen keine Regung, kein Gefühl ihres Gegenübers zu entgehen schien.

»Sie wollen die ganze Wahrheit wissen, haben Sie mir am Telefon gesagt. Es treibt sie um, dass Ihre Großtante Schuld auf sich geladen hat. Und nun möchten Sie wissen, ob es ihr gelungen ist, diese abzustreifen und glücklich zu leben, nicht wahr?«

»Ja«, bestätigte Sophie. Sie war ergriffen und aufgeregt zugleich.

Schwester Geneviève wandte ihren Kopf Nicolas zu. »Dass Sie mitgekommen sind, wird Valentine freuen, die uns sicher von dort oben aus zusieht. Wie oft hat sie davon gesprochen, dass sie sich eine Versöhnung ersehnt. Eine Aussprache der Familien Steinbach und Rumot.« Sie nickte bekräftigend. »Es ist gut, dass Sie beide hier sind, denn ich spüre, dass mit Ihnen beiden diese alte, traurige Geschichte endlich ihr gutes Ende finden wird.«

Nicolas entgegnete nichts, blickte die Nonne nur erstaunt an.

»Gut, dann will ich Ihnen von den letzten Jahren der beiden erzählen.« Schwester Geneviève lehnte sich zurück und schloss die Augen, als müsse sie sich sammeln. Dann schlug sie die Lider wieder auf und begann, langsam und mit spürbarer Empathie zu sprechen.

»Als sich Binette Rumot das Leben genommen hatte, hat Ihre Großtante hier bei uns um Aufnahme gebeten. Sie hat um Vergebung ihrer Sünden gebeten, denn sie fühlte sich schuldig. Einen ganzen Monat blieb sie hier und las mit uns in der Bibel, wandelte im Gebet versunken durch den Kreuzgang. Sie hatte sich damit abgefunden, dass ihr Leben eine Wendung genommen hatte, in deren Verlauf sie das Schicksal wieder ins Elsass zurücktreiben würde. Alleine und ohne Yves, der sich während der ganzen Zeit seit ihrer Ankunft nicht gemeldet hatte. Doch eines Tages stand er vor der Tür und bat sie, ihn zu begleiten. Sie sind spazieren gegangen und haben geredet, fast einen ganzen Nachmittag lang. Und als sie wiedergekommen sind, hat Valentine über das ganze Gesicht gestrahlt.«

Schwester Geneviève faltete ihre Hände ineinander und drehte ihr Gesicht wieder Nicolas zu.

»Zorn und Hass sind zerstörerische Dinge. Ich wünsche Ihrer Familie von Herzen, dass es ihr gelingt, sich von ihrer Verbitterung zu befreien, mit der sie die Schuld allen Leides auf Valentines Schultern geladen hat. Sie sollten mit ihnen darüber reden. Ich bin sicher, sie werden wissen, was ich meine. Denn all die dunklen Gefühle belasten nicht nur die, die damit bestraft werden sollen, sondern vor allem denjenigen, der sie aussendet. Erst mit der Vergebung können wir wieder unbeschwert leben. Vergebung ist wahre Liebe, ist die Liebe unseres barmherzigen Gottes.«

Nicolas nickte still.

Ein Bus fuhr auf einen der Parkplätze und entließ eine Gruppe Touristen, die schwatzend durch den Garten streiften und in Richtung der Kapelle verschwanden.

Sophie wartete, bis sie wieder alleine waren, dann wandte sie sich der Nonne zu. »Und Valentine und Yves? Haben sie trotz allem unbeschwert leben können?«

»Wissen Sie, Glück bedeutet nicht die bloße Erfüllung aller Sehnsüchte und Wünsche, sondern die Demut, damit zufrieden zu sein, was man haben kann. Es war furchtbar für Yves, seine Kinder nicht so oft zu Gesicht zu bekommen, wie er es sich wünschte, und für Valentine, dabei hilflos zusehen zu müssen. Und dennoch …« Schwester Geneviève lächelte, und lauter kleine Fältchen lächelten mit ihr. »Ja, ich denke, es ist Ihnen gelungen, sich mit dem Schicksal zu arrangieren und es anzunehmen. Ich habe sie seitdem oft getroffen und mich davon überzeugen können, dass es ihnen gutgeht. Sie lebten eine stille Art des Glücks. Yves Rumot hatte die Geschäfte in der Buchhandlung weitergeführt und sich um den Ausbau der Filialen gekümmert, während Valentine bei einer Zeitung aus Le Havre als Redakteurin unterkam und gleichzeitig Bücher schrieb, die von Liebe und Sehnsucht handelten und vom Finden des Glücks.«

»Sie hat Liebesromane verfasst?« Nun war Sophie wirklich überrascht.

»Nein, keine Romane. Eher Lebensgeschichten. Aufzeichnungen und Gespräche mit Menschen, die an einem ähnlichen Punkt angekommen waren wie sie. Essays über die wahre, reine Liebe und gleichzeitig eine Art Lebenshilfe, könnte man sagen.«

»Haben Sie ihre Bücher gelesen?«

Schwester Geneviève lächelte. »Aber sicher. Möchten Sie, dass ich Ihnen eines zeige?«

Sophie nickte, und die alte Nonne stand auf.

»Bitte warten Sie hier, es wird nicht lange dauern. Ich bin gleich wieder bei Ihnen.«

Als sie wiederkam, hielt sie nicht nur ein Buch in der Hand, das eine Frau an der stürmischen Küste der Normandie auf dem Umschlag zeigte. »Ich denke, sie hätte gewollt, dass Sie das bekommen.«

Mit klopfendem Herzen schlug Sophie das Buch auf. Vorne lag ein mehrfach gefalteter Zettel. ›Valentine‹ stand dort in klarer Männerschrift.

»Was ist das?«

»Sehen Sie ruhig nach. Sie hätte sicher nichts dagegen. Es ist Teil ihrer besonderen Geschichte.«

Sophie atmete tief durch, und als sie den Zettel entfaltete, erkannte sie, dass es Yves' Abschiedsbrief war. Sie hat ihn tatsächlich nicht vernichtet, obwohl er sie darum gebeten hatte!

Leise flüsternd las Sophie ihn vor. Den letzten Absatz gleich zweimal.

PS: Ich weiß, dass es jetzt nicht der richtige Augenblick ist, das zu fragen, aber mein Herz ist so voller Liebe, dass ich nicht anders kann: Wenn ich zurückkomme, heirate mich, Valentine, willst Du? Bitte sag ja. Wir gehören zusammen.
Für immer und ewig Dein.

# 8

Während Nicolas den Wagen zurück in Richtung Honfleur lenkte, hatte Sophie in dem Buch geblättert und sich von einigen Sätzen gefangennehmen lassen. Einer von ihnen hatte sie besonders bewegt, und sie las ihn leise vor.

> »Die meisten glauben, Sehnsüchte würden erst durch einen anderen Menschen ausgelöst, durch Geschichten oder sogar Gerüche. Aber das ist ein Trugschluss. Die Sehnsucht war schon immer da, nur findet sie jetzt einen Auslass. Sehnsüchte gelten vor allem dem eigenen Leben. Nicht der Person, auf die wir sie projizieren. Meist ist es ein Zeichen, dass wir einem Verlust in der Vergangenheit nachtrauern, einer verpassten Chance. Oder einem Lebensplan, den man aufgegeben hatte.«

Sophie schloss das Buch und dachte an den Moment zurück, als Nicolas in der *Église Sainte-Catherine* die Melodie angestimmt hatte. Es war Valentines Lied gewesen, das diese Sehnsucht in ihr ausgelöst hatte. Eine Sehnsucht, die sie von da an dazu getrieben hatte, ihr Leben zu verändern.

Wie lange hatte sie gedacht, sie könne dies tun, ohne unliebsame Entscheidungen zu treffen?

In Sophie breitete sich eine seltsame Ruhe aus. Sie ließ ihre Scheibe halb herunter und genoss die Kühle der Atlantikluft, die sich mit dem Duft von Blüten und frischem Gras vermengte, als sie die Küstenstraße von Honfleur nach Westen fuhren. Licht und Schatten tanzten an ihr vorbei, wann immer die Sonne durch Baumkronen und Äste für Sekundenbruchteile verdeckt wurde – Licht und Schatten.

Etwa einen Kilometer vor Honfleur verlangsamte Nicolas die Fahrt und hielt schließlich an einem Grundstück, dessen Zaun von einer hohen Hecke aus Liguster und Brombeersträuchern gesäumt wurde. Er parkte vor dem Eingang und stellte den Motor ab. »Hier ist es. Das ehemalige Haus von Madame Petit, in dem Valentine und Yves einen Neuanfang wagten.«

Sophie blickte über die grüne Blätterwand und weiter bis zum Meer, das am Ende des Weges zu sehen war.

Hier war sie im letzten Sommer schon einmal gewesen, als sie Valentine besucht hatte, und dennoch sah es plötzlich anders aus. So als hätten sich Vergangenheit und Gegenwart miteinander vermengt und wären zum Boden einer neuen Realität geworden.

Sie stiegen aus. Nicolas zog einen alten Schlüssel aus der Tasche, den er ins Schloss des schmiedeeisernen Tores steckte, an dem ein Schild mit der Aufschrift *À vendre* und der Anschrift eines Maklers aus Deauville nebst Telefonnummer angebracht war. Er benötigte einige Zeit, bis er das widerspenstige Schloss endlich dazu gebracht hatte, sich zu öffnen. Gerade als er unter einem Quietschen den Türflügel aufdrückte, erklangen in der Ferne die Glocken von Sainte-Catherine.

Sophie lauschte einen Moment, dann folgte sie Nicolas hinein. Erst jetzt gaben Hecke und Tor den Blick auf das zweistöckige Haus frei, dem man sein Alter deutlich ansah. Auf eine eigentümliche Art wirkte es wie verwunschen, so als habe es den Geist einer längst vergangenen Zeit in seinen Mauern aus vom Seewind gebleichtem Stein gelockt, um ihn dann hinter dicken

Rosenranken und den vielfach überstrichenen Fensterläden auf ewig gefangen zu halten.

»Ein magischer Ort«, stellte Sophie bewegt fest. »Selbst jetzt, da er unbewohnt ist. Wie lange hängt das Schild schon?«

»Erst seit einigen Wochen. Das Haus ist nach Valentines Tod zwar auf meinen Vater und seine Geschwister übergegangen, aber es hatte ein wenig gedauert, bis das Karmelitinnenkloster, dem Valentine den beweglichen Besitz vermacht hatte, das Haus vollends hat räumen lassen.«

»Und aus der Familie möchte niemand dieses Prachtstück haben?« Sophie blickte sich um. Es war schön, einfach zauberhaft.

Nicolas schüttelte den Kopf. »Die Familie sieht dieses Haus als Inbegriff des Betruges und des Unglücks. Niemand möchte damit etwas zu tun haben.«

»Und was ist mit dir?«, wollte Sophie wissen und trat neben Nicolas.

Sie standen nur noch eine Handbreit voneinander entfernt. Und Sophie fragte sich, was gerade mit ihr geschah, warum ihr Herz wieder zu pochen begann. Waren das wirklich nur Projektionen? Es fühlte sich so wirklich an, als sei sie Valentine und neben ihr stehe Yves.

Er lächelte. »Die Familie hat mich damit beauftragt, einen guten Preis herauszuschlagen, weil ich ja vom Fach bin. Ehrlich gesagt, hatte es auch Interessenten gegeben, aber ich habe dem endgültigen Verkauf noch nicht zugestimmt. Der Makler muss denken, ich sei sonderbar. Aber ich kann mich weder dazu entschließen, es zu verkaufen, noch dazu, es selbst zu übernehmen.«

Mit diesen Worten trat er zur Eingangstür und schloss auf. Es war dunkel, als sie eintraten, und roch nach abgestandener Luft.

»Ich denke, wir sollten als Erstes die Läden öffnen, damit wir sehen, wohin wir treten«, sagte Nicolas und war schon dabei, die Fenster der Räumlichkeiten im Erdgeschoss aufzumachen.

Sofort füllten sich die Zimmer mit frischer Luft, das Licht fiel schräg herein und beleuchtete das Innere das Hauses, von dem jeder Raum mit Erinnerungen aus vergangenen Tagen angefüllt zu sein schien, obwohl es vollkommen leer stand.

Nachdem sie die Läden in den meisten Zimmern des Untergeschosses geöffnet und einige der Fenster mit ihren Sturmhaken befestigt und leicht gesperrt hatten, machte Nicolas Sophie ein Zeichen, ihm den Gang entlang zu folgen. Er schritt ihn bis zum Ende und ging durch die Tür zu seiner Linken.

Sophie folgte in einigem Abstand. Sie erinnerte sich an den Moment, als sie ihre Großtante besucht hatte. Hier war das Zimmer, in dem sie gesessen und aufs Meer gesehen hatten. Als sie den Raum mit seinen hohen Decken betrat und sich der Atlantik durch die von Nicolas geöffnete Terrassentüren in all seiner Pracht zeigte, ging Sophie das Herz noch stärker auf als beim ersten Besuch. Sie roch das Meer, meinte, es sogar auf der Haut spüren zu können, durchquerte den Raum und schaute hinaus.

»Was für ein Anblick«, flüsterte sie ergriffen, während Nicolas die anderen beiden Fenster öffnete.

Noch von der unendlichen Weite des Wassers und den Traumbildern gefangen, die ihr mit einmal durch den Kopf gingen – von Madame Petit, Yves und Valentine, einem kleinen Fischerboot mit Soldaten an Bord, von all dem, was dieser Ozean an Bezauberndem gesehen hatte und an Schlechtem hatte mit ansehen müssen –, erklang mit einem Mal ein Lied.

Sophie wandte sich erstaunt um, ging langsam hinein und sah Nicolas, der an einem Klavier saß und spielte. Er saß da, ließ seine Finger sanft über die Tasten gleiten, bewegte seinen Oberkörper im Fluss der Melodie.

Seltsam berührt ging Sophie näher zu ihm. »Das ist ihr Lied, nicht wahr? Das Lied, dass du auch in der Kirche gespielt hast.«

»Ja. Und es ist sein Klavier.« Er drehte sich zu ihr um. »Ich habe den Nonnen einen angemessenen Betrag dafür gestiftet, dass ich es behalten durfte. Ich habe es einfach nicht übers Herz gebracht …«

Nicolas erhob sich. Nun standen sie so nahe, dass Sophie seinen Atem auf ihrem Gesicht spüren konnte.

»Bleib bei mir, Sophie. Ich kann auch auf ein anderes Schiff gehen. Eines, das nur wenige Monate fährt.«

Sophie spürte, wie ihr Widerstand schwand. Endlich küsste er sie. Zuerst zart und tastend, schließlich fordernder, bis sie sich atemlos wieder voneinander lösten. Eine Weile bleiben sie unbewegt und sahen sich in die Augen, während die Brandung vor dem offenen Fenster tosend an den Strand rollte.

»Wir werden sehen«, sagte Sophie und trat einen Schritt zurück. »Aber bevor ich einen neuen Weg einschlage, werde ich einen anderen zu Ende gehen müssen.«

# Epilog

Nichts war wichtiger, als loszulassen. Nicht darüber nachdenken, was war, nicht über das, wohin das Leben sie führen würde. All das musste zurücktreten, sie brauchte niemandem zu gefallen oder zu genügen.

Sie brauchte nur einzuatmen, zu riechen, zu schmecken und zu spüren.

Sophie schloss die Lider, ließ los. Sie wusste, dass sie angekommen war. Nicht am Ziel, nicht an irgendeinem Ende, aber genau dort, wo sie jetzt sein musste. Am Anfang. Hier und jetzt. Als sie ihre Augen wieder öffnete, erfasste sie alles, was sie umgab. Die Bäume, den Himmel, die Wolken, die wie gezupfte Watte scheinbar wahllos und doch so anmutig auf dem Blau verteilt worden waren. Den seichten Bach, der durch die sattgrüne Landschaft mäanderte, von moosbewachsenen Steinen und dicken Grasbüscheln flankiert, die ihre Spitzen ins Wasser hinabneigten, als seien sie durstig.

Sie tauchte ihren Pinsel in ein helles Türkis, der Farbe des Schaums und der Geschwindigkeit, nahm ein Quäntchen Zinnober mit, um das Licht einzufangen, das sich im vorbeifließenden Wasser an mancher Stelle zeigte, und trug diese Komposition schließlich auf das dunkle Blau ihres Bildes auf, dort, wo der Bach auf der Leinwand gegen einen kleinen Fels strömte und sprudelte. Hier noch ein Tupfen und dort – dann trat sie zurück. Es brauchte Abstand, um das Ganze eines Bildes zu erfassen, und es brauchte Abstand, um das eigene Leben zu begreifen.

Sie steckte sich das Ende des Pinselholzes in den Mund, drehte es versonnen zwischen den Lippen. Monet, Manet, Matisse, Cézanne und all die anderen Meister waren Inspiration, aber die Vorlage war die Wirklichkeit und die Farben ihre Sehnsucht.

Morgen würde sie weitermachen, vielleicht sogar das Bild beenden – und wenn nicht? Was spielte es für eine Rolle? Sie hatte Zeit.

Sophie steckte den Pinsel in das mit Bachwasser gefüllte Einweckglas, das neben der Staffelei stand, und setzte sich auf die Picknickdecke, die sie jeden Tag mit hierherbrachte, wenn es das Wetter zuließ, im Freien zu arbeiten. Sie nahm sich einen Apfel aus dem Korb und biss hinein, kaute bedächtig, spürte der fruchtigen Säure nach.

Wann hatte sie sich das letzte Mal so frei gefühlt? Sie konnte sich nicht erinnern. Mit dem Tag, als sie den Entschluss gefasst hatte, ins Elsass zu fahren, zurück zu ihren Wurzeln, war diese Freiheit mehr und mehr zu ihr gezogen. Sie hatte sich in einem Gasthof in Orschwihr eingemietet, nah bei den Eltern in Colmar und doch weit genug entfernt, sich ihrem Einfluss zu entziehen.

Mit einem Gefühl der Erleichterung dachte sie an die Wochen, die hinter ihr lagen. Oliver hatte es nicht verstanden, als sie ihn um eine Auszeit bat, in der sie darüber nachdenken wollte, was aus ihrem Leben werden würde. Ohne den Einfluss anderer, nur sie alleine.

»Das hat etwas mit diesem Nicolas zu tun, nicht wahr?«, hatte er mit spürbarer Traurigkeit gefragt. »Seit du ihn kennengelernt hast, bist du vollkommen verändert.«

Ganz zart hatte sie ihm über den Arm gestrichen. »Nein, es hat etwas mit mir zu tun. Mit der Sehnsucht, wieder ich selbst zu sein.«

Seitdem hatten sie nur zweimal miteinander telefoniert. Er hatte sie zwar gehen lassen, aber mit dem stillen Vorwurf, dass sie eine heile Welt verließ, um das Chaos zu suchen.

Das Bemerkenswerte aber war, dass das, was er Chaos nannte, ihr zunehmend Sicherheit gab. Mit jedem Tag, den sie ganz alleine inmitten der Natur verbrachte, gewann sie an Stärke. Anfangs hatte sie die Flut an Bildern und Emotionen, die über sie hereinbrachen, erschreckt, bis sich langsam etwas herausschälte, das ihren innersten Kern ausmachte.

Sophie sah zur Staffelei, wo sie bereits das nächste Bild erahnte, noch bevor sie dieses fertiggestellt hatte. Es war, als hätte sich ihre Kreativität in den Jahren nur verborgen, um, einmal freigelassen, hervorzubrechen wie ein sprudelnder Quell.

Ja, es war die richtige Entscheidung gewesen. Ein Leben mit Oliver wäre nur möglich gewesen, wenn sie ihm zuliebe seines angenommen hätte. Denn dass er seinen Lebensentwurf nicht ändern wollte, das hatte er in den letzten Gesprächen deutlich gemacht. Aber sie hätte sich damit selbst verraten, und damit letztlich diese innere Unruhe, die begonnen hatte, sich in ihr auszubreiten, die Energie, das zu tun, was man leben nannte.

Hier fühlte sie sich frei im Herzen und im Geist. So wie Erik Satie, der mit seiner vieldiskutierten Musik gegen jeden Strom geschwommen war, um aus der Genialität heraus zum Wesentlichen zurückzukehren.

Inzwischen war die Farbe getrocknet. Langsam stand sie auf, packte Staffelei und Pinsel zusammen, faltete die Decke, schulterte ihre Tasche und trug alles vorsichtig den Weg hinab zum Gasthof.

Zuerst wusch sie ihre farbverschmierten Hände, dann setzte sie sich mit einem Glas Wein auf den Balkon und genoss die letzten Strahlen der untergehenden Sonne, die das Val du Pâtre in orangerotes Licht tauchte. Dabei holte sie ihr Handy hervor und stellte fest, dass sie eine Mail erhalten hatte. Sie war von Nicolas.

3. September, 19:03 Uhr
**Betreff:** Honfleur

Liebe Sophie,
ich schreibe Dir aus Cádiz, in dessen Hafen wir seit soeben angelegt haben.
Es ist eigenartig. Die Weltumsegelung hatte kaum richtig begonnen, da erinnerte ich mich an die Zeilen, die Du damals leise vorgelesen hattest, als wir auf dem Weg von Lisieux gewesen waren. Ganz plötzlich habe ich erkannt, dass meine Sehnsucht nach einem Leben fernab des Alltags nur Ausdruck der Leere war, die ich nach der Trennung von meiner damaligen Freundin empfunden hatte. Dem Wunsch, der Einsamkeit zu entfliehen, indem man sie selbst sucht.
Es hat einige Wochen auf dem Meer gebraucht, bis ich satt davon war und mich zurück in die Heimat sehnte. Ich werde also von Bord gehen und den nächsten Flieger in Richtung Frankreich nehmen.
Du lachst? Ja, lach mich nur aus, es ist mir gleich, ich habe es wohl auch verdient.
Was viel wichtiger ist: Ich hatte vor meiner Abreise mit meinem Vater geredet und ihm von den Worten der Nonne erzählt. Er hat geweint, als wir über die Vergangenheit sprachen und über das Wesen der Valentine, die ich in den letzten Monaten kennengelernt habe. Kennenlernen durfte. Weil du nicht losgelassen hast.
Ohne dich wären die Rumots wohl noch immer eine verbitterte, in Verletzungsgedanken schwelgende Familie geblieben, die es sich gemütlich in ihrer Rolle als Ankläger eingerichtet hatte, als sei es ein wärmender Platz am Kamin. Nun ist alles anders gekommen. Sophie, du hast die Wahr-

heit in unser Leben gebracht und damit auch ein Stückchen Licht. Dafür möchte ich, möchten wir Dir danken.
Gerade eben kam die Nachricht, dass mein Vater sich mit seinen Geschwistern zusammengesetzt und eine Entscheidung getroffen hat. Sie möchten, dass Du das Haus am Strand bekommst.
Nein, nicht ablehnen, es soll Dir gehören! Es war zuletzt Valentines Haus gewesen, und Du bist die einzig würdige Erbin. Du alleine hast diesen Ort von Beginn an gesehen, wie er wirklich war: zauberhaft und wertvoll.
Oh, wie gerne wäre ich jetzt da, um Dein Gesicht zu sehen! Nimmst Du es an? Bitte, es wäre ein Zeichen der Versöhnung. Valentine und Yves würde es gefallen und Schwester Geneviève auch.
Melde Dich bald. Ich kann es nicht erwarten, Dich wieder … Was auch immer. Hauptsache, wir sehen uns.
Ganz liebe Grüße,
Nicolas

Sophie blickte auf und hob das Glas.

»*Santé*, liebe Valentine«, sagte sie in den abendlichen Himmel.

Es war nicht das Geschenk, das sie so berührte. Oder die Gewissheit, dass das Haus ihr eine selbstbestimmte Zukunft ermöglichte – in der Nähe des Mannes, der ihr Herz zum Klingen brachte. Nein. Es war die Tatsache, dass endlich eine Versöhnung gelungen und damit Valentines größter Wunsch in Erfüllung gegangen war.

»*Santé*, Valentine, und leb wohl!«